W0332654

Les Fantômes de Kiev

DU MÊME AUTEUR

Le Huitième Fléau, Robert Laffont, 1999 ; Pocket, 2001.
La Menace Mercure, Robert Laffont, 2000 ; Pocket, 2002.
Élixir, Robert Laffont, 2004 ; Pocket, 2006.
L'Homme de Kaboul, Robert Laffont, 2011 ; Points, 2019.
Baad, Robert Laffont, 2016 ; Points, 2017.
Kaboul express, Robert Laffont, 2017 ; Points, 2018.
L'Espion français, Robert Laffont, 2021 ; Pocket, 2022.

Cédric Bannel

LES FANTÔMES DE KIEV

roman

XO
EDITIONS

ISBN : 978-2-37448-558-4

« La vérité n'est pas au milieu, elle est là où elle est. »

Adam Michnik

« La guerre de Poutine en Ukraine s'est transformée en véritable djihad russe. »

Sergueï Medvedev

Carte du trajet d'Edgar en Roumanie,
dans le Donbass et en Ukraine

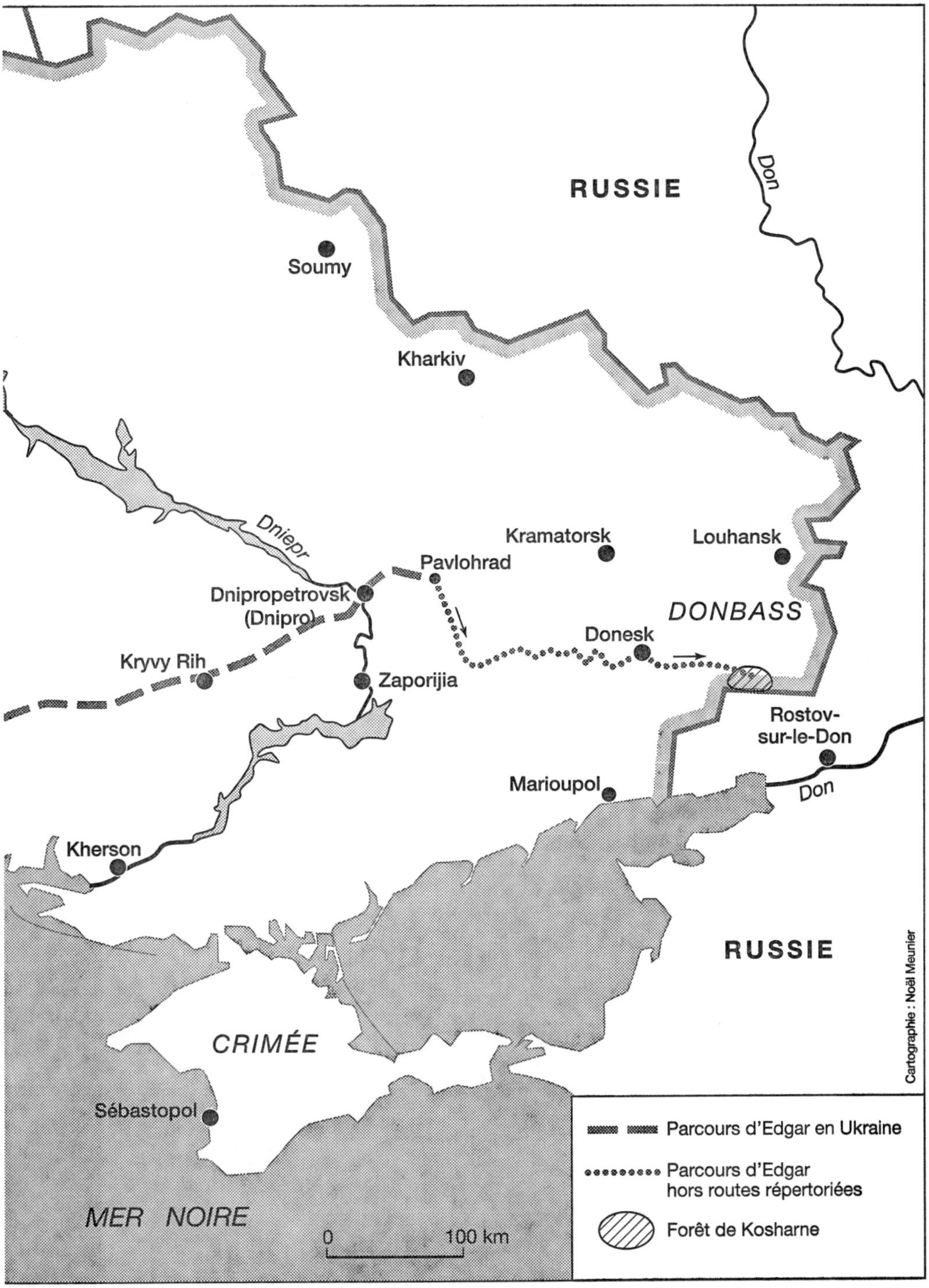
RUSSIE
Don
Soumy
Kharkiv
Dniepr
Kramatorsk
Louhansk
Pavlohrad
Dnipropetrovsk
(Dnipro)
DONBASS
Donesk
Kryvy Rih
Zaporijia
Rostov-
sur-le-Don
Marioupol
Don
Kherson
RUSSIE
CRIMÉE
Sébastopol
MER NOIRE
0
100 km
Parcours d'Edgar en Ukraine
Parcours d'Edgar
hors routes répertoriées
Forêt de Kosharne
Cartographie : Noël Meunier

Carte de l'Ukraine avec ses frontières politiques

RUSSIE
Don
Volga
Dniepr
DONBASS
Rostov-
sur-le-Don
Don
RUSSIE
CRIMÉE
MER NOIRE
0
100 km
GÉORGIE
Cartographie : Noël Meunier

Dix jours plus tôt

Transylvanie

Une seconde, une seule petite seconde.

Le temps de tomber la tête la première, le pied coincé dans un terrier. Une seconde pour que la vérité s'impose à Andriy Mykoulyne.

Il n'en sortirait pas vivant.

Le sentier par lequel l'Ukrainien s'enfuyait n'était qu'une mare de boue glissante. Sonné, il tarda à se dégager.

Comment les Russes l'avaient-ils identifié ? Bon Dieu, il avait toujours été sur ses gardes, surveillant ses contacts, appliquant scrupuleusement les procédures de sécurité de la DGSE.

Il se trouvait sur les hauteurs de la forêt entourant les ruines du château de Teleki, à une cinquantaine de kilomètres de Cluj-Napoca, dans cette région de Roumanie qui s'appelle la Transylvanie.

Les trois hommes qui le pourchassaient ne se hâtaient pas.

Leur meneur connaissait bien le coin, il savait que le chemin se terminait en cul-de-sac. Les deux autres tenaient de gros poignards dont la seule vue avait donné la chair de poule à Andriy Mykoulyne. Avec leur air vaguement goguenard, leurs barbes et leurs bonnets de laine descendus sur le front, il n'avait eu aucun mal à les identifier.

Des Tchétchènes.

Andriy Mykoulyne accéléra. Les pierres du sentier étaient tranchantes. Il dérapait avec sa chaussette mouillée, sentait déjà la peau de son pied droit se déchirer sous la morsure de la roche.

Dans les fourrés alentour, il aperçut une trouée. Il s'y engouffra. C'était un ancien chemin, quasiment impraticable, dont la pente était plus prononcée encore que celle du premier sentier.

Soudain, l'Ukrainien perdit sa seconde chaussure. La cheville tordue, il tomba, le souffle coupé par la douleur. Une nouvelle fois, il se releva et reprit sa course. À quelque chose d'impalpable, il sentait que ses poursuivants n'avaient pas encore aperçu cette sente cachée. Cela le galvanisa.

Enfin, il arriva au sommet. Il n'y avait qu'un petit monument aux morts en pierre grise surmonté d'une croix noire. Les ruines du château étaient un peu plus loin, sur le promontoire. Il en fit le tour jusqu'à ce qu'il pensait être sa voie de secours. La vue le glaça. La passerelle qui permettait de redescendre gisait, en partie démontée, dans l'herbe mouillée. Devant lui, il n'y avait que le vide. La paroi était presque à angle droit. Un précipice qui tombait à pic. Il laissa éclater un sanglot de désespoir. La dernière fois qu'il était venu ici, un mois plus tôt, la passerelle était bien en place !

Il se pencha. Plus bas, il apercevait le parking, avec un car de tourisme et quelques véhicules, dont le sien. Lorsqu'il était arrivé, une heure auparavant, c'était vide. Maintenant, les touristes se pressaient, mais ils étaient tous à plus de quinze minutes de marche alors qu'il entendait les jurons de ses poursuivants, tout proches.

Il était piégé là-haut, seul et sans arme. Avec trois tueurs à ses trousses.

Désespéré, il sortit la clef USB de sa poche, s'agenouilla au pied du monument. Il y avait de multiples anfractuosités dans la roche, juste au-dessus du socle de béton. Il y glissa l'objet avant de se redresser.

Impossible de deviner que quelqu'un avait caché là quelque chose.

Sur sa droite, à trente mètres de lui, les trois tueurs venaient d'apparaître. Ils eurent un sourire mauvais en l'apercevant.

Andriy Mykoulyne, lui, ne voyait que les lames des deux Tchétchènes. Refusant de se laisser égorger comme un animal, il prit son élan avant de sauter dans le vide avec un cri sauvage.

I

LA QUÊTE

I

Paris

— Heureusement, il est mort sur le coup, laissa tomber d'une voix désabusée le colonel de la DGSE, connu sous le pseudo de « Paul ». Il n'a pas souffert.

Il n'avait peut-être pas souffert, mais le résultat restait assez horrible à regarder, constata Edgar Van Scana en repoussant la photo tirée d'une épaisse enveloppe. Celle d'un corps à demi réduit en bouillie. Un homme vêtu d'un costume pied-de-poule au crâne bordé d'une couronne de cheveux roux. Sa nuque formait un angle étrange, tandis qu'une tache de sang et de matière cervicale s'étalait sous sa tête aux os curieusement aplatis par le choc.

— De qui s'agit-il ?

— Andriy Mykoulyne, un de nos honorables correspondants. Un Ukrainien qui s'était expatrié en Roumanie, comme journaliste free-lance, depuis une quinzaine d'années. Fiable. Étant originaire du Donbass, il avait de bons contacts dans le camp des séparatistes et était au courant de pas mal de choses.

D'ailleurs, ce jour-là, il avait rendez-vous avec son officier traitant.

— Cela arrive souvent, que d'honorables correspondants se suppriment ?

Paul secoua la tête.

— Ce n'était pas un suicide. Foutrement pas !

Un silence s'installa. Edgar en profita pour avaler une gorgée tiédasse sans masquer une grimace. Les salles à manger VIP de la DGSE se voulaient impressionnantes, en revanche le thé qu'on y servait était imbuvable.

Il avait reçu dans la nuit un message Signal codé comme suit : « 0630-77-1124-L8 ».

Conformément au protocole de communication avec sa hiérarchie, Edgar devait ajouter quatre heures à tout horaire indiqué dans un message ; 06 h 30 signifiait donc 10 h 30 ; 77, une priorité absolue ; 1124, que l'émetteur du message était Paul, l'homme qui dirigeait le service des Archives, le groupe action le plus secret de la DGSE.

Quant à L8, cela désignait le lieu du rendez-vous, le boulevard Mortier à Paris, un patchwork assez improbable de casernes historiques et de mochetés construites dans les années 70 qui constituaient le siège de la DGSE. Seule modernité dans cet ensemble indigne du service de renseignements d'un des pays les plus riches du monde, le tunnel futuriste qui permettait de relier entre eux les bâtiments des deux côtés du boulevard. Fidèle à sa réputation non usurpée de bureaucratie, il avait fallu vingt ans à la DGSE pour le décider et huit de plus pour le construire.

À l'heure du rendez-vous, la voiture du directeur général de la centrale de renseignements attendait Edgar dans le XXe arrondissement, à l'angle de la rue Saint-Fargeau. Après avoir donné le nom de code du moment (ce mois-là, « Rodez »), il était monté à l'arrière de la berline Renault conduite par un ancien du service Action, comme tous ses condisciples, un garde du corps armé d'un fusil d'assaut HK à ses côtés. Pourquoi un commando pour l'accompagner sur cinq cents mètres dans Paris, lui, le spécialiste des missions les plus dangereuses ? Edgar n'avait jamais eu la réponse.

La voiture était ensuite remontée jusqu'à l'entrée principale de la DGSE, protégée par des herses et une grille en acier renforcé, qu'elle avait franchie sous le regard intrigué des agents de sécurité en combinaison de combat bleu marine. Grâce à ce stratagème réservé à quelques rares agents spéciaux comme lui, Edgar pouvait régulièrement entrer dans la caserne du boulevard Mortier pour rencontrer ses patrons sans décliner son identité.

Car c'était ainsi, les agents Sigma du très discret service des Archives devaient rester des fantômes, des anonymes, même pour le service de sécurité interne de la DGSE.

Edgar reposa sa tasse vide.

— Alors, ce meurtre, puisqu'il ne s'agit pas d'un suicide ?

— Des témoins ont parlé de trois hommes au look pas franchement blanc-bleu qui seraient descendus précipitamment de la colline peu de temps après la chute d'Andriy Mykoulyne. Il est probable qu'il a sauté pour leur échapper. À moins que ce ne soient eux qui l'aient balancé du promontoire. On ne le saura sans doute jamais.

Edgar prit les clichés de l'autopsie.

— On sait qui étaient ces assaillants ?

— Bonnets noirs, teint foncé, barbe islamiste, deux d'entre eux pourraient être des tueurs tchétchènes. Cela voudrait dire que cette opération associe des *kadyrovtsy*[1] aux équipes traditionnelles des services de renseignements russes. On n'a aucune identité concernant le troisième bonhomme, à part ce portrait-robot.

Un autre papier glissa devant Edgar. Un dessin d'artiste qui représentait un homme d'une cinquantaine d'années, avec d'épais cheveux blancs bouclés. Traits épais, glabre, des rides profondes, un teint bistre. Une tête de voyou.

— Probablement un Roumain, reprit Paul. Un agent local des Russes. Ta mission consistera, entre autres, à l'identifier.

— Pourquoi ces trois hommes s'en sont-ils pris à notre correspondant ? Et comment sait-on que les Russes sont impliqués ?

Paul eut un sourire nerveux.

— Andriy Mykoulyne devait remettre à son officier traitant de la DGSE des éléments précis concernant un complot du Kremlin contre la France. Une opération qui, selon ce qu'il lui avait annoncé, aurait pour nom de code « Ouragan de feu ». Personne n'avait jamais entendu parler de ce truc avant.

— À cause de nos trois inconnus, il est décédé avant d'avoir pu fournir ces informations, compléta Edgar.

— Certes, mais il n'est pas mort pour rien. Son assassinat est une horrible tragédie, mais *ex post*, il a au moins un avantage, répliqua Paul avec un certain cynisme : on sait maintenant que les informations de Mykoulyne n'étaient pas issues de son imagination. Sinon, personne

---

1. Désigne les membres des unités spéciales du régime du président de la république de Tchétchénie, Ramzan Kadyrov, un proche de Poutine. Elles sont réputées pour leurs méthodes sanglantes qui visent à intimider, torturer et terroriser l'ennemi, jusqu'à la soumission.

ne se serait donné la peine d'envoyer des tueurs pour le faire taire… Involontairement, en le liquidant, les Russes nous ont alertés sur la gravité de l'affaire.

— Cela prouve aussi qu'il leur semble urgent d'empêcher toute fuite. Je suppose qu'on n'a aucune idée de ce que pourrait bien être ce « complot » ? demanda Edgar en dessinant des guillemets avec les mains.

— Aucune. « Ouragan de feu », c'est un nom de code assez effrayant, n'est-ce pas ? Cette situation empêche de dormir l'état-major de la Boîte. Il faut absolument qu'on trouve ce que les Russes nous préparent. Vu l'état psychologique actuel de Poutine et de sa clique, on peut s'attendre au pire. À part le pétrole, le principal produit d'exportation des Russes aujourd'hui, c'est la peur.

— Tu m'envoies en Roumanie ?

— Bien supposé. On espérait récupérer des données dans le téléphone de Mykoulyne, mais il a été tellement abîmé par sa chute que l'espoir est faible, et il ne stockait rien sur le cloud. Bref, je veux que tu reprennes tout de zéro. Cette mission est une priorité absolue. Tu pars dès cet après-midi. Rendez-vous demain matin à 9 heures avec l'officier traitant qui gérait Andriy Mykoulyne, une clandestine sous couverture officielle d'attachée culturelle. Elle s'appelle Cécile Mauriac, son pseudo est « Marie ». Sérieuse mais inexpérimentée, n'attends pas trop d'elle.

Il poussa une enveloppe tamponnée *Très Secret Défense* dans sa direction.

— Tout ce qu'on a sur l'environnement de Mykoulyne… c'est-à-dire presque rien.

— Ma couverture ?

— Officiellement, tu pars en mission pour un client de ton cabinet. Un vrai contentieux entre une entreprise du CAC 40 et l'État roumain sur le coût de la dépollution d'un terrain public racheté par une de ses filiales. On a demandé à l'avocat qui s'occupe du dossier de faire appel à tes services en support.

Paul fixa soudain Edgar, l'air grave.

— Je dois te dire quelque chose. Un des secrets les mieux gardés du pays. Nous avons déjoué récemment une opération russe contre la France. Un truc sérieux.

— Tu peux m'en dire plus ?

Paul se ferma.

— Non. Mais si ça avait marché, il y aurait eu des morts par centaines et un impact dévastateur pour une de nos plus grandes entreprises. Poutine est furieux contre nous. Sans l'OTAN, le drapeau russe flotterait déjà sur Kiev. Maintenant, il est acculé, donc il se venge et lâche ses coups. Trois pays sont plus particulièrement dans sa ligne de mire : les États-Unis, le Royaume-Uni et la France. Le premier est loin, le second une île. Nous sommes les plus faciles à frapper. Il va recommencer.

Edgar opina sombrement tandis que Paul se penchait vers lui.

— J'ai un sale pressentiment. Il faut que tu trouves ce qu'il y a derrière Ouragan de feu, et que tu le trouves vite.

Encore une journée de merde dans le Donbass occupé. Un obus ukrainien a touché la centrale électrique et, depuis ce matin, le courant est coupé. Cinq degrés, de la pluie sans interruption sur Donetsk, et plus de chauffage.
Trop belle la vie chez les doryphores !
En parlant d'insectes, le collabo a encore appelé ses chefs. Ça fait la cinquième fois cette semaine. Dès que je peux, je me cache et je l'écoute. Il parle d'une mission importante des services secrets. Des trucs à cacher dans la ferme de ses vieux. Il est hyper fier que le FSB lui fasse confiance. Il se prend pour un super-héros à force de les fréquenter, ces sales types de la « sécurité intérieure », comme ils disent. Il pérore sur Poutine le nouveau tsar, sur la Grande Russie, dit qu'on va redevenir un pays qui compte. Qu'on va récupérer nos frontières d'avant 1991, obliger l'Europe et les Américains à s'aplatir devant nous.
Il est complètement bourré.
Je voudrais qu'il crève.

2

Transylvanie

L'ancienne cité médiévale roumaine de Cluj-Napoca ressemblait à un hybride raté entre l'Occident et l'ancien monde soviétique. Des immeubles en béton des années 50, vestiges de l'époque communiste, cohabitaient avec des constructions contemporaines et des bâtiments historiques qui rappelaient Prague. Des fenêtres de son hôtel ultramoderne, le Platinia, Edgar pouvait voir une usine désaffectée aux cheminées noirâtres, mais aussi, en tournant la tête, une église gothique. Le centre historique de la ville, entièrement rénové grâce à des fonds européens, témoignait de la grandeur passée du pays. Parc automobile neuf, trottoirs refaits, immeubles de bureaux qui poussaient partout. Le dynamisme économique du pays depuis son entrée dans l'Union européenne ne se démentait pas, en dépit de la crise de l'énergie.

Sortant de sa douche, il se sécha rapidement. Il n'y avait pas un cheveu blanc dans sa tignasse blonde. Malgré l'heure de sport de combat à laquelle il s'astreignait quotidiennement, il remarqua dans la glace que ses plaques de chocolat étaient un peu moins saillantes.

Son regard dériva vers la photo qu'il avait posée sur la commode de la chambre. Elle représentait Diane, sa fiancée, photographiée quelques jours avant sa mort brutale. Sur cette photo qu'il affectionnait particulièrement, Diane, radieuse, souriait, les deux mains tendues devant elle. Il la retourna, un geste machinal quand il quittait son appartement, qu'il reproduisait lorsqu'il était à l'hôtel. Il n'aimait pas que des femmes de chambre anonymes contemplent le témoignage de ce bonheur passé sans comprendre ce qu'il y avait derrière.

Il enfila une chemise blanche puis sa veste de costume. Il avait une prédilection pour les « Su Misura » de Zegna, confectionnés dans un tissu sombre aussi léger qu'un voile. Sans les épaules un peu trop larges et la petite lueur dangereuse dans le regard, il ressemblait effectivement à ce qu'il était les trois quarts du temps, un avocat international en mission.

Dédaignant l'ascenseur, il descendit par l'escalier.

Il avait loué sur Internet deux voitures dans deux agences différentes, une Fiat et une Dacia, grises toutes les deux, mais il n'en avait pas besoin pour se rendre à ce premier rendez-vous.

En sortant de l'hôtel, il prit d'abord à droite, vers la rue General Traian Moșoiu. Il y avait repéré sur Internet une boutique d'articles de chasse où il s'acheta un Kasper, un poignard dépliable. Une arme particulièrement appréciée des combattants au corps à corps pour la résistance de sa lame et pour la forme de son manche avec garde intégrée, qui permet de donner des coups puissants sans risque de se blesser à la paume. C'était peu de chose, mais il faudrait bien que cela fasse l'affaire, le temps que son armement conventionnel lui soit livré.

Une fois le couteau en poche (naturellement, il avait payé en liquide), il se dirigea vers la rue Lănci, qu'il descendit tout du long, avant de tourner dans la rue Universitate, située à proximité du lieu où il avait rendez-vous. On lui avait demandé d'attendre au Rhédey, place Unirii. Tables en bois, sièges modernes à damier multicolore et déjà une foule de clients, majoritairement des professeurs et des jeunes de la faculté de médecine voisine.

Pas vraiment le genre d'endroit pour rencontrer un agent français clandestin en toute discrétion. Du coup, il sortit, préférant s'asseoir en terrasse en dépit du vent glacial. Il commanda un Earl Grey.

Une vingtaine de minutes plus tard, une jeune femme le rejoignit. Presque aussi blonde que lui, en début de trentaine, taille moyenne, une silhouette un peu enrobée contrebalancée par l'énergie de sa démarche. Elle s'assit en face et lui tendit sa joue pour une bise comme s'ils étaient amis depuis toujours. De près, ses yeux étaient clairs comme ceux d'un husky.

— « Marie ». Mais je crois que vous connaissez mon vrai nom, Cécile Mauriac, alors inutile de faire semblant.

— Edgar.

Elle demanda un double expresso à une serveuse revêche.

— Je suis contente de vous rencontrer. Vous êtes arrivé depuis longtemps à Cluj ?

Elle parlait avec un léger accent toulousain assez charmant.

— Hier soir, vers minuit.

— Alors vous n'avez pas eu le temps de découvrir l'endroit. C'est une ville étudiante très sympa, même si je préfère vivre à Bucarest.

La jeune femme semblait fascinée par les yeux vairons comme par l'élégance nonchalante d'Edgar. Une présence bien différente de la raideur des diplomates et des analystes arides qu'elle côtoyait dans son métier. Elle porta à ses lèvres la tasse que la serveuse venait de déposer devant elle.

— Vous allez faire la guerre en Ukraine ? demanda-t-elle à brûle-pourpoint.

La frontière était à moins de deux cents kilomètres.

— Ce n'est pas le plan, se contenta-t-il de répondre prudemment.

— Si vous y allez, vous m'emmènerez ?

Il ne répondit pas, gêné.

— Vous avez de la chance d'avoir de l'action sur le terrain. Moi, je ne fais pas grand-chose, à part rédiger des notes. Depuis la guerre en Ukraine, le bureau de Bucarest est passé de trois à vingt-quatre agents car nous sommes, paraît-il, devenus stratégiques, mais il n'y a pas plus d'adrénaline qu'avant, je m'attendais à mieux.

— Vous êtes en poste en Roumanie depuis longtemps ? demanda Edgar pour changer de sujet.

— Juste un an. J'étais analyste à la direction du renseignement avant qu'elle ne disparaisse à l'issue de la dernière réforme de la DGSE. Je parle le russe, on m'a nommée ici pour un premier poste en ambassade, c'est comme cela que je suis devenue l'officier traitant d'Andriy Mykoulyne. Mais c'est la première fois que je rencontre quelqu'un comme vous, ajouta-t-elle avec emphase et un sourire qui semblait plein d'espérance. Un agent *noir*.

Elle avait insisté sur le « noir ». Il était temps pour Edgar de clore cette conversation dangereuse.

— Je ne suis pas un agent noir, juste une sorte de conseiller externe que la Boîte utilise parfois pour jeter un œil différent sur les affaires, prétendit-il. Désolé, mais mon travail est beaucoup moins exaltant que vous l'imaginez.

L'air désappointée, elle ne répondit pas. Ils burent en silence.

— Bon, assez parlé de moi. Par quoi voulez-vous commencer ?

— Je souhaite voir l'endroit où est mort Andriy Mykoulyne. Les ruines de Teleki.

— Je vais vous accompagner. Vous avez une voiture ?

— Oui, une Dacia Duster.

Elle eut une moue de déception.

— Prenons-la quand même, ce sera plus discret. La mienne a des plaques diplomatiques.

3

Transylvanie

Rien ne laissait deviner le drame qui s'était déroulé à Teleki, à part une tache sombre sur le goudron du parking... Tout ce qui restait d'Andriy Mykoulyne, journaliste ukrainien et honorable correspondant des services de renseignements français.

— Nous devions nous retrouver sur le parking avant l'ouverture, expliqua tristement Cécile Mauriac. Mais j'ai eu du retard. Je me suis fait arrêter par les flics sur l'autoroute pour excès de vitesse et ma carte verte n'était pas en règle. Diplomate ou pas, j'ai dû payer l'amende. Ça m'a fait perdre trois quarts d'heure. J'ai envoyé à Andriy un WhatsApp pour le prévenir de mon retard. Pour une raison que j'ignore, il ne l'a pas lu.

— Vous étiez armée ?

— Non. Mission de routine. Il m'avait annoncé des informations explosives. Mais, vous savez, nous avons l'habitude des correspondants qui se mettent en valeur alors qu'ils n'ont rien de concret. Mykoulyne fournissait souvent des choses utiles, certes, mais il n'a jamais eu accès à des secrets d'État. Nous n'imaginions pas qu'il pouvait avoir des renseignements mettant sa vie en jeu. Et puis, je vous l'avoue, j'étais dubitative. « Ouragan de feu », je trouvais que c'était un peu *too much*, comme nom de code, pour une opération montée par le Kremlin.

— Si vous aviez été là, vous seriez morte aussi. Ils étaient trois.

— Je sais.

Il ne lui dit pas l'autre pensée qu'il avait en tête. Peut-être qu'Andriy Mykoulyne avait été tué à ce moment et à cet endroit précis en raison de la présence supposée de son officier traitant. Pour les enlever ou les liquider tous les deux. Afin de trancher cette question, il lui fallait découvrir comment les Russes avaient appris que Mykoulyne travaillait pour la DGSE, et surtout qui les avait prévenus de ce rendez-vous.

— Je ne comprends pas pourquoi il n'a pas tenté de s'enfuir en voiture, au lieu de partir là-haut vers les ruines, reprit-il. Il aurait pu aussi couper à travers bois. J'ai regardé sur un plan, un chemin de randonnée part du bas de la pente. D'après le gardien, les trois hommes sont arrivés presque au même moment que lui, ils étaient seuls sur le parking. Mykoulyne devait bien se douter qu'il serait bloqué une fois en haut.

— Un escalier métallique descendait sur l'autre versant, mais il a été démonté cet été. À mon avis, Andriy a pensé qu'il pourrait l'utiliser.

— Il y a quoi, au sommet ?

— Les ruines d'un château et un petit monument aux morts.

— Il connaissait les lieux ?

— Forcément. C'est toujours lui qui m'indiquait les endroits pour nos rendez-vous.

— Montons voir.

Le sentier était escarpé, il leur fallut presque un quart d'heure pour arriver à un coude. Du doigt, Cécile indiqua un trou dans le sol.

— Les flics roumains ont retrouvé une de ses chaussures, ici.

Ils continuèrent. Avisant une trouée, la Française bifurqua à droite au milieu des fourrés.

— C'est un second sentier. Les flics y ont trouvé son autre godasse. Pauvre Andriy, il ne pouvait plus aller très vite.

Enfin, ils atteignirent le sommet. Le panorama était magnifique, mais Edgar n'avait pas le cœur à faire du tourisme. Quelques rares visiteurs déambulaient, des personnes du troisième âge reprenant leur souffle après l'épreuve de la montée. Du doigt, Cécile indiqua un amas de tubes en métal dans l'herbe.

— La passerelle de secours...

Edgar opina sans répondre.

— Il n'y a rien de plus à voir, conclut-elle. On redescend ?

— Attendez ! Si Mykoulyne s'est senti piégé, il a peut-être essayé de sauver l'essentiel en cachant quelque chose ici.

— Qu'est-ce que vous en savez ?

— Il voulait vous rencontrer pour vous communiquer une information vitale, poursuivit Edgar, tout à son idée. Comme il n'avait rien sur lui, on en a conclu qu'il s'agissait d'une information orale. Mais peut-être qu'il avait *quelque chose* à vous remettre. Un papier, une clef USB, un microfilm, n'importe quel support.

— Si c'est le cas, ses agresseurs l'ont pris.

— Sauf s'il a sauté avant qu'ils ne l'atteignent. Tout a été fouillé ?

— Les flics ont passé le sentier au peigne fin, à plus de vingt. Il n'y avait rien. Ici non plus.

D'un mouvement de menton, Edgar indiqua le soubassement du monument aux morts.

— Et là ?

— Là, on n'a pas regardé.

— Est-ce que des membres du contre-espionnage roumains étaient présents, ou juste la police ?

— La police uniquement. Pourquoi ?

— Pour rien.

Un des instructeurs d'Edgar à la DGSE était spécialisé dans les techniques d'utilisation des boîtes aux lettres mortes – les BLM, dans le jargon du métier. Cécile était jeune et peu habituée à la clandestinité, son instruction s'était probablement focalisée sur les moyens de communication électroniques, alors que pour un véritable agent clandestin comme Edgar, formé une dizaine d'années plus tôt, utiliser des boîtes aux lettres mortes était un moyen de communiquer comme un autre.

Les BLM sont des endroits que personne n'a l'habitude d'inspecter, comme des colonnes, des murets, des socles de statues, des anfractuosités naturelles, des fontaines, des bancs publics ou des tombes. Un espion apprend à les utiliser pour y cacher discrètement des messages qu'un autre agent viendra récupérer. C'est ainsi que deux membres d'un même réseau peuvent se transmettre des informations dans un pays hostile sans jamais se rencontrer. Lui-même s'était entraîné des jours entiers à utiliser ce type de cache sans se faire remarquer. Andriy Mykoulyne était un honorable correspondant de la DGSE depuis plus de vingt ans, il était possible qu'un instructeur « à l'ancienne » lui ait enseigné cette technique.

— Alors ? insista Cécile Mauriac.

Edgar n'avait pas vraiment envie de faire un cours sur les techniques d'espionnage à la jeune femme, au risque de paraître pédant, aussi se contenta-t-il de dire :

— J'aimerais qu'on fouille cet endroit.

— Allons-y.

Son ton indiquait qu'elle n'y croyait pas. Ils attendirent que le groupe de personnes âgées se dirige vers le sentier. Personne d'autre n'étant monté entre-temps, ils se retrouvèrent bientôt seuls. Aussitôt, Edgar s'agenouilla devant le monument. Comprenant, Cécile s'accroupit de l'autre côté. Les pierres étaient mal jointes, il pouvait y avoir des centaines de creux où glisser un objet.

— J'ai trouvé quelque chose ! lança la jeune Française d'un ton victorieux au bout d'une vingtaine de minutes.

Elle se redressa, les doigts couverts de poussière, tenant une clef USB.

— Elle est comme neuve, le plastique est tout brillant, donc elle n'était pas cachée là depuis longtemps, remarqua Edgar. Andriy Mykoulyne n'est peut-être pas mort pour rien.

Ils redescendirent à toute vitesse jusqu'au parking. Cécile sortit son ordinateur portable du coffre de la voiture.

— Je n'ai pas le droit de recueillir des fichiers électroniques n'importe comment. Il faut que je les ouvre avec cet appareil spécial. Si cette clef USB a bien été laissée par Andriy Mykoulyne, elle sera cryptée.

Au même instant, un cartouche de contrôle d'accès s'afficha à l'écran. Les lèvres serrées par la concentration, elle y entra une série de chiffres et de lettres.

— Il y a vingt-quatre caractères. Si je me trompe, il faut attendre deux minutes avant de recommencer, dit-elle avec un sourire, tandis que l'écran moulinait.

La clef USB s'ouvrit avec un petit bip. Elle ne contenait qu'un unique fichier au format PDF, daté de la semaine précédente, sur lequel elle cliqua.

— Qu'est-ce que c'est que ce truc ? s'exclama-t-elle.

Il s'agissait d'une photo. De mauvaise qualité, sans doute prise à la volée. L'intérieur d'un hangar. Deux tracteurs et diverses machines agricoles étaient garés au fond. Au centre, quatre gros panneaux en métal reposaient sur des tréteaux. Dessus, plusieurs engins oblongs équipés d'ailettes.

Moscou

La général-major Olga Ranevskaïa, cheffe du bureau des *mokrye dela*[1] (officiellement, elle était « responsable des opérations spéciales ») auprès du *prezident* Poutine, finit de ranger les quelques papiers étalés sur son bureau, comme elle le faisait toujours avant un rendez-vous.

Elle se prépara un jus de fruit fraîchement pressé, son péché mignon, à l'aide d'une petite machine posée sur une console. Cela lui servirait de déjeuner. Elle savoura son breuvage en écoutant les pépiements de ses deux paddas de Java. Des oiseaux apprivoisés qui passaient le plus clair de leur temps sur son épaule ou à voleter autour d'elle. Olga Ranevskaïa aimait leur comportement amical, leurs yeux rouges et leurs couleurs chatoyantes. Même lorsqu'elle ouvrait la fenêtre et qu'ils s'envolaient au loin, elle n'avait aucune crainte car ils revenaient toujours.

1. Littéralement : « opérations mouillées ». L'expression désigne les exécutions ciblées dans le langage des services spéciaux russes.

Ils étaient ses seuls amis.

Elle sortit quelques graines, qu'ils vinrent picorer dans sa main en poussant des sifflements de plaisir. Pourtant, cela ne suffit pas à la détendre. Depuis le début de l'opération Ouragan de feu, elle n'y arrivait pas.

Elle se pencha sur la fiche posée devant elle.

Celle d'un colonel du *Razvédyvatel'noïé oupravlénié*, ou RU, la nouvelle appellation des services de renseignements de l'armée russe, que tout le monde continuait néanmoins à désigner par GRU. Le fichier d'Olga Ranevskaïa, dite la Tsarine, comportait des milliers de noms, du simple *golovorez,* littéralement « coupeur de têtes », l'exécuteur de base, jusqu'aux scientifiques les plus capés ou même aux oligarques riches à milliards. Pour cette opération, elle avait jeté son dévolu sur le chef de mission qui avait le meilleur taux de succès de tous les services. Son nom était Rouslan, mais tout le monde, subordonnés comme supérieurs, l'appelait le Tatar car il était originaire de la ville de Zelenodolsk, au Tatarstan.

Olga Ranevskaïa savait qu'il patientait debout dans le couloir, où elle avait fait enlever les moelleuses banquettes. Pour mettre ses visiteurs un peu plus en condition. Leur montrer qu'ici, au cœur du Kremlin, nonobstant leur puissance à l'extérieur, ils n'étaient rien. Juste des rouages de l'immense machine à broyer qu'était l'État russe. Avec elle, la Tsarine, assise à la droite du dieu Poutine.

Elle se leva d'un bloc et ouvrit sa porte.

— Entrez, lança-t-elle, l'air sévère, sans le regarder.

Le Tatar avait un visage étrange, grêlé et en lame de couteau, avec des yeux très enfoncés. Son corps efflanqué, sa veste étroite et ses longs cheveux blancs coiffés en catogan lui donnaient l'air d'un professeur de musique un peu ahuri plutôt que celui d'un chef de mission d'élite du renseignement russe. Il ne manquait pas de charme, cependant, grâce à son regard pétillant d'intelligence.

Comme les fois précédentes, il se présentait en civil – veste en velours aux coudes renforcés, chemise blanche et cravate club. Elle eut un hochement de tête appréciateur. Lorsqu'ils avaient rendez-vous avec elle, la plupart des officiers arboraient leur plus bel uniforme, auquel ils ne manquaient jamais d'accrocher leurs décorations. Elle supposait qu'il s'agissait soit de l'impressionner, soit de lui prouver leur loyauté en rappelant leurs actions héroïques passées dans l'armée ou les services secrets. Un choix qui l'exaspérait, même si elle n'en montrait rien. Un militaire en tenue est toujours moins discret qu'un civil, surtout si ses décorations sont prestigieuses. Or attirer l'attention était ce qu'elle souhaitait par-dessus tout éviter. Malgré les précautions, qui pouvait garantir, en effet, que le planton à l'entrée ou l'un des vendeurs de souvenirs des environs du Kremlin ne travaillaient pas pour le renseignement américain ?

Obéissant à un geste de la Tsarine, l'officier s'assit. Il ne parut pas remarquer l'inconfort de la petite chaise de bois.

Elle jeta un bref regard sur sa fiche.

Ancien membre de la première direction principale du KGB, celle à laquelle Vladimir Poutine avait lui-même appartenu, il avait été transféré aux renseignements militaires vingt ans plus tôt. À sa connaissance, un transfert unique en son genre, car la haine entre les deux centrales de renseignements était immense.

En dépit du bizutage que le transfuge avait d'abord subi, son efficacité lui avait peu à peu valu le respect de ses nouveaux pairs.

L'homme qui se tenait devant elle était un Héros de la Fédération de Russie, avait été exceptionnellement élevé dans l'ordre de Saint-Georges, statut de 1re classe, puis dans celui de Saint-André Apôtre le Premier Nommé, la plus prestigieuse décoration russe. Une nomination militaire rarissime, matérialisée par la présence de deux épées au-dessus des aigles sur la médaille qu'on lui avait remise.

— Je ne vois aucun signe sur votre revers. Auriez-vous honte de vos décorations, *tovarichtch* colonel ? attaqua-t-elle.

La Tsarine utilisait la manière de parler de l'ancien ordre soviétique, qui consiste à faire précéder de « camarade » le titre ou le nom des gens à qui l'on s'adresse. Après tout, les membres des organes de sécurité, les *siloviki*, ne sont-ils pas les descendants (non seulement légitimes mais fiers de l'être) de la Tchéka, la cruelle police politique des débuts du régime soviétique ? Cette filiation est encore matérialisée de nos jours par la présence du buste de Félix Dzerjinski, son sinistre fondateur, dans le hall de la Loubianka. Un homme responsable de centaines de milliers de morts, de millions de vies brisées. Un peu comme si le BND allemand avait conservé une statue à l'effigie du Reichsführer-SS Himmler dans l'entrée de son siège de Berlin-Mitte…

— J'ai pensé que ce ne serait pas du meilleur goût de les afficher ici, *tovarichtch* général-major, répondit tranquillement le Tatar. Après tout, nos ennemis sont partout.

Il avait une voix de basse, sourde et virile. La Tsarine n'eut aucune réaction apparente mais goûta cette repartie. Même les paddas semblaient sous le charme, ils vinrent se poser sur l'épaule du Tatar en poussant des piaillements stridulants.

— L'opération Ouragan de feu a été compromise, les Français savent probablement que nous préparons quelque chose contre eux. Notre *prezident* Poutine m'a donné pour instruction de faire cesser toute ingérence sur-le-champ. Votre mission est d'empêcher les Français de fouiner. Tout danger doit être éliminé, vous avez carte blanche. Suis-je claire ?

Il opina. Lorsqu'on était convoqué dans le bureau d'Olga Ranevskaïa, on en sortait soit avec la confirmation d'un ordre de mission crucial, soit avec une condamnation à mort.

— Merci, camarade général-major. C'est un grand honneur.

— Plus encore que vous ne l'imaginez. Notre *prezident* suit personnellement Ouragan de feu. Si vous réussissez à préserver notre opération, je veillerai à ce qu'une plaque à votre nom soit posée dans la salle secrète du musée privé des renseignements militaires.

Délicate allusion au fait qu'il ne devait pas s'attendre à en sortir vivant. Elle guettait une réaction, mais il se contenta de la regarder calmement de ses grands yeux sombres, avec l'air d'un chien de chasse qui attend l'ordre de son maître. Elle sut alors qu'elle avait fait le bon choix.

— Votre mission commencera en Roumanie, à Cluj-Napoca. Bonne chance.

5

Pologne

Assis à l'arrière du taxi, le colonel Igor Garidov regardait défiler la banlieue de Varsovie. Entré sans encombre dans l'Union européenne, il était désormais assuré de poursuivre son périple jusqu'à sa destination, la ville de Blois. Membre des renseignements militaires, il avait été chargé par le Kremlin de la partie française de l'opération Ouragan de feu.

Malgré son excitation, il ne put s'empêcher de bâiller.

Le voyage avait été éprouvant.

Des engins militaires l'avaient transporté de Moscou à Brest, en Biélorussie, pour lui permettre de franchir la frontière ukrainienne clandestinement. À Chatsk, il avait rejoint un agent russe se faisant passer pour un chauffeur de taxi, qui lui avait remis le passeport ukrainien – ayant voyagé par la valise diplomatique – au nom de son identité fictive. On l'avait ensuite conduit à la frontière polonaise, qu'il avait traversée à Nowe Sady de manière tout ce qu'il y avait de plus officielle. Puis transfert jusqu'à Varsovie, dans la voiture d'un second faux chauffeur de taxi.

En tout, plus de vingt heures de trajet.

Il devait s'envoler pour Paris un peu plus tard, à bord d'un vieux Boeing 737 de la LOT. Comme d'habitude, son employeur, radin, avait acheté le billet le moins cher et il savait déjà qu'il allait se retrouver coincé au dernier rang. Lors de son précédent voyage sous identité fictive, il avait passé quatorze heures entre un commerçant en pistaches qui avait grignoté des fruits secs durant tout le vol (les bruits de mastication avec) et un contremaître qui sentait des pieds. Mais pour un officier chevronné comme lui, ces désagréments étaient peu de chose.

Trente ans auparavant, Igor Garidov avait été choisi pour s'occuper des réseaux islamistes car, avec son physique, il pouvait passer pour un Moyen-Oriental, un Iranien ou un Tchétchène. Le fait qu'il parle couramment quatre langues sans accent le rendait encore plus indétectable. Intelligent, tenace et courageux, il était considéré par l'amiral Kostioukov, qui dirigeait depuis des années les renseignements militaires, comme l'un de ses meilleurs chefs de mission.

Atout de taille, il n'avait jamais été identifié par les services occidentaux.

Or la discrétion était cruciale. La partie finale de l'opération Ouragan de feu ne devait être associée au Kremlin sous aucun prétexte. Il ne s'agissait pas d'une mission secrète classique mais bien d'un acte de guerre à l'encontre d'une nation dotée de l'arme nucléaire et d'un siège permanent au Conseil de sécurité de l'ONU. Il y aurait des milliers de morts et un impact économique ravageur dont les Russes espéraient bien qu'il se traduirait en troubles sociaux et politiques qui affaibliraient la France pour de nombreuses années.

La vengeance du *prezident* Poutine se mange toujours glacée.

Igor Garidov sentait dans la poche de sa chemise le poids du passeport avec sa propre photo, au nom de l'homme qu'il était censé être.

Akhmad Moussaïev, Ukrainien d'origine tchétchène. Sa plus belle légende.

Preuve de son importance, pour la monter, des années auparavant, il avait fallu l'intervention directe de plusieurs personnes haut placées, dont Oleksandr Iakimenko, l'ancien chef des services secrets ukrainiens.

Une taupe russe.

Époque bénie où les collabos pro-Kremlin se cachaient à peine...

L'émission discrète de ce passeport avait transformé en un clin d'œil le commerçant Akhmad Moussaïev, citoyen russe choisi pour sa ressemblance frappante avec Igor Garidov, en un citoyen ukrainien.

Un tour de passe-passe magistral, en vue d'une future manipulation destinée à nuire à l'Ukraine. On reconnaît les grands services de renseignements à ce genre de détail. À leur capacité de déployer une énergie et un professionnalisme immenses dans le seul but de mettre en place les fondations d'opérations qui ne seront peut-être jamais déclenchées.

Toute la partie opérationnelle française d'Ouragan de feu dépendait de son personnage fictif.

6

Paris

La réunion de crise, en comité restreint, se tenait dans le bureau du directeur général (que les agents de la DGSE appellent simplement le DG) de la centrale française du renseignement extérieur, une pièce assez vaste, mais guère impressionnante avec son mobilier un peu fatigué, qui donnait sur la cour d'honneur. Outre le DG et son adjoint, un général quatre étoiles qu'Edgar appréciait beaucoup pour sa finesse d'analyse et sa loyauté à son égard, elle rassemblait les principaux cadres dirigeants de la centrale : le directeur de la recherche et des opérations[1], le directeur technique, le secrétaire général analyse et stratégie. Deux chefs de centre de mission[2], Russie/ Ukraine et contre-prolifération, et Paul complétaient cet

1. La DRO, direction de la recherche et des opérations de la DGSE, est la nouvelle direction phare de la centrale de renseignements française, qui a fusionné la direction du renseignement et la direction des opérations de la DGSE, fin 2022.

2. Les centres de mission sont les nouvelles structures opérationnelles de base de la DGSE, issues de la réforme de fin 2022.

aréopage. Modestement, en bon agent clandestin qu'il était, Edgar s'était assis un peu à l'écart, tout au bout de la table.

Preuve de l'urgence de la situation, la DGSE lui avait fourni un avion privé qui lui avait permis de rejoindre Paris depuis la Roumanie en à peine deux heures, afin de participer à cette réunion de crise. À son arrivée, la voiture du directeur général l'attendait au Bourget. Elle avait gagné le boulevard Mortier en moins de trente minutes, sirène et gyrophare allumés. Une première pour Edgar.

Ancien diplomate brillant et charismatique, plein d'humour quand il voulait s'en donner la peine, c'est-à-dire assez rarement, le DG avait sa tête des mauvais jours. D'un geste, il exigea le silence, avant de se tourner vers le directeur du renseignement opérationnel.

— Parlez-nous de la photo qu'Edgar a récupérée en Roumanie.

— Il s'agit de missiles sol-air, tous fabriqués par des industriels français. Sur les tables de gauche, douze Mistral, la version F3, la plus moderne. À côté, dix Starstreak de dernière génération. Comme vous le savez sans doute, ces engins sont construits par une filiale de Thales. Ce sont les missiles sol-air les plus rapides au monde. Ils atteignent une cible jusqu'à 6 000 kilomètres de distance, à une vitesse de 3 000 kilomètres-heure. Chacun comporte trois flèches de tungstène bourrées d'explosif, capables de se déployer de manière indépendante, ce qui triple leur capacité à toucher leur cible.

— Vingt-deux missiles, donc, laissa tomber le DG d'une voix grave.

— Je ne comprends pas, intervint le chef de mission Russie/Ukraine. Je croyais que les Mistral livrés à l'Ukraine en mars 2022 étaient de vieux missiles issus de stocks de la marine norvégienne. Ces F3 sont beaucoup plus récents. D'où proviennent-ils ?

Le DG eut une mimique crispée avant de se tourner vers son directeur technique.

— Pierre, dites à tout le monde ce qui a été déchiffré sur un des conteneurs de Mistral.

— En grossissant la photo, nous avons repéré une étiquette avec un numéro de série, flou. Mes équipes ont réussi à repixelliser le cliché, ce qui nous a permis de lire les numéros.

Il s'arrêta un instant, comme pour ménager son effet.

— Il s'agit de l'armée française.

Un brouhaha envahit la pièce, que le DG fit taire en tapant sur la table.

— C'était censé rester secret, mais au point où nous en sommes, voici toute l'histoire. Ces missiles ont été prélevés l'année dernière sur les stocks de l'armée française pour être livrés à l'armée ukrainienne. Un mois après l'invasion, la Norvège avait déjà fourni à l'Ukraine des Mistral mer-air. Mais un peu plus tard, le président Zelensky a appelé le président Macron. Pas pour le remercier, comme s'y attendait ce dernier, mais pour se plaindre ! En effet, si ces missiles sont efficaces, ils sont aussi très vieux et ils présentent un problème majeur sur un théâtre moderne d'opérations : le bruit qu'ils font au lancement. Près de 145 décibels. On entend le *bang* à plusieurs kilomètres à la ronde. En mer, ce n'est pas vraiment un souci, mais sur terre, c'est évidemment problématique. Le lanceur risque sa vie car il s'expose à des tirs de riposte ennemis. Or on sait que les troupes russes en Ukraine disposent de systèmes de contre-batterie efficaces, équipés de capteurs de reconnaissance sonore et de logiciels de triangulation modernes.

« Bref, Zelensky a vertement engueulé notre président. Macron lui a expliqué que nous faisions un geste politique fort en autorisant la Norvège à lui donner ces engins, car l'exportation de ce type d'armes par un pays acquéreur est normalement interdite. Zelensky a répondu que la France manquait à son devoir de solidarité en se contentant d'autoriser l'exportation de vieux missiles mer-air par un tiers. Il a demandé que nous donnions l'exemple en fournissant nous-mêmes des missiles sol-air de dernière génération, issus de nos propres stocks. Il avait bien préparé son coup, évidemment. Il a cité dans sa liste de courses les Mistral F3 et les Starstreak, qui sont les plus efficaces.

« Macron s'est retrouvé piégé, il était trop tard pour se dédire. Nous souhaitions absolument éviter que les Ukrainiens nous accusent, comme ils le font à juste titre avec les Allemands, de traîner les pieds dans nos livraisons d'armes. Deux cent cinquante engins ont donc été secrètement prélevés sur les stocks de l'armée française, avant d'être acheminés vers le territoire ukrainien. Ces vingt-deux missiles font partie de ce lot.

Un silence suivit ces mots. Le chef de mission Russie/Ukraine faisait la gueule, remarqua Edgar. Probablement parce qu'il venait de se rendre compte que, malgré son niveau élevé dans la hiérarchie de la DGSE, il n'avait pas été mis dans la confidence. Fâcheux quand on est censé être au centre du recueil des informations sur l'Ukraine…

— La présidence avait exigé la plus grande confidentialité, désolé, reprit le DG.

— Que disent les Ukrainiens ? interrogea le responsable Russie/Ukraine.

Comme à son habitude, il s'était rapidement repris et affichait un visage parfaitement lisse.

— Sans lui parler de la photo, j'ai contacté mon homologue à Kiev. Avec sa tête de brute et son physique de paysan du Caucase, il excelle dans l'art de se faire passer pour moins intelligent qu'il n'est, et j'ai beaucoup de mal à deviner s'il est sincère ou non. Mais il m'a juré ses grands dieux qu'il n'avait jamais entendu parler de la disparition de ces armes.

— Vous le croyez ?

Le DG eut une moue.

— J'aurais tendance à penser qu'il dit la vérité. Après tout, ces missiles ne prennent pas beaucoup de place et il y a eu tellement de pertes au cours des combats...

— A-t-on le moyen d'identifier le pays ou le lieu où la photo a été prise ? demanda un participant.

— Malheureusement, il n'y avait pas de coordonnées GPS dans le fichier, répondit Paul. Apparemment, la photo a été prise avec un smartphone d'un modèle assez ancien. Les tracteurs visibles sur le cliché sont des T150 K et des Kirovets, des engins ukrainiens et russes increvables qu'on trouve absolument partout dans l'ex-bloc soviétique.

« Pour résumer, il est impossible de savoir si cette photo a été prise en Ukraine occupée, en Biélorussie, en Russie ou ailleurs, conclut le DG.

— Sait-on au moins comment ces armes ont été volées ?

— Selon les Ukrainiens, une opération militaire assez curieuse s'est déroulée il y a quatre mois. Ce jour-là, les forces russes ont attaqué un entrepôt logistique isolé de l'armée ukrainienne à Zlopidorija, une localité située assez loin de la ligne de front, en plein territoire ukrainien. D'après nos analyses, confirmées à la fois par les Américains et les Allemands, c'est l'action la plus sophistiquée qu'aient menée les Russes depuis le début de la guerre. Elle a commencé par des tirs de missiles thermobariques de dernière génération, puis elle s'est poursuivie par des bombardements ciblés effectués par une quinzaine d'avions Mig-35, dont c'était la première apparition depuis le début du conflit. Des frappes d'artillerie précises sont venues compléter l'attaque. Le tout était coordonné par un drone Altius, l'engin le plus rare de tout l'arsenal russe. À l'issue de ces frappes, des commandos ont lancé un assaut au sol sur l'abri enterré où étaient stockés les missiles. Le tout a pris moins de soixante minutes.

— Attendez ! Tout cela montre une grande préparation. Vous pensez que les Russes savaient que nos missiles étaient là ?

— C'est l'hypothèse, en effet, répondit l'adjoint du DG. Ce qui signifie que le Kremlin les voulait spécifiquement. Nous parlons d'une opération de prédation incroyablement bien préparée.

7

Paris

Après avoir laissé tous les participants digérer cette dernière information, le DG se leva, l'air grave, posant les mains bien à plat sur la table.

— Si les Russes se sont donné la peine de déployer autant de moyens pour récupérer ces missiles, c'est qu'il y a une considération stratégique. Ces armes sont un cauchemar du point de vue de la sécurité aérienne. Elles sont à la fois très efficaces, impossibles à détecter en amont du tir et très faciles à utiliser. La marche à suivre, c'est de viser un avion, d'acquérir la cible, ce qui se fait automatiquement par les calculateurs intégrés, puis d'appuyer sur la gâchette. Le tout prend une à deux minutes au maximum.

« Ensuite, c'est terminé. Ces missiles foncent sur leur proie en suivant la chaleur des réacteurs. Ils sont beaucoup plus fiables que les anciens systèmes, on ne peut pas les leurrer par des sources secondaires de chaleur ou en fonçant sur le soleil. Comme n'importe quel amateur peut les utiliser, ils représentent un danger majeur pour la sécurité aérienne.

Il se tourna vers Edgar.

— Vous connaissez bien cette problématique. C'est vous qui aviez récupéré deux Mistral F3 « perdus » par nos armées en Afghanistan. Mon prédécesseur était très inquiet qu'ils se retrouvent en de mauvaises mains.

— Oui, monsieur, des missiles que la DGSE avait fournis aux troupes libyennes du maréchal Haftar, mais dont on soupçonnait qu'ils avaient été revendus à Daech, en Afghanistan, par un intermédiaire véreux. J'avais fini par les retrouver, mais heureusement, ils n'étaient plus opérationnels. Leurs batteries étaient mortes. Or, si j'ai bien compris, elles sont impossibles à reproduire facilement.

— Exact, répondit le DG en se raclant la gorge. Notre problème est que tous les engins dérobés par les Russes seront parfaitement fonctionnels durant plusieurs années encore. Si j'additionne deux et deux, je pense que les Russes veulent utiliser nos missiles dans des attaques antiaériennes. Pas des attaques en Ukraine. Des attaques contre nous.

C'était si énorme qu'Edgar avait du mal à mettre des mots sur ses pensées. À voir la tête des autres participants de la réunion, il était clair qu'il n'était pas le seul.

— Vous voulez dire que les Russes pourraient les utiliser contre des avions civils ? demanda un participant d'une voix blanche, verbalisant l'indicible.

— Oui, c'est la seule explication au déploiement d'efforts aussi insensés. L'idée de toute cette manipulation est très probablement de livrer ces missiles à des groupes hostiles à notre pays afin qu'ils les utilisent contre nos aéroports ou ceux de nos alliés. Et des groupes hostiles à la France, il n'en manque pas... Au bout du deuxième ou troisième avion désintégré, on serait obligé d'interrompre complètement le trafic aérien civil. Ce serait le chaos. Vous imaginez les conséquences ?

— Tous les avions seraient cloués au sol, sans exception, compléta le responsable de la contre-prolifération d'un ton lugubre. Plus de liaison aérienne avec l'étranger. Le trafic de personnes mais également de fret, qui est indispensable à notre économie, serait à l'arrêt pour une durée indéterminée. L'impact serait dévastateur. Et pour ceux qui se poseraient la question, j'ajoute qu'on ne peut pas protéger tous les avions avec des systèmes de leurres antimissiles. Indépendamment du coût, qui s'élèverait à des milliards, équiper toute la flotte d'avions civils utilisant les aéroports français est en pratique impossible. Ces systèmes de protection sont complexes, longs à produire, et il n'en existe pas de stock, nulle part au monde. Il faudrait des années pour les fabriquer puis les installer.

— C'est la vengeance parfaite pour Poutine, résuma le DG. Les sanctions européennes sont en train de détruire son économie et nos canons Caesar provoquent un bain de sang parmi ses soldats en Ukraine ? Il riposte en essayant de causer la mort de milliers de nos compatriotes et de mettre à bas notre économie. Tout cela au moyen d'une opération secrète, dans laquelle le Kremlin n'apparaît pas.

— Si on les accusait, les Russes répondraient qu'ils n'y sont pour rien. Que les missiles en cause sont français. Que c'est la faute des Ukrainiens corrompus, qu'ils revendent le matériel de guerre que nous leur fournissons à des terroristes, compléta son adjoint. Ils auraient beau jeu de dire que nous sommes les victimes de nos propres décisions. Que nous avons joué avec le feu en livrant des armes aussi dangereuses aux Ukrainiens.

— Ce cauchemar ne doit pas arriver, répliqua le DG d'une voix ferme. Nous devons trouver ces missiles. Quel qu'en soit le prix.

Enfin un rayon de soleil dans ma vie ! Aujourd'hui, le collabo avait l'air complètement abattu. Il était limite décomposé, ha ha ha.
L'armée ukrainienne a gagné du terrain hier. Pas beaucoup, mais les envahisseurs reculent, ce sont les premiers revers des Russes après leurs contre-attaques de ces dernières semaines. Un « repositionnement des troupes », selon TV Propagande. Tu parles ! Une débandade, plutôt.
Le spectacle des blindés remplis à ras bord d'électroménager et de toutes sortes d'objets volés (même les cuvettes de chiottes !) fonçant à toute vitesse dans le sens opposé à la ligne de front vaut mieux que tous les communiqués du Kremlin. Eh oui, non seulement les glorieux soldats russes se carapatent mais, en plus, ils préfèrent garder leurs camions pour le fruit de leurs pillages plutôt que pour leurs camarades. Ils abandonnent leurs morts et leurs blessés derrière eux, ces chacals.
« Les meubles et l'électroménager d'abord », ça pourrait être le slogan de l'armée de Poutine.

Au fait, quelqu'un lui a dit qu'il était la risée du monde entier ?
Le collabo, lui, se demande s'il ne va pas devoir bientôt filer en Russie, sa nouvelle patrie. Je parle de la Russie dans ses frontières de 2013, une fois que le Donbass et la Crimée seront libérés. Tout ça pour ça : trop drôle !
Tout à l'heure, le collabo a reçu un appel d'un de ses amis d'enfance. Un journaliste. En raccrochant, il a crié : « Quel con, cet Andriy Mykoulyne. M'appeler après huit ans sans nouvelles pour essayer de me soutirer des informations sur la situation dans le Donbass. Comme si j'allais lui révéler mes secrets ! »
Alors moi, mine de rien, je lui ai demandé s'il en connaissait vraiment, des secrets. C'est là qu'il a répondu : « Ouragan de feu, c'est le secret le mieux gardé du monde. Et crois-moi, je suis en plein dedans. »
Abruti !
Je vais continuer à te surveiller, à essayer de capter toutes tes conversations avec tes copains de la police secrète. Je veux découvrir quel coup bas vous mijotez.

8

Blois

Igor Garidov appuya sur le bouton d'ouverture à peine le train venant de Paris arrêté le long du quai. Il avait pris le premier de la journée (départ 6 h 23, arrivée 8 h 13), et fut le seul à descendre à Blois. En revanche, une petite foule attendait d'y monter.

Surpris par la faune qui se tenait sur le parvis de la gare, il fut accueilli par les regards hostiles d'un groupe de jeunes crânes rasés, qu'il décida d'ignorer. Pour tenir sa légende, il s'était habillé comme Akhmad Moussaïev l'aurait fait – pantalon bouffant, tunique longue et manteau de berger à capuche. Sans comprendre que cet accoutrement qui aurait à la rigueur fonctionné dans certaines régions reculées du Caucase semblait complètement décalé ici, en France.

Quoi qu'il en soit, il *était* Akhmad Moussaïev. Une personne qui avait vraiment existé, autrefois. Un commerçant sans histoire de la banlieue de Grozny, marié et père d'une adolescente.

Igor Garidov l'avait fait enlever et liquider discrètement

dix ans auparavant, avec femme et enfant, lorsqu'il avait entamé le travail de création de sa future doublure. Quelques cartes postales et des mandats de cent dollars à ses proches, envoyés de temps en temps par Western Union depuis Kiev, avaient matérialisé la légende du commerçant ruiné qui va tenter une nouvelle vie en Ukraine. Puis, durant plusieurs années d'affilée, les services russes avaient procédé à la liquidation discrète de tous ceux qui connaissaient le vrai Akhmad Moussaïev. Parents, amis, clients, ils avaient disparu sans que personne saisisse qu'un plan était à l'œuvre, avec l'efficacité dépourvue de sentiment d'un marteau-pilon. Désormais, personne au monde ne pouvait dire que l'Akhmad Moussaïev qui se trouvait à la gare de Blois était un imposteur.

Selon la légende édifiée par les Russes, Moussaïev avait fui la Tchétchénie pour émigrer à Kiev en 2012, où, dès l'année suivante, il avait monté une petite entreprise de contrebande avec l'aide de sous-officiers ukrainiens peu regardants.

Son nouveau passeport ukrainien en poche, ses affaires s'étaient encore développées.

Sous sa couverture d'ex-marchand tchétchène, Igor Garidov s'était mis à racheter de plus en plus de matériel volé par ses « associés » ukrainiens dans les stocks militaires – son rôle étant de le revendre à la mafia russe de Sébastopol. Des produits à usage civil qui n'attiraient pas l'attention, mais qui étaient très demandés. La corruption étant ce qu'elle était en Ukraine après la chute de l'URSS, l'affaire s'était fort bien développée. Les militaires ukrainiens véreux avec qui il travaillait n'avaient pas l'impression de trahir leur pays. Après tout, qui se souciait de pneus, de béton ou de litres d'essence siphonnés dans des cuves que personne n'inspectait vraiment ?

Ni les services secrets ni la police ukrainienne n'avaient jamais soupçonné qu'un agent russe se cachait derrière Akhmad Moussaïev, le petit voleur.

Après avoir bétonné son système, Igor Garidov s'était arrangé pour déléguer un maximum à deux frères ukrainiens tandis qu'il partait exécuter d'autres missions. Son réseau avait continué à grandir et se développer sous son œil lointain mais vigilant. De temps à autre il faisait une apparition à Kiev, et le tour était joué. Un passage à tabac et la menace d'être dissous dans l'acide avaient dissuadé les deux frères de chercher à le doubler auprès d'autres acheteurs que la mafia russe de Sébastopol. Cela afin que son système tourne sans que ses absences le fragilisent.

Personne, au sein de ce réseau, n'avait conscience du fait que son rôle était d'entretenir une légende destinée, un jour peut-être, à servir le Kremlin. Ce jour était enfin venu, songea Igor Garidov avec émotion en quittant le parvis de la gare.

Il monta dans un taxi qui sentait le tabac froid. L'idée qu'il avait réussi à traverser la moitié de l'Europe sans que résonne une seule alarme était assez plaisante.

Si les Français avait su l'apocalypse qu'il s'apprêtait à déclencher sur leur sol…

9

Transylvanie

La sonnerie du téléphone réveilla Magomed au milieu d'un rêve érotique. Il fallut quelques secondes au *kadyrovets* pour reprendre ses esprits et saisir où il se trouvait. Dans un lit défoncé et trempé de sueur d'un minable appartement de la banlieue de Cluj, qu'il partageait avec Djokhar, son binôme de mission.

Les deux hommes faisaient partie de la même équipe au sein d'une brigade motorisée des forces spéciales de l'armée tchétchène. Derrière l'appellation militaire se cachait en réalité une unité de police secrète composée d'une bande de tueurs cruels et sans scrupules à qui Ramzan Kadyrov, le maître du pays, avait accordé tous les droits, avec la bénédiction de son chef, Vladimir Vladimirovitch Poutine.

Magomed se dressa sur un coude. Le jour n'était pas encore levé. L'appartement n'avait pas été nettoyé depuis des lustres, il sentait le chou, la transpiration et le chawarma froid. Plus loin, sur la table, le téléphone continuait de sonner.

Il décrocha.

— Ouais ?

— C'est Liviu.

Leur donneur d'ordre pour cette mission. Un agent clandestin que Magomed méprisait.

— Tu veux quoi ? demanda-t-il brusquement.

— On a un nouveau boulot. Retrouve-moi avec Djokhar dans le parc Simion-Bărnuțiu. Je serai devant le kiosque à musique à 8 heures.

Liviu raccrocha sans attendre la réponse.

Magomed fila dans la salle de bains. Quand il en sortit, Djokhar était agenouillé dans le salon, en train de prier. Magomed n'avait jamais connu d'homme aussi pieux que son compagnon. Cheveux ras, gueule couturée par les bagarres, sec comme une trique, il était affublé d'un bégaiement si caricatural qu'il l'empêchait de mener une discussion normale. Mais c'était un excellent combattant, aussi à l'aise avec une arme à feu qu'avec un *kindjal*, le long poignard traditionnel caucasien à double tranchant. Il savait s'en servir comme personne pour égorger quiconque avait le malheur de se trouver en travers de son chemin.

Et Dieu savait que Magomed avait eu l'occasion de le voir à l'œuvre.

Ensemble, ils avaient sévi pendant trois ans au sein des brigades ATC de l'armée tchétchène, des unités mixtes chargées de terroriser les populations civiles selon une méthode bien éprouvée. D'abord, le pouvoir envoyait l'armée pour le ratissage de terrain. Toute famille pouvant abriter des opposants en son sein était ciblée. Les soldats des unités classiques enfonçaient les portes des habitations à toute heure du jour ou de la nuit, embarquaient les hommes, tabassaient les vieux, les femmes et les enfants pour les obliger à dénoncer leurs proches, établissaient des listes. Ensuite, les hommes des brigades ATC terminaient le travail, un peu comme les Einsatzgruppen qui suivaient l'Abwehr telles des ombres maléfiques pendant la Seconde Guerre mondiale. Leur spécialité était de faire régner la terreur. Depuis que Vladimir Poutine avait intronisé la famille Kadyrov à la tête du pays, les ATC avait enlevé, violé et torturé des milliers d'innocents, femmes, hommes et même enfants. Les plus chanceux finissaient dans un trou, les autres étaient renvoyés chez eux, brisés et souvent à moitié fous à cause des sévices subis.

Pour récompenser Magomed et Djokhar de leur *excellent travail*, on les avait d'abord affectés à l'une des unités spéciales *Terek* puis au groupe « exécution » de la 248e brigade d'infanterie parachutiste de Grozny, le saint des saints des forces tchétchènes, chargée des missions spéciales à l'étranger.

Évidemment, ils n'avaient plus autant d'occasions de s'amuser qu'auparavant, les opérations extérieures étant plus discrètes, et donc moins sanglantes, que celles menées sur le territoire de la Tchétchénie. En contrepartie, leur salaire de base était passé de cinquante à quatre-vingt-dix mille naxars, cette monnaie de singe qui n'existe qu'en Tchétchénie, sans compter la prime mensuelle de deux cent cinquante mille roubles en cas de mission réussie. Cela faisait d'eux, désormais, des membres de l'« aristocratie » du crime d'État qui dominait la Tchétchénie.

— On va où ? demanda Djokhar d'une voix atone tandis qu'ils montaient dans leur voiture.

— Là où je te dirai, répondit Magomed. Pour l'instant, tout droit.

— D'accord, to… tout droit. C'est toi le… le… le chef.

À première vue, Magomed n'était guère impressionnant avec sa silhouette fluette, son crâne légèrement ovoïde et lisse comme un galet, et son strabisme.

Toutefois, une arme à la main, il devenait un autre homme. Une sorte de machine à tuer, version Terminator tchétchène. Comme Djokhar, il n'avait peur de rien, raison pour laquelle les deux hommes appréciaient tellement de travailler en binôme.

À l'heure dite, ils attendaient donc au lieu convenu, un kiosque posé sur une dalle en béton fissurée, que tentaient d'égayer quelques plantes en pot. Le chapiteau en bois délavé, censé protéger de la pluie, était percé à plusieurs endroits. Un manège était installé à côté, encore fermé à cette heure matinale. Une buvette proposait des tables en plastique sous des parasols aux couleurs criardes d'une marque occidentale de crèmes glacées. Ils s'y installèrent et commandèrent un café.

Quelques instants plus tard, Liviu, leur contact, arriva. La cinquantaine, visage dur et couperosé, silhouette légèrement enrobée et peu mise en valeur par un costume en nylon trop large et des chaussures informes. Il s'assit et fit un check aux deux Tchétchènes, le poing fermé.

— La paix d'Allah sur vous, mes frères, commença-t-il d'une voix douce.

— Sur toi aussi, répondirent mécaniquement les deux tueurs.

Magomed avait compris depuis belle lurette qu'un des supérieurs du Roumain lui avait suggéré d'utiliser cette formule de politesse traditionnelle parce qu'ils étaient musulmans. Cela ne le touchait en aucune manière. À la différence de Djokhar, il n'en avait rien à foutre d'Allah. Ce qu'il recherchait, c'était l'adrénaline de la chasse aux humains, le sang qui coulait sur la lame de ses couteaux, les femmes et les garçons qu'il pouvait violer en toute impunité.

Bref, le pouvoir.

Un pouvoir dont il se glorifiait lorsqu'il rentrait dans son quartier et que ses voisins n'osaient pas le regarder dans les yeux, trop effrayés de ce qui pourrait se passer s'ils venaient à lui déplaire.

— Nous avons une nouvelle mission importante, continua le Roumain d'un ton docte.

Il sortit une feuille et deux photos de sa poche, qu'il tendit aux tueurs.

— La femme, c'est Kateryna Mykoulyna[1], l'épouse de l'homme que nous n'avons pas réussi à enlever la semaine dernière. Elle a rendez-vous demain à cette adresse avec ce garçon. Vous avez l'heure et l'immatriculation de sa voiture sur la feuille. Il doit mourir.

Il laissa passer quelques secondes avant d'ajouter :

— Nos chefs ne veulent plus d'échec. Elle, on l'emmènera avec nous. On abandonnera son corps plus tard. Il faut faire croire à un crime opportuniste commis par un rôdeur, suivi d'un enlèvement. Pas d'armes à feu, juste des lames. Compris ?

— Ouais, pas de souci. Deux cibles, deux lames, on sait faire, répliqua Magomed.

Les Tchétchènes se regardèrent en souriant. Enfin une mission amusante, et plein de temps en sus pour fantasmer sur ce qu'ils allaient faire à la veuve.

---

1. En russe et en ukrainien les noms de famille sont féminisés.

10

Transylvanie

Edgar tendit un mouchoir à Kateryna, l'épouse d'Andriy Mykoulyne, qui sanglotait depuis le début de l'entretien.

À peine revenu en Roumanie après son passage à Paris, il s'était précipité chez elle, accompagné de Cécile Mauriac, ravie de participer enfin à une mission clandestine.

De l'extérieur, la maison de l'ancien honorable correspondant, un vilain carré de béton défraîchi aux volets en bois écaillé qui avaient dû être bleus une centaine d'années plus tôt, ne payait pas de mine. L'intérieur, guère plus reluisant, sentait le manque d'argent et la décrépitude sociale. Andriy Mykoulyne était mort en héros mais, comme beaucoup d'immigrés forcés de refaire leur vie à un âge où les occasions ne se représentent guère, il avait vécu dans une pauvreté qui ne dit pas son nom. Edgar se sentit triste pour lui.

Kateryna Mykoulyna semblait aussi naturelle dans cet environnement qu'une reine au milieu d'une étable.

Aussi grande qu'Edgar, c'était une très belle femme, dans la cinquantaine, aux pommettes hautes et aux longs cheveux auburn simplement ramenés en queue-de-cheval. Sa silhouette comme sa classe naturelle en auraient remontré à bien des habituées des magazines de mode. Habillée tout en noir, comme il se doit, une lourde croix portée bien en évidence sur son chemisier, elle ponctuait la plupart de ses phrases de signes de croix. Malgré la sincérité évidente de cette femme, Edgar se sentait gêné. La jupe au-dessus du genou, le chemisier en soie un peu trop transparent aux deux boutons du haut ouverts n'étaient pas complètement en accord avec l'image de veuve éplorée qu'elle donnait par ailleurs. On aurait dit qu'ils l'avaient dérangée au moment où elle se préparait pour sortir.

Patiemment, il continua à la questionner, Cécile Mauriac, la jeune officier traitant de la DGSE, aventurant parfois une question à sa place.

Comme nombre de personnes étrangères ayant appris le français à l'âge adulte, Kateryna parlait une langue un peu désuète, sans doute nourrie de ses lectures des romanciers du XIXe siècle. Un français parsemé d'expressions datées, de « toutefois » et de « nonobstant ».

Ils se heurtèrent à un mur d'ignorance. Andriy n'évoquait jamais ses activités parallèles pour la DGSE, expliqua-t-elle tout en se signant entre deux phrases, comme si elle obéissait à une invite invisible.

Elle savait vaguement qu'il informait les Français sur la situation de la région et en particulier de l'Ukraine, ajouta-t-elle, mais elle ne l'avait jamais considéré comme faisant partie d'un service de renseignements. Quant aux raisons pour lesquelles on l'avait tué, elle n'en avait aucune idée.

Ils prirent congé après l'avoir réconfortée.

— Qu'en pensez-vous ? demanda Edgar une fois qu'ils eurent pris place dans la Dacia. Fait-elle semblant d'être aussi croyante ?

— Beaucoup de Russes et d'Ukrainiens issus de zones rurales ont l'habitude de se signer toutes les dix phrases, c'est une pratique habituelle chez les orthodoxes, la première communauté religieuse du pays. Néanmoins, je la trouve trop bien habillée pour être honnête. Jimmy Choo, Brunello Cucinelli. C'est quand même bizarre de porter des vêtements aussi chers alors qu'elle semble vivre plutôt chichement.

— On va rester en planque, décréta Edgar. Histoire de voir s'il y a quelqu'un d'autre dans le panorama.

— Vous pensez qu'elle aurait été achetée ?

Avant de répondre, il sortit le thermos de café et les deux gobelets qu'il avait rangés, prévoyant, dans son sac à dos.

— Il a bien fallu que les Russes soient prévenus de la rencontre qu'Andriy avait programmée avec vous. Or je vois mal une équipe de Tchétchènes planquer ici toute une semaine. C'est une zone résidentielle, ils se seraient fait remarquer.

— Les tueurs auraient été informés ?

— C'est juste une hypothèse. Est-ce que les Russes ont identifié Mykoulyne parce qu'il parlait à trop de monde ? Est-ce qu'il a approché, sans le savoir, une de leurs taupes ? Ou alors, est-ce qu'ils ont pénétré son entourage, c'est-à-dire manipulé ou retourné sa femme ? Ce sont les trois seules possibilités.

Il avala une gorgée, étouffant une grimace. Le café était bouillant.

— Les deux enfants des Mykoulyne vivent à Toulouse, les frères et sœurs d'Andriy habitent aux États-Unis, et il n'avait pas d'ami proche à qu'il aurait pu parler de ce rendez-vous, reprit-il. Pour moi, sa femme est la suspecte principale.

— D'autant qu'elle est d'origine russe.

— Quoi ?!

— Le nom de jeune fille de Kateryna est Nikolaïeva. C'est russe, pas ukrainien.

— Ça change tout ! Pourquoi ne me l'avez-vous pas révélé avant ?

Cécile Mauriac éclata d'un rire nerveux.

— Tout doux ! On a cherché sans rien trouver contre elle. Plus du tiers de la population ukrainienne est d'origine russe. Les deux peuples sont complètement entremêlés, il y a eu tellement de déplacements de populations et de mariages mixtes...

Une demi-heure s'écoula sans autre événement qu'une vieille dame qui promenait son chien et cassa son talon en descendant du trottoir. Elle leur jeta un regard en coin lorsqu'elle s'éloigna en boitillant.

— Vous avez raison, remarqua la jeune diplomate. Des Tchétchènes n'auraient pas pu passer inaperçus en planquant ici.

— Nous non plus. Il va falloir bouger si on ne veut pas se faire contrôler par les flics.

Comme il mettait le contact, une petite berline Skoda tourna dans leur rue, roula au pas sur une dizaine de mètres et s'arrêta pile devant la maison. Au même moment, la porte d'entrée s'ouvrit sur Kateryna Mykoulyna, habillée comme lorsqu'elle les avait reçus, un maquillage tout neuf en prime. Un troisième bouton du chemisier était ouvert. Elle s'engouffra à l'arrière du véhicule.

— Un rendez-vous, dit Cécile. Et pas professionnel...

11

Transylvanie

Le Uber conduisit la veuve devant un hôtel bâti sur le parking d'une zone industrielle de la banlieue de Cluj, un trois étoiles tout neuf, appartenant à une chaîne internationale. Quatre étages, un toit plat, un grand logo vert et blanc planté en haut d'un piquet en métal. On accédait aux chambres par des coursives extérieures le long de la façade.

— Comment fait-on maintenant ? demanda Cécile.

— On attend pour voir qui vient la retrouver.

— Si Kateryna Mykoulyna a un amant, il doit déjà être sur place, répliqua la jeune femme. Je vais tenter quelque chose.

Elle descendit et se dirigea vers l'entrée de l'établissement.

Peu après, une vieille BMW se gara sur leur droite, à côté d'une Mini. Elle était trop loin et la luminosité n'était pas assez bonne pour qu'Edgar distingue à quoi ressemblaient les deux silhouettes à l'intérieur.

Quelques instants plus tard, Cécile Mauriac ressortit, et il se désintéressa de la BMW.

— Elle a rejoint un homme, dit-elle en claquant la portière. Malheureusement, à la réception, ce n'était pas un simple employé mais le gérant. Il a refusé de me donner le nom de l'amant. Comme le numéro de chambre, d'ailleurs.

— On l'identifiera à la sortie avec sa plaque s'il est venu en voiture. S'ils prennent un taxi, on les suivra.

Une heure passa et la nuit tomba. La BMW était toujours là. Edgar se demanda si les deux personnes étaient toujours à bord ou si elles étaient sorties pendant qu'il discutait avec Cécile. À moins que ce ne soit un couple illégitime préférant la discrétion d'une voiture. C'était bizarre, néanmoins. Il regretta de ne pas avoir encore reçu de Paris d'arme plus sérieuse que son poignard. C'était idiot d'être quasi mains nues au beau milieu d'une affaire pareille.

Soudain, un couple sortit d'une chambre et s'engagea sur la galerie du troisième étage.

— C'est eux, lança Cécile, excitée.

Kateryna Mykoulyna, un peu échevelée, précédait un garçon qui ne devait pas avoir plus d'une vingtaine d'années, grand et dégingandé, les cheveux mi-longs. Les deux avaient le rouge aux joues.

— Elle se tape un lycéen ! ajouta Cécile d'une voix acerbe. C'est quoi, ce truc ?

— Elle a peut-être été tamponnée, objecta Edgar.

Il savait qu'il existait, autrefois, un département du KGB qui formait des agents masculins au « retournement » de femmes mûres, célibataires ou insatisfaites en mariage. Des « hirondelles » version masculine entraînées à la psychologie et au sexe dans un centre fantôme du KGB, quelque part dans la toundra, au nord-ouest de Kazan. Ces agents d'un genre très spécial avaient fait tomber un certain nombre de secrétaires de pays de l'OTAN dans les années 70 et 80. Peut-être les bonnes vieilles méthodes avaient-elles toujours cours ?

— Les Russes connaissent encore leur manuel, commenta Cécile Mauriac sans quitter le couple des yeux, comme si elle avait lu dans ses pensées.

Kateryna et son compagnon approchaient d'une petite Polo, la voiture du garçon probablement, quand les portières de la BMW s'ouvrirent. Trois silhouettes coiffées d'un bonnet noir s'élancèrent.

— Merde ! cria Edgar.

Il venait de comprendre que le troisième homme, installé sur la banquette arrière, était resté invisible de l'extérieur à cause d'un film plastique posé sur les vitres. S'il avait compté trois silhouettes, il aurait soupçonné qu'il s'agissait du commando s'étant attaqué à Andriy Mykoulyne.

Il jaillit de la Dacia, le thermos à la main. Deux des assaillants s'étaient rapprochés du couple. Sans lui laisser le temps de réagir, le premier poignarda le jeune homme une première fois en pleine poitrine, ressortit l'arme avant de frapper encore deux fois avec des « han ! » de bûcheron. Puis son bras dessina un mouvement à l'horizontale et le couteau trancha la carotide, libérant un jet de sang sur un demi-mètre.

Le deuxième avait empoigné Kateryna Mykoulyna. D'un coup de poing, il lui écrasa la bouche, lui faisant ravaler son cri. Il la traîna ensuite jusqu'à la BMW, avant de la jeter sur la banquette arrière.

Entendant des pas sur le bitume, le troisième s'était retourné, un couteau à cran d'arrêt à la main. Edgar reconnut le portrait-robot établi par la police roumaine. Il lui lança le contenu du thermos brûlant au visage. Le tueur poussa un cri de douleur. Edgar en profita pour enserrer avec force son poignet, bloquant la main qui tenait le couteau. Au même moment, de son autre poing, il frappa l'homme à la gorge. Un coup de pied dans les testicules suivit, tandis qu'il imposait une violente torsion au poignet. L'homme poussa un second cri, lâcha le couteau, qui se retrouva dans la main d'Edgar. D'un coup précis, ce dernier le planta en plein milieu de la veine jugulaire.

Fin de partie pour son premier adversaire.

Il jeta l'arme ensanglantée, attrapa son Kasper, plus solide. D'un mouvement, il déplia la lame.

Indécis, les deux Tchétchènes se tenaient face à Edgar, de l'autre côté des deux cadavres. Ils ne s'attendaient manifestement pas à tomber sur un combattant de son calibre.

Kateryna Mykoulyna était toujours à l'arrière de la voiture, tassée sur la banquette, le visage en sang. Edgar hésita. Seul contre deux hommes armés, il n'avait aucune chance de l'emporter, d'autant qu'il sentait à leur manière de bouger que ces deux-là étaient bien entraînés. S'ils le blessaient, ils pourraient s'en prendre ensuite à Cécile Mauriac. Il se contenta donc de rester en position défensive, agitant le couteau de gauche à droite. Les tueurs comprirent le message. Après avoir vu la rapidité avec laquelle leur complice avait été éliminé, ils n'avaient pas du tout envie de s'attaquer à Edgar. Tuer des civils sans défense est une chose, affronter un combattant déterminé en est une autre…

En reculant, ils regagnèrent la voiture, y montèrent lentement, sans jamais quitter Edgar des yeux. Puis la voiture démarra dans une brutale marche arrière. Elle pila, effectua un tête-à-queue, avant de prendre la direction de la sortie. L'embardée provoqua l'ouverture de la portière arrière, mal fermée, et Kateryna Mykoulyna glissa, tombant lourdement au sol. La BMW accéléra, rebondit sur la chaussée en perdant l'un de ses enjoliveurs au passage.

Edgar fouilla rapidement le cadavre de son assaillant. Il mit la main sur un permis de conduire au nom de Liviu Caudescu, une liasse d'euros et un téléphone portable. Il vérifia qu'il pouvait le déverrouiller en utilisant le doigt du mort. Voyant que cela marchait, il déchira un morceau de la chemise de ce dernier avant d'entourer son index.

— Tournez-vous, ça ne va pas être beau à voir, lança-t-il à Cécile qui s'approchait pour aller aider Kateryna Mykoulyna.

D'un coup de couteau, il trancha la moitié de l'index, qu'il enveloppa du morceau de tissu avant de le glisser dans sa poche.

— On peut y aller maintenant.

Cécile Mauriac se tourna vers lui, l'air ambigu.

— Un simple conseiller externe. C'est bien comme ça que vous vous êtes décrit, hein ?

12

Moscou

Le visage grave, Olga Ranevskaïa prenait connaissance du compte rendu établi par l'équipe des Tchétchènes de Cluj. Un premier grain de sable dans sa belle mécanique huilée. Ils avaient perdu un agent et laissé filer la veuve d'Andriy Mykoulyne.

Le Roumain n'était qu'un pion, sa perte n'était pas gênante, il serait remplacé dès le lendemain. En revanche, Kateryna Mykoulyna posait toujours un grave problème. On ignorait ce que son mari savait exactement d'Ouragan de feu, si ce n'est qu'il connaissait l'existence d'un complot russe contre la France. C'était peu, mais suffisant pour compromettre l'opération. La Tsarine ne pouvait pas prendre le risque que Kateryna Mykoulyna se souvienne plus tard d'un détail important qui pourrait mettre la puce à l'oreille des Français.

Et puis, il y avait la question du responsable de la fuite, qu'il fallait identifier dans les meilleurs délais. De toute évidence, la veuve était la mieux placée pour avoir des informations.

Lorsqu'il avait repéré les trois hommes lancés à ses trousses, Andriy Mykoulyne n'avait pas compris que leur mission n'était pas de le tuer mais de les enlever, lui et son contact de la DGSE, pour leur faire avouer l'identité de sa source.

L'absence de son officier traitant sur le lieu de rendez-vous puis son suicide avaient pris de court les tueurs. Maintenant, le Kremlin avait perdu sur les deux tableaux, il n'avait pas le nom de la source et les Français avaient compris que quelque chose de sensible se tramait. Preuve en était la présence à Cluj de l'agent qui s'était débarrassé de Liviu Caudescu. Un professionnel du combat, habitué à tuer, et non un simple diplomate sous couverture expédié d'on ne sait où pour enquêter.

Elle décrocha son téléphone sécurisé.

La discussion fut courte. Fidèle à sa réputation de grand professionnel, le Tatar proposa en quelques instants un plan de contre-action impliquant le piratage des fichiers de vidéosurveillance de Cluj, afin de chercher un véhicule possédant une plaque diplomatique française, et l'établissement d'une liste de tous les clients arrivés ces sept derniers jours dans les hôtels de la ville.

Par ailleurs, il suggéra à la Tsarine d'envoyer les deux Tchétchènes au domicile de la veuve afin de se saisir d'elle avant qu'elle ne soit mise sous protection policière.

Elle donna son accord.

C'était réjouissant, de travailler avec des gens réactifs.

Elle conclut l'appel en annonçant au Tatar sa décision de mettre à sa disposition une escouade complète des renseignements militaires, sous moins de vingt-quatre heures.

Lorsqu'elle raccrocha, elle se sentait rassurée. La situation était sous contrôle.

Il ne lui restait qu'une seule chose à faire. Désagréable mais nécessaire.

À contrecœur, elle entra dans le « cube ». Cette pièce de neuf mètres carrés, attenante à son bureau, était constituée de blocs de métal soudés entre eux afin de constituer un espace parfaitement étanche. Entre ces blocs, des aimants avaient été enchâssés, eux-mêmes protégés par un système de vide et de câbles émettant une protection électronique. Ainsi, il était impossible de capter le moindre signal émis par son ordinateur, qui était déconnecté de tout réseau.

La Tsarine n'aimait pas rester trop longtemps dans cette pièce mal aérée, éclairée par un néon blanchâtre.

Elle rédigea un court mémo destiné à informer le président du problème. La faille dans la confidentialité de l'opération représentait un enjeu de politique internationale et un risque pour la réputation de la Russie que Vladimir Poutine était le seul à pouvoir apprécier. Continuer l'opération, l'arrêter ou la geler, c'était au *prezident*, et à lui seul, de le décider.

Elle imprima la note – une seule feuille – qu'elle mit dans une enveloppe scellée. Après les massacres en Ukraine, les viols utilisés comme arme de guerre, les déportations d'enfants, les bombardements indifférenciés sur les civils et les menaces répétées d'attaque nucléaire, la réputation de la Russie était déjà au plus bas, alors pourquoi s'en soucier ? Elle espérait secrètement que Vladimir Poutine, fidèle à la ténacité qu'elle lui connaissait, autoriserait la poursuite de l'opération.

13

Transylvanie

Kateryna Mykoulyna sanglotait en murmurant : « Mon Dieu, mon Dieu », les deux mains accrochées à la croix qu'elle portait autour du cou. Le visage tuméfié, une dent brisée, des traces de sang mélangées à son maquillage, elle avait piteuse allure.

Assise en face d'elle sur le vieux canapé à motif fleuri, Cécile Mauriac la regardait assez méchamment tandis qu'Edgar faisait les cent pas dans le petit salon encombré de bibelots et d'étagères croulant sous les livres anciens. Ils s'étaient rendus d'une traite chez elle, sans attendre la police, personne ne pouvant plus rien pour son amant assassiné.

Edgar avait laissé les deux femmes entrer en premier dans la maison. Profitant de ce qu'il était seul, il avait déverrouillé le téléphone grâce au doigt du mort. Ensuite, cela avait été un jeu d'enfant d'expédier des copies du répertoire et du livre des derniers appels téléphoniques WhatsApp et Signal à une adresse mail anonyme qui servait de boîte de réception au service des Archives. Il avait également demandé à Paul de lui envoyer quelqu'un de l'ambassade avec une glacière, afin de récupérer le doigt en même temps que l'appareil.

— Vous n'avez pas été honnête avec nous tout à l'heure, lança-t-il d'un ton accusateur à la veuve. À cause de vos mensonges, votre amant est mort et, si nous n'avions pas été là, vous le seriez aussi à l'heure qu'il est.

— Qui... qui étaient ces gens ? balbutia Kateryna Mykoulyna.

— Ceux qui ont assassiné votre mari, répondit Cécile. Des Tchétchènes qui travaillent pour les Russes. Ils n'étaient pas là par hasard, l'autre jour, ils savaient que votre mari avait rendez-vous pour me remettre une information importante, et ils savaient précisément où. Cette information, ils n'ont pu l'apprendre que de vous. Dites-nous comment.

— C'est par lui.

— Qui, lui ?

— Mon ami étudiant.

— Soyez plus précise, bon sang ! Vous trouvez qu'il n'y a pas eu assez de morts ?

Cécile Mauriac, énervée, avait presque crié.

— Il s'appelait Danilo. Je ne le connaissais que depuis six mois, répondit Kateryna en pleurant.

De la suite de son discours, il apparut que la Volkswagen du jeune homme était prétendument tombée en panne de radiateur devant le domicile des Mykoulyne un après-midi où Andriy travaillait à l'extérieur. Danilo avait sonné et demandé une bouteille d'eau pour pouvoir le remplir. Kateryna et lui avaient discuté autour d'un café. Étudiant en aéronautique, timide et charmeur, il rêvait de construire le successeur de Mriya[1]. Le lendemain, il était revenu la voir avec un bouquet de fleurs. Il n'avait pas fallu longtemps pour qu'elle l'emmène dans son lit.

Concentré, Edgar traquait toutes les incohérences de son discours ou de son attitude, qui auraient pu signifier qu'elle était complice des Russes, mais rien ne lui semblait suspect.

— Ça ne vous a pas gênée de tromper votre mari, vous qui prétendez être si pratiquante ? interrogea Cécile d'un ton inquisiteur.

— Je ne prétends rien. Quant à mon mari, il s'en moquait, il ne pensait qu'à son travail, les relations intimes ne l'ont jamais intéressé. D'ailleurs, nous n'en avions plus depuis des années.

— Comment votre amant a-t-il réussi à vous faire parler des missions secrètes de votre époux ? demanda d'un ton plus conciliant Edgar, que ces questions de couple intéressaient médiocrement.

— Il posait peu de questions mais, à la réflexion, il m'a assez habilement amenée à parler d'Andriy, de ses contacts et de ses rendez-vous, avoua-t-elle. J'ai fini par lui confier qu'il renseignait occasionnellement les Français et qu'il avait une correspondante à l'ambassade, une jeune femme.

Ses sanglots l'empêchèrent de poursuivre son récit. Après s'être ressaisie, elle leur apprit que, deux jours avant le meurtre d'Andriy, elle avait parlé à Danilo, son amant, de la dernière conversation qu'elle avait eue avec son mari. Andriy était très excité par une information qu'il s'apprêtait à remettre aux Français. Une information qui, selon lui, révélait un grave complot de

1. *Mriya* signifie « rêve » en ukrainien. Cet avion géant, le plus grand du monde, fut construit par les Ukrainiens en un unique exemplaire.

Poutine. Danilo et elle en avaient ri, un peu méchamment. « Ouragan de feu ! Comme si un vieux pigiste raté et sans le sou pouvait tomber sur le complot du siècle ! » avait ricané le jeune homme.

Kateryna s'arrêta au milieu de sa phrase, la tête basse, morte de honte, soudain consciente que ses bavardages avaient provoqué la mort de son mari.

— Andriy et moi, ce n'était pas facile tous les jours, mais je l'aimais, murmura-t-elle. Je l'aimais du fond du cœur.

— On ne dirait pas, rétorqua méchamment Cécile.

— Madame, votre mari était en possession d'une photo de matériel militaire qui nous intéresse, enchaîna Edgar. Andriy ne peut l'avoir obtenue que de quelqu'un travaillant pour les Russes. Quels étaient ses contacts avec eux ?

— Il ne discutait pas directement avec les Russes, j'en suis certaine. En revanche, étant originaire du Donbass, il avait encore beaucoup de relations là-bas.

— Il parlait donc avec des séparatistes ?

— Il avait gardé des contacts. Il disait que, guerre ou pas guerre, on ne pouvait pas effacer les amitiés d'enfance. Même avec des collabos.

— L'un d'entre eux pourrait-il lui avoir fourni des renseignements sensibles ?

Elle écarta les mains en signe d'ignorance.

— Je ne sais pas.

— Réfléchissez !

— Récemment, Andriy avait cherché à se rapprocher d'un de ses anciens camarades de lycée, finit-elle par annoncer. Il avait déployé beaucoup d'énergie pour ce faire, donc ça devait compter pour lui.

Edgar se pencha vers elle, soudain très intéressé.

— De qui s'agissait-il ?

— D'un homme engagé dans les troupes séparatistes en 2014, au début de la guerre de Crimée, et qui croyait sincèrement que les Russes étaient ses frères. Andriy savait qu'il travaillait pour les services de renseignements de la République populaire de Donetsk.

— Comment s'appelle-t-il ?

Elle se moucha.

— Je ne connais pas son nom de famille, mais il se prénomme Bogdan.

— Bogdan, répéta Edgar pensivement en se redressant.

Désireuse de les aider, elle réfléchissait intensément tout en essuyant le rimmel qui avait coulé sur ses joues.

— Deux nuits avant son assassinat, Andriy lui avait parlé. C'est ensuite qu'il m'a dit posséder des informations explosives. À bien y réfléchir, je ne vois pas qui d'autre aurait pu les lui fournir.

De nouveau, Edgar se pencha vers elle.

— Avez-vous parlé de Bogdan à votre amant ?

Kateryna eut un sourire triste.

— Non. Je ne croyais pas à cette histoire. Je pensais juste qu'Andriy essayait de se rendre intéressant.

— Vous en êtes certaine ? Vous n'avez jamais prononcé le prénom de Bogdan devant votre amant ? C'est très important.

— J'en suis absolument certaine.

Il poussa un soupir de soulagement. Si les Russes étaient au courant de la présence de ce traître dans leurs rangs, ils l'avaient probablement déjà liquidé. Alors que, s'ils l'ignoraient, la DGSE avait une chance de le trouver avant qu'ils réagissent.

Kateryna se remit à pleurer avant de relever la tête brusquement.

— Attendez ! Je me souviens d'un détail. Andriy savait que Bogdan avait été en poste à la prison Isolatsia.

— Isolatsia ? C'est dans le Donbass ?

— Un endroit terrifiant. Tous les Ukrainiens en ont entendu parler. Les choses terribles vues par Bogdan là-bas l'ont peut-être fait changer de camp ?

Edgar acquiesça. Ça se tenait.

La fin de la conversation n'apporta pas grand-chose de plus. Les archives d'Andriy avaient été emportées par les enquêteurs roumains, mais Kateryna doutait qu'ils y trouvent quoi que ce soit d'intéressant. Idem pour ses relevés téléphoniques. Andriy Mykoulyne ne passait ses appels que sur Signal, pour des raisons d'économie et aussi pour ne pas laisser de trace et protéger ses sources.

En bon professionnel, Andriy Mykoulyne respectait la procédure enseignée par ses instructeurs de la DGSE, pensa Edgar.

Ils quittèrent Kateryna sur cette dernière information, en lui promettant de lui envoyer une protection.

Le lien jusqu'au possible informateur d'Andriy Mykoulyne était ténu. Un prénom : Bogdan. Un lieu : la prison Isolatsia. La piste du lycée ? Impossible à remonter sans perdre une énergie folle. Rien de plus pour identifier ce possible rallié à la cause ukrainienne. Ni téléphone ni contact Internet.

— Vous aviez accès aux sources d'Andriy Mykoulyne ? demanda Edgar à la jeune diplomate en poussant la porte du Platinia, une demi-heure plus tard.

— Oui, toujours, c'est la procédure standard.

Ils s'installèrent au bar, vide à l'exception d'une tablée de jeunes Roumains venus fêter un anniversaire.

— On ne doit jamais transmettre une information sans être remonté à sa source initiale et l'avoir identifiée avec certitude. J'attribue une note à chacune des infos de mes indicateurs, en fonction de la qualité de la source et du renseignement lui-même. Mykoulyne ne m'a jamais parlé d'un Bogdan, ajouta-t-elle très vite, devançant la question d'Edgar. Soit il m'a volontairement caché son existence, soit cette source n'avait commencé à l'informer que très récemment, soit il l'a inventée pour se mettre en valeur devant sa femme.

— La photo des missiles n'a pas été inventée, corrigea Edgar. Celui qui l'a prise est forcément au cœur du dispositif russe, et il agit de manière masquée. C'est cohérent avec le profil d'un membre des services de renseignements de la République de Donetsk qui aurait retourné sa veste après avoir assisté à des actes horribles dans une prison du régime. J'aurais tendance à penser que cette photo est la première information importante que Bogdan a passée à Andriy Mykoulyne, et que ce dernier attendait de l'avoir en main pour vous parler de lui. Ce Bogdan a le bon profil. Est-ce que c'est un prénom répandu en Ukraine ?

Ils s'interrompirent pour commander. Calvados pour lui, litchi martini pour elle.

— Bogdan est un prénom très courant, oui.

— Alors, il faut obtenir plus d'informations sur Isolatsia. C'est le seul lien dont nous disposions pour remonter jusqu'à lui. On doit aussi revoir Kateryna Mykoulyna. Dès qu'elle aura surmonté le stress de son enlèvement raté, des souvenirs pourraient lui revenir.

— Danilo, son amant ? Voulez-vous que j'enquête sur lui ?

Edgar secoua la tête. On voyait que Cécile Mauriac était nouvelle dans le métier. Pleine d'énergie, mais encore un peu naïve.

— Ce serait une perte de temps. Ce garçon n'était qu'un rouage que les Russes ont supprimé quand ils n'ont plus eu besoin de lui. S'il était important, ils l'auraient exfiltré. Les agents russes qui l'ont traité sont forcément des professionnels, les contacts avec lui ont dû être menés selon des procédures sécurisées, avec téléphones de chasse, pseudos, rendez-vous dans des lieux neutres, etc.

— Il reste le Roumain que vous avez éliminé. Liviu Caudescu.

— Oui. Par lui, on trouvera peut-être quelque chose. – Il leva la main pour demander l'addition. – Les Russes ne vont pas renoncer à liquider Kateryna. Pouvez-vous organiser une surveillance ?

— Si vous voulez. Je peux appeler une société que je connais pour qu'elle mette immédiatement deux vigiles devant la maison des Mykoulyne.

— Des vigiles ? – Edgar fronça les sourcils. – Ce n'est pas cela qui empêchera un commando russe d'attaquer ! Demandez plutôt à l'ambassade d'envoyer des gardes armés.

— Liquider des civils roumains innocents, ce n'est pas quelque chose que des agents de terrain peuvent faire sans l'autorisation de Moscou, plaida-t-elle. Ça devrait nous donner vingt-quatre ou quarante-huit heures de tranquillité.

— Cécile, je pense que c'est une très mauvaise idée.

— Vous ne connaissez pas ma hiérarchie à Bucarest. Si je fais une requête pour obtenir des hommes armés, on va penser que je m'inquiète pour pas grand-chose. Tout le monde me prendra pour une oie. Non, pas question. Contactez Paris de votre côté, si vous le souhaitez.

— Ce n'est pas comme ça que ça se passe, explosa-t-il. Mon unité est clandestine. Pour obtenir du personnel de l'ambassade, il faudrait que mon chef demande au numéro deux de la DGSE de glisser un mot au directeur du renseignement et des opérations pour qu'il intervienne auprès du chef de poste ou de l'ambassadeur à Bucarest. On y sera encore dans une semaine.

Elle brandit son téléphone au-dessus de sa tête avec un sourire.

— Dans ce cas, c'est moi qui décide. J'appelle les vigiles.

Aujourd'hui, le collabo est content parce qu'il a parlé à ses chefs, des gens très importants, selon lui. Un vrai larbin. Il était là, à pérorer au téléphone, dégoulinant de servitude. Oui, mon colonel, d'accord, mon colonel, bien sûr, mon colonel.
Encore des ronds de jambe. Encore sa mission Ouragan de feu.
Tu parles d'un nom de code, on dirait un mauvais livre de science-fiction. Sa conversation terminée, il s'est tourné vers moi : « Tu sais quoi ? Ça va porter un sacré coup aux Amerikantsy et aux Frantsouzy. Ils vont s'en prendre plein la tronche, ces nazis ! »
Il a éclaté de rire en se versant un verre de vodka et en se grattant l'entrejambe.
Je le hais. Ces séparatistes sont des pleutres et des mouchards, mais ils sont très dangereux. Il faut que j'appelle le journaliste, que je lui dise la vérité. Sinon, il y aura encore plus de morts.
Quand le collabo est sorti de la pièce pour pisser (voilà ce qui se passe quand on s'enfile deux litres d'alcool à l'heure dans le gosier), j'ai ouvert son application

Signal et j'ai noté un numéro d'appel avec l'indicatif de la Roumanie. Celui de son copain Mykoulyne, c'est certain.
Dès que le collabo sera occupé ou en réunion, je lui téléphonerai.

14

Transylvanie

Edgar avait invité Cécile Mauriac pour faire le point sur la situation. Le Pastel, un restaurant chic du centre de Cluj, servait une cuisine internationale joliment présentée mais sans grand intérêt gustatif. Après la déception manifeste de la veille (il l'avait quittée à minuit sans lui proposer de monter dans sa chambre prendre le « dernier verre » qu'elle semblait attendre), la jeune femme avait l'air ravie qu'Edgar l'ait conviée à déjeuner dans ce qui constituait malgré tout le *must* gastronomique de la ville.

Pour l'occasion, elle avait revêtu un ensemble short et bottes en daim qui la rajeunissait encore, et mis des boucles d'oreilles assorties.

Cécile était très belle. Une vision qui ne le laissait pas indifférent.

Cependant, il n'avait pas envie de se rapprocher d'elle. D'abord, il n'était pas prêt. Et puis, il sentait la fragilité émotionnelle de la jeune femme, derrière son apparente force de caractère. Elle souffrirait qu'il ne s'engage que dans une liaison de quelques soirs. Or, il avait toujours méprisé les hommes qui utilisent les femmes pour satisfaire leurs besoins, et il ne voulait pas se comporter comme eux.

Si la nourriture du Pastel était digne d'une cantine, le Cramele Recaș, un vin blanc roumain qui titrait seize degrés et devait faire des trous dans la nappe, était très convenable. Après deux verres, Cécile avait déjà les yeux qui brillaient.

— J'ai eu des nouvelles de Paris, annonça-t-elle après avoir descendu une demi-bouteille d'eau pétillante pour s'éclaircir les idées. L'analyse du téléphone de l'agent que vous avez éliminé montre qu'il échangeait souvent par Signal avec deux numéros de téléphone. L'un commence par +7871, c'est l'indicatif de la Tchétchénie. Il correspond au standard du Conseil de sécurité, à Grozny. Impossible de savoir qui était son correspondant, mais c'était forcément quelqu'un des organes de sécurité. L'autre est un numéro roumain mais, comme on pouvait s'y attendre, il s'agit d'un téléphone de chasse. L'identité de son proprio est inventée, la photo provient d'une base de données sur Internet. L'adresse est fausse. C'est une voie sans issue.

— Pas forcément, objecta Edgar. Il faudra effectuer une analyse du bornage.

Cécile Mauriac sortit un feuillet de son sac.

— Je connais mon métier. Apparemment, il reste éteint presque toute la journée, pour ne s'allumer que trois à quatre minutes, aux alentours de 20 heures, en bornant une fois sur deux au même endroit. Le parc Tineretului, à Bucarest.

— Touché, reconnut Edgar en enfournant une cuillerée d'une mixture improbable que le menu du restaurant proposait sous le nom de « ragoût de porc et de poulpe ».

Ça ressemble à une procédure de sécurité avec allumage du téléphone en zone neutre.

— Sauf que notre correspondant est paresseux et qu'il va souvent au même endroit plutôt que d'en changer chaque fois, comme le prévoit la règle dans ce type de situation, compléta Cécile.

Elle repoussa son assiette avec une mine dégoûtée (la version végétarienne de son plat n'était pas plus appétissante...) et se rabattit sur le vin local, dont elle avala une nouvelle gorgée.

— Paris va envoyer une équipe de spécialistes des filatures sur place, au cas où, reprit-elle. Ils ratisseront le parc aux heures indiquées en cherchant une personne seule qui téléphone. S'ils arrivent à repérer quelqu'un deux fois de suite à la bonne heure, ce sera notre cible.

— En ce qui nous concerne, il faut se concentrer sur ce Bogdan.

— J'ai informé ma hiérarchie, ils pensent qu'on devrait laisser filer. On n'a pas assez d'informations, juste un prénom banal. Ils considèrent qu'il sera impossible d'arriver à un résultat avec si peu, expliqua Cécile.

— Oubliez Paris, répondit Edgar d'une voix douce. Cette enquête n'est plus du ressort de votre direction. On va la mener à ma manière.

— D'accord, dit-elle après une hésitation. Tant que cela ne nuit pas à ma carrière.

— Penser à sa carrière est le meilleur moyen de la ruiner. On ne gagne jamais à rester dans la norme. Il faut être méthodique mais disruptif. Tirons le seul fil que nous possédons, même s'il est ténu. Concentrons-nous sur Bogdan. On sait déjà que cet homme aurait passé quelques mois comme gardien à Isolatsia. Je me suis renseigné, cet endroit est tristement célèbre, digne du pire des cauchemars. La prison est installée dans une usine de matériaux isolants désaffectée, ce qui explique son nom. Elle avait été transformée en centre culturel par les Ukrainiens, mais les Russes l'ont convertie en geôle quelques mois après l'invasion de la Crimée. Aucun avocat ni aucune organisation humanitaire n'y a jamais eu accès. On l'appelle le « Dachau du Donbass ».

Cécile posa son verre, plus du tout assoiffée.

— Charmant.

— L'Occident a fermé les yeux, mais la vérité, c'est que dès 2016 les gouvernements européens ont reçu des informations sur les horreurs qui s'y déroulaient. Un ancien journaliste qui y a été détenu a écrit un livre sur son expérience[1]. On sait que les prisonniers y sont torturés de manière cruelle et sadique et presque systématiquement violés. Comme beaucoup d'usines qui datent de l'époque soviétique, Isolatsia comprend des bunkers souterrains très profondément enterrés. La DGSE n'a pas connaissance de l'existence d'une liste précise des gardiens qui y séviraient, mais mon patron va demander aux Américains s'ils en savent plus. Human Rights Watch a établi un rapport sur cette prison l'année dernière, peut-être que, par certains de leurs informateurs, on trouvera quelque chose…

— Il faudrait que l'on puisse interroger d'anciens détenus, proposa Cécile Mauriac après avoir repris son verre. Voir si quelqu'un se souvient de ce Bogdan.

— C'est trop tôt, ce serait à double tranchant. Si les Russes apprennent qu'on cherche un Bogdan, ils le feront disparaître dans la foulée.

— Dans ce cas, que voulez-vous faire ? répondit-elle d'un ton agacé.

— Cuisiner Kateryna Mykoulyna pour comprendre comment son mari a approché Bogdan. Cet homme était

1. Stanislav Asseyev, *Donbass, un journaliste en camp raconte*, Atlande, 2021.

un ami de lycée, il n'est pas revenu dans sa vie comme ça, en un claquement de doigts, en lui proposant des informations sur Ouragan de feu. On doit comprendre ce qui a décidé Bogdan à parler à Andriy Mykoulyne.

15

Transylvanie

Le parking se trouvait un peu au nord de la faculté des technologies alimentaires, à l'arrière d'une station-service Wamar Petroleum. Il comptait une centaine de places, dont la moitié seulement était occupée. Suivant les indications que Paul lui avait fournies, Edgar se gara le plus loin possible du bâtiment central, éteignit le moteur et attendit.

Environ une heure plus tard, vers 16 heures, un camion pénétra dans le parking, à peine visible dans l'épais brouillard qui tombait. Un trente tonnes Renault avec une remorque bleue. Il passa devant Edgar, lui permettant d'apercevoir une plaque française qui se terminait par le numéro 187.

C'était bien l'engin qu'il attendait. Celui qui allait lui livrer des armes.

Lorsqu'il est en mission à l'étranger, un agent action n'a que deux manières de s'approvisionner en armes. Soit il doit les acheter à des trafiquants ou des voyous locaux, ce qui le met en relation avec des gens peu fiables au risque d'être dénoncé à la police, soit il se les fait livrer clandestinement par un dispositif logistique de sa centrale de renseignements, qui devra alors trouver le moyen d'éviter les contrôles aux frontières. Les valises diplomatiques ne sont pas un moyen adéquat, malgré une légende tenace, car, même scellées, elles ne peuvent se soustraire aux contrôles de rayons X.

Le poids lourd continua jusqu'à l'extrémité la plus éloignée du parking avant d'effectuer un grand demi-tour pour venir finalement se garer juste à côté de sa voiture, la masquant aux yeux d'éventuels curieux. De l'autre côté s'étendait un terrain vague, puis une forêt.

La porte droite s'ouvrit sur un homme d'une soixantaine d'années, un ancien policier à la retraite, responsable de la logistique au service des Archives. En dépit d'une bedaine imposante, c'était un grand sportif dont les passe-temps favoris, entre deux dégustations de vin, étaient la chasse au sanglier et le vélo en montagne. Doté d'un calme olympien, il était capable de franchir n'importe quelle frontière sans se départir de son sourire, alors que les chargements d'armes qu'il convoyait d'un bout à l'autre de l'Europe étaient susceptibles de l'envoyer en prison pour un bon moment.

Il faisait généralement équipe avec un autre agent spécial, sensiblement du même âge et du même gabarit, qui descendit à son tour du poids lourd. Propriétaire d'une flotte d'une dizaine de camions, il partageait avec le premier la passion de la chasse comme des vins.

Les trois hommes s'étreignirent.

— Paul nous a dit que ça urgeait, alors on ne s'est pas arrêtés, annonça le premier. On a pissé dans des bouteilles pendant tout le trajet, tu parles d'une sinécure.

— De toute manière, avec Paul, ça urge toujours, on a l'habitude, renchérit le second.

— La prochaine fois que tu vas faire le coup de feu, essaye l'Italie plutôt que la Roumanie. On a regardé dans tous les guides, il n'y a pas un vignoble potable à mille kilomètres à la ronde.

— Ouais, c'est un désert viticole, cette région. On devrait arrêter de se faire chier et la laisser aux Russes.

Edgar était habitué à leurs reparties, façon humoristes de cabaret, il savait que c'était leur manière à eux d'évacuer la pression.

À la DGSE comme dans tous les services spéciaux, l'agent action n'est que le dernier maillon d'une chaîne clandestine. Sa réussite dépend d'une longue suite de professionnels courageux et humbles, parmi lesquels les hommes de la logistique jouent un rôle à la fois nécessaire (sans matériel, aucune action n'est envisageable) et ingrat car toujours en amont.

— Dis-moi, tu m'as l'air nerveux. Tu veux ta came maintenant ? demanda le chauffeur.

— Si c'est possible, acquiesça Edgar. Je dois rendre visite à une personne sans délai et j'ai la trouille que les Russes arrivent avant moi.

Son collègue était déjà remonté dans le camion. Il tapa un code sur le panneau d'alarme de la cabine pour déclencher l'ouverture d'une cache installée dans le châssis lui-même. Recouverte de suie et de goudron, elle était indétectable. En grognant, il en sortit deux sacs.

— On a ton matériel habituel, dans le calibre, suivant les demandes de Monsieur, sauf ton fusil de précision, pour lequel il y a du changement. L'armurier a choisi un OSV, une arme de sniper russe, pour égarer d'éventuels enquêteurs, parce que c'est typiquement le genre de truc encombrant que tu es susceptible de laisser sur place si tu dois décamper en urgence. On a aussi plein de grenades, des défensives, des flashbangs et des fumigènes.

— De quoi déclencher une petite guerre, quoi, résuma le chauffeur. Paul a tenu à ajouter un peu d'explosifs, au cas où tu aurais des objets à détruire. Trois cents grammes de C4, avec des détonateurs à impulsion et à retardement.

— Merci, les gars.

Edgar empoigna les sacs qui pesaient un âne mort pour les transvaser dans le coffre de sa voiture.

— On ne te souhaite pas bonne chance, paraît que ça porte malheur, ricana le chauffeur.

— Viens nous voir quand tu auras fini ta mission, proposa son collègue, qui connaissait l'histoire de Diane. Tu as besoin de te remplumer. On dégustera quelques flacons ensemble.

— Merci encore, les gars.

Dans son rétroviseur, les deux hommes restèrent immobiles pour un salut silencieux, jusqu'à ce qu'il sorte du parking.

Il lui sembla qu'ils avaient l'air plus stressés que d'habitude.

16

Blois

La mosquée Bilal, à Blois, ne ressemblait en rien à ce qu'on s'attendait à trouver dans le Val de Loire. C'était un immense bâtiment flambant neuf, recouvert d'un crépi ocre qui la faisait ressembler à un palais de Marrakech.

Après avoir enlevé ses chaussures, Igor Garidov se dirigea vers la salle de prière, où plusieurs hommes se trouvaient déjà. Il s'agenouilla. Depuis près de trente ans qu'il prétendait régulièrement être musulman, il avait parfois du mal à distinguer la réalité de la fiction. Au fond de lui, il se savait irrémédiablement athée, même s'il avait souvent été touché par la générosité des croyants les uns envers les autres, par leur capacité à donner à des inconnus le peu qu'ils avaient uniquement au motif qu'ils étaient frères en religion.

Au bout d'une demi-heure, un temps suffisant pour montrer que la prière était un moment important pour lui, Igor Garidov se releva et se mit en quête de l'homme qu'il venait rencontrer.

Preuve de leur ouverture d'esprit – ou de leur naïveté –, les autorités marocaines qui avaient financé l'établissement avaient choisi un Algérien comme deuxième imam.

Très pieux, adepte de l'islam le plus rigoriste, né à Tamanrasset, il était établi en France depuis la fin des années 80. Il avait fallu toute la puissance et l'efficacité des réseaux de l'ex-KGB pour l'identifier, des années plus tôt, comme personne d'intérêt pouvant éventuellement nuire à la France.

Après le massacre de tous ses amis par le DIM, le département d'infiltration et de manipulation de la Sécurité militaire algérienne, l'imam avait fui son pays pour se réfugier en France, n'emportant qu'une valise, sa haine du FLN... et du pays qui l'accueillait. Car sans le soutien de la France jamais le pouvoir en place à Alger n'aurait pu mener sa guerre à bien. Les bras étaient algériens, certes, mais c'était la France qui les avait armés, qui avait fourni les hélicoptères, les mitrailleuses, les systèmes de communication, les renseignements satellitaires et les conseils techniques qui avaient permis de détruire le Groupe islamiste armé, le GIA, une sorte d'Al-Qaida algérien. Elle encore qui avait œuvré au sein de l'ONU pour bloquer toute mise en accusation sérieuse du pouvoir algérien. Elle enfin qui avait discrètement informé la Sécurité militaire de l'identité des journalistes ou militants des droits de l'homme infiltrés en Algérie, tous ces gens qui auraient pu révéler ce qui se passait au reste du monde et faire cesser la boucherie.

Bref, sans la France, les amis de l'imam seraient aujourd'hui bien vivants et le Groupe islamique armé siégerait au palais d'El Mouradia, le bâtiment de la présidence algérienne.

De cette époque, l'imam avait gardé la volonté irréfragable de se venger de la France et de lui faire payer tant ses péchés que sa duplicité.

Igor Garidov venait à Blois précisément pour étancher sa soif de revanche…

À l'accueil, on lui apprit que l'Algérien était absent, mais qu'il serait présent le lendemain. Un peu déçu, Igor Garidov prit rendez-vous. Puis il se mit en quête d'un endroit pour marcher un peu.

Il se dirigea vers les quais. Le temps était sec, l'air vif. Bientôt, il se retrouva sur les bords du fleuve, à l'entrée du pont Mitterrand, et se dirigea à pas lents vers l'ancienne chapelle dont les vitraux luisaient doucement dans la lumière déclinante. Au loin, un peu au nord, on entendait un train rouler.

La nuit tombait rapidement, le froid aussi. Igor Garidov inspirait à pleins poumons, ravi de cette promenade impromptue.

Trois silhouettes jaillirent tout à coup de la pénombre. Des jeunes au crâne rasé dont les blousons arboraient des croix celtiques.

Merde, pensa Igor Garidov. Il ne manquait plus que ça.

Absorbé par ses réflexions, il n'avait rien remarqué. Un des voyous lui barra la route. Il reconnut les trois jeunes qu'il avait vus sur le parvis de la gare.

— Salut, le gris ! lança un des crânes rasés d'un ton faussement amical. Tu ne serais pas un peu perdu ? Loin de chez toi ?

Garidov ne parlait pas français, néanmoins il comprit sans mal le sens de la question.

— Je suis un touriste, répondit-il en anglais.

— Touriste, mon cul. Qu'est-ce que tu viens nous emmerder chez nous ?

Le premier skinhead leva le scalpel qu'il tenait à la main. Le deuxième brandissait une clef à molette tandis que le dernier déroulait une chaîne passée autour de sa taille, un objet qui pouvait se transformer en arme redoutable. Igor Garidov avait l'expérience du combat, il comprit instantanément que les trois hommes n'étaient pas là que pour l'insulter.

Il ne perdit pas une seconde. Un coup de pied frappa le premier, lui faisant exploser les testicules. La seconde d'après, il envoya son poing dans la gorge du deuxième, lui enfonçant la glotte au fond de la trachée.

Le jeune skinhead tomba comme un sac.

Déjà Garidov s'était tourné vers le troisième. Une balayette le fit basculer avant qu'il ait réalisé ce qui lui arrivait. Un coup de pied dans le ventre lui fit exploser le péritoine, un autre en plein visage lui écrasa les os.

Igor Garidov portait des chaussures spéciales fabriquées par les renseignements russes, dont la semelle, la pointe et le talon étaient renforcés par des plaques de tungstène. Des armes discrètes mais aussi efficaces qu'un marteau. Tranquillement, il recula de deux pas, contemplant la boucherie sans émotion.

Enfin, il fit demi-tour pour remonter vers la berge supérieure, s'éloignant aussi vite que possible. Autant qu'il pouvait en juger, deux des agresseurs étaient en train de mourir. Une seconde, il eut la tentation de repartir en arrière pour finir le troisième, mais il était déjà trop loin et du monde approchait. Mieux valait filer, en espérant que le survivant ne ferait pas un signalement trop précis.

Il atteignit le parking, accélérant encore le pas pour sortir de cette zone trop éclairée. S'il s'était retourné, il aurait aperçu un couple d'adolescents cachés dans les fourrés. Il passa devant eux.

17

Transylvanie

Le regard fixe, une paire de jumelles sur les genoux pour l'un, un pistolet automatique pour l'autre, Djokhar et Magomed fumaient en silence. Ils étaient garés à près de cinq cents mètres de la maison de Kateryna Mykoulyna mais, la rue étant légèrement en pente, ils avaient une vue parfaite sur leur cible, éclairée par un lampadaire.

Une vieille Dacia portant l'inscription *Securitate generală*, avec deux vigiles à l'intérieur, stationnait devant. Ce n'était pas un problème. Ce coup-ci, ils avaient le matériel pour gérer une opération complexe. La BMW étant grillée, ils l'avaient abandonnée sur un parking proche de l'aéroport et s'étaient rabattus sur une camionnette plus discrète. À l'arrière, ils disposaient de tout un arsenal, pistolets Makarov et Iaryguine, fusil à pompe automatique Molot et kalachnikov AK12 en version commando. Cette dernière était équipée d'un Rotor dans sa version spécialement développée pour les renseignements – un silencieux révolutionnaire capable de transformer la plus bruyante pétoire en arme discrète.

Quiconque se pose des questions sur la capacité technologique des Russes en ce début de XXIe siècle devrait, une fois dans sa vie, entendre tirer une arme de guerre équipée d'un Rotor. S'il ne s'agissait pas d'un dispositif destiné à donner la mort, sa sophistication serait presque *bouleversante*.

Un *poulimiot*, une mitrailleuse portative capable de détruire un blindé léger, complétait leur équipement.

— On att... attend quoi ? grogna Djokhar.

— Que les Français viennent rendre visite à la veuve de Mykoulyne, répondit Magomed. On les fait parler. Ensuite, on les bute.

— Et les deux pu... pu... tain de vigi... giles roumains ?

— On n'attend pas l'autorisation de Grozny pour les liquider. Si on demande, on ne l'aura pas avant deux jours. D'ici là, la veuve se sera barrée.

— Passe un coup de fil au nou... nou... veau chef de mission, alors. Il est arr... ivé tout à l'heure, paraît qu'il tient ses ordres di... di... directement du Kremlin.

— Qu'il aille se faire foutre, celui-là ! J'en ai marre qu'on m'explique mon boulot. En plus, ce Tatar est une pédale d'intello, il ne veut jamais de vagues. Les vigiles, on les élimine tranquillos pendant qu'ils poireautent dans leur bagnole. Avec le matériel qu'on a ce coup-ci, on ne va pas se laisser baiser par le blaireau avec son couteau, comme la fois dernière.

— Bien di... di... dit.

— Cela étant, il savait le tenir, son couteau. Tu as vu comment il a fumé Liviu ? En trois secondes.

— Il ne nous fe... fe... fe... ra pas le coup deux fois, tu pe... pe... eux me croire. Quand on aura réglé le pro... pro... problème, tout le monde sera bien obligé de nous félici... ter.

Magomed eut un regard vers la kalach équipée du Rotor.

— Tu es meilleur que moi avec ce truc. Dès que le Français revient, tu lui tires dans les pattes pour l'immobiliser. Ensuite, je les interroge au *kindjal*, lui et la blondasse qui l'accompagnait.

— Ouais. Elle doit travailler pour la DGSE, elle aussi.

Hasard ou miracle de l'excitation, Djokhar avait réussi à sortir toute sa tirade sans bégayer.

— Qu'est-ce qui te f… fait d… d… dire que le Français v… v… va revenir ?

— C'est un pro. Moi aussi, je reviendrais. La blondasse, on évite de trop l'abîmer. Tu as vu comme elle est bonne ? Et bien dodue en plus.

— Pas f… faux.

— Mais c'est moi qui passe en premier. Toi, tu pourras toujours te taper la veuve en attendant.

— Ouais, d'ac… c… cord.

Djokhar avala une dernière bouffée avant d'écraser sa cigarette dans le cendrier.

— Pour la millième fois, pourquoi tu ne changes pas de marque de cigarettes, par Allah ! lança Magomed, furieux, en refermant le couvercle du cendrier d'un geste brusque. Elles puent la mort, ces *papirossy* ! Tu ne peux pas acheter des clopes occidentales comme tout le monde ?

Djokhar allait balancer une réplique bien sentie lorsque deux phares éclairèrent la rue derrière eux.

— Planquons-nous !

Ils se couchèrent sur la banquette tandis qu'une Fiat passait devant eux à vitesse réduite pour s'arrêter devant la maison des Mykoulyne. Ils se relevèrent en même temps.

Deux portes claquèrent. La femme de la DGSE et l'homme qui avait éliminé Liviu étaient penchés à la portière de la voiture des vigiles. Il y eut une discussion, puis ils poussèrent le portail du jardin devant la petite maison.

— Et voilà le travail. Comme je l'avais prévu.

— Tu es sûr que t… tu v… veux y aller ? J'ai eu l'im… l'impression que le mec re… re… regardait dans notre direction.

— Fais pas chier, il regardait que dalle.

Magomed se retourna, empoigna la kalach équipée du Rotor, qu'il tendit à son collègue.

— N'oublie pas : dans les jambes.

18

Transylvanie

Dans la pénombre de son vestibule, Kateryna Mykoulyna semblait avoir pris quinze ans en vingt-quatre heures. Voûtée, les traits tirés, elle tenait un mouchoir qui semblait avoir essuyé nombre de larmes.

— Que voulez-vous encore ?

— Rediscuter avec vous. Pour être certains que nous ne sommes pas passés à côté d'une information importante. Peut-on entrer ?

— Je n'ai plus envie de parler, répondit la veuve d'un ton las. J'ai dit tout ce que je savais. Maintenant, je veux me reposer.

Elle tenta de refermer la porte. Edgar en bloqua l'ouverture avec son pied. Doucement mais fermement, il la repoussa à l'intérieur avant de se glisser dans l'entrée, suivi par Cécile.

— C'est scandaleux ! Je suis en deuil. Veuillez sortir tout de suite, glapit Kateryna. Vous ne respectez donc rien ?

Elle triturait nerveusement sa croix tandis qu'Edgar s'installait sur le canapé comme s'il était chez lui.

— Le respect du deuil, c'est important, vous avez raison. D'un autre côté, si on regarde les choses froidement, vous vous tapiez un étudiant de vingt-deux ans, amené jusqu'à vos bras par les services secrets russes. Sans vos incartades, les tueurs tchétchènes n'auraient jamais su que votre mari possédait des informations cruciales, ils n'auraient pas appris qu'il se rendait aux ruines de Teleki rencontrer son contact à la DGSE. Andriy serait assis sur ce canapé, moi dans un café à Paris, et ma centrale aurait ses informations. Pour tout dire, madame Mykoulyna, en deuil ou pas, vous êtes largement responsable de tout ce bordel et vous commencez à me faire chier.

La réplique la scotcha. D'un geste résigné elle rangea sa croix sous son chemisier avant de se laisser tomber dans le fauteuil en face, un gros machin carré recouvert d'un tissu fleuri tout effiloché, qui semblait dater du siècle précédent.

— Que voulez-vous savoir ?

— Je veux comprendre comment Bogdan et votre mari ont renoué.

— Je ne suis pas certaine que Bogdan soit bien l'informateur d'Andriy, protesta Kateryna Mykoulyna.

— C'est le dernier membre influent des forces séparatistes à qui votre mari a parlé. C'est bien ce que vous nous avez dit hier ?

— Oui.

— L'homme qui a pris la photo des missiles avant de la transmettre à votre mari joue un rôle actif dans les organes de sécurité russes. Sinon, il n'aurait pas pu être mis au contact d'un matériel aussi sensible.

— Vous avez raison, répondit Kateryna d'un ton plus conciliant. Cela vaut le coup de tenter de remonter sa piste, je vais vous aider.

— À la bonne heure. Merci de votre coopération.

Ayant bien senti l'exaspération dans les propos du Français, Kateryna se leva pour se diriger vers une table sur tréteaux qui croulait sous une masse de revues et de journaux. Elle farfouilla dans l'amoncellement d'où elle extirpa un bloc de feuilles.

— Je vais essayer de coucher sur le papier toutes les personnes dont Andriy m'a parlé ces dernières semaines. Je risque d'en avoir pour la soirée.

— Prenez votre temps. Nous allons rester ici avec vous. Pour commencer, vous nous avez dit hier qu'Andriy connaissait Bogdan de ses années de lycée. Pour vous, cela signifie qu'ils étaient dans les mêmes classes ou dans le même établissement ?

— Je crois, oui, qu'ils l'étaient.

— Andriy avait-il conservé des photos de cette époque ?

— Peut-être. Il gardait des choses dans des caisses là-haut.

— Les policiers roumains les ont-ils emportées après sa mort ?

— Nous avons été cambriolés le jour du décès d'Andriy, pendant que je faisais ma déposition à la police. Elles ont toutes été volées.

Edgar se rembrunit. Évidemment, cela aurait été trop simple. Les Russes travaillaient vite et bien et, depuis le début de cette affaire, ils avaient un coup d'avance.

— Vous souvenez-vous dans quel lycée Andriy avait étudié ?

— Non. Enfant, il habitait Donetsk et moi Louhansk.

— Louhansk ? Je croyais que votre famille était russe, rétorqua Cécile Mauriac.

— D'origine russe, répondit Kateryna en la fusillant du regard. Et d'un côté seulement. Mon grand-père paternel s'est installé en Ukraine dans les années 30 et ne l'a plus quittée par la suite.

— Revenons à Andriy, intervint Edgar.

— Comme je vous le disais avant d'être interrompue, enfant, il vivait à Donetsk, près du parc Chtcherbakov, son lycée était probablement dans les environs. Je crois qu'ils étaient toute une bande de copains du même quartier qui se fréquentaient depuis la petite école. Ils se sont perdus de vue ensuite, au gré des expatriations : Angleterre, France, États-Unis, Australie - la plupart ont quitté le pays. La majorité de ceux qui étaient restés durant la guerre de 2014 sont entrés dans la défense territoriale ukrainienne, tandis que les autres ont choisi le camp des traîtres, des séparatistes. Il faut comprendre que beaucoup de familles se sentaient en partie russes. D'ailleurs, Andriy et moi n'avons appris l'ukrainien qu'à l'université.

— On connaît la situation. Ce n'est jamais facile de choisir son camp, répondit Cécile.

— Continuez sans moi, dit soudain Edgar en se levant.

Mine de rien, il se planta derrière la fenêtre. En y repensant, il lui semblait se souvenir qu'il y avait de la buée sur les vitres de la camionnette blanche garée un peu plus loin.

Il jeta un coup d'œil dehors. Tout était calme. Aucun mouvement dans la rue... Il fit un geste amical aux deux vigiles dans leur voiture et décida d'aller vérifier ce qui se passait de l'autre côté de la maison. La cuisine donnait sur un jardin plongé dans l'obscurité.

C'était difficile à expliquer, mais il avait un mauvais pressentiment. À cause de la buée sur la vitre du véhicule. Plus il y réfléchissait, plus il était convaincu qu'elle se trouvait sur la vitre *intérieure*.

Il fit passer son sac à dos à ses pieds afin d'en sortir son Kriss Vector, dont il déplia la crosse télescopique.

Edgar avait été entraîné à se servir d'à peu près tout ce qui tire un projectile sur cette planète mais, comme beaucoup d'agents spéciaux, il avait ses préférences. En mission, il avait jeté son dévolu sur ce modèle de pistolet-mitrailleur en raison de son système d'absorption d'énergie – un brevet mis au point trente ans auparavant par un ingénieur suisse assez génial –, qui lui permettait de rester parfaitement stable, même en mode rafale. De surcroît, il acceptait le calibre .45 plutôt que le traditionnel 9 mm. On obtenait ainsi une puissance énorme à l'impact, sans risque que les balles traversent leurs cibles et aillent toucher des innocents, comme avec des calibres militaires. Un vrai plus pour un homme comme lui, dont les missions se déroulaient souvent en milieu urbain.

— Madame Mykoulyna ! cria-t-il. Sur quoi donne votre jardin de derrière ?

— Sur une école maternelle.

Cécile passa la tête dans l'encadrement de la porte. En voyant l'imposante arme à la forme futuriste, elle blêmit.

— Il y a un problème ?

— Sans doute pas, mais mieux vaut être prudent, répondit Edgar en engageant un chargeur de cinquante balles avant d'armer la culasse. J'ai l'impression qu'un des véhicules de la rue était occupé. Au cas où, j'aimerais que vous préveniez les vigiles à l'entrée pour leur demander d'être sur leurs gardes et que vous montiez ensuite à l'étage avec Kateryna. Je préfère ne pas prendre de risques et que vous l'interrogiez en haut.

À peine Cécile eut-elle regagné le salon que la porte de devant se fendit avec fracas, défoncée par un coup de pied. Un des *kadyrovtsy*, bonnet noir sur la tête, kalachnikov prolongée d'un énorme silencieux à bout de bras, ouvrit le feu.

Une longue rafale de gauche à droite, au ras du sol, balaya tout le salon, faisant éclater les murs et les meubles. Plusieurs balles atteignirent Cécile, sciant net ses deux jambes, juste en dessous des genoux.

Comme avec une trancheuse.

Elle tomba tout droit sur ses moignons ensanglantés avec un bruit sourd. La seconde d'après, elle basculait, tête vers l'avant, sur le tapis.

Déjà, Edgar avait lâché une courte rafale sur leur agresseur. Le Tchétchène poussa un grognement avant de s'affaler, mort sur le coup.

Edgar retourna près du mur de la cuisine, s'arrêta à un mètre, posa un genou au sol, pointa son arme. Dans son dos, Kateryna criait.

— Je suis blessée, je suis blessée. Je saigne !

— Fermez-la, bon Dieu ! Il faut que j'entende ce qui se passe.

Arme à l'épaule, il avait la porte séparant la salle à manger de la cuisine en ligne de mire. Maintenant qu'il avait vu à quoi ressemblait cette dernière pièce, il savait exactement par où un possible attaquant entrerait. Calant le coude du bras qui tenait le Kriss Vector contre sa hanche, il dégaina son pistolet, les deux mains écartées à 180 degrés, pour couvrir l'avant de la maison de cette seconde arme si l'autre assaillant s'y présentait.

Un silence presque total tomba, rompu par les gémissements de Kateryna. Edgar pria pour que le second tueur se décide rapidement. D'après ce qu'il avait vu, Cécile Mauriac risquait de mourir d'une hémorragie massive s'il ne lui faisait pas un garrot très vite.

Soudain, un très léger bruit se fit entendre, en provenance de la cuisine. Celui d'une poignée qu'on tourne, puis d'une porte qui s'ouvre en grinçant. Aussitôt, il lâcha deux rafales à travers le mur. Le calibre .45 étant ce qu'il est, les dix balles traversèrent la mince cloison de plâtre comme du papier.

Il se releva, se déplaça sur la gauche, tira une autre rafale dans la même direction, mais vers le sol. Puis, avançant prudemment, l'arme bien calée devant lui, il jeta un coup d'œil. Le second *kadyrovets* reposait sur le carrelage, la bouche ouverte. Il était mort, criblé de balles de l'entrejambe à la tête. Son visage affichait un air surpris.

Edgar attendit une minute, parfaitement immobile. Il n'y avait pas d'autre assaillant.

Il revint vers le salon, s'arrêta d'un bloc, saisi par le spectacle. Le nez enfoncé dans le tapis de laine, Cécile ne bougeait plus. Une mare de deux ou trois mètres de large, rouge brique et poisseuse, finissait de s'écouler de ses jambes coupées. L'odeur du sang flottait dans l'air, métallique, écœurante.

Il la retourna doucement. Les yeux fixes, la bouche ouverte sur un cri silencieux, elle était morte.

Pelotonnée dans un coin, Kateryna continuait de geindre. Une balle l'avait frappée au pied gauche.

— Kateryna, vous pouvez appeler les secours ?

— Oui.

— Dites qu'il y a eu une fusillade, qu'elle a fait plusieurs morts. Vous expliquerez aux flics que je suis sorti de nulle part, que vous ne savez pas qui je suis. Vous direz que Cécile parlait ukrainien sans accent. Elle voulait discuter de la mort d'Andriy et elle s'est présentée comme journaliste. Surtout, nous avons tous les deux parlé ukrainien. Vous vous en souviendrez ?

Retenez bien : je ne suis pas français. J'organiserai votre protection avec l'ambassade. Mais il faut nous laisser le temps d'alerter les renseignements roumains.

Elle opina, le visage crispé par la douleur. Il approcha la bouche tout près de son oreille.

— Kateryna, vous êtes vivante, on va vous soigner, vous allez vous en sortir. Je viendrai vous voir à l'hôpital demain.

— J'ai mal. J'ai mal.

— Écoutez-moi, merde ! Réfléchissez à ce que je vous ai demandé tout à l'heure. Les contacts ukrainiens de votre mari.

— Les contacts, oui, répéta-t-elle, hagarde.

— Vous avez dit que Bogdan avait travaillé dans une prison. Je veux savoir si votre mari n'aurait pas rencontré récemment d'anciens gardiens qui auraient pu faire le lien avec Bogdan. Réfléchissez-y. Il faut trouver qui a mis Andriy sur la piste de Bogdan. Vous m'avez compris ?

Elle acquiesça en silence.

— À demain !

Sur cette dernière phrase, il quitta la maison après avoir ramassé le sac de Cécile, qui contenait ses papiers d'identité.

Il passa devant la Dacia des deux vigiles. Apparemment, les tueurs les avaient flingués avec des silencieux, par la lunette arrière. Du travail de professionnel. Deux balles de petit calibre pour chacun, au beau milieu de la nuque, à moins d'un centimètre de distance horizontale l'une de l'autre.

Ce que son instructeur de la DGSE appelait le « tir d'assassinat ». Les techniques sont les mêmes de Washington à Vladivostok en passant par Paris..., songea-t-il.

Il attendit quelques instants dans sa voiture que les premières sirènes retentissent avant de démarrer. Cent mètres plus loin, il croisa plusieurs véhicules de secours, gyrophares allumés.

19

Transylvanie

Allongé en caleçon sur le lit de sa chambre d'hôtel, Edgar se repassait en boucle les récents événements. Seul son téléphone tendu à bout de bras éclairait la pièce.

— Le corps de Cécile Mauriac va être rapatrié dès demain à Paris, annonça Paul. Bon sang, ça fait longtemps qu'on n'avait pas perdu d'agent féminin.

Il était blême à l'écran, et ce n'était pas un problème de transmission sur Signal.

— J'aurais aimé la sauver, mais ça a été tellement rapide, dit Edgar. Je n'ai rien pu faire. Elle a été touchée dans la première seconde de l'affrontement. C'était une fille bien, tellement enthousiaste, je suis effondré.

Le visage de Paul sembla rétrécir tandis qu'une ombre passait devant ses yeux.

— J'ai expliqué ça au DG. Il a parlé à la famille. Elle avait encore ses parents, ils ont une petite soixantaine, et deux sœurs. Tu imagines l'état dans lequel ils sont.

— Quand je rentrerai, j'irai les voir pour leur expliquer comment les choses se sont passées.

— Des vigiles devant la maison ! Pourquoi pas des moines ? rugit soudain Paul. Pourquoi n'a-t-elle pas demandé du renfort à Bucarest ? Sa hiérarchie lui en aurait fourni immédiatement, cette mission est prioritaire.

— Elle était jeune, Paul. Trop jeune et trop peu expérimentée pour se frotter aux services russes. C'est ma faute, j'aurais dû la sortir du jeu bien avant, répondit Edgar, soucieux de ne pas abîmer la mémoire de la jeune femme.

— On ne rentre pas à la DGSE si on n'est pas prêt à risquer sa vie. Cécile Mauriac l'avait accepté le jour où elle a signé son contrat.

Ils restèrent silencieux quelques instants avant que Paul ne reprenne :

— Je veux que tu te remettes au boulot, et tout de suite. La mission continue. On est d'accord ?

Edgar acquiesça sobrement. Oui, bien sûr que cette foutue mission continuait.

— Que veux-tu faire maintenant ? insista Paul.

— La seule chose utile, c'est de continuer à tirer les fils qui mènent à Bogdan. Pour cela, j'ai encore besoin de Kateryna Mykoulyna. Le problème, c'est qu'elle est en pleine lumière, les flics roumains ne vont pas la lâcher.

— Le numéro deux a appelé les renseignements intérieurs roumains tout à l'heure. Il leur a expliqué que tout ce merdier était lié à l'Ukraine et qu'on était sur la piste d'une opération de déstabilisation montée par les Russes. Ils sont d'accord pour tourner la tête de l'autre côté, mais tu peux être certain qu'ils vont quand même creuser. À mon avis, ils essayent en ce moment même de t'identifier.

— Ce ne sera pas très difficile. Il n'y a pas tant d'hôtels que cela à Cluj.

— L'autre problème, c'est que les Russes ne vont pas rester sans réagir. Ils vont envoyer une nouvelle équipe, meilleure. Des professionnels de top niveau. Pour t'identifier, t'enlever, avec Kateryna, puis vous faire parler avant de vous tuer.

— J'en déduis que tu m'envoies du renfort ?

— Le DG a tranché, on ne veut pas cramer d'autres Sigma sur une opération devenue aussi visible. Les Roumains sont dans la boucle, les Russes en embuscade, c'est « *game over* » pour le service des Archives. À part toi, bien sûr.

— Ce qui signifie ?

— On t'envoie des gars du service Action. Ils sont déjà en route. Six opérateurs de Perpignan en deux équipes. Ils auront pour mission de protéger Kateryna Mykoulyna et d'assurer tes arrières. On t'a trouvé une villa dans laquelle tu vas t'installer avec elle et l'équipe A. L'équipe B sera dans une autre maison, à proximité. Elle veillera au second niveau de sécurité, à distance, pour vérifier que vous n'êtes pas repérés. Le temps que ces deux équipes arrivent, je veux que tu restes tranquille. Pour ton information, j'ai fait transférer Kateryna à l'hôpital militaire de Cluj-Napoca, sous surveillance de la police militaire roumaine. Elle a été opérée du pied par un excellent chirurgien, le pronostic est bon. Personne ne peut l'atteindre là-bas. L'équipe médicale dans son service est constituée d'une quinzaine de personnes qui se connaissent toutes. Aucun risque de voir un tueur pénétrer par ruse le dispositif. J'ai prévenu les Roumains que les Russes risquaient de s'attaquer à elle de nouveau, ils prennent la chose très au sérieux.

— Merci de t'être occupé d'elle. Je ne crois pas que ce soit une mauvaise personne.

— Bonne ou mauvaise, je m'en fous complètement, rétorqua Paul d'une voix acide. Je veux juste qu'elle nous crache ce qu'elle sait avant que les Russes réussissent à la buter. S'il existe une infime chance qu'elle te permette de remonter jusqu'à ce Bogdan, il ne faut pas hésiter. Tu iras la voir demain matin, lorsque l'effet de l'anesthésie générale se sera dissipé.

— J'y serai, et plutôt deux fois qu'une, confirma Edgar. En attendant l'arrivée de mon support, je ne peux pas rester sans rien faire. J'aimerais remonter la piste des contacts de l'agent roumain que j'ai éliminé, Liviu Caudescu. En commençant par fouiller son appartement.

— Vas-y. Mais, je t'en conjure, fais gaffe.

— Bah, je suis armé et j'ai éliminé le dispositif russe. Il va leur falloir du temps pour le reconstituer.

— N'y compte pas trop. À mon avis, le nouveau est déjà en route.

20

Transylvanie

Le Tatar se tenait immobile à l'orée d'une clairière, quelque part au milieu d'une immense forêt de chênes située à une cinquantaine de kilomètres au sud-ouest de Cluj.

La nuit était tombée et on devinait à peine son visage.

À ses côtés, l'homme que la Tsarine lui avait imposé comme adjoint regardait ses pieds. Un pur produit des renseignements militaires. Trente ans, carrure de bûcheron et cheveux ras, le regard vide, des mains épaisses comme des battoirs. C'était un fou furieux, même selon les critères des services russes, connu dans tout l'appareil de sécurité pour avoir écrasé un groupe de déserteurs syriens au moyen d'un rouleau compresseur, dans le désormais célèbre bourg de Maarat al-Noman.

Pour cette action qui lui aurait valu vingt ans de prison dans n'importe quel pays civilisé, il avait reçu une médaille et une prime.

Le Tatar imaginait qu'avec un CV pareil cet homme ne pouvait que mépriser sa conduite subtile des opérations.

L'autorité étant ce qu'elle est en Russie, il espérait, néanmoins, qu'en dépit de son goût pour la violence basique type rouleau compresseur, le bûcheron le servirait à peu près loyalement…

Cet attelage de deux cultures aux antipodes est devenu la réalité du système des renseignements russe. Un problème majeur pour la gestion des opérations de terrain, mais que personne, au Kremlin, ne semble avoir trouvé le moyen de résoudre. Quoi de commun, en effet, entre, d'un côté, les services extérieurs – le SVR issu de la culture soviétique – où dominent d'ex-*aguenty* civils du KGB, adeptes de plans tortueux comme des parties d'échecs et habitués à éviter de faire couler le sang inutilement, et, de l'autre, les membres du GRU – le renseignement militaire – poussés en avant par Poutine depuis le début des années 2000, ultraviolents, aux méthodes peu sophistiquées et partisans d'une vision quasi religieuse de la Grande Russie ?

La haine entre les deux organisations est si féroce que tout travail commun est devenu impossible. Dans une « non-décision » assez stupéfiante, le Kremlin autorise une stricte séparation de leurs opérations, avec parfois des conséquences confinant à l'absurde. Ainsi, les grandes capitales européennes comme Paris ou Bruxelles sont divisées en deux aires d'action distinctes, avec une zone de « travail » pour les renseignements militaires du GRU et une autre, complètement séparée, pour les renseignements civils du SVR.

Dichotomie bizarre, même s'il faut bien reconnaître que l'unité d'action n'est pas toujours la panacée. Preuve en est l'échec monumental des Russes dans leur analyse du niveau de préparation et de résistance de la population et de l'armée ukrainiennes avant l'invasion, analyse qui dépendait entièrement d'une troisième organisation, les renseignements intérieurs du FSB.

Son adjoint borné tapant du pied à ses côtés, le Tatar réfléchissait à tous ces problèmes organisationnels lorsqu'il entendit ce qu'il attendait.

Un moteur d'hélicoptère.

L'appareil s'approchant, le bruit devint de plus en plus puissant, jusqu'à ce que le Tatar soit obligé de se boucher les oreilles. Puis le Mi-26 creva la couche de nuages, énorme masse noire soudain tout près du sol. Un monstre aussi long qu'un Airbus, de neuf mètres de haut, capable de transporter près de cent soldats. Il se posa lourdement dans la clairière. Le moteur ralentit jusqu'à ressembler à un long gémissement métallique, avant de se taire.

Au numéro peint sur la carlingue, le Tatar avait reconnu l'un des deux appareils dévolus à l'unité secrète 29155 (on prononce « vingt-neuf, cent cinquante-cinq »), la cellule action la plus redoutable des renseignements militaires, à laquelle lui-même appartenait, et qui avait déjà mené avec succès des dizaines d'opérations plus ou moins sanglantes dans toute l'Europe.

Avant de lui être affecté, le Mi-26 avait été modifié pour être équipé de réservoirs supplémentaires. S'ils réduisaient sa charge utile de près de soixante-dix pour cent, ils lui permettaient en revanche une autonomie record de près de trois mille kilomètres. L'appareil avait quitté sa base de Lioudinovo, dans la région de Kalouga, au sud-ouest de Moscou, traversé la Biélorussie, où il avait refait les pleins avant de redécoller immédiatement, était entré en Pologne à l'est de Białystok. Ensuite, il avait plongé tout droit vers le sud, pénétré brièvement en territoire slovaque, puis en Hongrie au nord du village de Ricse, avant de bifurquer à nouveau vers l'est pour survoler les Carpates de Roumanie jusqu'à la Transylvanie.

Un périple compliqué destiné à éviter le survol de l'Ukraine et de la mer Noire, trop surveillées par les avions radar Awacs américains. Tout le voyage avait été réalisé en vol rasant, à moins de vingt mètres du sol, transpondeur éteint, pour éviter d'être repéré par l'OTAN. Un véritable exploit compte tenu du relief, des arbres, des cheminées d'usine, des éoliennes et des lignes à haute tension.

Les portes de l'hélicoptère à peine ouvertes, les premiers agents de l'unité 29155 commencèrent à descendre. Habillés en civil, les cheveux longs pour certains, ils n'avaient pas l'air (de loin, tout du moins…) des tueurs qu'ils étaient. L'équipe comportait cinq femmes. Deux d'entre elles étaient des professionnelles des écoutes et des mesures électroniques. Deux autres étaient des tueuses, dont une spécialiste des poisons. Cette dernière portait d'ailleurs une petite mallette en acier remplie de fioles comprenant différents *Novitchki*, comme s'appellent les agents neurotoxiques créés par l'ex-KGB, des substances aux modes d'action distincts, certains ultra-rapides, d'autres lents, certains très douloureux et d'autres non.

La cinquième femme était une *hirondelle*, une de ces jeunes beautés dont la spécialité était l'accroche des hommes. Celle-ci savait comme personne les amener dans son lit. Son visage était le dernier qu'un certain nombre d'entre eux avaient vu avant que leur vie soit emportée.

Le Tatar s'approcha de la première à être descendue, une ingénieure issue du prestigieux institut des technologies de Novossibirsk, la cheffe des équipes techniques. Il lui serra la main avec chaleur.

— On débarque le matériel ici ? demanda-t-elle, fidèle à sa réputation de ne jamais perdre de temps en discussions oiseuses.

Il se retourna vers l'hélicoptère.

— Oui, grouillez-vous.

Trois membres de l'équipe avaient commencé à sortir les grosses cantines en aluminium embarquées dans la soute. Elles contenaient des armes, des explosifs, du matériel électronique de détection et de brouillage, des micros directionnels, des caméras à effet téléobjectif et d'autres à infrarouge, divers objets anodins, tels de faux cailloux ou de faux arbustes – qui servaient à masquer les dispositifs de surveillance –, des masques en silicone pour modifier les visages et toutes sortes de vêtements pour se désilhouetter ou prendre l'apparence de professionnels inoffensifs.

Lorsque tout fut chargé dans une camionnette, ils montèrent dans un minibus. Les deux véhicules s'engagèrent dans un chemin forestier qui traversait le massif sur plus de vingt kilomètres. Il menait à un ancien relais de chasse transformé en hôtel. Désaffecté pendant le Covid, il n'avait pas rouvert et offrait une base idéale à l'équipe. Isolé au sein d'une forêt de plusieurs milliers d'hectares, il n'était qu'à quarante minutes de route de Cluj. Le Tatar l'avait loué à ses propriétaires pour la modique somme, versée en liquide, de quatre mille euros par semaine, prétextant une réunion d'amis chasseurs.

Ce qui n'était pas complètement faux. Ses hommes n'étaient pas des amis mais bien des chasseurs, dont les proies étaient toujours humaines.

21

Transylvanie

Liviu Caudescu, le Roumain éliminé par Edgar, vivait rue Andrei Șaguna, dans un quartier bobo du centre de Cluj-Napoca, près de la rivière. Un immeuble de pierre beige et stuc blanc, coincé entre une maison d'hôte aux balcons surchargés de pots de chrysanthèmes et une librairie ésotérique.

Un lieu un peu inattendu pour un ancien voyou devenu agent clandestin pour le compte des Russes.

Aucun code au rez-de-chaussée. Edgar n'eut pas besoin de chercher longtemps à quel étage le Roumain avait habité, un ruban blanc et rouge marqué *POLITIA* barrait l'une des portes du palier du second.

Il enfila une paire de gants en silicone, alluma brièvement sa torche et sortit de son sac à dos la trousse de serrurier qu'il avait apportée en prévision de sa mission. Il avait suivi, quelques années plus tôt, un stage d'ouverture de portes au centre de formation de la DGSE mais n'avait jamais été vraiment à l'aise dans cet exercice qui nécessitait une grande dextérité. Coup de chance, la serrure était bas de gamme, un barillet à quelques euros fabriqué en Chine. Il réussit à la forcer en moins d'une minute.

Une fois à l'intérieur, il s'empressa de refermer la porte après avoir remis le ruban à sa place.

L'appartement était petit et négligé. Une entrée tout en longueur qui donnait directement sur un salon-salle à manger-cuisine, des meubles sans charme qui juraient avec le parquet ancien et les moulures au plafond. Une chambre en désordre avec un lit défait, les flics ayant enlevé les draps et retourné le matelas sans se donner la peine de ranger derrière eux. Liviu Caudescu dormant à la morgue, ce n'était pas lui qui allait se plaindre... Les deux autres pièces étaient encombrées de vieux objets, mais, là aussi, les flics avaient tout retourné, transformant l'ensemble en capharnaüm.

Edgar mit une charlotte et une combinaison intégrale, en papier spécial, pour éviter de laisser des traces ADN. La crosse de son Glock collée à sa hanche le gênait un peu, l'arme n'étant retenue que par une ceinture en cuir à même la peau. Il l'avait chargée avec des balles à basse vitesse initiale, ce qui, additionné au silencieux, permettait de réduire le bruit des détonations à presque rien. Utile si on était obligé de tirer dans un quartier densément peuplé comme celui-ci. Le principal défaut de ces balles, outre leur moindre puissance, était qu'elles encrassaient la culasse, ce qui augmentait fortement le risque d'enrayage.

Moins de bruit égale moins de risques de se faire prendre, mais des performances au combat inférieures et beaucoup plus d'enrayages. Tout espion sait que le matériel parfait n'existe pas...

Il commença sa fouille par la cuisine, ouvrant chaque paquet, chaque récipient. Ensuite, il passa au salon, puis à la chambre. Au bout d'une heure, il fit une pause, avala une barre énergétique et la moitié d'une bouteille d'eau, qu'il avait apportées avec lui.

Évidemment, les génies du service technique opérationnel de la DGSE qui avaient conçu cette combinaison n'avaient pas pensé à y mettre une fermeture éclair, aussi, comme d'habitude, il la déchira en la remettant après être allé aux toilettes.

Il reprit sa fouille.

C'est dans une des pièces transformées en débarras qu'il fit la découverte.

Un émetteur-récepteur crypté à ondes courtes.

Les flics étaient passés à côté car ils ne s'étaient pas interrogés sur la présence d'un petit robot pour enfants posé sur une étagère, à côté d'autres objets anodins. Pourtant, il attira l'œil d'Edgar. Liviu Caudescu ne semblait avoir aucune vie de famille – il n'y avait pas de photos, aucun souvenir lié à l'enfance. Dès lors, que pouvait bien faire ce jouet dans cet appartement ?

En le démontant, il découvrit un transistor relié à la batterie, ainsi qu'un clavier numérique permettant de taper des messages. Le jouet était *made in Poland,* mais le clavier était en cyrillique et la batterie miniature ultramoderne.

Bingo ! pensa Edgar. Sans doute un appareil conçu par les ingénieurs de Nikolaï Klimachine, le très respecté chef du service scientifique et technique du FSB dont on retrouvait certaines des géniales créations dans tout l'appareil de sécurité russe.

Il se posta dans la salle de bains, ouvrit le robinet pour laisser couler l'eau avant d'appeler Paul.

— Que veux-tu faire ? demanda ce dernier, une fois qu'Edgar lui eut expliqué la situation.

— D'abord, ce serait bien que quelqu'un vienne récupérer l'émetteur-récepteur. Afin de vérifier si on peut le faire parler. Peut-être dispose-t-il d'une mémoire.

Quant à moi, puisque je n'ai rien à faire d'ici à l'arrivée de l'équipe support, j'ai bien envie d'attendre un peu en bas de l'appartement. Au cas où les Russes enverraient du monde. Cela m'étonnerait qu'ils aient envie de laisser un appareil aussi sophistiqué dans la nature.

— Tu es armé ?

— Oui.

Quelques secondes passèrent tandis que Paul soupesait le pour et le contre.

— OK, essaye d'en attraper un vivant. Mais, de grâce, ne prends pas de risques inutiles.

— Mon intention est de suivre ceux qui se pointeront à l'appartement. Histoire de voir à qui nous avons affaire et où est leur planque.

22

Transylvanie

Minuit était passé et la rue était toujours aussi calme. L'immeuble de Liviu Caudescu respectait la première règle de sécurité d'un agent clandestin, que ce soit pour son domicile ou son lieu de travail : il comportait deux entrées dans deux rues distinctes.

Aucun hasard dans ce choix. Le renseignement militaire russe appliquait scrupuleusement les procédures inventées des décennies plus tôt par le *Directorate S* du KGB, la structure qui avait codifié la prise en charge des agents illégaux russes à l'étranger.

Du coup, Edgar s'était adapté et avait garé la première voiture dans la rue Regele Ferdinand, qui prolongeait la rue Șaguna, tandis que la seconde attendait au bout de la rue Tipografiei.

Il patientait, un écouteur enfoncé dans l'oreille droite. Une heure auparavant, il avait installé un minuscule ensemble micro et caméra au-dessus de la porte du voisin, dans l'angle du mur, caché dans l'enchevêtrement de fils et de vieux tuyaux qui passaient sur le palier.

L'oreillette lui répercutait les bruits, amplifiés par un système de filtre très perfectionné. Ceux qui se présenteraient seraient des professionnels habitués à agir en silence, et c'est justement leur furtivité que le système détecterait.

Edgar bâilla pour la dixième fois depuis qu'il était dans sa voiture.

Il n'y a rien de pire que le travail de planque lorsqu'on est un « agent noir », le risque de se faire arrêter étant loin d'être nul (car une personne seule qui attend attire toujours l'attention) et l'absence d'action, pesante. Edgar prenait son mal en patience. Habillé tout en noir, rencogné sur son siège, il était invisible sauf pour quelqu'un qui viendrait spécifiquement inspecter sa voiture. Mesure de sécurité habituelle apprise de ses instructeurs, il avait pris le temps d'ôter les ampoules des plafonniers et des feux stop de ses deux véhicules. Suivant la procédure, il ne louait que des voitures bas de gamme qui n'étaient pas dotées d'un système d'allumage automatique des phares. Grâce à ses lunettes de vision nocturne, il pourrait donc mener sa filature en toute discrétion.

Il faisait un froid de gueux dans la voiture car il avait laissé l'une des vitres entrouverte pour éviter que la buée le trahisse. Si les deux Tchétchènes avaient respecté cette règle simple, ils seraient vivants et lui mort.

Cela peut paraître absurde au profane, mais une opération clandestine réussie repose sur un équilibre instable qui dépend de la connaissance scrupuleuse des procédures par les agents action, comme de la capacité à s'en affranchir volontairement, si la situation l'exige.

Edgar se donnait jusqu'à 4 heures du matin. Au fond de lui, il était certain qu'il allait se passer quelque chose, que les Russes ne prendraient jamais le risque de laisser un matériel aussi sophistiqué au domicile d'un de leurs agents.

La tête bien calée sur l'appui-tête, les yeux mi-clos, il se reposait, suivant les conseils de l'instructeur des forces spéciales qui lui avait appris, au cours d'un stage éreintant de trois semaines sans sommeil, comment récupérer sans dormir.

Un enseignement qu'il n'avait jamais oublié et qui l'avait aidé à de multiples reprises ces dernières années, y compris pendant les longues séances de négociation propres à son travail d'avocat international. Ses collaborateurs n'avaient jamais saisi comment il pouvait enchaîner trajets aériens et journées de quinze heures tout en restant en pleine forme malgré le jet-lag. Impossible, bien sûr, de leur révéler qu'il s'agissait d'une formation de la DGSE...

Peu avant 3 heures du matin, ce qu'il attendait se produisit. Des bruits infinitésimaux perçus et amplifiés par le micro directionnel. Edgar avait assez de métier pour reconnaître ceux produits par des semelles en caoutchouc sur le carrelage d'un escalier. Il regarda l'écran de son iPhone en mode luminosité réduite. Deux hommes se tenaient sur le palier. L'un d'eux avait sorti une petite trousse de sa poche, assez semblable à celle qu'il avait utilisée. Les mêmes causes provoquant les mêmes effets, le pêne s'ouvrit avec un bruit sec. Les deux hommes s'engouffrèrent dans l'appartement, refermèrent soigneusement derrière eux après avoir remis le ruban *POLITIA*, comme il l'avait fait.

Il n'avait vu personne entrer par la porte principale, ce qui signifiait que l'équipe était passée par celle de derrière. Il descendit de voiture. Son sac contenant ses armes à l'épaule, il rejoignit l'autre voiture en accomplissant un cercle au petit trot afin de ne pas passer devant le véhicule des Russes. L'iPhone lui indiquait que les intrus étaient encore dans l'appartement. Précaution élémentaire pour ralentir ses adversaires, il avait collé les quatre vis donnant accès à la cache du jouet avec de la super-glu. Les Russes allaient perdre du temps à essayer de l'ouvrir, avant de décider soit de casser le jouet, soit de l'emporter avec eux.

Quand il s'engouffra dans son second véhicule, ils étaient encore dans l'appartement. Il posa un cache sur le tableau de bord pour masquer la lumière (un caleçon, il n'avait rien trouvé de mieux dans ses affaires), alluma brièvement le contact pour baisser la vitre et attendit.

Peu après, l'écran lui montra les deux Russes sortant précipitamment sur le palier. Ils n'avaient pas le jouet à la main, donc ils l'avaient cassé avant de découvrir que l'émetteur ne s'y trouvait plus. Ils devaient être énervés et déçus, ce qui allait les conduire à être moins vigilants, l'esprit occupé par les possibles sanctions que la hiérarchie risquait de leur infliger pour cette mission ratée.

Des phares s'allumèrent derrière Edgar, une vieille Mercedes aux vitres fumées démarra. Elle remonta la rue en trombe avant de piler devant la porte de service. Les deux « cambrioleurs » jaillirent du bâtiment, avant de se précipiter dans la voiture.

Edgar se lança à sa poursuite.

23

Transylvanie

— Je crois qu'on est suivis, annonça le chauffeur de la Mercedes.

— Des flics ? demanda un des deux « cambrioleurs » en se retournant. Je ne vois rien.

— Une Duster grise. À environ trois cents mètres derrière.

L'homme plissa les yeux.

— Elle a l'air normale, cette caisse. Qu'est-ce qui te fait croire qu'elle est après nous ?

— J'ai eu l'impression qu'une ombre nous suivait pendant un moment. Quand on est passés sur l'autoroute, j'ai vu des phares s'allumer d'un coup, derrière. Comme si un mec nous suivait phares éteints et ne les avait allumés qu'une fois sur l'autoroute.

— Appelle le Tatar.

La conversation dura le temps que ce dernier établisse un plan d'action cohérent.

— Alors ? demanda le chauffeur lorsque son camarade eut raccroché.

— On continue sur l'autoroute, en ralentissant un peu. Normalement, on devait prendre la 75 au niveau de Mihai Viteazu, mais on va continuer vers le sud pour éviter d'amener notre suiveur tout droit à la planque. Le Tatar nous envoie des renforts dans une voiture puissante. Dès qu'ils seront proches, on sortira de l'autoroute vers l'ouest, du côté opposé à la planque. On empruntera une petite route et, là, on prendra le mec qui nous suit en tenaille. En espérant que c'est le Français qu'on recherche et pas un flic roumain.

— Pouh, soupira l'un des hommes, on n'aura même pas le droit d'utiliser nos couteaux. Tu connais cette mauviette de Tatar, avec lui, on ne peut jamais s'amuser...

— Commençons déjà par mettre la main sur ce gars.

Le second cambrioleur ouvrit la trappe donnant accès au coffre de l'intérieur de la berline et distribua les armes.

24

Transylvanie

Les mains bien calées sur le volant, les sens aux aguets, Edgar suivait les Russes. Ils avaient traversé Cluj vers l'ouest, pris la route 1 vers Mănăștur puis Florești, avant de bifurquer vers le sud par l'autoroute A3, surnommée « Autostrada Transilvania ». Ensuite, ils avaient rejoint l'A10 par un énorme échangeur au nord de Turda.

Tout à coup, la Mercedes ralentit, mit son clignotant et obliqua vers une sortie indiquant « Unirea ». Elle traversa la localité puis réobliqua vers le nord en direction de Călăraşi.

Edgar ralentit à son tour, veillant à demeurer à bonne distance.

Les Russes avaient toujours roulé juste sous la vitesse autorisée, mais, vingt minutes plus tôt, ils avaient considérablement ralenti le rythme. Cent kilomètres à l'heure au lieu de cent trente sur l'autoroute, et maintenant en dessous de soixante-dix au lieu de cent.

D'un coup, Edgar frissonna tandis que les poils de ses bras se hérissaient et que son rythme cardiaque s'accélérait.

Un signe habituel de danger.

Il se raidit. Son instinct ne l'avait encore jamais trompé, lui permettant à maintes reprises d'éviter de se faire trouer la peau.

En y réfléchissant, c'était bizarre que les Russes roulent à ce point en dessous de la vitesse légale, alors que leurs chefs devaient attendre leur rapport d'opération au plus vite.

Les idées se bousculaient dans sa tête. Cela ressemblait à une manœuvre destinée à permettre à une seconde équipe de les rejoindre. Il scruta la route derrière lui dans le rétroviseur, cherchant une présence. Depuis qu'ils roulaient sur cette voie secondaire, il avait éteint ses phares et chaussé ses lunettes de vision nocturne.

Une guimbarde le croisa pleins phares. Une Dacia 1300 antédiluvienne, copie locale d'une Renault 12. Les lunettes d'Edgar étant équipées d'un dispositif anti-aveuglement, cela ne le gêna pas.

Il ralentit, observant intensément la route dans son rétroviseur. Cela ne dura qu'une seconde. Un simple éclair.

Il venait de repérer le reflet des phares de la guimbarde sur les verres des phares éteints d'une voiture derrière lui. Plus de doute. De chasseur, il était devenu chassé.

Le bas-côté était plat, sans fossé. Edgar attendit d'apercevoir un tournant, le prit en accélérant puis, une fois hors de portée visuelle de ses poursuivants, freina, donna un grand coup de volant, braquant de toutes ses forces pour réaliser un demi-tour à pleine vitesse. Il se réengagea sur la route dans le sens inverse, alluma ses feux de croisement, accéléra encore tout en attrapant le Kriss Vector posé sur le siège à côté de lui.

Pas besoin d'engager une balle dans le canon, en opération, ses armes étaient toujours en position de tir immédiat. Il lâcha le volant, appuya sur le bouton d'ouverture de la vitre avant de reprendre le volant tout en calant l'arme sur son bras gauche, au creux du coude, canon à quatre-vingt-dix degrés pointé vers l'extérieur.

La voiture adverse était toute proche, à moins de cinquante mètres. De la main gauche, il poussa le levier pour passer pleins phares.

Son plan reposait sur la technologie antique du matériel utilisé par l'armée et les services russes. À sa connaissance, leurs lunettes de vision nocturne ne comportaient pas de dispositif anti-éblouissement aussi perfectionné qu'en Occident.

Cela fonctionna.

Désorienté, le chauffeur continua tout droit, sans comprendre que leur cible leur faisait face. Les deux voitures étaient sur le point de se croiser. Deux secondes avant ce moment, Edgar pila tout en appuyant sur la gâchette de son arme.

En mode full automatique, le Kriss Vector est capable de délivrer cinquante projectiles en moins de quatre secondes, aussi une rafale d'une trentaine de balles balaya-t-elle la voiture des Russes, faisant exploser toutes les vitres du côté gauche.

La voiture dévia de sa route avant d'aller percuter un arbre avec un *bang* retentissant.

Edgar hésitait. Revenir en arrière pour les affronter ou décamper ?

Il y avait apparemment cinq personnes dans la bagnole qu'il venait de rafaler, plus les trois de celle qu'il poursuivait. Même s'il était certain d'en avoir tué au moins deux, la situation restait trop déséquilibrée. Pas question de prendre le risque d'une confrontation avec autant d'adversaires. Surtout des Russes surentraînés.

Il accéléra à fond, traversa Unirea à toute vitesse avant de s'engager sur l'A10, reprenant la direction du nord.

Tout agent secret ayant échappé de peu à la mort durant une opération en connaît le contrecoup, l'adrénaline qui s'engouffre dans les veines, le rythme cardiaque qui s'emballe et les mains qui se mettent à trembler de manière incontrôlée. Ce n'est pas de la peur, seulement la libération de toute la tension accumulée pendant l'action. Edgar avait beau avoir une longue habitude, il le subissait toujours, des années après sa première opération.

25

Blois

Debout dans la lumière glauque des halogènes portatifs de la police scientifique, les mains dans les poches d'un manteau à carreaux en fausse laine et col de fourrure synthétique assez ridicule, le commissaire Pierre Martic regardait ses collègues s'agiter autour des trois cadavres.

Des skinheads, autant qu'il pouvait en juger. Ils avaient été massacrés.

— Alors ? demanda-t-il à son adjointe, une jeune flic coriace du nom d'Élodie Bouchard.

Elle baissa la tête vers ses notes. Avec ses cent quarante kilos, son visage mangé par la graisse et son crâne déplumé, le commissaire Martic ne ressemblait pas vraiment aux policiers d'élite avec lesquels elle rêvait de travailler quand elle s'était engagée. En outre, il se vantait d'avoir voté Zemmour, ce qui n'était pas un plus pour elle. Mais il avait la réputation d'être un bull terrier qui ne lâchait jamais sa proie lorsqu'il avait refermé ses mâchoires sur elle.

— Les deux premières victimes sont vraisemblablement mortes sur le coup, la troisième est décédée à l'arrivée du premier équipage de police-secours, sans avoir pu dire un mot, annonça-t-elle.

— Aucune idée de l'identité des agresseurs ?

— Aucune, commissaire. On pense à une rixe entre bandes. Ou alors, un deal qui a mal tourné.

Ou alors, ces débiles de skinheads s'étaient attaqués à plus forts qu'eux, songea-t-il. Les frappes qui les avaient mis à terre étaient propres et nettes, du travail de professionnel, pas les stigmates d'une vulgaire bagarre de rue.

Il se tourna vers le médecin légiste qui s'approchait en enlevant ses gants en latex.

— Votre avis, doc ? On sait quelle armes les agresseurs ont utilisées ?

— Il n'y en avait qu'une. Les marques retrouvées sur deux corps sont similaires.

— Un seul agresseur ?

— Je pense. Il portait des chaussures de sécurité avec une coque en métal et des semelles renforcées. Quelque chose de spécial, pas des chaussures de chantier classiques. C'est avec elles qu'il a tué deux des victimes. La troisième a pris un coup de poing dans la gorge.

— Un contre trois. Il sait se battre.

— Encore mieux que vous ne croyez. On dirait qu'il n'a porté qu'un unique coup mortel à chaque victime. Aucune n'a eu le temps de riposter, il n'y a pas de marques défensives sur leurs mains. Pas d'hématomes, pas de coupures ni de sang sur le visage de deux d'entre elles. Je n'avais jamais vu un truc comme ça avant.

— Un champion d'arts martiaux ?

— Ou un expert du combat rapproché. Un ancien militaire, peut-être.

Le médecin fourra ses gants dans la poche de sa blouse d'un air las.

— Vous aurez mon rapport demain, mais il n'y aura pas grand-chose de plus que ce que je viens de vous dire. Je prendrai des photos des points d'impact, ça pourra vous aider pour le dossier d'accusation, si jamais vous retrouvez les chaussures en cause.

— Je peux aussi gagner au Loto ou perdre cinquante kilos en mangeant des carottes, grinça Martic.

— La chance, commissaire, la chance, fit le médecin en s'éloignant. Il paraît que Napoléon demandait toujours à ses futurs officiers s'ils en avaient...

Le commissaire opina sans répondre.

Trois morts d'un coup. Lui qui avait obtenu sa mutation de Seine-Saint-Denis pour échapper à la violence !

Quelques instants plus tard, on lui amena les deux adolescents devant lesquels le tueur était passé. Leur interrogatoire fut bref mais fructueux. Ils avaient vu un homme à l'heure du drame, qui semblait très pressé de quitter les bords de Loire. Origine nord-africaine, vêtu d'une longue tunique et d'un manteau à capuche pointue. La fille avait remarqué quelque chose qui ressemblait à du sang sur ses chaussures, de gros godillots en cuir noir de style militaire.

Le commissaire demanda qu'on les amène au poste pour une déposition et une rencontre urgente avec un dessinateur.

La tunique longue et le manteau ne ressemblaient pas aux accoutrements de banlieue – joggings flambant neufs et sneakers de qualité – dont raffolaient ses clients habituels. Un étranger ?

Il fallait qu'il fasse une petite visite à la mosquée Bilal, le quartier général des musulmans de la ville.

Ça y est ! J'ai envoyé un message à l'ancien copain journaliste du collabo depuis mon téléphone et puis je l'ai effacé. Je connais Signal, je sais comment ça marche. Même si le collabo fouillait mon portable, il ne trouverait rien.
Je lui ai écrit qu'il ne fallait pas croire un mot de ce que dit le collabo. Que c'est un baratineur, un traître à son pays et une ordure.
Surprise ! Le journaliste a rappelé tout de suite. C'est bien un Ukrainien, comme je le supposais. Il vit en Roumanie mais il est originaire du Donbass. Il a posé plein de questions. Je l'ai testé. C'est un patriote, je peux lui faire confiance.
Je lui ai répété tout ce que j'avais entendu.
Ouragan de feu, un complot contre les Français et les Américains. Il est très, très excité. Il veut des détails. Il veut des preuves.
Il va falloir que je prenne des risques pour lui en fournir.
OK, j'ai peur, mais qui ne serait pas terrifié dans une situation pareille ?

26

Moscou

Comment des exécuteurs de l'unité 29155, des hommes expérimentés, ultra-entraînés, avec des dizaines d'opérations derrière eux, avaient-ils pu se faire avoir par un agent solitaire ? se demandait la Tsarine après avoir déplié son tapis d'exercice au sol. C'était inconcevable, mais ça en disait long sur leur adversaire.

Ayant enlevé son pantalon, elle réalisa deux séries d'étirements de yoga. La seule manière qu'elle avait de se calmer. Son prédécesseur lui avait appris à ne jamais prendre de décision sous le coup de l'émotion.

Ses exercices achevés, elle se mit en position du lotus et ferma les yeux tandis que les deux paddas venaient se poser sur ses épaules en piaillant.

Après une dizaine de minutes, elle se sentit apaisée. Elle renfila son pantalon, se prépara un grand verre de jus de pamplemousse. Son équipe venait de perdre une manche mais la situation restait sous contrôle.

D'autant qu'elle avait un atout de poids dans sa manche : le Tatar avait probablement identifié l'agent français. Un homme enregistré à l'hôtel Platinia de Cluj-Napoca sous l'identité d'Edgar Van Scana, né en France, titulaire d'un second passeport néerlandais.

D'après ses premières recherches sur Internet, il semblait que c'était une identité bien réelle, celle d'un véritable avocat basé à Paris, spécialisé dans les arbitrages internationaux.

Son business n'avait pas l'air florissant, seulement cinq collaborateurs sur le site officiel de son cabinet, contre vingt-deux, dix-huit mois auparavant. Elle songea qu'il serait intéressant d'essayer de l'acheter (les services Russes étaient experts en corruption). Malheureusement, cela prenait beaucoup de temps, et du temps, elle en manquait.

Elle pianota sur son clavier d'ordinateur pour se connecter aux bases de données, découvrant qu'Edgar Van Scana avait la double nationalité française et néerlandaise, et qu'il était déjà répertorié comme probable agent de la DGSE. Une taupe russe au sein du NDS, les services secrets afghans, avait fait remonter les traces de multiples déplacements du Français à Kaboul entre 2010 et 2021. Une étude ultérieure avait montré qu'ils coïncidaient presque systématiquement avec l'élimination de responsables talibans ou de Daech.

D'autres mémos des services de renseignements russes le plaçaient en Turquie, au Maroc et en Allemagne alors que des chefs islamistes français, belges et espagnols, vivant sous pseudo, étaient tués par balles. Du coup, des investigations avaient été menées à Paris deux ans plus tôt par une équipe du renseignement militaire spécialisée dans les enquêtes discrètes.

Edgar Van Scana n'avait aucun lien officiel avec la DGSE. Il était connu pour être un très bon professionnel dans son métier d'avocat. Une fiancée tuée sur la Promenade des Anglais lors d'une attaque terroriste, pas de trace de nouvelles femmes dans sa vie depuis. Des entretiens avec d'anciennes connaissances n'avaient révélé ni consommation de stupéfiants ni orientation sexuelle particulière. Il pratiquait les arts martiaux à haut niveau et possédait une voiture de collection française, une Facel Vega, à laquelle il semblait attacher beaucoup d'importance. Les dernières lignes de la note arrachèrent à la Tsarine une grimace de dégoût. Edgar Van Scana était membre actif de diverses associations en faveur du droit des animaux, 30 Millions d'amis, la SPA, le WWF, la fondation Brigitte Bardot et même une association de défense de l'écureuil roux européen ! « Quel connard », s'écria-t-elle à voix haute tout en secouant la tête.

Voilà ce qu'était devenue l'Europe, un ramassis de dégénérés. Même leurs soldats de l'ombre n'étaient que des lavettes, occupées à défendre les pandas plutôt que les valeurs éternelles !

Elle repoussa son clavier, édifiée. C'était bien lui, leur adversaire. Un homme qui semblait toujours se déplacer sous sa véritable identité, avec son passeport néerlandais. Elle hocha la tête, ayant compris la manœuvre.

CIA, Mossad, MI6, DGSE, GRU : tous les services secrets du monde sont confrontés à la révolution des réseaux sociaux, dont les algorithmes rendent les fausses identités de plus en plus difficiles à protéger. Une seule photo en ligne, prise dans le cadre amical ou familial, peut ainsi être rapprochée d'autres clichés par les intelligences artificielles, et une identité fictive qui aura mis des mois à être montée se voir démasquée en quelques secondes.

C'est la raison pour laquelle les grands pays sont contraints de mettre sur pied des unités d'agents pouvant agir sous leur vrai nom, avec de vrais prétextes pour se déplacer à l'étranger. Évidemment, ces unités ne peuvent être composées que de civils, les anciens militaires étant par principe susceptibles d'attirer l'attention des renseignements adverses.

Une remise en cause forcée et complète du modèle traditionnel de l'agent action ex-militaire des forces spéciales intervenant sous une identité fictive...

Elle eut une mimique agacée. À quelle unité cet homme pouvait-il bien appartenir ?

Son coffre contenait un classeur détaillé sur la DGSE, avec un organigramme complet tel que le KGB puis le SVR l'avaient reconstitué au fil des ans, avec la minutie et la précision d'horloger dont ils étaient capables.

Elle le parcourut attentivement, le visage parfois contracté en un rictus.

Elle s'était déjà attaquée à presque tous les services de renseignements des grands pays, de la CIA au SIS britannique en passant par le Mossad, le BND allemand ou le Naichō japonais. Elle les connaissait tous, « sentait » leur culture interne et leur manière de faire.

Là, elle ne comprenait pas.

Cela ne ressemblait pas au mode d'action habituel de la DGSE. Edgar Van Scana était trop pointu dans l'action violente pour être un simple agent de renseignements. Mais en même temps, il était trop « visible ». Le rapport du renseignement extérieur russe était clair : les procédures du service Action interdisaient toujours les opérations sous identité réelle.

C'était donc autre chose.

Du doigt, elle suivait les lignes de l'organigramme, se reportant ensuite aux rapports spécifiques associés. Il ne restait que deux possibilités. D'abord, le service opérationnel, une petite structure dépendant de la direction des opérations. Elle était chargée de certaines affaires clandestines bien tordues. Les renseignements russes étaient persuadés qu'elle avait enlevé des agents espagnols de l'ETA dans le Pays basque français au cours des années 80 et 90, pour les déposer de l'autre côté de la frontière, où des membres du CESID, les services secrets espagnols de l'époque, les avaient aussitôt fait arrêter et emprisonner.

Elle saisit le rapport relatif au service opérationnel, couvert de poussière. Du placard qui contenait les produits ménagers et les graines pour ses oiseaux, elle sortit un torchon. Le document n'avait pas été lu, et encore moins actualisé, depuis longtemps. Une erreur de sa part. Apparemment, les hommes de ce service étaient plus des têtes brûlées que des exécuteurs. Leurs spécialités paraissaient être le braquage de documents sensibles et les enlèvements. Les organes de sécurité russes n'avaient en mémoire aucune opération d'exécution ciblée menée par ce service.

Elle secoua la tête. Ce n'était pas la bonne structure.

Il ne restait qu'une seule possibilité. Une entité très secrète appelée « service des Archives », au sujet de laquelle ni les agents du SVR ni les renseignements militaires n'avaient jamais obtenu d'informations précises. La note descriptive qui se trouvait dans son dossier se réduisait à quelques lignes. Elle indiquait que cette unité n'intervenait que dans les missions les plus sensibles et comptait entre trente et cinquante membres, dont une petite dizaine d'agents action, les Sigma.

La Tsarine repoussa le dossier avant de s'emparer de la copie du passeport que l'agent de la DGSE avait fourni à la réception de son hôtel. Trente-quatre ans, visage carré, mèche sur le front, barbe blonde de trois jours, yeux vairons. Une esquisse de sourire moqueur s'affichait aux commissures des lèvres, une ombre pas assez présente pour que la photo ait été refusée lors de l'émission du document, mais suffisante pour lui permettre de saisir la personnalité de l'homme.

Un as de la clandestinité qui devait considérer son activité officielle comme une bonne blague.

La photo ne révélait que le haut de son corps, mais on voyait qu'il avait des épaules massives. C'était lui, l'homme qui mettait en danger son opération.

Edgar Van Scana.

Elle eut un sourire mauvais. Il n'aurait bientôt plus l'occasion de nuire, ni de s'occuper de la défense des écureuils roux, ou de quoi que ce soit, d'ailleurs. Elle lui réservait une mortelle surprise *made in Russia*.

27

Transylvanie

Il faisait jour lorsque Edgar se réveilla d'un coup. Son téléphone vibrait sur le siège passager, en mode silencieux. Il découvrit qu'il avait raté quatre appels WhatsApp.

— Mon nom est Gabriel, annonça une voix inconnue. Je suis envoyé par la Boîte avec mon équipe pour vous protéger. On vient d'arriver.

— Où êtes-vous ?

— À deux pâtés de maisons de l'hôtel Platinia, rue Cobzarilor. Dans une camionnette à plaque polonaise.

— Je vous rejoins dans une vingtaine de minutes.

— Tapez sur la carrosserie. Trois coups, puis deux.

Edgar balança le téléphone sur le siège passager, fit craquer ses vertèbres cervicales avec une grimace. Il avait un sacré mal de crâne, comme après une cuite.

Les Russes avaient bien failli l'avoir. En arrivant à Cluj, il avait remarqué un impact de balle au milieu de la banquette arrière. Un des agents adverses avait eu le réflexe de riposter. Un tir incroyable de la part de quelqu'un qui n'avait eu que quelques secondes pour anticiper l'attaque d'Edgar. La balle avait frôlé sa manche, dessinant un sillon, puis traversé un côté de son siège et la banquette arrière pour se loger dans le coffre.

Une nouvelle fois, il avait eu beaucoup de chance.

Du coup, il avait préféré aller se cacher dans le parking d'un centre commercial pour dormir en attendant l'arrivée de son équipe de sécurité.

Les paroles de Paul lui revinrent en mémoire. Il n'avait plus face à lui des djihadistes issus des banlieues européennes déshéritées, mais des agents soigneusement sélectionnés, des opérateurs sophistiqués et surentraînés, formés par un grand pays où les organes de sécurité attiraient les meilleurs talents.

Il fallait qu'il élève son niveau de jeu s'il ne voulait pas se faire tuer.

Il sortit du parking, à moitié vide à cette heure matinale, et s'engouffra dans la circulation. Arrivé rue Cobzarilor, il aperçut sans mal une fourgonnette à double essieu sur le flanc de laquelle était inscrit en lettres blanches « Transport międzynarodowy ». Il se gara juste derrière. Personne dans la rue. Il frappa le code sur la paroi tôlée, la portière coulissa.

Il monta à l'intérieur du véhicule.

Ce dernier était aménagé en PC roulant, avec un pupitre chargé d'écrans. Un placard laissait entrevoir un petit rack d'armurerie où s'alignaient plusieurs armes longues. Au milieu, une table centrale entourée d'une banquette recouverte de velours. L'homme qui avait ouvert salua Edgar de manière un peu distante. De taille moyenne, chauve, l'air teigneux, la cinquantaine nerveuse.

Puis, d'un geste de la main, il lui fit signe de s'asseoir.

— Café ?

— Volontiers. J'en ai besoin.

— Servez-vous.

Edgar était un peu étonné de cet accueil glacial, mais il décida de ne pas se formaliser. Il avait besoin d'eux.

— Comme je vous l'ai dit tout à l'heure, je suis « Gabriel », annonça le chef du commando après qu'Edgar se fut versé du café lyophilisé dans un gobelet et servi une large rasade d'eau bouillante. Mes collègues sont « Félix », « Marc » et « Kévin ».

Les trois autres opinèrent avec un mouvement furtif de la tête en entendant leur chef prononcer leurs pseudos. Décidément, ce n'était pas l'heure des accolades.

Marc avait lui aussi une cinquantaine d'années. Il était plutôt petit avec les cheveux trop longs sur la nuque, comme les portent les militaires du service Action qui veulent passer pour des civils. Souvent, cela ne marche pas vraiment et leur donne l'air de militaires aux cheveux longs…

Félix, lui, avait une tonsure, de grosses lunettes, l'allure générale d'un comptable qui serait adepte d'haltérophilie. Ses épaules avaient la largeur d'une armoire normande.

— Félix est champion de savate et de lutte grécoromaine, précisa Gabriel. Il est ultra-rapide malgré son gabarit, et ses bras ont la force d'un boa. Il peut mettre à terre n'importe qui. C'est lui qui assurera votre protection rapprochée, avec Kévin en back-up.

Il se tourna vers le dernier membre de l'équipe.

— Kévin, une de nos dernières recrues, en provenance directe du 1er RPIMa, où il a déjà récolté plusieurs médailles au combat comme sniper. Si vous l'aviez vu tirer, vous seriez rassuré de le savoir sur vos talons avec son artillerie.

Kévin était une sorte de géant calme qui dépassait probablement les deux mètres, estima Edgar. C'était clairement le plus jeune de l'équipe, avec des cheveux très courts, des joues roses et cette sorte de duvet qu'on n'a sur les joues qu'à moins de trente ans. Il avait des mains énormes, un cou de taureau, ses cuisses semblaient aussi larges que le torse d'un homme normal, et il avait cet air apaisé de ceux qui n'ont peur de rien.

Une équipe peu amicale mais impressionnante.

— Merci, commença Edgar après avoir bu une gorgée. Je sais que vous n'avez jamais travaillé avec quelqu'un comme moi, un civil, mais vous allez devoir me faire confiance.

— Pas besoin de confiance. On nous a demandé de venir, on est là, répliqua Gabriel froidement.

— Laissez-moi néanmoins vous dire pourquoi nous sommes réunis ici, et ce que j'ai découvert en Roumanie depuis mon arrivée.

Son brief ne dura qu'une dizaine de minutes. À la fin, il vit que ses compagnons avaient pris conscience de la gravité de la situation. En revanche, la révélation de ses succès face aux Russes n'avait pas dégelé Gabriel, qui affichait le même air froid. Généralement, les agents du service Action sont plutôt arrogants avec ceux qui ne font pas partie de leur corporation d'élite. S'il était clair qu'il ne voulait pas admettre qu'Edgar était d'une tout autre trempe que les contractuels dont il avait déjà croisé la route, il y avait forcément une autre explication à son hostilité. Mais Edgar avait beau y réfléchir, il n'arrivait pas à mettre le doigt dessus.

— Nous ferons tout pour assurer la sécurité de la mission. Et aussi pour ne pas terminer comme Cécile Mauriac, conclut Gabriel en regardant Edgar avec hargne.

C'était donc ça ! Quelqu'un à la DGSE avait décidé que la mort de la jeune femme était sa faute et lui avait collé cette étiquette infamante dans le dos. Probablement le chef du service Action. Il détestait Paul. Il le considérait comme un concurrent illégitime, et il n'avait eu de cesse de casser du sucre sur le service des Archives, n'ayant jamais accepté qu'une entité parallèle remplisse des missions qu'il estimait revenir de droit à ses équipes.

Dans cet environnement bureaucratique qu'est la DGSE, y compris dans sa partie militaire, tous les coups bas sont envisageables.

Gabriel le fixait, mine de rien, l'air d'attendre un missile en retour, mais Edgar s'abstint de répondre, se demandant tout à coup si c'était vraiment un atout que d'avoir une équipe aussi hostile pour l'épauler.

28

Blois

Un peu nerveux, Igor Garidov se présenta à 9 h 30 devant la mosquée Bilal. Un gardien à l'air débonnaire le fit entrer avant de lui fourrer un gobelet de thé chaud dans la main.

Il n'avait guère dormi, inquiet des possibles répercussions de l'attaque de la veille. Certes, il s'était débarrassé des vêtements qu'il portait, jetant chaussures, manteau et chemise dans un bidon abandonné sur un chantier de construction, auquel il avait ensuite mis le feu. Il avait passé la nuit dans un abri ouvert à tous les vents, derrière un transformateur électrique. Heureusement qu'il possédait des affaires de secours pour se désilhouetter. C'est en pull et baskets qu'il avait rejoint le lieu de rendez-vous, une baguette et *Le Figaro* sous le bras.

Les flics n'arrêtant jamais les gens qui se baladent avec un journal de droite, les services russes faisaient apprendre par cœur à leurs agents la liste des titres de presse conservateurs du monde entier.

Igor Garidov savait qu'il n'était pas tiré d'affaire pour autant. Laisser deux cadavres sur le carreau, peut-être trois, dans une petite ville de province, allait mettre la police en ébullition. D'autant qu'il n'avait pas pris le temps de vérifier s'il y avait des caméras sur le chemin qu'il avait emprunté la veille.

Pour chasser ces idées noires, il avala une gorgée de thé, qui lui brûla le palais.

Les bureaux étaient bien chauds en dépit du froid extérieur, grâce à des radiateurs chinois dont la soufflerie faisait le boucan d'un Boeing au décollage. Pas assez néanmoins pour couvrir des voix, songea Igor. Il lui faudrait parler ailleurs des choses sérieuses. Au cas où les agents des renseignements intérieurs auraient installé des micros dans le bâtiment.

La porte s'ouvrit sur l'Algérien, permettant à Igor Garidov de découvrir l'homme pour la première fois (il l'avait sélectionné sur dossier). Taille moyenne, cheveux blancs coupés très court, longue barbe hirsute, regard de braise, l'imam dégageait une grande énergie, même s'il faisait plus âgé que sur les photos. Poliment, ce dernier lui servit un second thé à la menthe, avant de lui donner la parole d'un geste un peu efféminé de la main.

— Mon nom est Akhmad Moussaïev et je viens vous voir pour un conseil, commença Igor Garidov. J'ai fait un long voyage, depuis l'Ukraine, pour venir à Blois. C'est un de mes proches qui m'a conseillé de vous parler. Ramzan Baïsangourov.

— Je connais bien Ramzan, c'est un ami ! s'exclama l'imam. Il m'a dit qu'il partait quelques jours à Grozny pour voir son frère malade, mais je n'ai pas eu de nouvelles depuis deux mois. Il va bien ?

— Tout à fait. Il a été contraint de rester à Grozny car son frère est décédé. Il reviendra bientôt à Blois, *inch' Allah*, je crois qu'il entend d'abord épouser sa belle-sœur.

— Que la volonté d'Allah soit faite ! Salue Ramzan si tu le vois avant moi.

— Je n'y manquerai pas, par la grâce de Dieu.

Ramzan Baïsangourov, un homme simple et pieux, avait été identifié par le renseignement russe comme membre actif de la mosquée Bilal. Il semblait avoir la confiance de l'Algérien. Attiré en Tchétchénie par la prétendue maladie de son frère (les services russes ayant préalablement supprimé ce dernier), l'homme avait été pris en main par la police secrète à la seconde où il y avait mis le pied, puis placé à l'isolement au sein de la sinistre prison d'Argoun, dans la banlieue de Grozny. On conservait son téléphone allumé pour le moment où l'Algérien l'appellerait afin de lui demander des précisions sur son prétendu ami Akhmad Moussaïev.

Ramzan Baïsangourov serait contraint de donner toutes les cautions qui s'imposaient. Un pistolet sur la nuque garantirait sa pleine et enthousiaste coopération.

Afin d'assurer à l'opération une absolue étanchéité, il disparaîtrait dès qu'il aurait accompli cette tâche. La réunion familiale serait ainsi réalisée, il retrouverait son frère et toute sa belle-famille, ensevelis sous deux mètres de terre dans une fosse commune à Mitchourino.

Ainsi l'avait décidé Igor Garidov. Rien de personnel là-dedans : la Tsarine avait prévenu que la pitié n'était pas de mise, il ne devait y avoir *aucun* grain de sable dans l'opération.

— Alors, de quels conseils as-tu besoin ? demanda l'imam d'un ton onctueux.

— Cela concerne une question très sensible. Pour votre information, je vis en Ukraine depuis dix ans, j'ai même un passeport ukrainien. Mais vous connaissez ces impies, ils n'aiment pas les musulmans et nous empêchent de travailler.

— Tu as besoin d'argent ?

L'Algérien avait l'habitude qu'on vienne lui soutirer quelques billets. Depuis qu'il officiait, il ne se passait pas un jour sans qu'on fasse appel à sa générosité. Heureusement, l'argent coulait à flots grâce aux Marocains, sponsors de la mosquée, et sa cassette pour les œuvres sociales était pleine.

— Non, pas du tout, le rassura Igor. – Il baissa la voix. – Pouvons-nous parler ailleurs ? Ce que j'ai à vous dire est confidentiel.

Au ton et au regard de Garidov, à son air calme et déterminé, l'imam comprit que son interlocuteur était sérieux. Et, en tant qu'ami d'un de ses fidèles, il avait droit à un traitement de faveur.

— Viens là-haut.

Ils empruntèrent un escalier en colimaçon qui débouchait sur un toit plat. Un tapis en grosse laine, des meubles de jardin en fer forgé recouverts de petits coussins orientaux étaient installés sous une tente. Un radiateur oscillant et un petit frigidaire étaient branchés dans un coin. L'imam mit le chauffage en route, prit deux sodas et vint s'asseoir en face de Garidov après les avoir décapsulés.

— Alors ?

— Pour vivre, j'ai monté une petite affaire avec des militaires ukrainiens. Ils me fournissent du matériel, de l'essence, du béton, des matériaux divers qu'ils prélèvent sur les stocks. Et moi, je les revends.

— Tu veux dire qu'ils les volent et que tu leur sers de receleur.

— Oui, c'est exactement ce que je fais. Je sais que c'est mal, mais ce sont des infidèles, je ne spolie en rien la communauté des croyants.

— C'est néanmoins un péché. Tu veux en discuter ?

— Non, pas de ça, mollah.

Igor baissa encore la voix.

— Jusqu'à présent, je n'ai jamais revendu d'armes parce que c'était trop dangereux. Et puis je ne voulais pas attirer l'attention sur moi. Mais depuis la guerre avec les infidèles russes, tout a changé. Il y a de plus en plus de matériel de guerre en circulation. Un de mes contacts, un sous-officier, m'a dit qu'il avait mis la main sur une vingtaine de missiles antiaériens français. Sa hiérarchie croit qu'ils ont été détruits lors d'une frappe, mais le bunker dans lequel ils étaient cachés a résisté. Seulement, personne ne le sait car il est enseveli. On parle de missiles très rares et ultramodernes.

— Poursuis, ordonna l'imam, dont la curiosité était maintenant à son comble.

— Mon contact m'a demandé si je voulais les acheter. Évidemment, j'ai refusé car je n'ai pas l'argent.

— Combien en veut-il ?

— Dix millions de dollars.

— Dix millions ! Il est fou ! Comment réunir une somme pareille ? s'exclama l'imam sans réaliser qu'il venait de tomber dans le panneau en exposant son intérêt pour l'affaire.

— Mollah, c'est pour cela que j'ai besoin de conseils. Parce qu'on n'a pas à les acheter. Ces missiles, je les ai déjà déplacés ailleurs.

— Que veux-tu faire avec ?

Garidov inspira. C'est maintenant que tout se jouait. Il FALLAIT que l'Algérien achète sa proposition. Qu'il l'assimile et la fasse sienne.

— L'endroit où ils sont cachés n'est pas loin de la frontière polonaise. C'est un pays de l'Union européenne, ce qui veut dire que, une fois qu'ils seront entrés en Pologne, on pourra les emporter où l'on veut. Je me suis dit : des missiles français, c'est Allah qui nous les envoie ! Avec ces missiles, nous pourrions détruire des avions français. Nous pourrions tuer des infidèles, beaucoup d'infidèles. Nous pourrions bloquer tout le trafic aérien en France, cela anéantirait leur économie. Ce serait le 11-Septembre de la France.

L'imam se releva brusquement.

— Pourquoi me proposes-tu une telle monstruosité, à moi ? Je ne te connais pas. Je suis contre la violence. Je n'ai nulle intention de me retourner contre le pays qui m'a si généreusement accueilli !

Igor Garidov s'attendait à ces dénégations, il avait prévu la réponse. Au ton du religieux, il sentait d'ailleurs qu'elles n'étaient pas sincères et que l'homme cherchait seulement à l'éprouver.

— Mollah, je ne sais pas quoi faire. Mon ami m'a dit que vous étiez un homme bon et plein de sagesse. Que vous sauriez quoi me recommander. Je sais qu'Allah m'a mis ces missiles dans la main, que telle est Sa volonté. Ce serait une grande faute de ne pas saisir la perche qu'Il me tend.

— Imaginons que ton plan est possible. Pourquoi frapper les Français plutôt que les Américains ?

— L'Amérique est loin. Pour entrer, c'est trop difficile, il y a des douanes, des contrôles sur les bateaux... Ce serait beaucoup plus risqué d'essayer de faire passer nos missiles là-bas.

Igor avait insisté à dessein sur « nos » pour impliquer l'imam.

— La France est la cible parfaite, reprit-il. C'est le petit Satan. Elle empêche nos sœurs de s'habiller dignement, leurs filles de porter le voile à l'école. Elle laisse des infidèles caricaturer notre Prophète et insulter notre Livre sacré. Elle permet à des hommes de se marier entre eux, infamie suprême ! Quand des croyants se rebellent contre ces horreurs, elle les envoie croupir en prison au nom d'une prétendue liberté d'expression, qui ne marche que dans un sens.

« Aujourd'hui, ses troupes sont partout en terre d'islam, au Maghreb, en Afrique, pour lutter contre nos frères en religion.

Igor Garidov serra les mâchoires avant de se pencher vers l'imam, mettant autant de détermination qu'il le pouvait dans son regard.

— Allah nous montre le chemin en nous permettant de nous emparer de ces missiles français. Pas américains, pas anglais, pas allemands, pas italiens, pas suédois. Français ! Il faut frapper la France avec ces missiles français, c'est la volonté d'Allah.

Tendu comme une corde, il se renfonça sur le canapé.

L'imam lui mit la main sur l'épaule.

— Je vais réfléchir, frère. Viens me voir demain, après la prière du coucher du soleil.

29

Transylvanie

Edgar entra dans le hall du Platinia, Félix et Kévin sur ses talons, sans attirer l'attention des réceptionnistes, occupés avec un groupe de clients. C'était la première fois qu'il bénéficiait de gardes du corps dans l'exercice d'une mission, une sensation assez étrange pour un homme comme lui, habitué à se débrouiller seul.

Kévin se dirigea vers le bar, où il prit position, un gros sac de sport à ses pieds avec assez d'armement pour déclencher une petite guerre.

Félix suivit Edgar dans l'ascenseur en regardant du côté opposé, comme s'ils ne se connaissaient pas, rassurant tel un grizzli avec ses grosses mains, ses énormes lunettes de myope qui lui donnaient l'air un peu halluciné et sa parka informe cachant ses deux pistolets.

Edgar appuya sur le bouton du cinquième étage. Ils redescendirent ensuite à pied jusqu'au troisième, où se situait sa chambre.

Mesure de sécurité standard qu'Edgar appliquait systématiquement.

Le couloir était vide, à part une femme de ménage qui sortait de la chambre en face de celle d'Edgar. Comme elle les interrogeait du regard, il montra sa clef.

— Je quitte l'hôtel aujourd'hui, fit-il, mon ami vient m'aider pour les bagages.

— *Niet problem*, monsieur, fit la femme avant d'ouvrir la chambre d'Edgar. Je travailler ici heure passée, je déjà tout nettoyer, tout bien propre, monsieur.

Elle semblait épuisée. De la sueur ruisselait sur son visage. Pour appuyer ses dires, elle montra le sac de voyage qu'Edgar avait laissé par terre devant la porte de la penderie en partant. Elle l'avait rangé sur une étagère, dans le vestibule. Une peluche était posée à côté, devant un carton sur lequel « Welcome - Belle journée » était inscrit au feutre.

— Je fermer et mettre hauteur, reprit-elle d'une voix un peu pâteuse. Je range aussi affaires toilette.

Mais alors qu'elle se dirigeait vers la salle de bains, elle poussa une sorte de gloussement, tituba avant de s'effondrer.

Félix se précipita pour l'aider. Mû par un réflexe, Edgar l'attrapa par l'épaule. Une pression digne d'une presse hydraulique qui arrêta net le garde du corps.

— Non. N'y allez pas.

Allongée sur le côté, la femme de chambre haletait. Vision de film d'horreur, son visage était devenu complètement gris, couleur ciment, tandis que ses intestins se vidaient sur la moquette.

— Je pense qu'elle a été empoisonnée. Si vous la touchez, vous risquez d'y passer aussi, expliqua-t-il à l'agent du service Action.

Incrédule, ce dernier regardait la femme de chambre en train de mourir sous leurs yeux.

— Quelqu'un a probablement vaporisé du *Novitchok* ici. Sur une poignée de porte ou sur les anses de mon sac, poursuivit Edgar. Invisible et imparable. On a eu de la chance qu'elle soit passée avant. Sinon, l'un de nous serait en train de convulser à sa place.

La femme de chambre eut quelques soubresauts, assez violents, avant de perdre connaissance, la bouche grande ouverte et pleine de bave, le corps secoué de tremblements.

— On a peut-être eu de la chance, répondit Félix. Mais pas elle.

30

Transylvanie

L'hôtel Platinia avait été évacué. Il grouillait maintenant de flics nerveux. L'accès au couloir du troisième étage, barré par un ruban rouge et blanc, était gardé par des policiers martiaux en tenue de combat noire, béret sur le crâne et arme automatique à la main. Des membres des SIAS, l'unité d'intervention de la police roumaine. Dans la chambre d'Edgar, plusieurs hommes de la *poliția științifică* effectuaient des prélèvements, protégés par des scaphandres étanches.

On l'avait prié de rester sur place, à la disposition de la police, et il attendait dans une chambre voisine, libérée pour l'occasion, que quelqu'un veuille bien s'intéresser à lui.

Il avait laissé Félix et Kévin quitter l'hôtel en toute discrétion avant d'appeler Paul pour qu'il fasse mobiliser en urgence le directeur des renseignements roumains par un haut gradé de la DGSE. Après un événement pareil, qui mettait Edgar sous le feu des projecteurs, il était devenu obligatoire de les prévenir de la situation.

Les flics avaient débarqué trente minutes plus tard avec le maximum de discrétion dont ils pouvaient faire montre, c'est-à-dire à une quinzaine. Au moins n'avaient-ils pas allumé les gyrophares ni branché les sirènes de leurs véhicules. L'équipe de la police scientifique équipée des scaphandres de protection était passée par le garage.

Une jeune femme déboucha de la cage d'escalier. Petite, moins d'un mètre soixante, mais très dynamique, des yeux verts au regard pénétrant, des cheveux courts, des taches de rousseur sur le visage. Un sosie presque parfait, version roumaine, de Marlène Jobert dans ses jeunes années…

Elle se dirigea sans hésiter vers Edgar avant d'exhiber une carte officielle. Celle-ci comportait une sorte de dragon noir et rouge serrant des clefs dans ses griffes, au-dessus duquel s'affichaient les mots *Serviciul de informaţii externe* et le drapeau tricolore roumain.

— Je m'appelle Angelīc et je suis chargée des opérations spéciales au cabinet de notre directeur général, Silviu Prodoiu, annonça-t-elle. Vos autorités ont demandé notre soutien. On m'a envoyée ici pour vous aider.

Gentiment, elle le prit par le bras.

— Venez, on va descendre.

Une fois arrivée au bar du rez-de-chaussée, elle le fit évacuer (son autorité naturelle était assez évidente) avant de s'asseoir en face d'Edgar, l'air grave.

— La femme de chambre est dans une situation désespérée. Elle n'est pas encore morte, mais les médecins ne pensent pas qu'on pourra la sauver.

Elle sortit une boîte étanche de sa besace. À l'intérieur, il reconnut l'ours en peluche déposé dans sa chambre.

— Le poison était dessus. La femme de chambre l'a manipulée une heure environ avant votre arrivée, ce qui est plus que suffisant pour permettre au poison de faire son effet. Dites, vous vous promenez toujours avec ce truc ?

— Il n'est pas à moi. On l'a placé dans ma chambre à mon insu, pour que je croie à un cadeau de l'hôtel.

— L'ours est un symbole de la Russie. Le message est finement envoyé.

Encore plus qu'elle ne le pensait, car il était double, pensait Edgar, encaissant l'information. Les Russes possédaient donc un dossier suffisamment fourni pour connaître ses engagements associatifs en faveur des animaux. En plus de vouloir sa mort, la peluche disait : nous savons tout de vous.

— Connaissez-vous la ruelle Varsonofievski à Moscou ? reprit Angelīc.

— Non.

— Et la rue Krasnobogatyrskaïa ?

— Non plus.

Angelīc se pencha vers lui avec un sourire carnassier.

— Vous devriez revoir vos classiques, monsieur l'espion français. Après la dissolution du KGB en 1991 et la création du FSB au milieu des années 90, l'état-major du laboratoire des poisons de la Loubianka a été transféré de la première rue à la seconde. Si je résume, l'adresse a changé, mais pas les méthodes ni les produits. Celui qui a inventé le *otravă* vaporisé sur cette peluche y travaille probablement. Même s'il existe beaucoup d'autres entités secrètes en Russie, c'est au laboratoire des poisons que se trouvent encore toutes les têtes pensantes pour ce type de saloperie.

Edgar opina en silence. C'était terrifiant de se retrouver sur la *kill list* du Kremlin.

— La substance utilisée est diabolique, continua la Roumaine. Grosso modo, nous avons compris de quoi il s'agissait, mais on va quand même la transmettre à vos autorités, ainsi qu'aux Britanniques, aux Américains et aux Allemands. Ces derniers sont très pointus sur les substances utilisées par les Russes, ce n'est pas un hasard si Alexeï Navalny est allé se faire soigner à Berlin après son empoisonnement.

— Vous parlez de substance diabolique. Qu'est-ce qui a été utilisé contre moi ? demanda Edgar, encore secoué par cette tentative de meurtre vicieuse et ce qu'elle signifiait.

— Apparemment, vous avez eu droit à un cocktail assez improbable de *Novitchki*, contenant trois substances distinctes. Des sels de thallium radioactifs, de la dioxine et, pour corser le tout, un agent inconnu bloqueur de neurotransmetteurs. Les sels de thallium radioactifs expliqueraient la diarrhée violente de la femme de chambre. C'est une méthode très efficace, dans la mesure où les personnes touchées par ce type de poison pensent qu'elles ont juste une gastro. Le temps que les médecins comprennent qu'elles ont été empoisonnées, le thallium radioactif s'est diffusé dans tout leur organisme, et il est trop tard, c'est la mort assurée. L'agent bloquant des neurotransmetteurs expliquerait, lui, le changement de couleur, assez spectaculaire, du visage de la femme de chambre.

— Et la dioxine ?

— Depuis son transfert à l'hôpital, de gros comédons se sont formés sur son corps. On les appelle comédons de chlore, car la dioxine se décompose en chlore dans le corps humain. A priori, elle n'est pas utilisée par les Russes pour tuer. Il s'agit de ce que le KGB appelait autrefois un « poison dissuasif ». Si par miracle vous aviez survécu aux deux premiers, la dioxine vous aurait défiguré et aurait ensuite détruit vos organes internes à petit feu, dans de longues et horribles souffrances qui auraient duré des années. Il s'agit d'un message du

Kremlin à ceux qui sont tentés de leur nuire. Même si on ne vous tue pas, on vous broie de l'intérieur...

Elle le regarda avant d'ajouter, cynique :

— Inutile de vous rappeler que plusieurs empoisonnements à la dioxine comme aux sels de thallium radioactifs ont déjà été attribués aux Russes. Avec un cocktail pareil, ils ne vous avaient laissé aucune chance, ils voulaient vraiment que vous mouriez ou que vous soyez défiguré à vie. Vous leur avez fait des misères récemment ?

— Quelques-unes.

— Il n'est pas très difficile de savoir lesquelles. On a eu beaucoup, beaucoup de morts violentes, en huit jours, dans une région calme comme celle de Cluj-Napoca, n'est-ce pas, monsieur Van Scana ?

La question n'appelait pas vraiment de réponse.

— D'abord deux hommes poignardés sur un parking d'hôtel, puis deux autres abattus, qui ressemblaient à des Tchétchènes, aucun des quatre n'ayant de documents d'identité sur eux, reprit Angelīc. Pas plus que les trois autres retrouvés ce matin plus au sud, criblés de balles, dans une voiture accidentée. C'est la première fois depuis longtemps que nous sommes confrontés à des assassinats avec des victimes impossibles à identifier. Ni leurs visages ni leurs empreintes ne matchent avec le fichier central des entrées sur le territoire, ce qui signifie qu'ils y ont pénétré clandestinement. Cela ressemble à une opération spéciale des Russes. Plutôt des renseignements militaires, à mon avis, ce sont les plus violents. *By the way*, on a trouvé deux fusils à lunette équipés de télémètres laser dans le coffre de la voiture. Il y avait des snipers parmi les gars que vous avez descendus.

— Jusqu'à preuve du contraire, je n'ai descendu personne.

Angelīc eut une moue, comme si c'était une bonne blague, avant de poursuivre :

— Vos autorités ont confirmé à mon patron que vous êtes chargé d'une mission importante sur le territoire roumain. Apparemment, celle-ci est suffisamment tordue pour qu'elles veuillent garder une confidentialité absolue. Puisque nous sommes alliés, nous allons faire semblant de regarder ailleurs pendant que vous menez votre petite guerre en Roumanie. Mais ne poussez quand même pas le bouchon trop loin.

Elle tira une carte de son sac.

— Voici mes coordonnées. Je suis disponible 24/24. En cas de besoin, n'hésitez jamais à m'appeler.

— Merci.

— De rien.

Un mince sourire se dessina sur le visage de la jeune femme.

— Vous avez plus l'air d'un Scandinave que d'un Français. On vous l'a déjà dit ?

— Parfois. Mais vous savez, la France va de Lille à Fort-de-France, il n'y a pas vraiment de « type français ».

Elle se leva en le toisant de haut en bas, un peu comme si elle le découvrait. Sensation bizarre, pour Edgar, de se trouver ainsi sous l'œil scrutateur d'une femme.

— Je vous trouve l'air plutôt sympathique pour un tueur de sang-froid, monsieur Edgar Van Scana.

— Riposter lorsque l'on vous attaque ne fait pas de vous un assassin. Mon discours vous paraîtra peut-être naïf ou désuet, mais mon combat, je le mène pour les valeurs auxquelles je crois. La liberté, les droits humains, la défense de ceux qui ne peuvent pas se défendre.

Elle applaudit silencieusement.

— Magnifique.

— Merci. Je ne suis pas un tueur, tenez-le-vous pour dit.

De nouveau, un petit sourire éclaira le visage d'Angelīc. Elle avait perçu l'évidente sincérité d'Edgar. Pourtant, elle ne put s'empêcher de rétorquer :

— Vu le nombre de cadavres que vous semez sur votre chemin, qu'est-ce que ce serait si vous en étiez un… Je serai ravie de vous revoir. Vivant, j'entends. J'espère de tout cœur que notre prochaine rencontre ne sera pas pour identifier votre corps à la morgue de Cluj. Nous, les Roumains, connaissons très bien les Russes. Beaucoup mieux que vous, les gens de l'Ouest. N'oubliez pas, ils sont redoutables, ils n'ont aucune limite et ils n'abandonnent jamais.

— Nous non plus, à la DGSE, nous n'abandonnons jamais.

— Eh bien, c'est parfait, car c'est également mon cas. Vous le comprendrez probablement très vite.

Sur cette flèche du Parthe, elle opéra un demi-tour avant de quitter la pièce.

31

Blois

Le commissaire Martic sortit de la brasserie, l'air repu. Il avait descendu deux entrées, des œufs mayo et une terrine de campagne, avant de s'attaquer à un onglet à l'échalote avec des pommes sautées et de finir par une bourdalou. Il avait aussi goûté au saumon maison, fumé au bois de hêtre. Le tout arrosé d'un carafon d'anjou très convenable. Il étouffa un rot discret et se dirigea d'un pas chaloupé vers sa voiture. Il avait mal dormi, repensant aux trois morts des berges. Les médias en faisaient déjà leurs choux gras tandis que sa hiérarchie lui mettait la pression. S'agissait-il d'une guerre entre groupuscules d'extrême droite ?

En soupirant, il mit le contact.

Il connaissait de vue les skinheads assassinés. Des pauvres types, adeptes de ratonnades quand ils étaient trop excités ou ivres. Il ne les voyait pas s'engager dans une guerre mortelle entre concurrents.

Concurrents en quoi, d'ailleurs ? Ces mecs vendaient trois grammes de shit par jour dans le meilleur des cas, et ils étaient tous plus débiles les uns que les autres.

Il gara sa Renault sur le parking attenant à la mosquée, s'alluma un cigarillo et se dirigea vers la porte en se dandinant, tout en pestant contre ceux qui avaient eu l'idée de bâtir une mosquée de cette taille dans une ville comme Blois.

— Arabes de merde, architectes de merde, marmonna-t-il en appuyant sur la sonnette.

Il colla presque sa carte de police sur le nez de l'homme qui lui ouvrit et demanda à voir un responsable. On le mena jusqu'au bureau du recteur, un homme de haute taille, filiforme et à la peau très noire. Martic le détesta à la seconde où il le vit. Bon Dieu, comment pouvait-on être si maigre ?

— Hassan Hadj Maktoub, se présenta l'homme d'un ton avenant. Je suis le recteur de la mosquée.

Il avait les yeux pétillants et ne semblait nullement gêné de se trouver face à ce policier.

— Enchanté, fit Martic d'un ton qui disait le contraire.

Il s'assit sans avoir demandé la permission, faisant gémir le fauteuil sous son poids.

— Vous êtes le seul imam, ici ?

— Non, bien sûr, ce lieu est notre cathédrale, comme vous diriez. J'ai deux imams adjoints et trois fois plus de vicaires, pour reprendre un terme chrétien. L'un d'eux est un « Gaulois » converti, d'ailleurs. Un excellent croyant. Un café ?

Martic entoura la tasse de sa grosse patte velue, avant d'avaler le breuvage d'une seule traite.

— Que puis-je faire pour vous aider ? demanda le religieux.

— Trois crânes rasés se sont fait massacrer hier soir sur les berges.

— Oui, j'ai lu cela.

— On pense qu'ils ont peut-être attaqué la mauvaise personne. Un mec qui se serait défendu.

— En les tuant tous les trois ?

— La mauvaise personne, comme j'ai dit. Des témoins ont vu fuir un suspect. Habillé comme un bougnou... euh, comme un musulman traditionaliste.

— Personne, ici, n'est capable d'un tel acte, répliqua le recteur d'un ton ferme. Nous connaissons bien nos fidèles, c'est une mosquée familiale.

— Ah ouais ? Vu la taille de ce foutu bâtiment, ce n'est pas l'impression que ça donne, répliqua Martic.

— Vous dites que votre suspect était habillé comme un musulman, qu'entendez-vous par là ?

— Il avait une sorte de tunique beige, comme un Afghan. Paraît que ça s'appelle un kamiz.

— Je vois.

— Il avait aussi un drôle de manteau à poils, marron. Avec une capuche pointue.

— Une cape de berger de l'Atlas ?

— Si vous le dites.

— Vous m'étonnez, commissaire. C'est un peu folklorique, je ne crois pas avoir jamais vu une seule personne en porter une, ici à Blois. Je suis originaire du Maroc, vous savez.

— Ah ouais ?

— Je veux dire, c'est un habit relativement commun là-bas, continua le recteur sans sembler remarquer la morgue du commissaire. Mais en France, qui irait porter cela quand on peut avoir une doudoune pour trente euros à Decathlon ?

— Je comptais sur vous pour me le dire.

Martic sortit un portrait-robot de sa poche.

— Le suspect ressemble à ça. Vous le connaissez ?

L'imam s'empara de la photo.

— Je ne l'ai jamais vu. Mais si vous me la laissez, je la montrerai à mes adjoints ainsi qu'aux fidèles.

— Faites. C'est urgent.

32

Transylvanie

Penché sur le plan dessiné par ses hommes, le Tatar réfléchissait, les yeux plissés.

Tout allait de travers.

Outre que l'élimination de l'agent de la DGSE avait échoué, son équipe n'avait pas encore réussi à finaliser l'élaboration d'un plan décisif pour se débarrasser de la veuve d'Andriy Mykoulyne, sa cible numéro un. Deux reconnaissances effectuées autour de l'hôpital militaire de Cluj avaient montré la difficulté d'agir. Les effectifs de police affectés à la sécurité de l'établissement depuis l'hospitalisation de Kateryna Mykoulyna avaient été passés de six à soixante hommes, avec des consignes de vigilance extrême. Un véhicule blindé Rosomak équipé d'un canon stationnait devant l'entrée principale, son jumeau était posté devant l'entrée de service. L'identité de toute personne pénétrant dans l'hôpital était doublement vérifiée.

En plus de ce dispositif, une équipe de flics du renseignement armés jusqu'aux dents occupait le hall avec un terminal mobile qui devait être relié aux bases de données des services de sécurité du pays.

Le Tatar se tourna vers la responsable de la planification des opérations de l'unité 29155. Elle aurait été superbe avec sa quarantaine sportive et ses longs cheveux noirs, n'était son nez en forme de pomme de terre. C'était cette femme qui avait eu la présence d'esprit de tirer sur Edgar sur la route d'Unirea. Elle avait été la seule à comprendre, en une fraction de seconde, que la voiture en face n'était pas un véhicule civil anonyme mais celui de l'espion français qu'ils s'apprêtaient à intercepter.

— Qu'en penses-tu ?

Elle eut une moue.

— Ce n'est pas la peine d'essayer de rentrer discrètement. Ils sont aux aguets. On se ferait repérer avant d'avoir pu lever le petit doigt.

Le Tatar grogna pour marquer son accord.

— Si on hijackait une camionnette de livraison ? proposa-t-elle.

Cette fois, il secoua la tête avec un sourire un peu las.

— Ils ne se feront pas avoir par un truc aussi basique. N'oublie pas que ce sont les nôtres qui ont formé les Roumains, autrefois. Ils sont bons, très professionnels. Il y a probablement une liste.

— Ce serait faisable si on avait quinze jours ou trois semaines pour se préparer, la lassitude aidant, mais je suppose que tu veux agir vite.

— Effectivement, on n'a pas le temps, ma belle.

— Qu'a dit la Tsarine ?

Prononcer le nom d'Olga Ranevskaïa était interdit, mais, même s'ils y avaient été autorisés, ils n'auraient jamais osé le faire. On ne nomme pas le diable.

— Tu la connais, elle n'est pas entrée dans les détails. Elle m'a juste affirmé qu'on ne peut pas se permettre de laisser Kateryna Mykoulyna dans la nature.

— On ne sait même pas si elle possède la moindre information sur notre opération !

— Peut-être, mais si jamais elle en a, c'est trop risqué de la laisser en vie. La Tsarine veut qu'on colmate l'hémorragie de fuites *maintenant*.

La Russe approuva avant de toucher l'emplacement matérialisant l'hôpital sur le plan.

— Kateryna Mykoulyna est hospitalisée dans l'aile C, qui n'occupe qu'un seul étage. Sa chambre donne sur une cour, elle se trouve trop bas par rapport aux bâtiments environnants, on ne peut pas l'atteindre. Toutefois, d'après mes calculs, il existe un endroit d'où un tir descendant serait possible. Il se situe à un kilomètre huit cents, c'est un immeuble de bureaux construit l'année dernière et qui culmine à quatre-vingt-huit mètres. Le toit est plat et on peut y accéder via une passerelle technique. Elle est fermée, mais ce serait un jeu d'enfant de forcer la grille d'entrée.

— Tu penses à quoi ?

— Un tir en cloche avec un mortier de 60 mm et une munition guidée. Une munition remplie de tolite. J'ai justement prévu un Hirtenberger à canon long dans l'équipement.

— Tu es folle ! On ne peut pas tirer au mortier sur un hôpital ! Et puis, il y a plus de puissance dans un obus à la tolite que dans un projectile classique de 120 mm, ça pourrait provoquer l'effondrement complet du bâtiment. On n'est pas en guerre avec la Roumanie, bon sang ! Ce serait un scandale si on remontait jusqu'à nous.

— Deux kilomètres. À une telle distance de la cible, on serait loin avant que le premier flic s'approche. Je suis certaine de pouvoir la tuer d'un coup.

— J'ai dit NON. Il y a quelque chose que tu ne comprends pas dans ces trois lettres ?

Elle haussa les épaules. Le scandale, le Tatar s'en foutait. Ce dont il ne voulait pas, c'étaient des dommages collatéraux parmi le personnel médical ou les malades. Pourquoi ne l'avouait-il pas, au lieu de se cacher derrière son petit doigt ?

Elle le regarda en secouant la tête avec mépris. C'était bien l'attitude d'un ancien « homme de la forêt », comme ceux du renseignement militaire surnomment les agents du SVR, dont le QG est situé en bordure de la forêt Bittsevski, à Iassenevo, un quartier du sud de Moscou. Que des mous et des faibles ! Comment une lavette pareille avait-elle pu obtenir le meilleur taux de réussite des renseignements militaires ? C'était à n'y rien comprendre.

— On pourrait tenter un tir de sniper, contra-t-il sans lui laisser le temps de réfléchir davantage. Je préfère cette solution, c'est la seule qui garantisse qu'on shootera directement sur notre cible et pas dans la chambre d'à côté. Il faut un coup au but, on n'a pas le droit à l'erreur.

Elle s'étrangla.

— Un tir de sniper à un kilomètre huit cents de distance en pleine ville ?!

— Il paraît que tu es la meilleure tireuse de l'unité 29155. Un tir comme celui-ci pourrait être tenté avec un Soumrak, des balles flèches et un viseur laser.

Il faisait allusion à un fusil mis en service par l'armée russe peu de temps auparavant. Une sorte de mini-canon. La seule arme portative au monde capable d'atteindre une cible à quatre kilomètres de distance.

La femme prit le temps d'analyser la situation. Le défi que représentait ce tir presque impossible la tentait, le Tatar le devinait à son expression.

— Tu as prévu aussi un Soumrak dans notre arsenal ou tu n'as que des mortiers ? interrogea-t-il, cauteleux.

— Je prévois toujours tout, tu sais bien.

Le Tatar approuva d'un mouvement de tête. Ses deux snipers éliminés, il n'avait plus d'homme capable d'un tel exploit dans son unité, mais il savait qu'elle n'était pas seulement une experte du planning opérationnel, elle était également une chasseuse reconnue, unanimement respectée. Cette brindille d'à peine cinquante kilos pour un mètre cinquante-cinq était capable de partir seule à pied dans la toundra avec un fusil à lunette et quelques provisions, pendant trois semaines, dans le seul but de revenir avec le trophée qu'elle convoitait.

— Alors, dis-moi : un kilomètre huit cents, des rafales de vent aléatoires entre les bâtiments, cinq degrés Celsius et probablement autour de soixante-dix pour cent d'humidité dans l'air. Tu penses que tu peux le réussir, ce tir ?

33

Transylvanie

Edgar posa le bouquet sur la tablette. Dix-huit roses, superbes. Il ne se rappelait plus s'il fallait un nombre pair ou impair.

— Vous êtes vraiment gentil, dit Kateryna en fourrant le nez dans les fleurs. – Elle les huma longuement avant de murmurer d'une voix pensive : – Je ne sais pas depuis combien de temps on ne m'avait pas offert de fleurs.

Le teint pâle, elle était allongée sur son lit d'hôpital. Une attelle enserrait son pied bandé d'où s'échappait un tuyau relié à un flacon à moitié rempli de sang.

— Ça ne coule plus, reprit-elle en tentant un sourire contraint. Le chirurgien a effectué un travail fantastique. Je sors dès cet après-midi. La blessure faisait mal, mais elle était superficielle. Il paraît que je pourrai marcher normalement avant une semaine.

Edgar s'assit dans le fauteuil installé près du lit.

— Je suis content que vous alliez mieux. Vous avez eu beaucoup de chance.

— Plus que votre jeune collègue. Je suis désolée pour elle.

— Vous n'y êtes pour rien.

Une petite pile de feuilles était posée sur la table de nuit à côté du lit. Elle les lui tendit.

— C'est peut-être un effet paradoxal de l'anesthésie, mais j'ai l'impression que ma mémoire est décuplée. Voici tout ce dont je me souviens.

Les pages comportaient une vingtaine de noms accompagnés d'informations personnelles – comment Andriy Mykoulyne connaissait la personne ; ce qu'elle faisait dans la vie ; ses opinions politiques et vis-à-vis de la Russie.

S'agissant de Bogdan, elle avait écrit :

Ami d'enfance d'Andriy. Est né et a grandi à Dokoutchaïevsk, à côté de Donetsk, comme Andriy. Ses parents auraient déménagé à Donetsk à peu près à la même époque que ceux d'Andriy.

Père ouvrier à l'usine de matériaux isolants Isolatsia. Sans doute Bogdan connaît-il bien les bâtiments, ce qui pourrait expliquer qu'il y ait été nommé par les Russes.

A fait ses études à l'université d'État de Donetsk. De mémoire, il aurait été étudiant en économie de l'entreprise mais aurait arrêté bien avant la fin de son cursus. Il aurait ensuite travaillé dans la mine de charbon de Toretsk.

Aurait divorcé assez récemment. Je ne sais pas s'il a des enfants. Je ne connais pas le nom de son ex-femme.

Bogdan aurait toujours été un militant séparatiste. Il aurait fait son service dans la police militaire, mais je ne sais pas dans quelle unité (Andriy avait été réformé à cause de problèmes cardiaques). Bogdan a fait partie de la milice populaire dès sa création, en octobre 2014.

Il me semble avoir entendu Andriy raconter que, jeune, Bogdan avait pratiqué le sambo[1] *avec Igor Guirkine, le responsable des milices populaires du Donbass, et grand*

1. Art martial russe très violent mélangeant des techniques de sol et de poings/pieds.

ami de Denis Pouchiline, devenu le président du Conseil suprême de la République populaire de Donetsk. Cela pourrait expliquer que Bogdan ait été intégré dans une unité spéciale des services de sécurité.

Il aurait pu faire ses armes au sein des forces séparatistes dans la brigade Kalmious. Andriy a plusieurs fois mentionné cette unité qui se targue de réunir des centaines d'anciens mineurs dans ses effectifs.

— Je me suis aussi souvenue de ce que vous m'aviez demandé avant de partir, hier. Si Andriy avait rencontré d'autres ex-gardiens de la prison Isolatsia.

— Et ? demanda Edgar avidement.

— En repensant à mes discussions avec Andriy, il m'est revenu une conversation récente qui devrait vous intéresser. Nous parlions du fléau de la drogue en Ukraine et des accusations des Russes selon lesquelles le gouvernement de Kiev serait constitué de nazis et de drogués. Andriy avait ri en m'affirmant qu'il y avait aussi beaucoup de drogués chez les séparatistes. Comme je lui demandais ce qu'il en savait, il m'avait répondu qu'il avait rencontré un ancien gardien de la prison Isolatsia qui avait déserté. Un certain Dmitri. Un drogué vivant dans un squat à Bucarest, où il dealait du dief, une sorte d'héroïne du pauvre. Andriy avait écrit un article sur le sujet pour un journal allemand il y a trois ou quatre ans.

— Un ancien gardien d'Isolatsia, répéta pensivement Edgar. Dmitri pourrait donc connaître Bogdan.

— Vous aviez raison, ce serait logique que des anciens gardiens du pire camp d'internement des séparatistes, ayant tous deux tourné casaque, se connaissent. En tout cas, Andriy était allé plusieurs fois à Bucarest ces dernières semaines pour tenter de le retrouver. Je sais qu'il avait réussi.

La quête de la vérité me donne des ailes. J'ai l'impression d'avoir les doigts dans une prise à mille volts. Mon cerveau tourne à dix mille à l'heure, les idées s'enchaînent, j'envisage des plans, j'échafaude des scénarios pour trouver les informations qu'attend le journaliste.

Je ne le décevrai pas.

Je crois que chacun, à un moment de sa vie, est confronté à un événement décisif dont il peut se montrer digne, ou pas.

C'est mon tour, aujourd'hui, de prouver qui je suis. Ce matin, grâce à Natalka, j'ai imaginé un plan pour aller à la ferme où est caché le « matériel spécial ». Vous suivez ? Ouragan de feu est lié à ces trucs cachés dans cette ferme, et le plan des Russes, c'est de les utiliser contre les Français et les Américains. Ma mission, c'est de trouver de quoi il s'agit.

Natalka m'a dit qu'elle avait craqué pour un militaire qui est en mission là-bas, dans la ferme de ses grands-parents, pour garder le « matériel militaire spécial ». Ils se sont vus, quoi, une heure, et ça a

suffi pour qu'il la drague et que cette idiote se fasse des films.
Quelle dinde, elle est tellement facile à tromper !
Je lui ai proposé d'aller à la ferme récupérer de vieux albums photo de ses grands-parents.
« Super idée ! » Elle a sauté à pieds joints dans le trou sans réfléchir, cette conne. Elle veut le revoir, son blondinet ? Très bien, j'en remets autant de couches que nécessaire.
Pendant qu'elle passera du temps avec lui, j'en profiterai pour fouiner dans la propriété en prenant mon air le plus niais.
Personne ne me calcule jamais, vous savez ça ? Comme si j'étais invisible. Comme si je n'existais pas.

34

Transylvanie

— Je viens de parler à Paris, commença Gabriel en s'asseyant en face d'Edgar, l'air soucieux.

Il semblait un peu moins hostile (le fait qu'Edgar ait empêché son collègue Félix de s'empoisonner en touchant la femme de chambre l'expliquait sans doute), mais pas au point de le regarder dans les yeux.

— De mauvaises nouvelles ?

— Très mauvaises, plutôt. Les Américains viennent d'informer Paris que votre dossier est suivi personnellement par Olga Ranevskaïa. C'est elle qui aurait ordonné de vous éliminer.

— Ranevskaïa, comme le personnage de *La Cerisaie* de Tchékhov ?

— Oh, elle n'a rien à voir avec Tchékhov, croyez-moi, répondit Gabriel en levant les yeux au ciel. Cette femme n'a pas d'existence officielle dans l'organigramme du Kremlin, pourtant elle contrôle les opérations secrètes les plus sensibles. On l'appelle « la Tsarine ». Elle n'a ni secrétaire, ni adjoints, ni gardes du corps, afin de garantir une étanchéité parfaite. Son bureau est situé tout près de celui du président, au premier étage de l'aile nord du Kremlin. Elle ne répond qu'à Vladimir Poutine en personne et a, *de facto*, autorité sur *tous* les chefs des renseignements civils et militaires. C'est un pouvoir inouï.

— Que sait-on sur elle ?

— Presque rien, répondit Gabriel, le regard toujours fixé sur un point invisible derrière Edgar. Elle a été promue général-major par Poutine. Avant, elle était colonel au GRU.

Avec une certaine théâtralité, il posa une photo sur la table. Trois hommes en blouse blanche, à l'allure de scientifiques, et une femme en pantalon de treillis et débardeur kaki. Les hommes souriaient, un peu guindés. La femme, elle, conservait un visage figé.

— Cette photo a été prise en 2019 dans le laboratoire 21189, appelé « unité K8 » des renseignements militaires, situé près de Iakoutsk, en Sibérie. La seule d'elle qui existe à notre connaissance.

« C'est un agent suédois du MUST qui l'a obtenue. Soit dit en passant, l'homme qui la lui a vendue, le scientifique qui tenait le smartphone, a été identifié rapidement par les renseignements intérieurs, envoyé en camp de rééducation spécial, où il est mort une semaine après. L'agent suédois du MUST est, quant à lui, décédé d'une attaque, un mois plus tard, à Stockholm, après avoir bu un thé avec l'un de ses informateurs russes, qui s'est évaporé le jour même.

— *Novitchok* ?

— Sans aucun doute. Pour les Russes, TOUT ce qui touche à cette femme est un secret absolu.

Edgar se pencha sur le cliché. En fin de trentaine ou début de quarantaine, Olga Ranevskaïa était de taille moyenne, avec une silhouette incroyablement sportive, des épaules et des cuisses de nageuse, des cheveux noirs, des yeux d'un bleu intense. Belle mais sévère.

— La CIA pense qu'elle est derrière le récent empoisonnement d'Anatoli Tchoubaïs, le seul conseiller de Poutine qui a eu le malheur de manifester son hostilité à l'« opération spéciale » en Ukraine, reprit Gabriel. Ce serait également elle qui aurait organisé l'assassinat de Sergueï Protosenya, l'ancien vice-président du géant gazier Novatek, allié de Total. Sa femme et sa fille ont été sauvagement égorgées en Espagne, pour faire croire à une crise de folie du père, suivie d'un suicide.

Il remisa la photo dans son dossier avec un sourire crispé.

— Olga Ranevskaïa ne rigole jamais. Maintenant, vous voilà prévenu.

— Si la Tsarine s'intéresse à ma modeste personne, elle s'intéresse forcément à Kateryna aussi, répliqua Edgar.

Il se souvenait de la mise en garde d'Angelīc, la conseillère du chef des services secrets roumains. « Les Russes n'abandonnent jamais. »

— Ce n'est pas exclu, répondit Gabriel en se frottant les mains nerveusement. On va redoubler de vigilance lorsqu'on l'exfiltrera de l'hôpital.

— Attention aux snipers. Cette équipe en comprenait au moins deux, il y en a sans doute d'autres.

— Faites votre boulot et laissez-moi m'occuper du mien, répliqua l'homme du service Action avant de sortir de la pièce.

Edgar décida de rejoindre Félix qui préparait ses affaires dans la salle à manger de la planque.

— Merci pour hier, fit ce dernier en l'apercevant. Sans vous, je serais mort à l'heure qu'il est.

— Je vous en prie.

— Vous avez besoin de quelque chose ?

— Vous prévenir que je vais demander à Kateryna Mykoulyna de m'accompagner à Bucarest. Vous veillerez sur elle avec votre collègue.

— Kateryna, la veuve joyeuse ?

— Elle mérite mieux que ce surnom.

— C'est une civile et elle n'a pas franchement l'habitude des opérations clandestines, rétorqua le garde du corps en enfournant une carabine dans son sac. Vous êtes sûr que c'est une bonne idée ?

— Elle sera plus en sécurité avec nous qu'à jouer les cibles en carton dans cet hôpital. Et puis, tant que je ne suis pas certain d'avoir récupéré toutes les informations utiles de sa part, je préfère l'avoir sous la main.

— C'est vous qui décidez, conclut Félix en remontant la fermeture éclair avant de lever les yeux vers Edgar. Au fait, en ce qui me concerne, je ne crois pas une seconde que Cécile Mauriac soit morte à cause de vous.

— Merci.

— Il fallait que je vous le dise. J'espère que Gabriel finira par le comprendre aussi. Ça n'a rien à voir avec vous, c'est politique, le chef du service Action n'aime pas votre unité. Du coup, il lui a fourré des idées négatives dans la tête. Que de la merde. À propos, qu'est-ce qu'on va foutre à Bucarest ?

— Retrouver un dealer, répondit Edgar avant de quitter la pièce.

Quelques recherches sur Internet lui avaient appris que le produit dont Dmitri s'était fait une spécialité était une mixture assez improbable de Dimedrol et d'Euphylline – des médicaments tout ce qu'il y a de plus légal –, coupés avec du vinaigre et du permanganate de potassium. Après chauffage et filtration, le mélange donnait une poudre injectable dont les effets étaient proches du crack.

Il ne lui restait plus qu'à trouver la trace d'un fugitif ukrainien dans une métropole d'un million d'habitants.

35

Transylvanie

Allongée sur le toit de l'immeuble, l'adjointe du Tatar serrait la crosse en caoutchouc de l'énorme Soumrak contre sa joue. À lui seul, le canon du fusil mesurait un mètre cinquante, auquel il fallait ajouter un mètre de silencieux. L'arme était si lourde que la snipeuse avait dû se faire aider d'un des membres du commando pour la transporter. Les balles du chargeur faisaient près de vingt centimètres de longueur. Elles étaient fabriquées dans un alliage de métaux spéciaux et leur pointe en flèche était renforcée par de l'uranium faiblement enrichi. Cela permettait une meilleure pénétration dans l'air et une perforation optimale au point d'impact. Chaque balle était capable de transpercer un rail en acier de trois centimètres d'épaisseur.

Il n'y avait aucune indication inscrite sur ces projectiles, fabriqués à la commande par un armurier solitaire, quelque part en Sibérie, au fin fond de la Kolyma. Mais pour tromper une éventuelle enquête de police, tous les matériaux nécessaires à la construction du fusil avaient été achetés ou volés dans des pays européens, en Suède et en Autriche principalement. Taquin, l'armurier avait même gravé un « *Made in Germany* » sur la carcasse de l'arme. Insuffisant pour induire en erreur les services de renseignements occidentaux. En revanche, prouver l'implication des Russes devant l'opinion publique serait chose impossible.

Une certitude, Kateryna ne survivrait pas. La balle était si imposante que sa seule énergie cinétique la tuerait sur le coup, quelle que soit la partie du corps qu'elle atteindrait.

La snipeuse sourit à cette idée, sentant une sorte de langueur l'envahir, malgré sa position inconfortable.

Elle s'était recouverte d'une bâche de couleur grise sous laquelle elle avait glissé une réserve d'eau, quelques barres protéinées ainsi qu'un petit ventilateur portatif, très silencieux, qui fonctionnait sur batterie et servait à chauffer ou refroidir l'air sous la bâche, selon les conditions météorologiques. Équipée d'une double couche absorbante, un dispositif médical normalement réservé aux personnes hospitalisées (certes, ce n'était pas chic, mais seule comptait l'efficacité), elle pouvait rester immobile plusieurs heures sans attirer l'attention ni laisser de trace ADN.

Une prédatrice parfaite.

L'énorme lunette du fusil grossissait la fenêtre de la chambre de Kateryna Mykoulyna mais, à cette distance, la snipeuse voyait juste une vague image. Assez précise néanmoins pour qu'elle constate que la cible n'était pas dans la pièce. Peut-être faisait-elle des examens quelque part dans une autre aile de l'hôpital. Par la porte ouverte, la Russe discernait régulièrement des ombres dans le couloir, preuve de l'activité dans le service, mais, là encore, elle était trop loin pour distinguer ce qui se passait réellement.

Elle jeta un coup d'œil au petit réveil posé à côté du canon de son fusil. Cela faisait trois heures qu'elle patientait.

Soudain, un éclair lumineux attira son attention, un peu sur sa gauche. Elle eut le temps de penser que cela ressemblait à la réflexion du soleil sur une lunette de visée. La seconde suivante, elle eut l'impression que sa tête venait d'être heurtée par un autobus. Elle ne se rendit même pas compte qu'elle venait de mourir, frappée sous le nez par une balle à haute vélocité.

36

Transylvanie

— Il y avait un tireur embusqué, annonça Gabriel en entrant dans la petite salle du sous-sol où Kateryna était restée enfermée après ses examens de sortie. On l'a éliminé.

Félix en avait déjà informé Edgar, révélant au passage que ses alertes avaient convaincu Kévin, leur sniper, d'élargir le cercle de protection.

— Comment l'avez-vous eu ? demanda Edgar, comme s'il découvrait l'information.

— Kévin s'était d'abord positionné à environ huit cents mètres de l'hôpital, mais il ne trouvait pas d'angle de tir permettant à un tireur adverse d'atteindre Kateryna Mykoulyna dans sa chambre. Alors, il a bougé. À force de reculer, il a fini par repérer un poste de tir potentiel. À un kilomètre huit cents de distance. Les Russes possèdent des armes capables de réaliser ce type d'exploit, continua Gabriel, refusant manifestement de reconnaître que, sans Edgar, leurs ennemis auraient réussi leur coup. Quand Kévin s'est placé un peu en amont, à un angle de trente degrés, il a fini par apercevoir ce qui ressemblait à une silhouette camouflée sous une bâche, avec le canon d'un fusil qui dépassait. Il a tenté un tir au jugé. Les flics roumains ont trouvé le cadavre d'une femme atteinte d'une balle en pleine tête. Elle n'avait aucun signe distinctif ni papiers d'identité.

— Laissez-moi deviner. Ses empreintes ne sont pas dans les bases de données des entrées sur le territoire.

— Affirmatif. Les Russes ont envoyé tout un commando. – Gabriel sourit et, pour la première fois, son regard croisa celui d'Edgar. – Vous aviez raison sur ce point.

— Vous voyez bien qu'il ne faut pas que Kateryna reste dans le coin plus longtemps. Les Russes savent que nous sommes ici, ils ont beaucoup de moyens. Ils finiront par l'avoir, et peut-être nous aussi par la même occasion.

— Paris partage cette analyse. Félix et Kévin assureront la sécurité rapprochée de Kateryna Mykoulyna à Bucarest. Je vous y rejoindrai ce soir avec le reste de mon équipe. D'ici là, on vous aura trouvé un point de chute discret.

Il se leva. Ce n'était toujours pas le grand amour, mais plus la franche hostilité.

Vingt minutes plus tard, entourés par une vingtaine de membres de la police militaire roumaine faisant barrage de leurs corps, Kateryna et Edgar gagnèrent la cour de l'hôpital.

On les fit sortir par une porte dérobée. Ils se retrouvèrent rapidement dans la banlieue, véhicule anonyme au milieu de milliers de véhicules anonymes. Kateryna avait demandé à conduire, le véhicule était à boîte automatique et elle n'aurait donc pas à utiliser son pied gauche.

La circulation étant assez fluide, ils purent rejoindre sans mal l'E81, que les Roumains surnomment l'« autoroute du soleil » car elle se termine à Constanţa, sur la mer Noire. Ce jour-là, noyée sous des trombes d'eau, elle méritait mal son nom.

Derrière eux, les deux gardes du corps avaient pris place dans un gros 4 × 4, leur arsenal à portée de main.

Entre Edgar et les Russes, c'était devenu une lutte à mort.

Il sortit son iPhone, un câble à écouteurs et farfouilla dans ses apps.

— Vous écoutez quoi ? demanda Kateryna.

— Un livre audio. Si ça ne vous dérange pas. Comme je ne conduis pas…

— Qu'écoute un espion français ? Du John le Carré ou du Tom Clancy ?

— Ni l'un ni l'autre. J'aime la littérature générale.

Il tourna l'écran vers elle.

— *Le Grondement de la montagne*, lut-elle. Kawabata ?

— Vous avez des lettres. Oui, Yasunari Kawabata. Mon auteur préféré. Si j'étais écrivain, c'est lui que j'aimerais être.

Il appuya sur l'iPhone et ferma les yeux. La voix de la femme qui lisait le texte était chaude et mélodieuse.

Il ressemble, ce grondement, à celui du vent lointain, mais c'est un bruit d'une force profonde, un rugissement sorti du cœur de la terre.

37

Transylvanie

Assis face caméra, deux jeunes hackers russes. Ils faisaient partie de l'unité 35642, qui rassemble la crème de la crème des informaticiens des services de renseignements militaires. Toujours cette règle ancestrale de l'armée russe qui veut que ses unités de force soient désignées par un code à cinq chiffres, les groupes d'élite les plus secrets comme les simples bases logistiques ou d'entraînement de conscrits... Les habitudes datant de l'ère soviétique – durant laquelle, pour tromper d'éventuels espions, les cartes routières étaient fausses, les groupes d'action les plus prestigieux cachés derrière des appellations techniques anonymes, tandis que certaines villes, absentes des cartes, n'avaient qu'un nom de code – avaient la vie dure.

Ils n'en menaient pas large. Le Tatar parcourait sa *checklist* avec la régularité d'un métronome depuis quarante bonnes minutes. Le plus âgé ressemblait à un adolescent boutonneux de quinze ans alors qu'il en avait presque trente. L'autre était une jeune femme boulotte sensiblement du même âge, aux cheveux filasse. Anciens spécialistes des attaques informatiques de type APT28, une spécialité des Russes, ils avaient été choisis pour intégrer le dessus du panier des hackers offensifs. Ceux qui contribuaient aux « opérations mouillées ».

À force de vivre devant leurs écrans, leur teint était grisâtre, presque maladif.

La hackeuse était en train d'expliquer à son chef de mission pourquoi il avait raison de subodorer que les Français avaient quitté Cluj. Quelques jours auparavant, elle avait repéré, sur des sites spécialisés, deux maisons qui venaient d'être louées pour une courte durée à de prétendus touristes belges. Or, elles venaient d'être remises sur le marché, à peine une heure plus tôt.

— On a remarqué que les deux maisons étaient à moins de trois cents mètres l'une de l'autre, précisa le boutonneux. L'une aurait pu servir à abriter une équipe dédiée à la sécurité de l'autre.

Le Tatar approuva d'un mouvement de menton.

— Cela signifie que les Français ont trouvé un fil et qu'ils se sont déplacés en équipe pour le tirer, en conclut-il. Il faut trouver comment et où.

— On a siphonné la base de données de tous les loueurs de voitures de la gare de Cluj-Napoca, comme vous l'aviez demandé, répondit la jeune femme, et on a fait bonne pioche. On a découvert qu'un homme en avait loué deux, la semaine dernière, mais qu'il vient d'en rendre seulement une. J'ai trouvé ça bizarre. Je vous ai imprimé la fiche du conducteur. Regardez, c'est l'homme qu'on a déjà identifié.

Le Tatar fixa l'écran, sentant le rouge lui monter aux joues. La fiche était au nom d'Edgar Van Scana. Leur ennemi, l'homme qui avait échappé par miracle à l'empoisonnement par ses spécialistes.

— C'est bien lui. Le salopard ! rugit-il.

— On s'est introduit dans le système de caméras des autoroutes qui partent de Cluj, poursuivit la jeune informaticienne, effrayée par le changement d'attitude du Tatar. On va regarder si l'on peut identifier la voiture afin de voir quelle direction elle a prise. Mais ça va exiger du temps.

— Passez ces données à vos collègues. Je demande immédiatement à vos chefs de mettre toutes les ressources nécessaires là-dessus.

— On pourrait travailler sur les nouvelles locations de courte durée, ajouta le boutonneux. Regarder partout en Roumanie.

Le Tatar acquiesça silencieusement. Le hacking des bases de données des sites internationaux de location type Airbnb étant impossible, il avait eu l'idée de créer un programme aspirateur à annonces. Couplé à un logiciel d'intelligence artificielle, il permettait la reconnaissance des lieux et des dates. Cela avait magnifiquement marché. Le programme aspirait les annonces, demi-journée par demi-journée, les archivait, et il suffisait, ensuite, de se concentrer sur celles récemment retirées ou remises en ligne. C'était très parlant. Si les Français appliquaient la même méthode qu'à Cluj, ils loueraient deux maisons ou deux appartements proches l'un de l'autre, dans un quartier un peu à l'écart mais suffisamment animé pour ne pas attirer l'attention.

— Ne prenez pas une seconde de repos, ordonna le Tatar. Commencez par Bucarest et sa banlieue.

38

Bucarest

Angelīc, la conseillère du directeur des renseignements roumains, était confortablement installée dans un recoin du bar de l'hôtel Marmorosch, une énorme « pâtisserie » de style rococo austro-hongrois située en plein cœur du quartier historique de Bucarest, entre la rivière Dâmbovița et le boulevard Regina Elisabeta. Si la première salle était froide, avec son sol en marbre, son plafond de plusieurs mètres et ses vitraux, celle du fond, où elle attendait, était plus chaleureuse. Plancher, tapis crème, étagères couleur corail et canapés moelleux. Quelques haut-parleurs diffusaient une musique *lounge* discrète.

Vêtue d'un jean et d'un polo, Angelīc ressemblait à une étudiante, charmante avec ses cheveux à la garçonne et ses taches de rousseur. Un verre à cocktail presque vide était posé devant elle.

— Bienvenue à Bucarest ! Cette ville est bien trop calme depuis quelque temps, je suis certaine que vous allez y amener l'animation dont vous semblez coutumier.

— Merci de prendre un peu de temps pour moi, dit Edgar en s'asseyant en face d'elle. Je sais que vous êtes très occupée.

— Moins que vous, si j'en juge par le nouveau cadavre que votre équipe a laissé derrière elle à Cluj. Une femme, de surcroît.

— Nous avons évité une attaque vicieuse des Russes contre Kateryna Mykoulyna. Vu le calibre de l'arme que cette snipeuse s'apprêtait à utiliser, elle n'aurait pas survécu.

— Ça ne nous a pas échappé. Il n'y a que les Russes pour tenter une attaque contre un hôpital militaire avec un mini-canon. Cela montre qu'ils paniquent. Qu'est-ce qui les fait paniquer, nous n'en savons encore rien. Mais peut-être avez-vous une explication.

Elle héla une serveuse et demanda un second manhattan pour elle. Edgar se contenta d'un vieux rhum.

— Je n'ai pas d'explication certaine, ma centrale non plus. Apparemment, les Russes soupçonnent Kateryna Mykoulyna d'avoir obtenu de son mari des données sur une opération secrète dirigée contre mon pays.

— Les possède-t-elle vraiment ?

— Elle m'a mise sur une piste intéressante, reconnut Edgar. D'ailleurs, pour votre information, je lui ai demandé de m'accompagner à Bucarest.

— Je sais, nos agents vous ont photographiés… Edgar Van Scana, Kateryna Mykoulyna et deux gardes du corps de la DGSE prenant possession de leur nouvelle planque, rue Măgura Codlei. Vous avez été rejoints trois heures après votre arrivée par une seconde équipe. – Elle sourit. – Ne vous en faites pas, je n'ai mis en planque que des hommes fiables. Je n'ai pas envie de mener les Russes jusqu'à vous.

— Félicitations, répondit-il d'un ton acide, où perçait quand même une certaine admiration. La Securitate avait la réputation d'être particulièrement performante, mais je vois que ceux qui lui ont succédé n'ont pas perdu la main.

— Merci du compliment. Pour tout vous dire, je n'aurais pas quitté la banque Lazard et un salaire à six chiffres si je n'avais pas eu la certitude que nos renseignements forment une organisation exceptionnelle. J'aime travailler dans des maisons performantes.

Elle se tut, le temps que la serveuse, une grande brune avec un chignon compliqué, pose des petits fours devant eux. Angelīc trempa ses lèvres dans son verre avec une mimique approbatrice, avant de poursuivre :

— Nous n'avions pas vu les Russes aussi nerveux depuis belle lurette. L'enjeu doit être énorme.

— Il l'est, répondit Edgar prudemment. J'espère être autorisé à vous en donner la raison, un jour.

— Peut-être que nous la découvririons avant que vous ne vous décidiez à ouvrir enfin votre grande bouche. Comme vous l'avez dit vous-même, nous ne sommes pas si mauvais.

Il ne savait pas s'il devait prendre ces dernières phrases comme une menace ou une simple affirmation, aussi décida-t-il de ne pas faire de commentaire. Elle eut un sourire entendu avant d'avaler une deuxième gorgée de son cocktail avec un plaisir évident.

— J'adore cette boisson. Rien que le nom me donne l'impression d'être à New York.

Il leva son verre en une salutation silencieuse.

— Que voulez-vous de moi ? demanda-t-elle brusquement.

— Nous cherchons un informateur d'Andriy Mykoulyne dans le Donbass. Selon Kateryna, cet informateur pourrait être en contact avec un autre Ukrainien, réfugié à Bucarest, lui. Un certain Dmitri avec qui il aurait travaillé, jadis, pour les forces séparatistes. Ce

Dmitri dealerait de la drogue, une saloperie typique en Ukraine appelée dief. Nous ne savons ni son nom de famille, ni son âge, ni à quoi il ressemble.

— En bref, vous ne savez rien.

— Si. Nous savons qu'il a été en poste à Isolatsia, l'une des pires geôles des forces d'occupation russes du Donbass. Kateryna Mykoulyna pense que son mari s'est déplacé à Bucarest à plusieurs reprises ces dernières semaines dans le seul but de retrouver Dmitri.

— Intéressant...

— C'est notre principale piste. Suivre les pas d'Andriy Mykoulyne comme des petits cailloux, jusqu'à ce qu'ils nous mènent à son informateur. En revanche, comme la DGSE n'a aucun contact dans les réseaux des stupéfiants à Bucarest, je suis ici pour vous demander de nous aider dans notre recherche. Il nous faut l'oiseau rare, quelqu'un qui connaisse ce milieu et ne nous dénoncera pas aux Russes. Quelqu'un de totalement sûr.

— Les Russes ont passé cinquante ans chez nous comme s'ils étaient chez eux. Par ailleurs, nous avons une frontière de près de sept cents kilomètres avec l'Ukraine, pays qui a fait partie de l'URSS entre 1922 et 1991... Mettez-vous dans la tête que personne n'est totalement sûr dans ce pays. Même dans les renseignements, répondit-elle cyniquement.

Angelīc avala une nouvelle gorgée avant de lever un doigt.

— Surtout pas dans les renseignements.

Elle s'éloigna, son téléphone à la main. Quand elle revint, dix minutes plus tard, ses yeux brillaient.

— Vous avez de la chance. Un de mes anciens copains de la faculté des sciences travaille à la brigade des stupéfiants. Un très bon flic, qui parle parfaitement l'anglais. Vous avez rendez-vous demain matin avec lui à 9 heures. Ici, dans ce bar.

— Merci. Je peux lui faire confiance ?

— À l'époque, j'ai eu suffisamment confiance pour coucher avec lui, répondit-elle d'un ton léger, alors, à vous de juger, monsieur Van Scana.

— Edgar.

— D'accord, Edgar. Je doute que mon ex ait été acheté par le Kremlin. Sa mère était une grande intellectuelle libérale. Elle a été emprisonnée par les communistes, assassinée par un « conseiller » soviétique quelques jours avant la chute de Ceausescu. Il haïra les Russes jusqu'à son dernier souffle.

Elle vida son verre d'une traite avant de le regarder droit dans les yeux, moqueuse.

— Oh, vous semblez tout embarrassé. C'est parce que j'évoque mon ex ?

— Pas du tout, prétendit-il.

— Vous mentez mal, c'est gênant pour un espion. Nous, les femmes de ce pays, sommes libres. Après des décennies de communisme, il fallait que nous passions à autre chose. Nous avons copié tout ce que nous pouvions de l'Occident, afin de rattraper le temps perdu, les années de communisme qui ont abîmé ce pays. Les communistes étaient tellement vieux jeu derrière leurs discours anti-bourgeois, c'était pathétique. Maintenant, nous prenons l'égalité hommes-femmes et la liberté des mœurs comme des faits acquis.

— C'est une chose que nous, Français, comprenons.

— J'en suis certaine, *Edgar*. D'ailleurs, dans une autre vie, je vous aurais bien invité dans mon lit.

Elle laissa quelques secondes de silence avant d'ajouter :

— J'aime les hommes intelligents et dangereux, surtout quand ils ont du style.

Il inclina la tête en souriant, un peu abasourdi par cette charge directe.

— Merci, mais…

— Vous me changez des cadres de mon service qui pensent être des héros parce qu'ils ont une arme à la ceinture, dont ils ne se serviront jamais, poursuivit-elle en le coupant.

Elle ramassa ses clefs, se leva, très naturelle.

— Malheureusement, nous aussi, nous savons travailler. J'ai senti, dès que je vous ai vu, que vous n'étiez pas du genre à sauter sur tout ce qui bouge. Maintenant, je sais que votre ancienne compagne, Diane, a été assassinée. Je respecte votre deuil. C'est plutôt rare, la fidélité, de nos jours, alors *post mortem*, c'est encore plus impressionnant.

Elle eut une moue boudeuse.

— C'est une valeur qui vous rend encore plus intéressant, même si cela me prive de moments avec vous que j'aurais espérés passionnants. Je vous souhaite bonne chance, Edgar Van Scana.

Sur ce, elle quitta le bar en roulant légèrement des hanches.

Quelle femme ! Estomaqué, les yeux dans le vague, il finit son verre cul sec et remonta se coucher après avoir fait signe à ses protecteurs.

La bonne nouvelle du jour : Natalka a tellement tanné le collabo pour qu'on aille à la ferme qu'il a fini par céder.
Demain, peut-être, j'aurai l'info que le journaliste recherche.

39

Bucarest

Le jeune flic des stups s'appelait Nicolae. Il était souriant, aussi brun qu'Edgar était blond, très trapu, avec une mèche tombant sur le front et une mâchoire carrée qui le faisaient ressembler à un acteur de cinéma. Il lui fut immédiatement sympathique. Angelīc lui avait présenté Edgar comme un membre du ministère de la Défense français et il était trop bien élevé pour demander des précisions. Dès le début de l'entretien, Edgar vit qu'il avait noté la présence de Félix et de Kévin, installés au bar derrière lui ; sans un mot mais avec un hochement de tête approbateur. En Europe de l'Est, on sait reconnaître ce genre de chose. Un homme avec des gardes du corps de ce calibre ne pouvait être que sérieux.

Après avoir discuté de leur recherche, ils payèrent et rejoignirent le 4 × 4. Edgar avait laissé Kateryna Mykoulyna sous la surveillance du reste de l'équipe du service Action car, ne connaissant pas Dmitri, elle ne pouvait pas être utile pour cette partie de la mission.

De plus, ils allaient faire le tour des lieux de deal de Bucarest, des endroits dangereux. Il n'avait pas du tout envie que son témoin principal se prenne un coup de couteau.

Nicolae avait décidé de commencer par le quartier de Ferentari, un des plus pauvres de Bucarest et conséquemment l'un des principaux lieux de vente et de consommation de dief. C'était une sorte de ghetto rom dans lequel vivaient près de cent mille personnes, leur expliqua-t-il tandis qu'ils prenaient la direction du sud.

Ferentari était une vaste zone à l'abandon. Un mélange d'anciennes d'habitations HLM datant de l'ère soviétique, de bâtiments industriels décatis et d'un ersatz de campagne constellé de terrains vagues et de décharges.

Ils y furent en une trentaine de minutes.

Le silence se fit aussitôt dans la voiture.

La vision des immeubles délabrés en béton noirâtre, aux vitres cassées et aux portes arrachées, des tas d'ordures de plusieurs mètres de haut, des débris métalliques de toutes sortes – machines à laver désossées et abandonnées, carcasses de voitures et autres équipements rouillés –, au milieu desquels jouaient des enfants en guenilles, était particulièrement frappante. Tassés à l'arrière de la voiture, un sac d'armes à leurs pieds, Félix et Kévin, peu habitués à ce genre d'environnement, regardaient le paysage défiler, mal à l'aise.

Ils s'arrêtèrent finalement devant un immeuble immense, relique des horreurs construites pendant le communisme. Un paquebot de béton grisâtre et croulant, comme abandonné sur le goudron. Sous le ciel plombé, si bas que les nuages semblaient toucher le haut du bâtiment, c'était un tableau assez déprimant.

Dans le détail, la barre d'une douzaine d'étages, de cent cinquante à deux cents mètres de long, avec une vingtaine de portillons d'entrée en partie détruits, donnait l'impression d'être au bord de l'écroulement.

Image d'épouvante, des centaines de seringues jonchaient le sol.

— Le dief agit très brièvement, une ou deux minutes au maximum, et l'addiction est immédiate, expliqua Nicolae. Les drogués doivent se piquer toute la journée, jusqu'à cinquante, soixante fois. C'est pour cela qu'on voit des seringues partout. Quand ils sont en manque, ils en utilisent des vieilles, qui ont déjà servi à des dizaines de personnes, alors ils se refilent toutes sortes de maladies. La plupart des junkies ont le sida et des hépatites. Beaucoup contractent également des pneumonies, à cause du froid. La concomitance de ces infections est redoutable.

— Je suppose qu'ils ne vivent pas vieux, fit remarquer Edgar.

— Vous supposez bien. Leur espérance de vie est très courte, une trentaine d'années maximum. Ils commencent en général à prendre du dief très jeunes, vers douze ans.

— Pourquoi si tôt ? demanda Félix d'une voix blanche.

— C'est généralement l'âge auquel leurs parents les prostituent. Parfois, c'est moins.

La réponse jeta un nouveau froid. Du doigt, Nicolae désigna à Edgar une cage d'escalier tapissée de débris.

— J'ai un informateur dans cette barre, au septième étage. On va monter tous les deux, l'arme à la ceinture, ils croiront qu'on est des dealers, et normalement ils n'oseront pas s'attaquer à nous. Vos deux amis doivent rester ici, dans la voiture. À quatre, on risque de nous prendre pour une équipe de flics et on se fera lyncher.

— Edgar, on ne peut pas vous laisser seul. Il faut qu'on monte avec vous, objecta Félix.

— Je ne suis pas seul, je suis avec Nicolae. On va faire comme il dit. C'est lui qui connaît le terrain.

L'escalier était un cauchemar, avec ses ordures vieilles de plusieurs années, les fils qui pendaient du plafond, l'odeur indescriptible. Des familles roms s'entassaient dans des appartements microscopiques sans portes, dormaient, cuisinaient à même le carrelage. Dans d'autres, il y avait seulement des drogués qui les fixaient de leurs petits yeux méchants, ou parfois indifférents.

Une vision à la Jérôme Bosch.

Même dans les quartiers les plus déshérités de Kaboul, jamais Edgar n'avait été confronté à une telle misère humaine.

Enfin, ils atteignirent le cinquième étage. Vision saisissante, un immense couloir sombre courait sur toute la longueur du bâtiment.

— C'est probablement le couloir le plus long du monde, il mesure cent quatre-vingt-dix mètres, vous vous rendez compte ? Les autres cages d'escalier ne desservent que les quatre premiers étages. Pour les sept autres, au-dessus, il n'y a que celle-ci. Ne me demandez pas pourquoi, ajouta Nicolae, personne ne le sait. Sans doute l'architecte était-il fou. Ou pervers. Ou alors, ceux qui ont construit cet immeuble, du temps des communistes, ont bâclé le boulot. Ils étaient payés pareil, qu'ils travaillent ou pas, peut-être qu'ils ont arrêté de construire les cages d'escalier à partir du cinquième parce que c'était moins fatigant.

Au septième, il n'y avait pas de familles, que des drogués. Des enfants, des adolescents. D'autres qui semblaient plus âgés mais ne devaient pas l'être, devina Edgar.

— Le garçon là-bas, qui a l'air d'avoir soixante ans, en a moins de trente, remarqua Nicolae. Il n'en a plus pour très longtemps.

Ils s'arrêtèrent finalement devant un appartement dont l'accès était barré, luxe suprême, par un vieux rideau de douche, avec des personnages imprimés du dessin animé *Dora l'exploratrice*. Nicolae l'écarta avant d'entrer, suivi par Edgar, la main sur la crosse de son Glock.

Derrière le rideau, il y avait une pièce au papier peint taché, avec un matelas, une petite table et deux chaises. À côté, une salle d'eau, avec un trou dans le sol en carrelage en guise de toilettes, d'où s'échappaient des effluves nauséabondes.

Un jeune homme fumait un joint, adossé à la fenêtre.

— Salut, Emil, lança Nicolae.

Le drogué le regarda sans répondre. Il avala une nouvelle longue bouffée, l'air indifférent.

— Celui-là est assez futé pour dealer du dief, mais il ne consomme que de l'héroïne en fumette. Et du shit, bien sûr ; c'est la base, ici. Emil est assez méchant pour ne pas encore s'être pris de coup de couteau dans le dos, les autres dealers ont peur de lui. Il ne vit pas ici, c'est juste son lieu de travail.

Nicolae sourit.

— Son bureau, quoi.

Il entama une discussion avec Emil, dont la bouche s'ornait d'une dizaine de chicots noirâtres. La discussion dura un bon moment. À la fin, Nicolae se tourna vers Edgar.

— Vous avez vingt euros ?

Le dealer fit disparaître le billet dans sa main à la vitesse d'un prestidigitateur.

— Tirons-nous, annonça Nicolae d'un ton sobre. On est restés bien trop longtemps.

Comme ils descendaient les marches, il ajouta :

— La dope, c'est une vraie saloperie. Emil finissait ses études pour devenir professeur des écoles quand il est tombé dans l'héroïne. Je n'ai jamais su pourquoi un garçon comme lui avait sombré dans la fumette. Il est très intelligent, il savait que c'était une voie sans retour, un suicide. La vie est parfois bizarre.

Deux étages plus bas, l'escalier était encombré par deux jeunes complètement défoncés, seringue à la main, qu'ils durent enjamber. Le bras de l'un n'était qu'une plaie purulente.

Surprenant le regard d'Edgar, Nicolae dit :

— Avec cinquante ou soixante piqûres par jour, leurs veines se dégradent très vite. Quand ils n'en ont plus d'intactes dans le bras, ils se piquent dans les jambes, puis les pieds et le cou. À la fin, c'est dans le pénis et les yeux. À un moment, ils ne peuvent plus se piquer nulle part, et pour eux, c'est la fin du voyage. Ils meurent du manque. Parfois, je me dis que c'est mieux comme ça.

Félix et Kévin semblèrent soulagés de les voir revenir. Une horde de gosses débraillés traînaient autour de la voiture, l'air mauvais. Alors que Nicolae démarrait, l'un d'eux lança une pierre contre le pare-brise arrière, qui s'étoila. Ils sentirent plusieurs coups sourds contre la carrosserie tandis que divers projectiles volaient dans l'air.

— Foutons le camp, déclara Nicolae. Ça peut dégénérer à toute vitesse.

Il attendit qu'ils aient tourné au coin de la rue pour préciser :

— Emil est formel, il n'y a aucun Ukrainien nommé Dmitri dans le quartier, or il connaît tout le monde à Ferentari. Il faut chercher ailleurs. À Rahova et Pantelimon.

— Vous connaissez ?

— Oui, mais là-bas, c'est encore plus dangereux. Je n'y ai pas beaucoup d'informateurs réguliers car ces quartiers sont de vrais coupe-gorge. Mes indics se font poignarder si régulièrement que je dois en changer tout le temps.

40

Transylvanie

Un verre à la main, un carafon de vodka bien entamé devant lui, le Tatar broyait du noir. Il n'avait rien obtenu depuis qu'il avait mis le pied sur le sol roumain et ses troupes commençaient à le regarder d'un drôle d'air. On n'aimait pas les loosers au sein de l'unité 29155. Un chef de mission qui se plantait, c'était mauvais pour l'avancement de tout le monde.

Mauvais pour le moral, aussi.

Le Tatar savait tout cela. Il savait également que la Tsarine n'avait aucune pitié pour ceux qui échouaient.

Pour elle, chaque mission remettait le compteur à zéro, sans considération des succès passés. Dans le meilleur des cas, un échec condamnait à un poste perdu en lointaine Sibérie, un exil quelque part à la frontière de la Mongolie ou au fin fond de la péninsule du Kamtchatka. Dans le pire, à l'envoi sur le front ukrainien ou à un transfert dans les geôles du FSB, le renseignement intérieur, dans les sous-sols de la Loubianka ou de la forteresse de Lefortovo. Des spécialistes des aveux forcés y travaillaient à temps plein, qui seraient ravis de se payer un officier du renseignement militaire.

Il connaissait un chef de mission réputé qui y avait péri étranglé après des mois de torture.

Un des membres du commando fit irruption dans la pièce, interrompant ses sombres pensées.

— Chef ! Nos hackers ont un message urgent pour vous !

Le Tatar repoussa sa chaise et courut vers la pièce de commandement où était installé le PC mobile. Les visages des deux jeunes s'encadraient sur un des écrans à plasma.

— On a retrouvé la trace des Français à Bucarest, annonça tout à trac le boutonneux. Deux mecs et un blond qui ressemble à Van Scana, une nana qui pourrait être Kateryna Mykoulyna. La maison a été louée hier, avec une carte de crédit belge qui remonte vers une société luxembourgeoise. Pas d'activité déclarée, un site Internet qui semble bidon. Ça pourrait être une société écran de la DGSE.

— Nous avons piraté la caméra de vidéosurveillance d'une station-service ouverte 24/24, qui est en face, ajouta sa comparse. Regardez, je vous passe les images.

L'écran devint noir quelques secondes, puis les images d'une caméra extérieure apparurent. On apercevait, de loin, deux voitures se garant devant la maison, quatre façades en brique au toit pentu. Deux hommes sortaient de l'avant de la seconde, balèzes. Ils portaient des blousons et des bonnets pour se protéger du froid. Puis les portières de l'autre s'ouvraient à leur tour et deux silhouettes se profilaient. Un homme jeune, barbe claire, et une femme plus âgée, aussi grande que lui, portant un sweat à capuche. L'image n'était pas assez bonne pour qu'on identifie avec certitude Van Scana et Mykoulyna, mais ça y ressemblait.

Les deux premiers hommes effectuaient plusieurs allers et retours entre le coffre de la voiture et la maison, chargés de sacs.

— Que dit le logiciel de reconnaissance faciale ? demanda le Tatar d'un ton qui se voulait neutre mais où perçait l'excitation.

— Rien. Ils sont trop loin.

— On a d'autres images ?

— Non. Un quart d'heure après celles-ci, quelqu'un a tapé la caméra pour la faire dévier. Elle n'est plus orientée vers la maison.

— Ils ont dû s'apercevoir qu'il y avait une caméra en face et ils l'ont rendue inoffensive sans la déconnecter, ce qui aurait attiré l'attention, ajouta le boutonneux.

— Remontrez-moi les images, ordonna le Tatar.

Depuis la mort de la snipeuse, il se sentait vulnérable, et cela le rendait nerveux.

L'hirondelle de son équipe, une femme forte et posée qui n'avait peur de rien, entra dans la pièce. Elle se posta à ses côtés, les deux mains posées sur la table, face à la vidéo. Son visage sublime se reflétait dans l'écran à côté du sien, tendu et concentré.

— Qu'en penses-tu, Anna ? Tu as la meilleure mémoire que je connaisse.

— Le jeune ressemble à Van Scana, mais je ne jurerais pas à cent pour cent que c'est lui. La femme, c'est Kateryna Mykoulyna. J'en mettrais ma main au feu.

— Je te crois, décida le Tatar. On va les choper. Mais ce coup-ci, on y va en force. Préparez le matériel, on part tous pour Bucarest.

41

Blois

La journée était déjà bien avancée lorsque Igor Garidov se présenta devant la porte menant aux appartements privés de la mosquée Bilal.

Il avait passé la nuit puis la journée dans le même abri abandonné, frissonnant en dépit de la doudoune qu'il s'était achetée. Le parvis trempé par une succession d'averses était désert, à l'exception d'un vieux clochard dégoulinant, abruti par la vinasse, une soucoupe pleine de pièces devant lui.

Il l'ignora et sonna.

Un homme ouvrit, petit, les épaules étroites, le visage mangé par une barbe.

— Je viens voir l'imam. L'Algérien.

L'homme s'écarta pour le laisser entrer et attendit qu'il se soit avancé dans le couloir pour verrouiller la porte. Garidov entendit le loquet cliqueter deux fois. Il était enfermé.

— Où est-il ?

— Je suis là, fit la voix de l'imam.

Il se tenait à l'autre extrémité du couloir plongé dans la pénombre. Un homme maigre et très grand était à ses côtés.

Garidov aperçut un sabre dans sa main.

Celui qui lui avait ouvert avait sorti un couteau lui aussi, une longue lame mouchetée de rouille. Il lui piqua le bas des reins avec.

— Avance, petite merde.

— Par Allah ! s'exclama Igor Garidov. Où allons-nous ?

— Avance, j'ai dit.

Les lèvres serrées, il obtempéra. Il s'attendait à ce type de comité d'accueil, destiné à le tester. Il s'était donc préparé mentalement, mais l'imaginer et le vivre étaient deux choses différentes, même avec son expérience.

La lame lui piquant la peau, il avança jusqu'à une porte donnant sur un escalier en colimaçon qui descendait sous la mosquée. Il le prit, précédé par l'imam et le grand maigre au sabre et suivi par l'homme au couteau. Il songea que, pour quelqu'un d'aguerri comme lui, il ne serait pas très difficile de mettre en déroute ses agresseurs. Il suffisait de pousser l'imam, l'un entraînerait l'autre dans sa chute, et de se débarrasser de celui qui était derrière lui d'un coup de pied dans les testicules.

Pourtant, il continua à descendre.

— Tu vas tout me dire, annonça l'Algérien.

On peut penser ce que l'on veut des services de sécurité extérieurs russes, mais il faut reconnaître la qualité de leur recrutement. Les tests sont si drastiques, structurés et scientifiquement menés qu'ils savent comment sélectionner des êtres d'exception. Des personnes motivées, fortes et courageuses. Des hommes comme Igor Garidov.

Le sous-sol était constitué de quatre grandes pièces séparées par un couloir. On le fit asseoir dans l'une des dernières, sur un tabouret. L'un des hommes plaça le couteau sur son cou pendant que l'autre allait chercher une corde.

Avec dégoût, Garidov aperçut des taches sombres suspectes sur le sol en terre battue. Un prisonnier avait été saigné à mort ici. Peut-être plusieurs.

Il pouvait encore s'échapper, il suffisait de basculer vers l'arrière, de faire sauter le poignard de son agresseur et de le frapper en pleine gorge. Il l'avait déjà fait une fois, en Tchétchénie.

Pourtant, il se laissa déshabiller puis saucissonner. La mission d'abord.

L'imam se posta en face de lui.

— Je te trouve bien calme. Tu n'as pas peur ? Tu attends l'aide de la police ?

— Je n'attends que l'aide d'Allah, mollah. Je n'ai pas peur car je n'ai rien fait de mal.

— Quel est ton contact dans la police ?

— Je n'en ai pas.

— C'est ce que nous allons voir.

L'imam le gifla avec brutalité, une fois, deux fois, cinq fois, lui déchirant la joue. Puis il le frappa du pied en plein torse, le faisant chuter, toujours attaché au tabouret. La tête de Garidov heurta violemment le sol et il vit trente-six chandelles.

— Tu travailles pour qui ? La CIA ? Les renseignements intérieurs ? Les Juifs ?

— Personne, mollah.

— Tu n'es qu'un sale indicateur. Tu crois pouvoir m'envoyer en prison avec tes histoires inventées ? Chien !

Il se mit à le frapper de toutes ses forces avec une ceinture en cuir, lacérant son torse, ses cuisses et son visage. Garidov poussait des jappements, malgré lui. La ceinture était lourde et la boucle en métal lui arrachait un bout de peau chaque fois qu'elle le touchait. À l'odeur, il comprit qu'elle avait été trempée dans du vinaigre pour augmenter la douleur.

— Parle ! Qui est derrière ta démarche ?

— Personne, mollah. Allah seul m'envoie.

— Menteur ! Menteur !

Les coups pleuvaient tellement fort qu'Igor Garidov commençait à se demander s'il sortirait vivant de cette cave. L'imam était déchaîné. Le Russe se retrouva bientôt couvert de sang, de plaies et d'hématomes. Pourtant, les dents serrées, il tenait, accroché à sa mission.

Soudain, l'Algérien s'arrêta et tendit la main vers l'homme au couteau.

— Puisque tu ne veux pas parler, on va t'égorger comme le chien que tu es.

Garidov sentit la lame se poser sur son cou. D'un petit mouvement, elle déchira la peau, faisant jaillir le sang.

— Avoue ! Avoue que tu es un traître.

— Non, je ne suis pas un traître.

— Tu es un traître, et nous allons te couper les couilles, comme on fait ici aux traîtres.

L'imam se tourna vers l'homme.

— Vas-y, châtre-le.

Un sourire mauvais aux lèvres, ce dernier arracha le caleçon d'Igor. D'une main, il lui attrapa le pénis et les testicules dans le même mouvement, serrant très fort. Garidov hurla. Le bourreau approcha son poignard.

— Je vais tout te couper, pauvre minable, marmonna-t-il. Plus de service trois pièces.

Il se passa alors quelque chose d'étrange. Igor savait qu'il risquait de finir mutilé, mais, soudain, en une fraction de seconde, une sorte d'*évidence calme* s'imposa à lui.

Il accepta son sort. Si le destin voulait qu'il meure pour son pays, qu'il en soit ainsi !

Personne ne sait à l'avance s'il sera capable de résister à la torture ou à la menace d'une mort violente. Des gros bras arrogants appellent leur maman à l'aide d'une voix de petit garçon, tandis que des personnes d'apparence anodine tiennent bon jusqu'au bout.

Celui qui triomphe d'une telle épreuve en ressort changé, transfiguré. Comme un certain nombre d'agents secrets avant lui, c'était cette sensation d'accomplissement paradoxal que Garidov ressentait à cet instant.

Au plus profond de son être.

D'un geste, l'imam arrêta l'homme au couteau au moment où il allait mutiler le prisonnier. Il resta immobile quelques instants avant de reculer d'un pas, considérant Garidov, nu, en sang. Leurs regards se croisèrent. Une expression de douceur apparut sur le visage de l'Algérien.

— Je te crois. Tu dis la vérité. Libérez-le.

On le détacha, on lui remit son caleçon. L'imam lui tendit une serviette, qui se teinta aussitôt de rouge, puis la main.

— Viens, frère. Remontons, nous allons soigner tes plaies.

Chancelant, Garidov le suivit dans l'escalier en se demandant si ses chefs accepteraient de lui payer le remplacement des deux dents qu'il avait laissées dans la cave.

42

Blois

Igor Garidov avait dormi plusieurs heures d'une traite, bu des litres d'eau. Il se sentait un peu mieux. L'homme qui avait failli l'émasculer avait déposé un verre de café lyophilisé devant lui et lui tapotait maintenant le torse et les bras avec un coton imbibé de produit antiseptique, comme s'ils étaient copains depuis toujours. Le grand maigre multipliait les manifestations d'amitié, tel un chien qui aurait retrouvé son maître.

Ils se trouvaient à présent sur la terrasse de la mosquée, sous le flux d'air brûlant du chauffage oscillant. Au loin, choc de l'histoire assez improbable, on apercevait les toits du château royal de Blois qui émergeaient dans le jour naissant.

L'Algérien apparut sur le seuil de l'escalier, portant un plateau avec du thé. D'un regard, il congédia ses deux acolytes et se retrouva seul avec Garidov. Il monta le chauffage au maximum avant de verser le breuvage dans deux verres et de lui en tendre un.

— Tu as pu dormir et te reposer. C'est bien. Tu as montré qui tu étais dans cette cave. Un homme droit et courageux. J'aime les hommes courageux. Allah est là pour donner la force nécessaire aux croyants, pour révéler les vrais des faux. Quand on a la foi, on peut tout supporter.

— Allah nous donne le courage, nous ne sommes que Ses messagers, répondit Garidov en attrapant son verre brûlant.

— J'ai parlé à notre ami à Grozny, hier après-midi. Il a eu des mots très élogieux. J'avais confiance, mais il fallait quand même que nous ayons notre… « discussion » d'hier soir. Je devais faire cette vérification. L'enjeu est trop important.

— Je te comprends. Nos ennemis sont partout, répondit Garidov d'un ton sentencieux, tout en se disant que le Tchétchène devait être au fond d'une fosse, une balle dans la nuque, à présent qu'il avait délivré le message que les renseignements militaires attendaient de lui.

Ils finirent leur thé en silence, Garidov remerciant la providence ou la chance, quel que soit le nom qu'on voulait lui donner, d'avoir arrêté l'Algérien avant qu'il lui fasse subir la mutilation ultime.

— Reparle-moi de ces missiles, demanda l'imam en se levant pour reposer son verre vide sur le plateau, signe qu'il était temps de passer aux choses sérieuses. Comment les as-tu trouvés ?

— Ils étaient cachés dans le nord de l'Ukraine. Là-bas se trouvent plusieurs vieux bunkers, où l'armée stocke normalement des pièces de rechange. Cette base a toujours été mon endroit favori pour me servir en douce, mes associés ukrainiens y sont en poste. Il y a quelques semaines, les Ukrainiens ont décidé d'y cacher les missiles. À mon avis, ils pensaient que l'ennemi n'attaquerait pas un tel endroit, où aucune arme n'a jamais été stockée, mais les Russes ont pilonné la zone. Des tonnes de débris sont tombés sur l'abri où les missiles étaient stockés.

— Comment se fait-il que les Ukrainiens n'aient pas essayé de les déblayer ?

— Il aurait fallu des jours de travail avec des engins lourds, or ils n'en ont plus dans cette région, ils ont tous été détruits dans les combats, prétendit Garidov. J'ai tout de suite vu l'opportunité. Je connais l'existence d'un passage souterrain qui mène à une entrée dérobée derrière le bunker, à côté d'un petit bois. Cette partie n'a pas été recouverte de débris. Tu veux voir les missiles ?

Il ouvrit son téléphone et lui montra une photo. On distinguait des caisses posées sur une grosse table, au milieu de matériel agricole.

— J'ai transféré les missiles ailleurs, maintenant ils sont dans une ferme. Regarde, celui-ci est un Starstreak, il vaut des millions au marché noir. Mais nous ne les vendrons pas, nous allons les retourner contre ces chiens de Français.

— Mais comment ferons-nous pour détruire les avions ? Il doit falloir une longue formation pour utiliser des missiles aussi sophistiqués.

— Non, ce sont des engins de type « tire et oublie ». N'importe qui peut les utiliser. C'est ce qui les rend si dangereux.

— Il n'y a pas de risque que tes associés ukrainiens les vendent dans ton dos ? Pendant que tu es absent, ils peuvent parler à beaucoup de gens.

— Ils ne parleront plus à personne. Je les ai tués sur place. Leurs cadavres sont dans le bunker, personne ne les retrouvera jamais.

L'Algérien lui mit la main sur l'épaule.

— C'est Allah qui a guidé ta main, tu as bien agi. Ensemble, nous ferons de grandes choses.

43

Bucarest

La matinée avait passé lentement, sans la moindre avancée. Comme la veille, Edgar et ses compagnons avaient traîné dans des dizaines de spots de vente ou de consommation de drogue, à travers les quartiers déshérités de Rahova puis de Pantelimon. Des lieux qui évoquaient assez bien ce que pouvait être l'enfer sur terre et interrogeaient sur ce que vivait encore une partie de la communauté rom d'Europe de l'Est en ce début de XXIe siècle. Des générations dans des taudis, la banalisation de la pauvreté et de la mendicité, l'absence d'éducation et de formation, après cinquante ans de communisme percutés par trente ans de capitalisme sauvage, avaient créé une trappe sociale dans laquelle beaucoup étaient aspirés. Il en était sorti une version du lumpenprolétariat du XXIe siècle assez proche, finalement, de celle que décrivait Karl Marx à la fin du XIXe.

Dans cet environnement sinistre, personne ne semblait connaître Dmitri.

Ce qui signifiait qu'il avait déménagé ou qu'il dealait dans d'autres types de lieux, avait décrété Nicolae. Dans des boîtes ou des restaurants. Ou des cités universitaires. Il était également possible qu'il ait arrêté de proposer du dief, pas si rentable. Il avait pu passer à la cocaïne et aux amphétamines, des drogues vendues par des dealers aux profils moins marqués, ce qui les rendait moins faciles à repérer.

Dernière possibilité : il était mort et ils perdaient leur temps.

Ils rejoignirent Kateryna pour déjeuner dans une *cantină* dont la carte aurait fait honte à une prison (le seul plat mangeable étant des *cârnați*, de grosses saucisses molles recouvertes d'une sauce brunâtre et servies avec de la purée à l'eau).

Edgar commençait à s'habituer à Kateryna. Hormis son habitude de se signer chaque fois qu'une église se profilait dans son champ de vision, elle se révélait une femme posée, déterminée, d'une grande culture. Travaillant comme bibliothécaire depuis toujours, elle était incollable sur l'histoire européenne. Lorsque Edgar lui avait révélé que les Russes avaient tenté de lui tirer dessus, elle avait simplement blêmi.

Elle avait compris que ses actes avaient provoqué un enchaînement de catastrophes et semblait décidée à réparer ce qui pouvait encore l'être. Cela prouvait, *a minima*, sa résilience morale. Après tout, qui était Edgar pour la juger d'avoir trompé son mari avec un étudiant ? Au-delà des informations dont elle disposait, peut-être qu'avoir cette femme dans son camp était un atout, finalement.

Ils avalèrent leurs cafés, aussi infects que le reste. Puis Kateryna partit retrouver Gabriel, Marc et « Ariel », détaché du groupe B, postés dans un petit café en face, tandis qu'Edgar et Nicolae reprenaient leur périple, suivis de Kévin et Félix.

Ils commencèrent par la cité universitaire PUB, une des plus grandes de Bucarest. Ils enchaînèrent avec l'UniBuc, l'UAUIM, la RAU, la TUCEB. Jamais Edgar n'aurait pensé qu'il existait autant d'universités à Bucarest, la plupart internationales de surcroît. Plus de trente, apparemment.

Infatigable et précis, Nicolae sortait son téléphone de sa poche avant chaque visite, vérifiait l'identité de son indicateur avant de l'appeler. Il en avait un dans chaque fac.

À plusieurs reprises, il les força à quitter les cours afin de répondre à ses questions. Connaissaient-ils un dealer ukrainien qui se faisait appeler Dmitri ? L'avaient-ils rencontré ou en avaient-ils déjà entendu parler ?

Vers le milieu de l'après-midi, ils durent s'avouer vaincus. Dmitri, s'il officiait toujours, ne le faisait pas dans le milieu universitaire.

— Il va falloir se taper les restaurants festifs, les bars de nuit et les boîtes, annonça Nicolae. Ce ne sera pas une tâche facile.

— À votre avis, on en a pour combien de temps ?

— Deux ou trois jours. Minimum. On commence ce soir.

Edgar approuva, même s'il en avait déjà plein le dos des dealers et de leurs clients défoncés. Il descendit de voiture pour passer un coup de fil à Gabriel.

Plus besoin de téléphone crypté. Désormais, Signal suffisait.

L'homme du service Action lui apprit que tout était calme autour de la maison. Les différents capteurs techniques qu'ils avaient installés n'avaient rien décelé. Kateryna Mykoulyna était installée bien au chaud dans une pièce du premier étage. Par sécurité, ils avaient fermé tous les volets, pour qu'il soit impossible de savoir à distance où elle se trouvait précisément et d'autoriser un tir de sniper. Edgar lui confirma qu'ils ne reviendraient pas à la planque avant le petit matin et lui demanda de redoubler de prudence.

— Pas de souci, faites ce que vous avez à faire sans vous prendre la tête. On contrôle, répondit Gabriel d'un ton sec. Elle est en sécurité avec nous.

— Je suis inquiet, insista Edgar malgré cette déclaration de foi. Les Russes vont chercher à frapper rapidement.

— Vous avez des informations que je n'ai pas ?

— Juste mon instinct. Un exécuteur « Kidon » du Mossad m'a dit un jour : « Plus on est loin de la dernière attaque de ses ennemis, plus la prochaine est proche. »

— Qu'est-ce que vous proposez concrètement ? répondit Gabriel d'un ton exaspéré.

— Je vous ai donné la carte d'Angelīc, la fille des services roumains. On ne court aucun risque à les impliquer davantage puisqu'ils sont au courant de notre présence et ont même nos photos. Appelez-la pour lui demander des effectifs. Des flics du SIAS, leur unité d'intervention. Il faut une protection étanche.

— Je vais y réfléchir.

— Non, ne réfléchissez pas. Faites-le.

— C'est moi qui décide, vous n'avez aucunement le droit de me donner des ordres ! explosa l'agent du service Action.

— Si, j'ai le droit de vous prévenir que vous déconnez.

— Edgar, vous savez quoi ? Je vous emmerde.

44

Bucarest

Le monde entier suit les exploits du Mossad sans réaliser que, depuis la guerre contre le terrorisme, la France a renoué avec son expérience gaullienne de riposte violente contre ceux qui s'en prennent à elle. Le tableau de chasse des services secrets français est ainsi devenu quasiment industriel. Mais la France, elle, ne communique jamais sur ses opérations secrètes. Comme l'a écrit un ancien dirigeant des services, les réussites des agents secrets sont très rarement connues, leurs échecs plus souvent relevés.

Officier intelligent et expérimenté, Gabriel faisait partie de cette nouvelle génération polie par quantité d'opérations de terrain prouvant que les face-à-face victorieux avec des terroristes armés jusqu'aux dents valent tous les tests de sélection du monde.

Cela faisait des années qu'il entendait parler à bas bruit des Sigma, ces agents civils fantômes du service des Archives, et il avait fini par penser que l'un comme l'autre n'étaient que des légendes internes à la DGSE.

Jusqu'à ce qu'il rencontre Edgar.

Comme beaucoup de militaires, Gabriel avait tendance à prendre les agents civils de la DGSE pour de « super amateurs », même si la manière dont Edgar s'était débarrassé seul de plusieurs agents russes très dangereux aurait dû lui faire comprendre qu'il fallait l'écouter.

Félix lui avait raconté le déroulement des événements chez les Mykoulyne et il avait admis qu'Edgar n'était nullement responsable de la mort de Cécile Mauriac. On lui avait bourré le mou avant son départ de Paris, en avait-il conclu. Il faudrait qu'il parle au Sigma. Qu'il arrête de le traiter comme un ennemi.

Mais entre le considérer et suivre ses conseils, il y avait un grand écart.

Finalement, il se dirigea vers la cuisine pour préparer des expressos. Ils avaient tous besoin d'un shoot de caféine.

Il était presque 20 heures, la rue était vide, aucun signal d'alerte n'avait retenti depuis qu'ils étaient dans la maison. Mais, comme tous les professionnels de l'action violente, il savait que la meilleure heure pour attaquer était plus tardive, entre 2 et 5 heures du matin. Le moment du sommeil profond, quand les sentinelles sont moins vigilantes et commencent à piquer du nez. Il quitta le canapé du rez-de-chaussée pour monter au premier étage.

Kateryna logeait dans l'avant-dernière chambre.

La première, dont la porte faisait face au couloir, servait de poste de tir principal. Une mitrailleuse légère Minimi était posée sur des sacs de sable, juste au milieu, avec des munitions pour tenir un siège. Elle pouvait prendre l'entièreté de l'escalier dans son feu, interdisant de fait toute intrusion.

Ariel était positionné dans la chambre située à gauche.

Gabriel rejoignit celle de droite, où étaient installés les récepteurs des dispositifs électroniques de surveillance, qu'il vérifia pour la dixième fois.

Il sortit de sa poche la carte d'Angelīc donnée par Edgar. Un simple appel, et une escouade de forces d'élite roumaines débarquerait. Inconsciemment, il savait que son dispositif était un peu juste pour contrer une attaque russe en nombre. Mais sa culture du service Action le poussait à continuer sans quémander de support extérieur. Gérer des situations pourries sans l'aide de quiconque, c'était son monde. Il était formé à la dure depuis vingt ans pour ce faire.

Alors, écouter Edgar ou pas ?

Il remit la carte dans sa poche avec un haussement d'épaules, redescendit et s'allongea sur le canapé, un fusil à portée de main, pour se reposer un peu sans s'endormir.

J'ai dû suivre le collabo dans le grenier de sa ferme pourrie et déballer toutes les photos de famille en faisant semblant de m'y intéresser. Tu parles d'une famille : ils ont tous les mêmes têtes de tarés. Voleurs, truands, putes et collabos de père en fils, ah, elle est belle, la nouvelle Russie !
Heureusement, son téléphone a sonné, ses chefs russes avaient besoin de lui et, comme un bon caniche, il a couru leur répondre. Du coup, j'ai filé.
J'ai couru vers le hangar. J'avais le cœur à cent à l'heure. Évidemment, personne n'a fait attention à moi. Natalka était dans la paille avec son beau lieutenant. Ils étaient à poil, bien occupés, ces deux idiots. Cette paresseuse de Natalka, incapable de bosser ou d'étudier, par contre, pour lever les jambes, elle n'est jamais fatiguée, celle-là… J'ai profité de ce qu'ils étaient très affairés. Et puis, ce n'était pas difficile de se cacher. Il y avait plein de bazar.
J'ai trouvé une planque derrière une roue de tracteur. J'ai passé une tête. Avec mon portable, j'ai pris une photo des trucs sur la table.

Le matériel spécial, comme dit le collabo. « Matériel », tu parles. Je sais reconnaître des missiles.
Ensuite, basta. J'ai attendu sagement dans la voiture avec un air bien niais.
Le soir, j'ai envoyé la photo au journaliste.

45

Blois

Martic faisait la gueule.

La pression sur ses épaules ne faisait qu'augmenter au fil des heures. Le directeur de cabinet du préfet, le préfet, la DGPN, tout le monde l'avait appelé pour le soutenir.

Soutien, et puis quoi encore ? Le vieux briscard qu'il était savait comprendre les sous-entendus derrière la prétendue bienveillance. Tous ces grands chefs à chapeau à plume ne pensaient qu'à leur carrière. Ils n'hésiteraient pas une seconde à le torpiller en invoquant son absence de résultats, s'il ne revenait pas très vite avec un trophée à leur offrir.

Il repoussa son andouillette. Pourtant, elle était délicieuse, bien grillée, comme il les aimait. Il but une lampée d'un bordeaux à assommer un aurochs, essayant de faire le point.

Aucune des caméras installées en ville n'avait capté la moindre image du suspect. Il avait envoyé des hommes dans tous les hôtels de la ville, sans succès. Placé des agents à la gare routière et à la gare SNCF, sans plus de résultat.

Soit le tueur avait quitté la ville, soit il se terrait quelque part.

Étant donné la taille de Blois, il voyait mal comment un gugusse habillé comme une caricature de berger marocain pouvait échapper aux flics qui le cherchaient.

S'était-il enfui sitôt ses crimes accomplis ?

Quoi qu'il en soit, entre son accoutrement et sa barbe, le suspect présentait tous les attributs d'un extrémiste islamiste. Le renseignement territorial avait pensé à un possible acte terroriste jusqu'à ce que les statistiques révèlent qu'on n'avait encore jamais vu, nulle part en Europe, un terroriste musulman s'attaquer à des skinheads. Les islamistes étaient des acharnés, mais pas assez pour perdre leur temps à tuer des crânes rasés qui savaient à peine réciter une table de multiplication.

Martic posa son verre vide, en pleine réflexion.

Son divisionnaire était persuadé qu'il s'agissait d'un « contrat » exécuté par un professionnel dans le cadre d'une dette de drogue, ou assimilée. Martic savait que son supérieur avait le flair d'une bourriche d'huîtres, mais quand même, qui pouvait lui avoir soufflé une idée aussi bête ? Un contrat ? Et pourquoi pas des Martiens pendant qu'on y était ?

Il allongea le bras pour s'emparer d'une portion de frites brûlantes qu'il enfourna d'un coup dans sa bouche. Son triple menton en trembla de satisfaction.

Son instinct lui soufflait qu'il ne s'agissait pas d'une guerre entre petits trafiquants mais d'un concours de circonstances. Une mauvaise rencontre qui avait mal tourné. Les trois débiles au crâne rasé avaient cru s'attaquer à un vieil Arabe sans défense, or ils étaient tombés sur un professionnel du combat qui ne leur avait laissé aucune chance.

Il pariait que c'était un ancien soldat. Un ex-membre des forces spéciales d'un pays du Maghreb. Ou alors de Syrie ou d'Afghanistan. Il fallait avoir été un soldat d'élite pour réussir à tuer trois voyous en quelques secondes et sans prendre un seul coup, si le médecin légiste ne se trompait pas. Le ministère de la Défense avait transmis les identités de tous les personnels militaires afghans rapatriés à Blois, des hommes qui avaient servi la France et qu'on avait tirés des griffes des talibans. Aucun ne ressemblait à l'homme du portrait-robot, ni de près ni de loin.

Pareil pour les réfugiés syriens enregistrés dans le département.

Martic claqua des doigts pour attirer l'attention de la serveuse. Avec un air de chatte gourmande, il commanda une mousse au chocolat. « Suffisante pour toute la table », affirmait la carte.

En voyant arriver une jatte haute comme un vase, il manqua défaillir de plaisir.

La seule question importante à ce stade, songea-t-il en plantant sa cuillère dedans, c'était de comprendre ce que pouvait bien foutre un ancien soldat d'élite arabe ou afghan à Blois.

Il avala une énorme bouchée de mousse en pensant que, décidément, la seule réponse qui vaille devait se trouver à la mosquée Bilal, l'une des plus remarquables de France.

À part elle, qu'est-ce qui aurait bien pu attirer un islamo dans ce trou qu'était Blois ?

46

Bucarest

À 1 h 30 du matin, le premier fourgon se gara à environ deux cents mètres de la maison louée par les Français.

Les commandos étaient tapis à l'arrière, le visage noirci au cirage. Tous avaient triomphé des terribles exercices de sélection que l'armée et les services secrets russes réservent à ceux qui veulent intégrer les *spetsnaz*, l'élite action de leurs forces. Si certains étaient jeunes et d'autres aguerris par des années de service, ils partageaient tous la même maîtrise de l'art de tuer de multiples façons.

Les commandos russes sont loin d'être les meilleurs ou les plus sophistiqués de la planète, si on les compare à leurs homologues britanniques, israéliens, américains ou français, mais ils sont probablement les plus rustiques. Forgés par la violence des conditions de vie dans leur pays et par une sélection impitoyable, ils montrent en général une capacité assez stupéfiante à supporter des températures extrêmes, les privations, la fatigue, la douleur, l'effort physique et le stress.

Comme les membres de l'équipe de protection du service Action allaient s'en rendre compte assez vite, c'étaient des combattants redoutables.

Il régnait à l'arrière de la fourgonnette cette odeur puissante et très particulière, reconnaissable entre toutes, du mélange de transpiration, de cirage pour le visage et de phéromones (de peur, de concentration et d'excitation) d'un groupe de combat qui s'apprête à agir. Quiconque l'a sentie ne peut jamais l'oublier ; elle reste inscrite au fer rouge quelque part dans son cerveau.

Les *spetsnaz* de l'unité 29155 avaient revêtu des combinaisons de combat noires, des casques et des gilets pare-balles capables de résister à des tirs d'armes de guerre. Plutôt que du matériel russe, ils s'étaient équipés d'uniformes suédois, de chaussures américaines, de lunettes de vision nocturne françaises, de fusils d'assaut allemands et autrichiens et de pistolets automatiques italiens et belges.

Quand il s'agissait de trouver des armes occidentales pour démarquer une opération, les Russes savaient être très ingénieux. Et puis, les *siloviki* ont un humour noir très particulier, ils adorent se payer la tête de ceux qu'ils combattent pour leur prouver leur supériorité intellectuelle autant qu'opérationnelle. Quoi de plus drôle que d'utiliser des armes de l'OTAN pour tuer des agents secrets d'un pays membre de l'OTAN ?

Derrière le fourgon, une seconde camionnette venait de se positionner avec, à son bord, l'équipe des techniciens chargés de la surveillance, des contre-mesures électroniques et du suivi opérationnel. Le Tatar se tenait à l'avant, tendu comme une corde.

Deux autres véhicules s'étaient garés un peu en amont. Dans chacun d'eux se trouvaient deux commandos équipés d'armes lourdes pour arrêter d'éventuelles forces de police.

— État de la situation ? demanda le Tatar.

— La caméra thermique confirme quatre silhouettes humaines, trois au premier étage et une au rez-de-chaussée.

— Actives ?

— Celle du bas, oui. Au premier étage, on a deux silhouettes allongées en hauteur sur un lit, et une allongée au sol. Immobiles. Ils dorment tous.

— Mais non, *tchernojopyï*[1] ! Celui qui est au sol est en position d'attaque. Ils ont une mitrailleuse légère en batterie, décrypta le Tatar.

— Ça change la donne ?

— Lancez le drone.

Un des techniciens ouvrit le toit mobile du véhicule, et le drone s'envola. Il se plaça à environ deux cents mètres au-dessus de la maison, quasi inaudible, invisible dans la nuit noire.

— Branchez les caméras thermiques.

Plusieurs images apparurent simultanément sur un petit groupe de quatre écrans. Celles de la maison, vue d'en haut.

— Lasers.

Deux faisceaux balayèrent silencieusement le jardin, à la recherche de pièges.

— Câbles électriques détectés à l'avant, à l'arrière et sur chaque côté.

— Bien reçu.

— Un premier câble à deux mètres de la clôture, vingt centimètres de hauteur. Un second à un mètre cinquante de la maison, quarante centimètres de hauteur.

— Bien reçu.

1. Littéralement : « Cul noir », insulte souvent utilisée en Russie pour désigner les personnes originaires du Caucase et d'Asie centrale.

Impossible de se pointer sans faire sonner une alarme. Les Français avaient bien fait les choses, nota le Tatar *in petto*. Il avait affaire à de vrais pros, mais ça, il s'en doutait déjà.

— Hé ! Ça bouge dans la maison ! s'exclama l'un des techniciens.

Le Tatar se pencha sur un des écrans. La silhouette du rez-de-chaussée s'était levée et se déplaçait. À l'étage, deux silhouettes étaient également debout et en mouvement.

— On a été repérés, murmura le Tatar, furieux. Ils doivent avoir un radar.

— Qu'est-ce que je dois faire, mon colonel ?

— Rappelle le drone. Peut-être croiront-ils que c'était juste un gamin qui s'amusait avec.

— À cette heure ?

— Ne me fais pas chier et rappelle ton putain de drone !

47

Bucarest

À l'intérieur de la maison, Gabriel et ses deux agents avaient déjà revêtu casques et gilets balistiques. Chacun avait une arme longue, une musette pleine de munitions plus des grenades aveuglantes et défensives.

Pas besoin de leur faire un dessin. Un drone de reconnaissance en pleine nuit signifiait qu'une attaque était imminente.

Il sortit son téléphone de sa poche pour prévenir Edgar. Personne ne répondit.

— Alors ? demanda Marc par-dessus la balustrade de l'escalier, quand il eut raccroché.

— Je n'arrive pas à le joindre. Je lui ai laissé un message.

— Merde !

— On a de quoi tenir. Marc, tu couvres le rez-de-chaussée, je monte et je prends la Minimi. Bouge. *Now.*

L'agent descendit les marches en courant, courbé en deux tandis que Gabriel rejoignait Kateryna.

— Ce sont les Russes ? demanda-t-elle d'une voix étonnamment calme.

— Possible.

Gabriel lui tendit un gilet pare-balles, qu'elle faillit lâcher tant il était lourd.

— Il pèse vingt kilos mais c'est votre meilleur ami. Mettez-le, ça arrête n'importe quelles munitions.

Kateryna se signa plusieurs fois, murmura une courte prière, puis enfila le gilet. Gabriel lui passa alors un fusil à la silhouette étrange, tout en lignes droites à part un chargeur camembert.

— Vous vous accroupissez derrière le lit. Si quelqu'un entre sans s'être annoncé, vous ne dites rien, vous n'appelez pas, vous appuyez juste sur la détente, expliqua-t-il d'une voix douce, comme s'ils ne s'apprêtaient pas à « accueillir » un commando de tueurs russes. Ce fusil est automatique, il y a vingt cartouches à plombs dans le chargeur. Vous n'avez qu'une chose à faire, appuyer sur la détente en posant le canon de l'arme quelque part pour bien le caler. Ce sera un déluge de grenaille, rien ni personne ne peut survivre à un chargeur entier de ce truc. Compris ?

Elle opina.

— Tout va bien se passer, conclut Gabriel avec un sourire sinistre.

Il appuya sur le bouton de son micro.

— Jette un œil par la fenêtre, ordonna-t-il à Ariel qui prenait le jardin en enfilade depuis une chambre du premier.

— Qu'est-ce que je fais si je les vois se pointer ?

— Tu tires le premier.

Il rejoignit son poste de combat, arma la culasse de la mitrailleuse, qui claqua avec un bruit métallique. À ce moment, il aurait encore pu appeler Angelīc, et une escouade aurait accouru, obligeant les Russes à battre en retraite. Mais comme beaucoup d'agents secrets qui finissent au cimetière, Gabriel était à la fois courageux et têtu. Il cala la crosse dans le creux de son épaule et attendit.

48

Bucarest

— Allez-y, murmura le Tatar. Lancez les contre-mesures.

Un des techniciens appuya sur une touche de son clavier. Tous les lampadaires de la rue s'éteignirent, la plongeant dans la nuit noire. Un autre pianotait sur un second ordinateur. Leur brouilleur se mit en marche. Il n'y avait plus un signal wifi ni une 5G active dans toute la zone.

Le Tatar approcha le micro relié à son émetteur à ondes courtes.

— On y va ! entendirent dans leurs oreillettes les commandos russes.

Ils ouvrirent d'un coup les portières des fourgons. Les hommes s'élancèrent à la queue leu leu, leurs armes équipées de silencieux pointées devant eux.

Puis ils se dispersèrent.

Discrets avec leurs semelles de crêpe, ils investirent la rue de derrière, tandis que certains s'enfonçaient dans les jardins des maisons entourant la planque des Français.

Un chien se mit à aboyer, aussitôt abattu d'une balle silencieuse dans la tête. Deux minutes plus tard à peine, l'adjoint du Tatar, dit le bûcheron, annonça :

— En place.

Le Tatar se pencha sur l'écran pour mieux distinguer les images transmises par la caméra d'épaule. Le bûcheron avait endossé la même combinaison noire que ses hommes, ce qui, sur sa carrure énorme, lui donnait une silhouette de gorille. Deux petits pistolets-mitrailleurs à chargeur courbe de trente balles étaient accrochés sur son torse, en plus du fusil d'assaut qu'il tenait à la main.

Derrière lui un de ses hommes, équipé d'une caméra thermique, était en train de confirmer la position des agents dans la maison. Il les signala sur le plan interactif s'affichant sur un terminal mobile que chaque commando avait au poignet.

Maintenant, les assaillants savaient exactement où les Français les attendaient. Sur un signe du bûcheron, quatre d'entre eux s'agenouillèrent, braquant leurs fusils de précision pourvus de lunettes à infrarouge vers le rez-de-chaussée et le premier étage.

49

Bucarest

— Ça bouge, murmura Ariel posté au premier. Je vois du mouvement côté est.

— Idem côté nord, annonça Marc dans l'oreillette. Trois silhouettes, au moins.

— Ça va taper. Je…

L'agent n'eut pas le temps de finir sa phrase. Une balle silencieuse dans l'œil venait de lui exploser le cerveau.

Dans une action parfaitement coordonnée, un des commandos russes fit sauter la porte arrière. Le bûcheron entra dans la cuisine, son arme brandie devant lui, après avoir jeté un œil à son écran connecté. Une silhouette se dessinait sur la gauche, derrière le mur. Levant son fusil, il tira à travers. Il y eut un cri et Marc s'effondra, touché au cou.

Un second commando russe apparut de l'autre côté de la pièce. Voyant le Français couché au sol, plein de sang, il l'acheva d'une rafale.

L'adjoint du Tatar leva deux doigts, puis désigna silencieusement l'escalier qui se dressait devant eux. Son écran révélait une silhouette allongée au premier étage, en face de l'arrivée des marches.

Il eut un sourire mauvais, leva son fusil. Un lance-grenades était fixé dessous. Il appuya sur la détente.

50

Bucarest

Les deux agents des services secrets roumains se prénommaient Gheorghe et Mircea. Ils somnolaient, à l'avant de leur guimbarde. La radio branchée sur les fréquences de la police de Bucarest crépitait doucement, les empêchant de s'endormir complètement.

Ils étaient garés assez loin de la villa des Français, sur le parking de la station-service d'en face, à quatre cents mètres environ, invisibles au milieu des véhicules d'occasion proposés à la vente. De cette position, ils avaient une vue directe sur leur cible. Ils avaient remarqué que les lampadaires de la rue s'étaient éteints, mais ne s'en étaient pas inquiétés. Une panne d'électricité à Bucarest, c'était presque la norme.

— Encore une nuit à se faire chier, remarqua celui qui se tenait derrière le volant en reposant ses jumelles. Si on m'avait dit que je passerais la moitié de ma vie à faire le guet derrière le volant d'une épave, je ne crois pas que je me serais engagé.

— Bah, c'est mieux que d'être derrière un bureau à

taper des notes que personne ne lit, remarqua, philosophe, son compagnon. Et puis, ce n'est pas tous les jours qu'on surveille une belle femme menacée par les Russes.

Soudain, ils s'immobilisèrent. Ils venaient d'entendre un bruit sourd, précédé d'un flash de lumière. Au premier étage de la maison qu'ils surveillaient.

— C'était quoi, ce truc ? Une grenade ?

Gheorghe se pencha vers l'avant, essayant de percer la nuit noire. Il lui sembla deviner des silhouettes en mouvement.

— Putain, c'est une attaque des Russes ! s'exclama-t-il.

Il se tourna vers la banquette arrière, attrapa sa kalachnikov.

— J'y vais. Lance une alerte à la radio.

Au moment où il descendait, il entendit la voix altérée de son binôme crier au micro :

— Alerte, alerte. Attaque en cours par un commando armé au 27, rue Măgura Codlei. Envoyez des renforts.

Mircea descendit à son tour et les deux hommes s'élancèrent, arme pointée, un peu nerveux. Ils étaient censés être de bons tireurs, mais ils savaient aussi que s'entraîner sur des cibles en carton et affronter un commando russe étaient deux choses très différentes...

Ils n'avaient pas parcouru cent mètres qu'ils aperçurent une ombre en combinaison noire et casque sur leur droite. Gheorghe tourna son arme et appuya sur la détente, sans même viser. Mircea l'imita aussitôt. Les détonations claquèrent dans le silence de la nuit.

51

Bucarest

Sonné par l'explosion de la grenade, Gabriel, qui assurait la sécurité du palier, cracha un peu de sang. Des éclats l'avaient touché au visage, mais ses lunettes blindées avaient protégé ses yeux. Calme et déterminé malgré ses blessures, il affermit son doigt sur la détente de sa mitrailleuse Minimi.

Une arme de saturation, légère mais puissante, capable de tirer ses balles supersoniques de calibre 5,56 à la cadence de neuf cent cinquante coups-minute.

Il avait près de huit cents munitions disponibles.

Une ombre se profila en haut de l'escalier. Pensant son adversaire hors de combat après l'explosion de la grenade, le *spetsnaz* progressait marche après marche au milieu de la fumée, son fusil brandi devant lui. La première giclée de balles tirée par la Minimi le frappa en pleine tête. Il s'effondra. Un deuxième Russe apparut, que l'agent de la DGSE coucha de la même manière.

L'arme bien calée contre l'épaule, Gabriel se mit à tirer par courtes rafales, pour plus de précision. Le bruit des détonations dans cet espace réduit était terrifiant, mais ses oreilles étaient protégées par des bouchons actifs et la discrétion n'était plus une option.

Une grêle de projectiles s'abattit soudain autour de lui, frappant les sacs de sable, lui arrachant un doigt, déchirant son gilet pare-balles. Des assaillants avaient réussi à rejoindre le premier étage par un des côtés de la maison. Malgré sa douleur à la main, il pivota le canon vers le mur du couloir et fit feu. Des flammes déchirèrent la pénombre dans un déluge de balles, tandis que des dizaines de trous apparaissaient dans la cloison. Il entendit des cris, compris qu'il avait touché plusieurs ennemis. Il se remit en position, canon vers l'avant, lorsqu'une silhouette à la carrure gigantesque, que la combinaison noire et les lunettes de vision nocturne rendaient encore plus saisissante, apparut du côté opposé. Atteint par une balle en pleine tempe, Gabriel s'effondra.

L'adjoint du Tatar baissa son arme.

— Ils sont tous *out*, annonça-t-il à voix basse dans son micro. On a eu pas mal de pertes. Il ne reste que la nana dans la pièce du fond. D'après les signatures thermiques, elle est seule. Je la bute à travers le mur ou je vais la chercher ?

— Je la veux vivante. Vivante, tu entends ?

Une fusillade retentissait toujours à l'extérieur. Deux kalachnikovs, au son reconnaissable entre tous, et plusieurs autres armes automatiques tiraient en même temps.

D'un pas étonnamment félin pour un homme de sa corpulence, l'adjoint du Tatar avait rejoint les deux commandos déjà positionnés devant la porte de l'avant-dernière chambre. L'un d'eux fit sauter la serrure d'une rafale bien ajustée. Le bûcheron eut un coup d'œil furtif sur son écran. Une silhouette, sur la gauche, à quatre mètres cinquante de distance. Kateryna Mykoulyna était seule.

Il entra le premier dans la chambre.

Une série de détonations saturèrent la pièce, si rapprochées qu'elles semblaient n'en faire qu'une. Cachée derrière le matelas, Kateryna Mykoulyna venait d'ouvrir le feu avec son fusil à pompe automatique. Les plombs volèrent dans la pièce, milliers de petites particules métalliques brûlantes et coupantes comme des lames de rasoir. Frappés sous leur gilet pare-balles, aux jambes, à l'aine, aux mains et au visage, les trois Russes s'effondrèrent les uns sur les autres comme des quilles.

Kateryna Mykoulyna continua à tirer sur eux jusqu'à ce que le percuteur cliquette à vide.

52

Bucarest

La police roumaine avait bouclé l'ensemble du quartier où avait eu lieu l'attaque. Le visage fermé, Angelīc attendait Edgar au rez-de-chaussée, dans le salon, debout près d'un corps dont la tête était recouverte d'une serviette. Aux chaussures, il reconnut Marc.

— Il y a seize morts, annonça-t-elle. Vos trois collègues, onze Russes et les deux hommes de chez nous qui assuraient la surveillance de la maison. Le premier avait vingt-cinq ans, le second trente-quatre, une femme et des jumeaux de cinq ans.

— Je suis désolé, dit Edgar, sincère.

— C'était une opération comme on n'en avait encore jamais vu. Il devait y avoir près d'une vingtaine d'assaillants équipés comme des forces spéciales et répartis dans plusieurs véhicules. Une de nos voitures de patrouille a été arrosée de balles, c'est un miracle que personne n'ait été blessé à l'intérieur.

Surprenant son regard en direction du dispositif de police, elle ajouta :

— Nous avons annoncé qu'il s'agissait d'un forcené. Les voisins ont cru que les commandos russes qui quittaient la scène étaient des policiers des forces d'intervention qui se repliaient pour se mettre à l'abri. On évacuera les cadavres discrètement.

— Puis-je voir Kateryna Mykoulyna ?

— Venez, elle est en haut.

L'escalier était littéralement criblé de balles, les murs couverts du sang des commandos russes abattus. Edgar dut enjamber le cadavre de Gabriel posté derrière la Minimi. Là encore, les Roumains avaient dissimulé son visage sous une serviette, mais elle avait partiellement glissé et il le reconnut.

— Votre troisième collègue est dans cette pièce, mais je ne pense pas que vous ayez envie de voir son cadavre, dit Angelīc en passant devant une chambre. Pour ce que ça vaut, sachez que celui qui servait la mitrailleuse s'est battu comme un lion, il a shooté six assaillants à lui tout seul. Vos deux autres agents ont malheureusement été tués à distance avant d'avoir tiré une seule balle.

Ils pénétrèrent dans la pièce qu'occupait Kateryna Mykoulyna. Cette dernière était assise devant une coiffeuse, les mains en coupe autour de sa croix. Un médecin lui tapotait le front avec une solution antiseptique. Les cadavres de trois Russes, hachés par la mitraille, avaient été tirés sur le côté, les jambes en l'air, sans égards. Nul parmi les Roumains n'avait jugé bon de cacher leurs blessures ou leurs visages.

— C'est incroyable, non seulement elle n'a pas paniqué mais elle a réussi à se faire les trois *spetsnaz* qui venaient l'enlever, annonça Angelīc d'un ton où perçait l'admiration. Apparemment, un de vos collègues lui avait passé un fusil AA-12. Elle les a arrosés comme dans un stand de foire, tout le chargeur y est passé.

Angelīc s'approcha d'un des cadavres, un véritable géant, le seul qui n'avait pas de casque. Une giclée de plombs lui avait décalotté le haut du crâne, mais la jeune Roumaine ne semblait pas incommodée le moins du monde. Du bout du pied, elle fit basculer le corps sur le côté.

— Ce salaud-là avait un émetteur-récepteur différent, un fusil dernier cri et pas de casque blindé. À mon avis, c'était le chef du commando. Ce sera intéressant de voir si les Russes réclament son cadavre.

— Ce serait signer leur crime.

— Au point où ils en sont, tout est possible. Ils sont parfois très traditionalistes.

— Puisqu'on parle de cadavres, vous pourriez contrôler l'information ? Laisser fuiter qu'outre sa petite amie, une Ukrainienne, le forcené aurait tué deux policiers et un touriste qui passait devant son domicile, avant d'être abattu par la police ?

— Les deux victimes civiles seraient Kateryna Mykoulyna et vous ?

— Nous avons besoin de quelques jours de tranquillité pour finaliser mon enquête. Je n'y arriverai jamais si je dois traîner les Russes dans mon dos. Vous pourrez dire la vérité aux familles de vos collègues lorsque ma mission sera achevée.

Angelīc sourit.

— Je vais demander l'avis de mes chefs, mais je soutiendrai cette idée. Bien pensé, monsieur l'espion français.

53

Moscou

Réveillée en urgence par le Tatar, la Tsarine prenait connaissance de l'étendue des dégâts.

La perte d'une douzaine d'hommes, presque tous les combattants actifs de l'unité 29155.

Dans ce désastre, il semblait cependant que son chef de mission ait réussi à éliminer Kateryna Mykoulyna et le Français qui leur avait causé tant de misères. Certes, l'objectif prioritaire était de les enlever pour les faire parler, mais leur disparition était quand même un sacré acquis.

Elle relut la dépêche publiée par Associated Press.

La police de Bucarest est intervenue cette nuit pour déloger un forcené ayant pris en otage une amie qui lui rendait visite. Deux policiers et Kateryna M., cette dernière de nationalité ukrainienne, ont été tués par le forcené avant que ce dernier soit abattu par la police. Edgar V.S., un touriste qui passait devant le domicile du forcené, a également été tué de façon non intentionnelle.

Évidemment, les autorités roumaines ne s'étaient pas étendues sur le nombre réel de morts afin d'éviter d'attirer la lumière sur l'affaire. Les survivants de l'équipe avaient confirmé que toutes les personnes présentes dans la maison avaient été abattues. Le duo d'agents roumains qui n'avait pas été repéré avant le début de l'opération avait également été tué dans la fusillade.

Elle reposa les papiers et se leva pour se planter devant la toile accrochée sur un mur de son bureau.

Une œuvre assez singulière du grand Vassili Sourikov, *Steppe près de Minoussinsk,* normalement exposée à la galerie Tretiakov. Son rôle auprès du *prezident* avait permis à la Tsarine d'en obtenir la jouissance exclusive pour deux ans.

Le tableau représentait un paysage de prairies, de bois et de collines aux couleurs douces, avec, au loin, des montagnes. La seule présence humaine était, sur une carriole gravissant un sentier, un homme qu'on devinait à peine.

Cette œuvre bouleversait Olga.

Elle y voyait une allégorie de cette Russie éternelle pour laquelle elle se battait. Un pays immense, aux paysages écrasants de beauté, jusqu'à en être inhumains. Un pays peuplé de petites fourmis dures à la tâche, que la splendeur de leur patrie élevait au-dessus des autres mortels.

Souvent, elle se faisait l'effet d'être celle qui conduisait la carriole. Acharnée, courageuse et seule.

Elle détourna le regard du tableau. Ainsi, le Kremlin ne saurait jamais qui avait trahi en révélant l'existence d'Ouragan de feu à Andriy Mykoulyne.

Ce qui la plaçait devant un dilemme.

Continuer comme si de rien n'était en espérant qu'il n'y aurait pas de nouvelle fuite. Ou frapper un grand coup en faisant arrêter toutes les personnes susceptibles d'avoir renseigné leurs ennemis.

Elle était convaincue que la fuite venait du Donbass. Andriy Mykoulyne étant originaire de cette région, il avait sûrement conservé des liens avec certains amis d'enfance ayant basculé dans le camp russe. Malchance ultime, l'un d'entre eux faisait partie de l'opération Ouragan de feu et lui avait parlé, par bêtise ou traîtrise.

Comme chaque fois qu'elle était confrontée à une grave décision, elle eut une sorte de grimace, pinçant ses lèvres si fort qu'elles se réduisirent à une mince bande. Si elle choisissait la seconde option, faire le ménage, il lui faudrait arrêter beaucoup de gens. Entre ceux qui avaient la garde des missiles, ceux qui les avaient convoyés et ceux qui avaient travaillé au plan préparatoire, cela représentait au moins une vingtaine de « patriotes », comme le Kremlin désignait ces Ukrainiens qui se battaient pour le rattachement à la Russie. Une fois arrêtés, ils seraient torturés, dans l'espoir que le traître avouerait avant que les interrogatoires poussés n'aient trop abîmé les autres.

Elle se leva pour se préparer un jus de goyave.

Elle n'avait aucun problème moral à faire arrêter des innocents. Seule l'efficacité comptait. Comme le personnage du tableau, elle était celle qui gravit des montagnes, seule dans un environnement hostile. Qui avait compris que l'histoire est tragique et que la seule manière qui vaille, quand on travaille pour l'État, est de poursuivre son chemin, avec abnégation et sans ménager sa peine. Pour paraphraser l'expression du légat Amaury, en 1209, l'histoire russe reconnaîtrait les siens.

Elle décrocha son téléphone pour exiger la liste exhaustive de tous les séparatistes impliqués dans l'opération Ouragan de feu.

54

Bucarest

Le corps couvert d'une fine couche de sueur, Angelīc se tourna vers Edgar.

— Bonjour, monsieur le tueur.

Il sourit sans répondre, les yeux vers le plafond, reprenant son souffle, tout en promenant un doigt léger sur le dos nu de la jeune femme.

Il était près de 8 heures du matin. Après la découverte de la tuerie, Edgar avait proposé à Angelīc de lui offrir un remontant. Elle lui avait suggéré de se rendre chez elle, ce qu'il avait accepté sans réfléchir. Le reste avait été, finalement, très naturel. Après avoir été confrontés à la mort dans sa forme la plus violente, beaucoup compensent par une pulsion de vie, irrépressible. Paradoxal, mais banalement humain.

Il se sentait un peu bizarre. Il n'avait pas l'impression de tromper Diane, mais ne pouvait pas considérer non plus ce qui venait de se passer comme anecdotique. En réalité, il ne savait pas comment le qualifier d'un point de vue éthique ou moral. Une seule chose était certaine,

Diane était morte alors qu'Angelīc, toute frémissante contre lui, était bien vivante.

Il se tourna sur le côté pour mieux la regarder. Elle avait un corps parfait, avec des seins en poire durs comme de la pierre. Des taches de rousseur couraient partout sur son dos. Il n'avait encore jamais rencontré de femme comme elle, une combattante, féminine jusqu'au bout des ongles mais aussi farouchement indépendante.

— Pourquoi me regardes-tu ainsi ? demanda-t-elle.

— Pour rien. Je te trouve belle.

— Merci.

— Tu n'as pas à me remercier.

Il caressa ses cuisses d'une main légère. Une ombre passa sur le visage de la jeune femme.

— Ce moment ensemble, c'est la victoire de la vie sur la mort, murmura-t-elle.

Il ne sut pas quoi répondre. Parlait-elle du carnage provoqué par les Russes ou de la mort de Diane ?

Il se leva pour aller prendre une douche. Quelques secondes plus tard, le rideau s'ouvrit.

— Ne crois pas que je vais te laisser partir comme cela, annonça-t-elle, mutine, en le rejoignant. On sait tous les deux qu'on n'aura pas beaucoup de temps pour nous, alors, profitons-en.

Il sentit son corps doux et tiède s'écraser contre le sien, sourit, tourna le robinet sur « eau chaude » et la prit dans ses bras.

55

Blois

Debout face au miroir de la chambre d'amis de l'Algérien, des ciseaux à la main, Igor Garidov peaufinait la taille de sa barbe. Assez longue pour témoigner de son appartenance au monde des bigots, mais entretenue pour éviter d'avoir l'air négligé.

Tout un art.

Il avait eu le temps de juger du sérieux de l'imam. Pour résumer sa pensée du moment : ils avaient tiré le gros lot ! Non seulement le petit réseau dont disposait l'Algérien en France était compact et solide mais, en plus, il était passé sous les radars des flics de l'antiterrorisme puisque aucun de ses membres n'avait jamais eu affaire à la police. En outre, presque tous disposaient d'un passeport tricolore, ce qui leur permettait de se déplacer librement dans l'espace Schengen.

Garidov avait écouté, fasciné, l'imam lui expliquer comment il avait subtilement mis ces personnes sous son emprise, jusqu'à les transformer en un groupe de fous furieux prêts à passer à l'action.

Il avait rencontré les deux premiers, un jeune couple, après la prière du vendredi, cinq ans auparavant. Ils s'étaient revus de nombreuses fois et, progressivement, l'idée de faire « quelque chose » ensemble avait émergé. Les mots s'étaient faits plus précis, les actes envisagés plus violents. Le couple avait proposé d'aider à embrigader d'autres fidèles. L'Algérien avait dit oui. Ils lui avaient servi de tête de pont pour le recrutement du reste de l'équipe.

Un petit réseau étanche, autonome, dont les membres partageaient la même vision, le même but, blesser la France et ses citoyens impies. L'Algérien les confortait dans leur vision, versant de l'huile sur le feu quand il le fallait, les calmant quand c'était nécessaire, car il était hors de question qu'ils se fassent remarquer.

Quand ils lui demandaient s'ils agiraient bientôt, il répondait invariablement : « Attendons le signe d'Allah. C'est Lui qui désigne Ses soldats, Lui qui décide quand brandir le glaive pour défendre Son nom. »

Il entretenait avec jubilation la flamme de ce djihad souterrain et silencieux, avec l'impression d'être un cuisinier laissant mijoter sa mixture, jusqu'au moment où il serait temps de la servir.

Igor Garidov posa les ciseaux, enfila sa chemise et rejoignit l'Algérien, à l'autre bout de l'appartement. En pénétrant dans le salon, il remarqua aussitôt son expression soucieuse. D'un air entendu, l'imam fit glisser une feuille devant lui. En reconnaissant son portrait, le Russe eut l'impression que le sol se dérobait sous ses pieds.

— Tu es recherché par la police dans le cadre d'une affaire criminelle, lança l'Algérien d'un ton sinistre. Apparemment, des témoins t'ont vu quitter les berges de la Loire, juste après qu'un triple meurtre a été commis. Des skinheads. C'était toi ?

— Oui, avoua Garidov en s'asseyant. Ces fils de p… m'ont attaqué. Ils étaient armés, je n'ai pas eu d'autre choix que de me défendre.

— En les tuant ?

— C'était moi ou eux. Allah a guidé mes gestes.

L'Algérien hocha la tête en signe d'assentiment.

— Des policiers sont venus ici me chercher ? demanda Garidov, inquiet.

— Pas te chercher, personne ne sait que tu loges chez moi. Mais apparemment, il y a des flics en civil en planque autour de la mosquée. Il va falloir qu'on bouge vite.

— Ce dessin ?

— La police l'a fait passer au personnel en demandant qu'on l'alerte au cas où tu te présenterais ici. Ne t'en fais pas, je m'arrangerai pour te faire quitter les lieux discrètement. Dans le coffre de ma voiture. En attendant, ne te montre pas à la fenêtre et ne sors pas de ta chambre. La femme de ménage ne vient qu'une fois par semaine, c'est son jour demain, mais je lui dirai que j'ai un peu de fièvre. Elle a une peur bleue du Covid, elle n'insistera pas, crois-moi. – L'imam le fixa, les mâchoires serrées, une lueur folle dans le regard. – Cette visite des flics est un événement fâcheux, mais ce n'est qu'un contretemps, Allah nous met au défi.

— Tu es donc prêt à continuer ?

— J'attends ce moment depuis toujours.

56

Bucarest

Après une demi-heure de surplace, la voiture où avaient pris place Edgar, les deux gardes du corps et Nicolae réussit à s'extraire des embouteillages. Apercevant une place libre, une denrée rare dans le centre-ville, le Roumain tourna brusquement dans une petite ruelle.

Ils se trouvaient dans le quartier de Lipscani, qui évoque Ménilmontant, à Paris, avec ses rues étroites, ses vieux immeubles en pleine réhabilitation, ses échoppes, sa foule étudiante et ses restaurants branchés. Les loupiotes accrochées partout semblaient fêter le début d'une nouvelle nuit. Ils avaient repris leur tournée des bars deux heures plus tôt. Tous ces lieux étaient déprimants. Tout le monde mentait. Les patrons mentaient (« non, monsieur le commissaire, il n'y a pas de drogue ici »), le personnel de service mentait (« s'il y avait des drogués ici, je le saurais ») et, surtout, les clients mentaient (« je n'ai jamais fumé un joint de ma vie, je le jure sur ma *mamă* »).

Les trois Français commençaient à développer une furieuse envie de passer l'ensemble – lieux, employés et clients – au lance-flammes. Nicolae ne disait rien, c'était son boulot après tout, mais n'en pensait pas moins.

Edgar avait quitté Angelīc avec un pincement au cœur. L'un comme l'autre savaient que leur liaison n'avait pas d'avenir, deux espions travaillant pour des pays différents ne peuvent bâtir une relation durable. Cependant, une sorte d'alchimie un peu magique s'était créée entre eux. Une parenthèse étrange et forte qu'ils étaient tous deux déterminés à vivre avec intensité.

Pour la première fois depuis des années, Edgar avait eu envie de se confier à quelqu'un. Il avait raconté à Angelīc son histoire avec Diane, une première depuis sa disparition.

Leurs fiançailles dans l'Aubrac dans la splendeur d'une fin de printemps, puis comment il avait appris qu'elle était enceinte de lui lorsqu'elle avait été écrasée par le camion conduit par un terroriste islamiste à Nice, un 14 juillet, sur la Promenade des Anglais.

Pour les statistiques de la police, une victime parmi 86 autres (sans compter les centaines de blessés). Pour lui, la fin d'une vie qui avait à peine commencé avec celle qu'il avait choisie pour être sa future femme et la mère de ses enfants. Souvent, avait-il révélé à Angelīc, lorsqu'il y pensait, c'était comme s'il tombait dans un trou sans fond.

Elle l'avait embrassé avec une tendresse et une empathie qui l'avaient touché.

— Prêt pour la fosse aux lions ? fit la voix de Nicolae, le ramenant à la réalité.

— Allons-y, répondit Edgar en ouvrant sa portière. Plus tôt on en aura terminé…

Le Harlem Café se situait à proximité du monastère orthodoxe Stavropoleos, rue Șelari. Les propriétaires avaient vu grand lors de sa construction – restaurant et bar –, mais les affaires n'avaient pas été florissantes et le premier avait fermé, seule l'activité du second ayant été conservée. Il y avait du monde et personne ne fit attention à eux lorsqu'ils entrèrent. La musique était forte et des jeunes des quatre sexes s'évertuaient à essayer de couvrir la voix des autres en jouant à qui hurle le plus fort.

Ils commandèrent des gin-fizz et des verres d'eau pétillante. Ce cocktail étant incolore, cela permettait de boire l'eau avant de reverser discrètement les alcools dans les verres vides, afin de ne pas se faire remarquer.

— Bon, j'y vais, annonça Nicolae en suivant le propriétaire des lieux qui se dirigeait vers l'arrière-salle.

Lorsqu'il entra, l'homme était en train de farfouiller dans sa réserve.

— Eh, c'est privé, ici, c'est interdit aux clients, grogna-t-il.

Nicolae brandit son badge.

— *Poliția.*

Le patron se redressa, l'air méprisant.

— Vous n'avez rien à faire ici. Je connais vos collègues de la nuit. Je suis en règle et bien couvert.

Manière habile de dire qu'il payait des flics pour regarder ailleurs, une pratique malheureusement répandue dans le monde de la nuit en Roumanie.

— Moi, c'est les *narcotice,* pas la nuit. Je cherche un dealer ukrainien qui fourgue du dief coupé avec du désherbant. On a eu des overdoses, il faut stopper ça.

— Je ne suis au courant de rien.

— Ne me prends pas pour un con, on sait que tu fourgues à tes clients tout ce qu'ils te demandent. La bonne nouvelle, c'est qu'aujourd'hui je m'en fous. Je veux juste trouver cet Ukrainien.

— À quoi il ressemble ?

— Il s'appelle Dmitri.

Une lueur passa dans le regard du barman, vite effacée. Pas assez, toutefois, pour échapper à l'œil expert de Nicolae.

— Dmitri, ça ne me dit rien, fit le gérant d'une voix geignarde.

Nicolae était énervé, aussi ne chercha-t-il pas à discuter. Il sortit une petite matraque télescopique de sa gaine de ceinture, la déplia d'un mouvement sec avant de l'abattre sur la jambe de l'homme, juste au-dessus du genou. Ce dernier poussa un cri de douleur en s'effondrant. Nicolae enchaîna avec plusieurs coups de pied dans le ventre.

— Je suis fatigué d'entendre des conneries ! cria-t-il. Dis-moi où il est et je te laisse tranquille. Sinon, je te massacre avant de fermer ton trou à rats.

— Mais puisque je vous dis…

De nouveaux coups s'abattirent sur lui, déclenchant une série de couinements.

— Arrêtez !

— Je t'écoute, dit Nicolae, l'air las, en baissant sa matraque.

— Votre Dmitri, il s'appelle Veronica maintenant.

— Hein ?

— Ouais, c'est devenu un *trav*, quoi.

— Je peux le trouver où ?

— Derrière la gare. Il tapine dans un hôtel, le Sir.

Plus de nouvelles du journaliste. Je lui ai pourtant envoyé plusieurs messages pour lui demander quand il comptait publier les informations que je lui ai transmises.
Je commence à m'inquiéter. Pas de son, pas d'image. J'espère qu'il n'a pas été enlevé par les Russes, je suppose que ça ne leur poserait aucun problème de s'en prendre à lui jusqu'en Roumanie. Quand je lui ai parlé, il m'avait semblé sérieux, et très excité par le sujet. Ce n'est pas possible qu'il s'en désintéresse brusquement. Ni qu'il disparaisse sans donner de nouvelles.
J'ai peur mais je n'en montre rien.

57

Moscou

La Tsarine contemplait la liste des militaires et membres des forces séparatistes impliqués depuis les premiers jours dans l'opération Ouragan de feu.

Elle écarta ceux qui avaient pris part à la première partie, le vol des missiles. Il s'agissait de *spetsnaz* des forces spéciales russes qu'elle n'avait aucune raison de soupçonner. Ils avaient fait ce qu'on leur apprenait depuis le début de leur entraînement, c'est-à-dire tuer les ennemis qu'on leur désignait. Elle doutait que d'aucuns aient compris l'importance de leur mission, même si certains avaient dû saisir que l'ampleur des moyens engagés n'était pas celle d'une opération classique.

Elle eut une moue... Si les interrogatoires des hommes de la seconde liste ne donnaient rien, elle serait obligée de s'attaquer à celle-ci, mais ne s'y risquerait que contrainte et forcée. Les forces spéciales jouissaient d'un grand prestige dans l'armée russe et les incriminer sans raison valable n'était pas sans danger, même pour elle.

Elle se concentra donc sur les séparatistes ukrainiens, tandis qu'un padda venait se poser malicieusement sur sa tête, avant de descendre sur son bras. La feuille comportait seize noms.

Valery Polianski. Ivan Chtcherbaniouk. Vladimir Tarassiouk. Evgueni Gorodniouk. Ivan Tchernets. Alexandre Zoubov. Viktor Boïkov. Artiom Slobodian. Taras Mazour. Iouri Babitch. Bogdan Lissenkov. Artour Baliouk. Vassili Tcherniavski. Igor Volochine. Sergueï Zakhartchenko. Maxim Spitchak.

La plupart participaient au ravitaillement de l'équipe chargée de la garde des missiles. Quelques-uns servaient de sonnettes d'alarme au cas où des inconnus rôderaient dans les parages. D'autres, enfin, avaient participé au recrutement. En théorie, des gens loyaux. Tous avaient combattu en faveur de la Grande Russie, servi la cause, parfois même versé leur sang.

Malheureusement, à son poste, la Tsarine était la mieux placée pour savoir que c'est le propre des guerres de produire des morts injustes et des victimes innocentes, les guerres secrètes ne faisant pas exception à la règle. Ces hommes ne seraient pas les premiers fidèles à passer dans la gueule du Moloch qu'ils avaient précédemment nourri. Les purges staliniennes n'avaient-elles pas vu l'arrestation, la déportation au Goulag, la torture ou l'exécution sommaire de dizaines de milliers de cadres zélés de l'ordre soviétique, du milicien de base jusqu'à des piliers de l'armée ou de la police secrète ? Des hommes comme Vassili Blokhine (le célèbre bourreau de la Loubianka, qui avait exécuté lui-même quinze mille personnes) ou la quasi-totalité des chefs des tout-puissants services secrets. Rykov, Beloborodov, Tolmatchov, Iagoda, Iejov avaient été éliminés en pleine gloire.

Car c'est dans la nature même d'un régime tyrannique et paranoïaque de se retourner un jour contre ceux qui le servent, petites mains, bourreaux ou haut gradés du système.

Son stylo en l'air, Olga Ranevskaïa réfléchissait, le regard fixé sur le tableau de Sourikov. Il lui donnait la marche à suivre, lui montrait le chemin.

Toujours.

Comme le personnage de la carriole, admirable dans son obstination. Ce qu'elle nommait l'« appel de la steppe ».

La disparition de ces seize hommes ne causerait aucun dommage sérieux aux forces séparatistes. Et, dans son for intérieur, la Tsarine était certaine que l'un d'entre eux était le traître qui avait lancé les Français sur la trace d'Ouragan de feu, mettant en danger cette opération sensible entre toutes.

Si elle avait eu une quelconque porosité à la pensée freudienne, Olga Ranevskaïa aurait compris que la patrie, la *Rodina* qu'elle entendait servir envers et contre tout, était un leurre, un ersatz de famille. Que chaque mission réussie était, en quelque sorte, le bébé que la vie ne lui donnerait jamais.

Mais ce type d'introspection psychologique était étranger à sa personne. C'est donc avec le sentiment du devoir accompli qu'elle signa le document demandant l'arrestation immédiate et l'emploi d'interrogatoires *renforcés* (elle avait souligné le terme) pour faire parler les prévenus.

Quand ce fut fait, la conscience en paix, elle alla se préparer un jus d'ananas.

58

Bucarest

L'hôtel Sir se dressait sur le boulevard Dinicu Golescu, un peu en dessous de la gare du Nord. C'était un bâtiment assez sinistre, dont la façade avait été rose et rouge dans un passé très lointain. L'entrée était coincée entre un kebab dont les plats auraient fait honte à l'Armée du salut et une pharmacie devant laquelle s'étirait une file de prostituées peinturlurées.

Un retour express à la réalité sociale, celle de la vraie pauvreté derrière le miracle économique roumain.

À l'intérieur, quelques plinthes en marbre et des canapés en faux cuir essayaient en vain de donner au Sir une allure un peu plus luxueuse.

— On cherche Veronica, annonça Nicolae à la réceptionniste.

Celle-ci, une jolie fille un peu boulotte, les fixa avec stupéfaction, se demandant visiblement ce que deux jeunes hommes de leur calibre pouvaient bien vouloir à une créature comme Veronica. Nicolae posa sa carte officielle sur le guichet pour écarter toute interprétation erronée.

— *Politia, serviciul Antidrog*. On veut juste lui parler.

— Elle est chambre 37, mais elle travai… euh, elle est avec un ami.

— Pas de problème. Ne la prévenez pas, sinon je vous embarque en redescendant. Donnez-moi un passe. C'est un ordre.

Après des décennies de communisme sous le joug de la toute-puissante Securitate, la police du régime de l'époque, ce n'était pas une menace qu'un citoyen roumain pouvait prendre à la légère, même de nos jours. La jeune fille lui tendit un badge, l'air apeuré.

Nicolae s'engagea dans l'escalier, Edgar sur ses talons.

La chambre 37 était au bout d'un couloir jaunasse, affublé d'une moquette verte et de canapés orange destinés probablement à créer une « ambiance ». Le bruit d'un couple en pleins ébats s'entendait à plusieurs mètres. Soit Veronica aimait beaucoup ce qu'elle faisait, soit elle avait une excellente conscience professionnelle.

Nicolae passa le badge sur la porte, qui se déverrouilla avec un clic. Une expression de stupéfaction se peignit sur le visage du client quand il les vit. Sa bouche dessina un « O » presque parfait, mais aucun son n'en sortit.

Nicolae révéla son arme sous son blouson.

— Casse-toi, connard, je te donne vingt secondes pour vider les lieux.

Pendant que le client filait sans demander son reste, il ouvrit grand la fenêtre pour faire entrer un peu d'air frais, ce qui n'était pas du luxe, tandis qu'Edgar s'adossait au mur, les bras croisés.

Dmitri-Veronica portait une perruque blonde, était livide, imberbe et jeune. Il semblait hagard.

— Tu as fumé aujourd'hui ou tu t'es piqué ?

— Je ne fais que fumer, monsieur le flic, je tiens à la vie. Je n'ai jamais utilisé de seringue, répondit le jeune homme d'une voix posée, au timbre clair et viril, qui ne cadrait pas du tout avec la situation.

Il se redressa sur le lit, utilisant le drap pour masquer son intimité. Un soutien-gorge en dentelle pendait sur son torse plat comme une assiette.

— Pourquoi ça vous intéresse ? Vous êtes des *Antidrog* ?

— Exactement. Tu parles anglais ou français ?

— Je parle toutes les langues de l'amour, chéri, répondit-il dans un anglais rocailleux.

— Mon copain est français, il travaille pour les services antiterroristes de l'OTAN. Il veut que tu lui racontes ta dernière conversation avec Andriy Mykoulyne.

L'effet fut foudroyant. Une expression de peur abjecte se peignit sur le visage de Dmitri, avant qu'il se reprenne.

— Je ne sais pas qui est Andriy Mykoulyne. Je peux vous faire un prix de groupe si vous voulez. – Il passa une langue longue et rose sur ses lèvres, dans un geste qui n'était que désespoir. – Vous ne l'oublierez pas.

Edgar s'assit sur le bord du lit. Sa veste s'ouvrit, révélant son pistolet équipé du silencieux que le travesti regarda avec horreur.

— Nous n'avons rien contre vous, Dmitri. Andriy Mykoulyne travaillait pour nous. On sait que vous avez discuté d'un gardien d'Isolatsia.

— Ce mot. Je ne veux plus l'entendre. Jamais !

— On sait ce qui s'est passé là-bas. Nous ne sommes pas ici pour vous faire la morale ni vous créer des problèmes.

— Non, vous ne savez pas ce qui s'est passé à Isolatsia, répondit Dmitri, livide. Il faut être allé en enfer pour en parler.

— Vous allez nous dire tout ce que vous avez raconté à Mykoulyne. Nous ne partirons pas tant que vous n'aurez pas parlé.

La tête baissée, le jeune homme reprenait son souffle. Puis il leva les yeux, les fixant avec défi.

— J'ai travaillé des années à Isolatsia. J'y ai été embauché quelques semaines après l'ouverture, en 2014, commença-t-il. J'avais dix-huit ans, la paye était bonne, je n'avais pas de boulot, alors je me suis dit que, comme gardien de prison, j'aurais une belle vie et la certitude de ne pas être envoyé au front.

Il s'arrêta au milieu de sa tirade.

— Dites, je peux me changer ?

Edgar accepta, après être allé vérifier que la salle de bains n'avait pas de fenêtre par où le jeune travesti aurait pu s'enfuir. Quelques instants plus tard, ce dernier revint. Démaquillé, vêtu d'un jean, de chaussures bateau et d'un polo siglé d'une grande marque, il avait l'air d'un fils de bonne famille.

Étrange comme l'habit faisait le moine, pensa Edgar. C'était comme si Veronica n'avait jamais existé. Il lui tendit une canette de Coca Zéro prélevée dans le mini-bar, que Dmitri, d'abord surpris, accepta avec un geste de reconnaissance.

— Merci, vous n'êtes pas comme les autres, vous deux. Ici, tout le monde me traite comme si je n'étais pas humain. Mais ma dignité, c'est tout ce qui me reste.

Il but la moitié de la boisson avant de reprendre son récit.

— À Isolatsia, j'ai tout de suite découvert qu'il y avait une prison dans la prison. Les caves, au sous-sol, et, au rez-de-chaussée et à l'étage, des cellules aménagées dans d'anciens bureaux et à l'intérieur de la zone de production. L'homme qui dirigeait la prison, un sadique, s'appelait Palytch, les détenus le surnommaient le diable. Il les faisait torturer à l'électricité. Dans le pénis, la douleur était tellement insupportable que j'en ai vu se contracter si violemment, en tentant d'échapper aux décharges, qu'ils s'arrachaient le scrotum.

De nouveau, Dmitri se tut, immergé dans ses souvenirs.

Edgar était ému par le désespoir du jeune homme. Une victime que le système dictatorial et la guerre avaient broyée, dans l'indifférence générale. Une âme cassée, comme on parlait jadis des gueules cassées. Les salauds au pouvoir qui lancent des conflits armés en pensant à leur seule gloire ne laissent derrière eux que du malheur, des vies détruites et de la désolation, se dit-il, amer.

— Il y avait les viols, aussi, reprit l'Ukrainien, sans se rendre compte de l'expression sur le visage d'Edgar. Tous les prisonniers étaient violés, sans exception. Les gardiens agressaient les femmes et les jeunes hommes. Les autres, les vieux et les moches, ils les faisaient violer par d'autres détenus. Pour les humilier, ils les obligeaient à s'embrasser avant. Comme gardien, j'ai moi-même été obligé de le faire. Souvent, Palytch nous regardait. Pour se rincer l'œil, mais aussi pour nous montrer qu'il n'y avait pas d'échappatoire, qu'il ne fallait pas faire semblant. Au début, j'espérais que les autorités interviendraient pour faire cesser cette infamie. C'est l'inverse qui s'est passé, l'administration pénitentiaire nous a demandé de filmer les sévices. Tous.

« Les DVD étaient envoyés chaque semaine au FSB, qui les gardait pour les utiliser comme *kompromat*, aussi bien contre les détenus que contre les gardiens.

— Ça voulait dire que tout le monde savait en haut lieu, chez les autorités séparatistes comme chez les *Ruși*, ce qui se passait là-bas ? l'interrompit Nicolae, incrédule.

— Isolatsia n'est pas un accident. Elle fait partie d'un système de terreur destiné à détruire toute velléité de révolte contre le pouvoir du Kremlin. Quant à moi, j'en étais devenu un rouage.

Edgar hocha la tête. Les systèmes totalitaires marchent tous selon le même modèle. Sans employés zélés pour les servir, ils ne pourraient pas fonctionner. Ceux qui se rebellent sont catalogués comme « élément asocial » ou « individu non fiable patriotiquement ». Une mention de ce type dans votre dossier et c'est l'assurance de passer du statut de fonctionnaire à celui de mouton noir qu'il faut éliminer.

— Quand vous êtes-vous enfui ? demanda-t-il doucement.

— L'année dernière. J'ai réussi à traverser la frontière entre les territoires occupés et l'Ukraine. Clandestinement. Puis j'ai continué vers l'ouest et échoué ici. Je n'avais pas de papiers, pas d'argent, alors j'ai commencé à vendre du dief, puis à prendre de la drogue. Pour oublier. Dmitri le violeur a disparu, remplacé par Veronica le tapin. Vous me trouvez peut-être ridicule avec ma perruque et mes soutifs en dentelles, mais Veronica le tapin vaut cent fois mieux que Dmitri le gardien, croyez-moi !

Le jeune homme pleura longuement, avant de s'arrêter d'un coup et de fixer Edgar crânement.

— Qu'est-ce que vous voulez savoir, exactement ?

— Vous avez parlé d'un gardien d'Isolatsia à Andriy Mykoulyne. Un dénommé Bogdan. Nous le cherchons. Le connaissez-vous ?

— Oui. Il s'appelle Bogdan Lissenkov.

II

LA TRAQUE

59

Donetsk

Bogdan Lissenkov sortit de sa douche, enfila un pantalon de jogging et un T-shirt à la propreté douteuse avant de se servir une bonne dose de vodka dans un verre à dents. En tant qu'ami d'Igor Guirkine, le chef de file des sécessionnistes du Donbass, il avait vu sa carrière décoller dès le mois d'avril 2014, lorsque les milices séparatistes, appuyées par des milliers d'hommes des forces spéciales russes sans uniforme, ceux qu'on avait appelés les « petits hommes verts », avaient écrasé les Ukrainiens et pris le contrôle de la moitié du Donbass.

À l'époque, l'armée ukrainienne, mal équipée, sans commandement fiable ni expérience, était quasiment inexistante, alors que les Russes avaient obtenu de prépositionner près de quinze mille soldats expérimentés à Sébastopol, au titre d'un « accord de défense » qui n'était qu'une ruse.

Lui-même avait participé à plusieurs batailles sanglantes au cours desquelles il avait fait la preuve de son courage. Il avait ainsi joué un rôle majeur dans la bataille de Karlovka, pendant laquelle l'unité de volontaires ukrainiens Donbass, pourtant réputée, avait été anéantie. On l'avait récompensé par un poste de coordinateur des opérations spéciales au sein du MVD – le ministère de l'Intérieur – de la République populaire de Donetsk (qui n'était dans les faits qu'une bande de tueurs sadiques aux ordres du renseignement russe).

Là, grâce à des listes établies par des collabos, Bogdan avait de nouveau fait ses preuves en organisant l'arrestation de milliers de suspects dont le seul tort était d'être restés fidèles au gouvernement de Kiev. L'usage de la torture, omniprésente dans les geôles de la « République de Donetsk », lui avait permis de cataloguer comme terroristes quantité de citoyens sans histoire. Magie des aveux forcés, susceptibles de transformer d'honnêtes fonctionnaires, agriculteurs ou vendeurs d'aspirateurs en pseudo-nazis.

Personne n'était venu remettre en cause ses excellentes *statistiques* après coup.

À son petit niveau et sans le savoir, Bogdan Lissenkov était le digne successeur des tchékistes de l'ère stalinienne qui procédaient à des arrestations aveugles en pleine rue quand ils étaient en retard dans leurs quotas d'arrestation. C'était à cause d'hommes dans son genre que des centaines de milliers d'innocents (dont le seul tort était d'être sortis de chez eux au mauvais moment ou sans leur passeport intérieur pour s'acheter du pain ou des cigarettes) s'étaient retrouvés plongés dans l'enfer du Goulag.

Il avala une gorgée. Depuis quelque temps, sa consommation d'alcool avait augmenté, ce qui se ressentait sur son humeur. Il était de plus en plus nerveux et ne manquait jamais de passer ses colères sur ses subordonnés. Ou sur sa femme. Les paires de gifles pleuvaient sur la pauvre

Lioudmila, qui ne savait plus que faire pour contenter son époux.

Il se leva pour regarder par la fenêtre la pluie noyer ses terres. Sa maison de pierre était entourée d'un parc de près de sept mille mètres carrés. Un vrai luxe à Donetsk, ville industrielle créée presque de toutes pièces dans les années 30. Cette ancienne clinique avait échappé à la destruction pendant la « grande guerre patriotique ». Transformée en asile dans les années 50, elle avait vu se construire une dizaine de pavillons dans le parc alentour, pour accueillir les aliénés, comme on disait à l'époque. Mais comme souvent pendant la période soviétique, il y avait eu de nombreuses malfaçons. L'acier utilisé pour le béton armé cassait comme du verre, plusieurs pavillons annexes avaient fini par s'écrouler sur leurs malheureux occupants, et l'endroit avait été désaffecté. Bogdan l'avait racheté au début des années 90 pour une bouchée de pain. Il avait rasé les bâtiments en ruine pour reconstituer un véritable domaine.

Certes, l'intérieur de la maison était fait de bric et de broc et farci d'amiante mais, d'une certaine manière, il avait réalisé son rêve. Il pensa à la petite ferme de ses parents. Quand le responsable des renseignements russes dans le Donbass lui avait demandé s'il connaissait un endroit neutre, à l'abri de tout risque de bombardements, pour y cacher certaines « armes sensibles », il l'avait spontanément proposée. La proximité de la frontière avec la Russie et le caractère purement agricole de cette exploitation familiale en faisaient le lieu idéal.

Il s'y était rendu dans le cadre de l'opération, deux fois pour aider les responsables de la garde fraîchement nommés à mieux appréhender leur environnement, la troisième pour récupérer des albums de photos de famille. Il n'avait jamais vu les missiles, bien sûr, mais avait compris ce que le Kremlin avait en tête : utiliser des armes volées aux Occidentaux pour leur infliger une bonne leçon.

Il se détourna de la fenêtre en haussant les épaules. Les satanistes, les nazis, il savait que toutes ces allégations étaient de la foutaise. Il s'en moquait. La seule chose importante pour lui, à ce stade, était que l'armée ukrainienne ne reconquière pas l'ensemble du Donbass, l'obligeant à quitter sa précieuse maison. Ce qui, en dépit des référendums d'annexion et au vu de l'avancée des forces adverses, semblait très mal parti…

Il termina son verre d'une seule gorgée. Il avait entendu récemment des rumeurs selon lesquelles il y aurait eu une fuite dans l'opération. Une équipe du renseignement intérieur avait, paraît-il, débarqué en ville à la recherche de l'auteur de la fuite, avec à sa tête un Ukrainien pire que le pire des Russes, et connu par son surnom bizarre : l'agent S.

Il connaissait ce genre de flics. Des sadiques sans aucune humanité, prêts à écraser n'importe quelle mouche avec un marteau-pilon si cela pouvait profiter à leur carrière.

Pourvu que personne ne s'intéresse à lui, songea-t-il en se resservant un verre. Car, pour ces hommes sans pitié, tout le monde était présumé coupable. Il n'avait nulle envie d'expérimenter le type d'interrogatoires qu'il avait lui-même fait subir à quantité d'innocents.

Ici, la situation reste pourrie. Le collabo tire toujours une tronche de cinq kilomètres de long, mais ça ne suffit pas à me remonter le moral.
TV Propagande et les journaux continuent de cracher leurs mensonges.
Des familles « enchantées d'avoir rejoint la Grande Russie » qui rangent des caddies pleins à craquer dans le coffre de leur voiture toute propre ou expliquent que leur vie n'a jamais été aussi merveilleuse.
Ben voyons !
Des soldats à la mèche bien peignée, ravis de partir au front se faire hacher menu et qui brandissent leur armement flambant neuf devant les caméras. On se demande d'où ils sortent, ceux-là, quand on voit les blindés tout rouillés qui passent en couinant dans les rues, les soldats épuisés et crottés, équipés de fusils si merdiques que personne n'en voudrait pour la chasse aux lapins.
Et, toujours, les images du dictateur, Sa Magnificence Poutine Ier, roi des voleurs, en train d'expliquer pourquoi il était obligé de lancer une guerre « défensive » contre les nazis.

Il ressemble de plus en plus au méchant de James Bond, celui-là !
Il ne lui manque qu'un gros chat blanc sur les genoux et l'illusion sera parfaite.
Mais pendant ce temps le complot suit son cours et j'ai l'impression d'avoir risqué ma vie pour rien. Qu'est-ce que je peux faire d'autre pour l'arrêter ?

60

Blois

Igor Garidov prit la tasse que lui tendait l'Algérien.

Il commençait à trouver le temps long bien qu'il ait été entraîné à donner le change.

Un islamiste ou un autre, pour lui, c'était la même chose et l'ordinaire de ses missions. Mais l'Algérien n'était pas de ces adversaires valeureux qu'il pouvait respecter, comme certains Tchétchènes qu'il avait combattus. À ses yeux, l'imam n'était qu'un personnage médiocre, envahi par la haine, le ressentiment et une vision quasi démoniaque de sa religion. Heureusement, les missiles qu'il allait lui fournir étaient si faciles à utiliser que, même avec leur QI misérable, l'Algérien et ses sbires seraient capables de remplir la mission qu'il attendait d'eux.

— Il paraît que les flics n'ont pas renoncé à te trouver, ils sont partout en ville. Il faut accélérer avant qu'ils ne remontent ta trace jusqu'ici. Quand pourras-tu me faire envoyer les missiles ? demanda l'imam.

Il avait les traits tirés. La tension nerveuse qui pesait sur lui était terrible et il ne dormait plus guère.

— Je ne peux pas te les livrer en France. Il faut que tu ailles les chercher en Pologne, répondit Igor Garidov.

L'Algérien semblait en arrêt, sa tasse à la main. En réalité, son cerveau était tout entier concentré sur ce que venait de lui annoncer son compagnon.

— Pourquoi tes complices ukrainiens ne peuvent-ils pas les livrer eux-mêmes ?

— Je n'ai pas confiance en eux, ils ne font pas partie de la *Umma*. Or je ne peux pas m'en occuper seul, car j'ai un simple passeport ukrainien, et pas encore de visa, prétendit Igor Garidov. Avec ce qui s'est passé sur les berges et mon portrait qui circule, je préfère rester discret. Toi, tu es résident permanent en France, tu peux te déplacer partout dans l'Union européenne sans attirer l'attention.

Il sourit à l'imam en prenant l'air détaché. La vraie raison était ailleurs. Tout le plan du Kremlin reposait sur le fait qu'à un moment ou un autre, probablement plusieurs mois après les attaques, la police antiterroriste française remonterait la filière de l'Algérien et finirait par l'arrêter, lui et ses complices.

Au besoin, « on » les mettrait discrètement sur leurs traces. Pour que la piste russe soit abandonnée, il fallait que le caractère indubitablement islamiste des attentats soit établi.

Pour ce faire, il était nécessaire que l'imam sème nombre de petits cailloux derrière lui. Billets d'avion, réservations d'hôtel… Bien sûr, des indices seraient laissés dans l'entrepôt polonais, afin que la présence des missiles comme de l'Algérien y soit attestée.

— Mon équipe transférera les missiles d'Ukraine en Pologne par des chemins de contrebande, reprit Garidov. C'est très risqué, mais on a l'habitude, les réseaux et la connaissance des bons points de passage. Au-delà, on ne l'a jamais fait. Une fois dans l'Union européenne, ce sera bien mieux de les transporter en les planquant au fond d'un gros camion.

— Mais comment ferai-je ?

— Mes hommes loueront un trente tonnes. Tu n'auras qu'à le suivre dans un second véhicule.

— Je n'aurai donc pas à conduire le camion moi-même ?

Igor Garidov retint un sourire. Ces islamistes étaient parfois d'une bêtise et d'une naïveté désarmantes. Ce mec vivait en France depuis des décennies, comment pouvait-il ignorer cela ?

— C'est très réglementé en Europe, il faut un permis poids lourd. Tu auras juste à réceptionner les missiles puis à les accompagner à distance visuelle. Rien de plus.

— Quand pourrons-nous agir ? insista l'Algérien.

Il en trépignait d'impatience.

— Je vais appeler mon équipe. Ça peut se faire très vite.

Si la Tsarine donne son accord, songea-t-il, quelques jours suffiront.

61

Bucarest

Après le bain de sang de la rue Măgura Codlei, Edgar avait décidé de se mettre à l'abri avec Kateryna. Il avait renvoyé à Paris les survivants du commando du service Action et avait emménagé avec l'Ukrainienne dans un petit chalet d'un camping de la banlieue. Deux semaines d'avance, payées cash, plus une poignée de *lei* roumains pour louer leur voiture aux grands-parents de Nicolae, une vieille Dacia qui ne tenait que par la rouille.

Pas de téléphone satellite, pas de garde du corps, pas de flics ni d'agents en protection. Juste ses armes, un vieux Nokia et une carte prépayée pour communiquer avec Paris via une app.

Personne ne connaissait leur position exacte, à part Paul.

L'intérieur du chalet était plus que confortable : parquets, murs et plafonds en pin, cheminée et cuisine tout équipée. Edgar s'était pris d'affection pour un gros chien de race indéterminée, mélange de lévrier et de berger, qui avait établi son quartier général sur la terrasse à l'arrière du bâtiment.

Suivi par le chien, il entra, un plat à la main, dans la salle à manger où Kateryna s'était déjà installée.

— J'ai préparé un rôti de bœuf avec une sauce à la moutarde. C'est très français, j'espère que vous aimerez.

— Ça a l'air génial, répondit Kateryna.

Elle ne semblait pas souffrir de séquelles. Pour quelqu'un qui avait perdu son mari dans des circonstances dramatiques, avait les Russes à ses trousses et venait de tuer trois hommes, elle résistait incroyablement bien.

À peine eurent-ils commencé à manger que Kateryna s'arrêta en plein mouvement, la fourchette en l'air.

— Combien de temps resterons-nous ici ? demanda-t-elle à brûle-pourpoint.

— Le temps que Paris finalise un plan d'action. Pas plus de quelques jours, à mon avis, répondit Edgar en avalant un gros morceau de viande.

— Même si le portrait qu'en a dressé Dmitri ne cadre pas avec celui d'un homme décidé à apporter gracieusement des informations stratégiques aux forces de l'OTAN ?

— On ne choisit pas toujours ses alliés, vous savez. Comme dirait Kissinger, Bogdan Lissenkov est peut-être un salaud, mais c'est notre salaud.

Selon Dmitri-Veronica, l'Ukrainien se comportait comme un adepte forcené, presque religieux, de la théorie de la Grande Russie. Même s'il n'avait passé que quelques semaines à la tête d'Isolatsia (après que les délires du directeur Palytch eurent provoqué une révolte des matons), il avait marqué par sa méchanceté gratuite.

— Bon, je vais être honnête avec vous. J'ai fait part de mes doutes à ma centrale, avoua Edgar après avoir posé son assiette devant le chien, qui se jeta sur les restes.

Il attendit que l'animal ait fini de manger pour le prendre dans ses bras. Les yeux fermés, le chien semblait apprécier le câlin, la tête posée sur l'épaule d'Edgar.

— Les collabos ne se transforment pas comme ça en résistants, reprit-il. Cette histoire ressemble à un mauvais conte de fées. Mais puisque Paris semble y croire...

— Pourquoi ne leur dites-vous pas qu'on devrait cesser de tout miser sur cette piste ?

— Vous en avez une autre ?

Elle haussa les épaules sans répondre. Outre le nom de famille de Bogdan, Dmitri leur avait fourni quelques précisions sur son adresse, dont il était certain qu'elle était toujours valable car Bogdan était très attaché à sa maison. Le collabo invitait souvent ses collègues pour des barbecues qui leur permettaient d'oublier les horreurs de leur métier, autour d'un alcool fort et d'une viande grillée. La propriété se situait au cœur du district Leninsky, dans le sud de Donetsk, sur une grande parcelle agrémentée de pins noirs, de hêtres pourpres et d'ormes longée par une ruelle de terre, non loin de la rue Odeska. Ne connaissant ni le nom de la rue ni le numéro, Dmitri leur avait dessiné un plan sommaire.

Même si quelque chose clochait dans ce schéma, Edgar était prêt à parier que la DGSE ferait tapis sur Bogdan Lissenkov. En effet, il avait bien fallu quelqu'un au cœur du système pour prendre cette photo et l'envoyer à Andriy Mykoulyne. En dépit des apparences faisant de lui un ignoble salaud, Bogdan Lissenkov avait le profil parfait pour être l'homme qui retourne sa veste.

Règle numéro un du contre-espionnage : pour bénéficier d'informations de valeur, un traître doit toujours avoir acquis la pleine confiance de ceux qu'il trahira plus tard.

62

Donetsk

La femme de Bogdan Lissenkov, Lioudmila, finissait de verser le *banouche,* une bouillie de maïs à la crème, aux lardons et au fromage de brebis typiquement ukrainienne, lorsque des coups violents furent frappés à la porte.

— Police, MVD ! Ouvrez.

Iryna, la belle-fille de Bogdan, se leva d'un coup, paniquée, renversant une partie de son assiette.

— Rassieds-toi, connasse, grogna l'ancien maton. Ce n'est rien.

Il se dirigea vers l'entrée, sûr de son droit. À peine eut-il tourné la poignée que la porte fut poussée violemment, le heurtant de plein fouet. Il tomba en arrière, le visage en sang.

Une meute de flics excités s'engouffra dans la pièce, dans la lumière froide des gyrophares des véhicules garés devant la maison, portières ouvertes et moteurs allumés. Deux hommes les suivaient, beaucoup plus calmes. Le premier était un grand type à l'air doux, aux cheveux blancs très longs noués en catogan et habillé comme un artiste. L'autre, qui tenait un doberman en laisse, était jeune, une trentaine d'années au maximum, l'air d'un mannequin avec sa haute taille, ses cheveux gominés ramenés en arrière comme dans les années 30, ses yeux clairs et ses lèvres fines. Il aurait pu être très beau, n'étaient la méchanceté et la froideur que dégageait sa personne.

L'homme au catogan ferma la porte avant de se planter devant Bogdan Lissenkov, impassible, les mains dans les poches.

— Les gars, lança Bogdan, qu'est-ce qui se passe ? Je suis des vôtres. On est dans le même camp, vous me connaissez de réputation, non ?

Un sourire triste apparut sur le visage du Tatar. Edgar Van Scana et Kateryna Mykoulyna liquidés, la Tsarine lui avait ordonné de se rendre à Donetsk en urgence afin de prendre la tête des actions visant à démasquer l'informateur des Français. Lui, le spécialiste des opérations extérieures conçues comme des pièces d'orfèvrerie, se retrouvait à présent chargé d'une affaire de basse police. Avec, en outre, un dangereux psychopathe comme nouvel adjoint, l'agent S.

Tout ce qu'il détestait.

— Apparemment, on ne vous connaît pas si bien que ça, Lissenkov. Comme vous le voyez, nous venons vous arrêter. J'ai reçu mes instructions directement de Moscou.

— C'est absurde. Je suis un patriote.

— Quelqu'un semble en douter. On va discuter de tout cela ensemble. Une cellule vous attend, dans nos caves. Vous savez ce qui s'y déroule, alors j'espère que nous n'aurons pas à vous amocher pour que vous nous disiez ce que nous voulons savoir.

Il eut un soupir.

— C'est à vous de décider, maintenant. Sincèrement, je ne me suis pas engagé pour m'en prendre à mes camarades. J'espère que vous coopérerez.

Lioudmila se précipita, bousculant le Russe.

— Vous n'êtes que des salopards ! Foutez la paix à mon mari. Il a rendu plus de services à la *Rodina* que vous.

Le doberman se mit à aboyer comme une furie, la bave aux lèvres, tout en essayant de mordre la jambe de l'Ukrainienne. L'agent S. tira son chien vers lui, impassible. Puis, d'un geste que rien ne laissait prévoir, il arracha la robe de Lioudmila, dévoilant ses seins lourds. Avant qu'elle n'ait eu le temps de réagir, il empoigna l'un d'eux et serra, serra, serra encore, jusqu'à ce que le visage de la femme se crispe de douleur.

— Ferme-la. Sinon, je te coupe le nichon et je le donne à bouffer à mon chien.

Entendant le mot « chien », le doberman se mit à aboyer de plus belle.

Au ton de l'Ukrainien, Lioudmila Lissenkova comprit qu'il était sérieux. Elle éclata en sanglots tout en se dégageant. Tremblante, elle ramena ce qui lui restait de robe devant elle.

— C'est bon, on en reste là, intervint le Tatar, sidéré par l'éruption de violence de S. Lieutenant, reprit-il en se tournant vers un de ses hommes, emmenez cette dame dans sa chambre. Qu'elle se rhabille, s'il vous plaît. Il est tout à fait inconvenant et contraire au règlement de rester en présence d'une femme nue.

S. attrapa Bogdan par le cou et approcha son visage tout près du sien.

— Je sais faire des choses beaucoup plus *inconvenantes*, lui chuchota-t-il à l'oreille. Tu as intérêt à parler.

Le doberman continuait d'aboyer comme un fou, les yeux révulsés.

63

Bucarest

— Vous n'arriverez jamais jusqu'à Bogdan, dit Kateryna avec conviction. C'est une folie.

En dépit de la nuit avancée et du froid mordant, ils se promenaient dans la forêt près du camping, seul endroit où ils pouvaient prendre l'air sans risque de croiser qui que ce soit. C'était la pleine lune et les grands sapins qui bordaient le sentier dessinaient des ombres parallèles sur le sable.

La conversation était tendue. Malgré les incohérences dans le profil de Bogdan Lissenkov, Edgar venait de lui annoncer la décision de Paris d'envoyer un agent dans le Donbass pour remonter à la source de la photo. Si Edgar le voulait, ce serait lui. Il avait jusqu'au lendemain matin pour informer Paris de sa décision de poursuivre ou pas.

— Les réseaux ukrainiens dans le Donbass sont sous la menace constante du régime de Poutine, reprit-elle. Andriy m'en a parlé cent fois. Outre les services secrets des forces séparatistes, les Russes ont déployé des milliers d'agents. Ils écoutent tout, ils ont des traceurs pour les téléphones, des systèmes de reconnaissance faciale. Ils entretiennent des nuées d'indicateurs. Chaque déplacement est risqué, surtout pour les personnes qui ne sont pas considérées comme fiables par les autorités d'occupation. Au moindre soupçon, ils vous arrêtent et vous torturent. Andriy disait toujours que, là-bas, on ne peut avoir confiance en personne.

Elle s'arrêta pour regarder une ombre qui passait au-dessus de leur tête. Une chouette.

— J'entends ce que vous dites, répliqua-t-il, mais ce n'est pas mon habitude de m'arrêter en plein milieu de la mission parce qu'il y a des risques. Quantité d'agents à Paris sont familiers de l'Ukraine, mais c'est moi qui connais le mieux l'affaire. Je suis dessus depuis le premier jour. En toute franchise, c'est à moi d'y aller.

— Vous rendre dans le Donbass n'est pas du courage, c'est du suicide. Même si les services secrets ukrainiens vous aident à franchir la ligne de démarcation, vous vous ferez arrêter au premier barrage, puisque vous ne parlez pas russe. Vous n'avez qu'à dire « non » à Paris. C'est si difficile que ça ?

— Je peux toujours refuser une mission. Je suis bénévole, je choisis mes combats, personne ne me grondera, admit-il. En revanche, mon téléphone ne sonnera plus jamais. Je connais les enjeux de cette opération, vous comprenez ? Les avions abattus, les morts innocents, les familles endeuillées, nos aéroports bloqués pour des mois. Si je laisse parler la peur et que je me déballonne, je ne serai plus jamais digne de confiance.

— Et alors ? Passez à autre chose. Vous êtes mignon, vous devez gagner beaucoup d'argent en étant avocat, vous n'avez qu'à vous amuser et mener la belle vie.

— Ce n'est pas ce que j'ai en tête.

— Restez ici en Roumanie pour vous la vider, cette tête. Je possède un cabanon dans les bois, je vous le prête pour autant de semaines que vous voulez. Vous pouvez y inviter des amis.

Edgar sourit sans répondre.

Il savait que le Donbass était une prison et que cette mission serait, de loin, la plus dangereuse de sa carrière. Peut-être était-il vieux jeu, stupidement chevaleresque, mais on n'abandonnait pas en plein milieu, point barre. C'était une question de responsabilité. Et puis, quelle image aurait-il de lui-même après avoir laissé tomber ?

— Les séparatistes sont très méfiants et très bien organisés, reprit Kateryna, ayant compris qu'elle aurait du mal à le faire changer d'avis. Ils craignent les partisans. C'est une mission suicide parce que, même si vous arrivez jusqu'à Bogdan Lissenkov, franchir la frontière dans l'autre sens sera impossible. Elle est trop fortifiée, avec des barrages et des tranchées partout. Les autorités des Républiques de Donetsk et de Louhansk ne veulent pas que les gens puissent quitter librement la zone occupée. Leur slogan pourrait être : « Vous y êtes, vous y restez, sinon, vous êtes un traître. » La seule frontière perméable, c'est celle avec la Russie, et je ne pense pas que vous ayez très envie de vous rendre là-bas après ce qu'ils ont tenté contre vous...

— Il y a peut-être une solution pour limiter les risques de me faire arrêter au premier contrôle et rendre possible ma mission, dit-il.

— Laquelle ? demanda-t-elle, sachant déjà ce qu'il allait proposer.

— Que vous m'accompagniez.

— Qu'est-ce qui vous fait dire que je vais me jeter dans la gueule du loup ?

— Le fusil.

— Quoi, le fusil ?

— Après avoir descendu vos agresseurs, à Bucarest, vous l'avez posé bien droit contre la commode. Ça m'a frappé. Il faut des nerfs d'acier pour agir ainsi. 99,99 % des gens auraient paniqué, ils auraient tiré à côté ou dans le plafond, puis se seraient enfuis en lâchant leur arme. Pas vous. Vous, sans le moindre entraînement, vous avez descendu trois soldats professionnels puis vous êtes restée suffisamment calme pour ranger tranquillement votre fusil.

— Je n'y ai même pas songé. C'était instinctif, protesta-t-elle.

— C'est bien ce qui est remarquable. Quand j'ai vu ça, je me suis dit : cette femme est spéciale et nous irons chercher Bogdan Lissenkov ensemble.

Le collabo n'est pas revenu. Officiellement, il ne s'est rien passé. Bogdan Lissenkov a juste disparu des écrans radars.

Moi je sais, bien sûr, mais je ne peux rien dire.

Il est dans les locaux de la Gestapo – pardon, le FSB – où des spécialistes des interrogatoires vont s'occuper de lui.

Bizarre comme la roue tourne.

Hier, c'était lui qui arrachait des dents et brisait des os. Je le sais parce qu'il s'en est vanté. « Je fais parler les traîtres, disait-il. Tôt ou tard, ils me disent ce que je veux savoir. »

Et toi, Bogdan, est-ce que tu parleras ? Tôt, ou tard ?

Je devrais avoir pitié de lui, mais en fait je m'en fous.

Je pense à mon père et à tous ceux que les Russes ont tués ou déportés, les vieux, les jeunes, alors me parlez pas d'empathie pour cette ordure.

J'espère juste qu'il mourra avant que son équipe de bouchers ait l'idée de s'intéresser à nous.

64

Moscou

Assise bien droite devant son ordinateur, l'esprit incroyablement clair malgré la nuit bien avancée, la Tsarine réfléchissait à sa note, destinée à Vladimir Vladimirovitch Poutine. Il était important que le *prezident* soit avisé de tout ce qui concernait l'opération Ouragan de feu, des vents contraires qu'elle subissait en Roumanie comme des progrès d'Igor Garidov en France.

Ce dernier l'avait informée des dernières péripéties locales. Certes, le fait qu'il soit recherché par la police était inquiétant, mais elle avait confiance dans la capacité de son agent d'échapper aux flics français.

Encore un tout petit nombre de jours et les missiles seraient dans les mains de l'Algérien. La phase finale d'Ouragan de feu serait alors impossible à arrêter.

Officiellement, l'imam se rendrait en Pologne pour visiter Auschwitz. En découvrant le motif fallacieux imaginé par son chef de mission, la Tsarine avait souri. Il était vraiment imaginatif.

Garidov quitterait la France pour l'Allemagne dans la voiture de l'Algérien, après avoir modifié son apparence. Rien de plus facile. Une fois sa barbe rasée et vêtu du traditionnel uniforme occidental, jean, pull, sneakers, il serait méconnaissable.

Ils prendraient ensemble un vol pour Varsovie depuis Francfort.

Une fois en Pologne, ils emprunteraient le train pour Wrocław, dans le Sud, non loin de la frontière avec la République tchèque. Les missiles y seraient transférés en secret par une équipe d'opérationnels russes dotés de vrais-faux passeports slovaques. Le camion qu'ils utiliseraient, loué en liquide en Slovaquie, appartenait à une authentique société de location de poids lourds qui avait pignon sur rue. Ils avaient déjà choisi le modèle, un Volvo flambant neuf, le plus cher de la gamme, moins susceptible d'attirer l'attention qu'un vieux machin.

Un petit entrepôt où seraient réceptionnés les missiles avait été loué depuis un peu plus de deux mois par un autre correspondant russe, un espion jamais repéré par le renseignement intérieur polonais. Pour cette mission, ils mettraient en branle leurs meilleurs éléments sur place, n'hésitant pas à « cramer » des agents loyaux et jamais identifiés.

Car, à part Igor Garidov, il n'était pas prévu que les agents impliqués dans la seconde phase de l'opération survivent. Les faux Slovaques, le Polonais, tous disparaîtraient une fois leur mission accomplie, afin que soit coupé le moindre lien avec la Russie. Même si l'OTAN soupçonnait le Kremlin d'être responsable des attentats en France, personne ne serait jamais capable de le prouver.

Après avoir passé de longues minutes à contempler son tableau, attendant d'être happée par l'« appel de la steppe », elle se mit à taper sur le clavier. Dans son bureau, les paddas piaillaient doucement, assommés de fatigue, pour qu'elle vienne les chercher, mais elle ne les faisait jamais entrer dans le cube. La procédure était la procédure, valable pour tous, même pour ses oiseaux. À la différence de son homonyme de Tchékhov, la Tsarine était précise au millimètre.

Sa note au maître de la Russie pouvait difficilement être plus concise.

Très honorable Vladimir Vladimirovitch

Je vous propose de lancer l'avant-dernière phase d'Ouragan de feu en autorisant le transport des missiles en Pologne, où ils seront pris en charge par l'imam algérien, direction la France. Je vous confirme que tous les indices permettant d'attester la seule piste islamiste ont été dispersés là où ils devaient l'être.

Comme vous le savez, une fois les missiles dans les mains du réseau islamiste, il sera impossible de revenir en arrière.

Je vous demande de bien vouloir me faire savoir votre décision.

Respectueusement,
Général-major Olga Ranevskaïa

Elle plaça la lettre dans une enveloppe scellée et alla la remettre elle-même à l'huissier, qui la porterait dès l'aube au président.

65

Blois

— Gare-toi là, intima Martic au jeune brigadier en civil qui conduisait la Peugeot.

Le jour venait de se lever, mais un brouillard tenace flottait toujours sur la ville, empêchant toute visibilité à plus de dix mètres. Maussade, le garçon ne semblait pas considérer cette virée matinale avec son supérieur comme une mission prioritaire et se traînait à trente à l'heure.

— Où, commissaire ?

— Devant la boulangerie. Tu vas voir, c'est la meilleure du coin.

Avec un soupir, le jeune flic obtempéra. Martic revint quelques minutes plus tard, les bras chargés de viennoiseries. D'autorité, il posa un sachet sur les genoux du bleu.

— Tiens, c'est pour toi. Des kouign-amann. Ils sont excellents. Le pâtissier est breton.

Ils reprirent la direction de la mosquée Bilal, tandis que Martic essayait d'empêcher le beurre et le sucre qui dégoulinaient sur son menton de tacher sa chemise.

Le gâteau était si bon qu'il en enfourna aussitôt un second. Quel bonheur !

Enfin, ils y furent.

Le parvis était désert, comme souvent le matin, à part un vieux clochard assis à côté de la porte principale. Martic le connaissait vaguement, ayant eu l'occasion de lui demander des renseignements dans le passé.

Quand ils ne sont pas ivres, les clochards sont de très bons observateurs de ce qui se passe dans la rue. Regarder et flairer les dangers, ils n'ont que cela à faire… L'homme semblait frigorifié, il claquait des dents, emmitouflé dans un manteau en piteux état.

Pris de pitié, Martic lui tendit un sachet.

— Tiens, ça te fera du bien.

Il savait que le clodo avait été un excellent ajusteur dans le passé, avant que l'usine dans laquelle il travaillait ne ferme. L'homme s'empara avidement du paquet.

— Des kouign-amann ? fit-il en découvrant l'intérieur. Merci, m'sieur le commissaire, j'adore ces trucs.

— Fais-toi plaisir. Ils n'ont pas leur pareil dans la région, tu peux me croire.

Du doigt, Martic désigna le manteau de son vis-à-vis.

— Tu devrais mettre du papier journal entre la peau et la première couche de vêtements, sinon tu ne passeras pas l'hiver. Y a rien de mieux pour tenir au chaud.

— Comment vous savez ça, m'sieur le commissaire ?

— Crois-moi ou pas, j'ai été dans les chasseurs alpins quand j'étais jeune. Ah oui, j'étais sec comme un fil de fer, à l'époque, j'avais tout le temps froid. Une vraie brindille.

Il sonna à la porte avant d'entrer.

Quand il ressortit, quinze minutes plus tard, il avait l'air assez dépité.

— Z'avez pas trouvé c'que vous vouliez, monsieur le commissaire ? demanda le clochard.

— Non. Je cherche un type, mais personne ne semble le connaître ici. – Il eut une mimique désolée. – Pourtant, je donnerais ma main à couper qu'il ne peut pas être venu à Blois sans être passé ici.

— Montrez-y-moi toujours sa photo. J'crèche ici depuis deux ans, j'crois bien que j'ai vu tous les gus qui se sont présentés.

Sans y croire, Martic lui tendit le portrait-robot.

— Ah ouais, je le reconnais, celui-là !

— Quoi ???

Martic se pencha vers lui.

— Tu l'as déjà vu ?

— Ben ouais. Il est venu une première fois, y a quoi, trois, quatre jours ? Y voulait voir quelqu'un. Hier soir, un peu avant minuit, il est parti avec l'imam en second, un Algérien, dans son break. L'imam avait un sac de voyage.

66

Bucarest

Quatre jours avaient passé lorsque le camping-car s'engagea dans l'entrée du camping. Un vieux Hymer à la peinture écaillée, au toit cabossé et aux jantes tordues. Immatriculé en Pologne, il était conduit par une femme d'une soixantaine d'années. Un homme du même âge, casquette en laine sur le crâne et veste de bûcheron, était assis à ses côtés. Le véhicule passa devant une rangée de petits chalets qui ressemblaient à des triangles posés directement sur le sol, pointe vers le haut. Il roula lentement jusqu'au dernier, peint en vert pomme. Il était encadré par un grand hêtre à sa gauche et par deux saules à sa droite. Une Dacia 1300 était stationnée devant.

À peine le camping-car garé sur le côté, la porte du chalet s'ouvrit. Edgar en sortit, suivi par le chien. Paul l'étreignit.

— Content de te revoir, mon grand !

— Moi aussi. Quatre jours… Tu en as mis, du temps.

— En réalité, je trouve que la Boîte a été plutôt rapide, mais tu vas pouvoir en juger par toi-même, dit Paul en bâillant. Deux mille trois cents kilomètres dans cette ruine ! Ça n'a pas été le voyage le plus excitant de mon existence, crois-moi. Il était impossible que je prenne l'avion, au risque d'alerter les Russes. Heureusement, Sophie et moi, on alternait au volant.

Edgar étreignit la femme à son tour, avant de les inviter à entrer dans une pièce à la décoration cosy, rideaux à carreaux beiges et rouges, mobilier en pin verni, canapés en tissu et icônes saintes. La cuisine avait un sol en terre cuite, des meubles du même bois que le salon, des assiettes de toutes les couleurs accrochées au mur.

Toujours suivi comme son ombre par le chien, Edgar s'activait dans la cuisine, mettant en marche la machine à café, posant la bouilloire sur la plaque chauffante et attrapant une boîte de thé.

Sophie était la meilleure spécialiste des filatures du service des Archives. Dans le civil, elle travaillait pour une grande marque de cosmétiques, ce qui lui permettait d'utiliser ses talents au profit d'autres Sigma lorsqu'il fallait aider un agent à changer d'apparence.

Edgar déposa un sachet de thé dans les tasses avant de verser l'eau, puis il servit un café lyophilisé à Paul. Kateryna sortit de la chambre à l'arrière, ses cheveux encore mouillés.

— Désolée, dit-elle, j'étais sous la douche.

Ils burent en discutant de tout et de rien. Puis le chef du service des Archives enleva les tasses et essuya la table avant de déverser le contenu de sa pochette dessus.

— J'ai passé beaucoup de temps avec le DG. Il faut que vous sachiez qu'il s'est énormément investi dans la préparation de cette opération. J'ai bénéficié du soutien technique de toute la Boîte. Le moment est venu de partager avec vous le fruit de notre travail.

Il se tourna vers Kateryna.

— Pour commencer, madame Mykoulyna, je vous félicite pour votre courage, et vous remercie, au nom de la France.

— Vous pouvez être fier de votre agent. Il m'a bien manipulée en jouant sur la corde sensible. Il n'a pas eu besoin de me susurrer que mon mari était mort à cause de moi, et que l'aider à aller dans le Donbass était le seul moyen de me racheter. Il s'est contenté de me regarder avec ses grands yeux ronds. C'est un beau salaud, vous le savez ?

Le discours était sévère mais elle souriait, et Paul comprit qu'elle avait choisi de s'engager en toute conscience. Il étala quelques documents tout en rassemblant ses pensées.

— Tout d'abord, je tiens à vous prévenir que cette mission est sans doute la plus risquée que nous ayons montée depuis longtemps. Nous savons tous que le Donbass est une prison qui ne dit pas son nom, au sein de laquelle les forces de sécurité russes jouent à domicile. Y entrer, y mener une opération puis en sortir constituerait un véritable exploit.

— Merci de votre transparence, répondit Kateryna ironiquement.

Edgar ne dit rien, mais apprécia la repartie. Depuis des années, Paul n'avait jamais eu aucun scrupule à l'envoyer dans les coins les plus pourris de la planète après l'avoir prévenu des dangers qui l'y attendaient…

— Exploit, certes, mais on pense que c'est faisable, tempéra Paul. À titre de comparaison, vous devez savoir que la DGSE est le seul service occidental, avec le SIS britannique, à avoir réussi à faire entrer un commando du service Action à l'intérieur de Raqqa quand cette ville était la capitale de l'État islamique, puis à le faire sortir à l'issue de l'opération. Sain et sauf, je précise. Cela prouve qu'avec beaucoup de préparation et de la chance, tout est possible.

— Beaucoup de chance, plutôt, corrigea Kateryna.

Paul regarda successivement Edgar et Kateryna.

— Je peux continuer ? Quelques mots sur votre légende. – Il poussa deux passeports racornis devant eux. – Nous avons obtenu l'aide des services ukrainiens au plus haut niveau. Ces passeports sont authentiques. Ils correspondent à ceux d'une mère et de son fils qui ont réellement fui le Donbass, il y a environ deux mois. Ioulia et Maxim Ostrovski. Elle a cinquante-six ans et lui trente-quatre. Le père de Maxim est mort en combattant l'armée régulière ukrainienne. Chômeur, il s'était engagé chez les séparatistes pour la paye, sept cent cinquante euros par mois. Il a été tué par un obus moins d'une semaine après.

— Que peux-tu nous dire sur eux ?

— Ioulia était serveuse dans un restaurant. Maxim est déficient mental. Il a essayé de travailler comme plombier, mais c'est un métier trop technique et il a dû abandonner. Vous voyez, on parle de deux profils sans histoire.

— Comment voulez-vous qu'Edgar se fasse passer pour Maxim ? demanda Kateryna. Il ne parle pas un mot de russe.

— Outre le fait que les âges correspondent aux vôtres, nous avons choisi cette mère et son fils pour une raison très particulière. Maxim est muet.

Toujours pas de nouvelles du collabo. Silence radio du côté du journaliste. C'est la panique à la maison. Natalka passe le plus de temps possible chez ses copines. Quand elle est là, elle se plaint tout le temps, c'est insupportable. Moi, je serre les dents mais j'ai la trouille au ventre.
Dès qu'on peut, on dort toutes les trois ensemble. On guette les bruits des voitures dehors, si une s'arrête devant chez nous.
Ce n'est pas normal que Bogdan ne soit pas revenu.
Et s'il savait ce que j'ai fait ?
Je ne crois pas que je pourrais tenir la torture.

67

Bucarest

— Nous avons eu l'idée de cette légende car c'est le seul moyen de justifier qu'Edgar ne puisse pas parler, reprit Paul.

Il glissa une pochette transparente devant eux.

— Les Ostrovski habitaient la ville de Lyman, dans l'*oblast* de Donetsk. Leur maison a été détruite par un bombardement de l'armée ukrainienne en mars, durant la bataille qui a permis aux Russes de prendre le contrôle total de la ville. Le père est mort quelques jours après ces événements, sur le front de Vassylivka. Il a été enterré le 5 avril dans le cimetière de Iampil, à treize kilomètres de Lyman. Voici un papier officiel qui l'atteste, ainsi qu'un certificat de bravoure établi par les autorités de la zone occupée. Grâce à ce document, Ioulia Ostrovskaïa peut prétendre à une petite pension de veuve de guerre. Nos spécialistes ont repris leurs passeports et y ont ajouté les photos de vous une fois qu'on vous aura métamorphosés. Avec un microscope, il serait théoriquement envisageable qu'un technicien très méticuleux détecte la falsification, mais le changement a été apporté de manière si sophistiquée qu'il est impossible de s'en rendre compte lors d'un contrôle de police ordinaire.

Il ouvrit les deux passeports.

— Nous sommes partis de clichés réels de vous deux, ensuite Sophie, ici présente, a établi plusieurs profils modifiés, au sein desquels nous avons fait un choix pour chacun d'entre vous. Nous avons décidé de ne pas utiliser de postiches car, si vous étiez arrêtés, ils ne résisteraient pas à un interrogatoire musclé. On maquille, on transforme votre bouche par des facettes en dur, on change vos cheveux, mais on ne touche pas au reste. Sophie est venue avec son matériel. C'est à cela que vous ressemblerez une fois qu'elle aura fini.

Le résultat était si spectaculaire qu'il arracha un sourire à Edgar.

— Comment nos deux *alias* se sont-ils enfuis à l'ouest ? demanda-t-il, commençant à se piquer au jeu.

— Après la mort de son mari, Ioulia Ostrovskaïa est d'abord allée vivre avec son fils dans un cabanon qu'elle possédait. Malheureusement, les Russes ont installé une grande base logistique à moins d'un kilomètre de chez eux, et ce qui devait arriver arriva. Quelque temps après, les Ukrainiens ont attaqué cette base et l'ont rasée. Ioulia et Maxim Ostrovski ont été obligés de fuir à nouveau. Ils ont remonté la ligne de front vers le nord-ouest avant de passer en zone ukrainienne. Ils ont continué jusqu'à Ternopil, dans l'Ouest, où vit la sœur de Ioulia. Nous avons demandé aux Ukrainiens de les mettre en lieu sûr pour quelques jours, le temps de votre opération. Ioulia ignore que vous allez utiliser son identité. Pour elle, la police leur a juste confisqué leurs papiers pour examen.

— Ioulia et Maxim n'ont subi aucun contrôle ayant entraîné une prise formelle d'identité durant leur périple ? demanda Edgar.

— Aucun. Compte tenu du désordre ambiant, des dizaines de milliers de morts ensevelis sous des décombres et des millions de réfugiés, nous pensons que leur disparition est passée inaperçue. Il n'y aura donc aucun problème à les faire revenir discrètement en zone occupée. Officiellement, ce sera parce que la sœur de Ioulia est morte et qu'elle préfère retourner en zone séparatiste pour reconstruire sa maison avec son fils.

— Où seraient-ils censés loger en attendant ? demanda Kateryna.

— Nous avons repéré un bidonville récent dans le centre-ville de Donetsk. Avec un peu de cash, vous devriez pouvoir y louer une masure. De toute manière, il n'est pas prévu que vous restiez plus d'une ou deux journées à Donetsk.

— Ça reste quand même une sacrée prise de risques, fit Edgar. Après tout, on ne sait rien de Bogdan et on n'a aucune preuve formelle qu'il était bien l'informateur d'Andriy Mykoulyne. Quel est le plan B si on s'est trompés à son sujet ?

— Tu liquides ou tu enfermes Bogdan dans un endroit d'où il ne pourra pas te dénoncer et on procède à votre exfiltration par hélicoptère le jour même, répondit Paul froidement.

Il poussa un petit pulvérisateur devant lui.

— Pour toi. Officiellement, c'est un médicament russe contre l'asthme. En réalité, c'est un produit anesthésiant pour tes cordes vocales. Tu fais une pulvérisation au fond de la gorge et tu es incapable d'émettre le moindre son pendant quinze minutes environ. À prendre dès que tu crains un contrôle, comme un barrage routier par exemple. Ce n'est pas une sécurité absolue, mais ça aidera. Après, même si on te frappait pour vérifier que tu ne peux pas parler, tu n'émettrais que des borborygmes.

— Imaginons que nous réussissions à passer en zone occupée. On se rend avec Kateryna à Donetsk, dans la maison de Bogdan Lissenkov ?

— Exactement. Vous recueillez son témoignage et des preuves. Vous pouvez lui proposer de l'argent et des passeports français pour lui et sa famille.

— Donetsk, c'est grand, dit Kateryna. J'y ai habité.

— Grâce aux indications fournies par Dmitri, nous avons restreint la zone de recherche à un seul pâté de maisons, entre les rues Poetytchna, Sakhalinska et Lev Tolstoï.

Paul se leva pour resservir de l'eau bouillante à tout le monde et se préparer un autre café.

— Si on s'est trompés sur Bogdan Lissenkov, reprit Edgar, il faudra couper la position en catastrophe. Tu as parlé d'hélicoptère. Quel est le plan précis ?

— Rien ne changera, sauf qu'au lieu de rejoindre la zone de départ avec Bogdan Lissenkov pour vous servir de couverture en cas de contrôle, vous devrez vous déplacer seuls. Les séparatistes ne laissent personne revenir facilement en zone libre, concéda Paul. L'idée est que vous rentriez par des chemins détournés jusqu'à une ferme abandonnée qui se trouve à une trentaine de kilomètres de la ligne de front, au nord du Donbass. Vous resterez ainsi suffisamment à distance de la frontière pour éviter trop de contrôles. Les images satellites de l'OTAN vous permettront d'éviter les barrages. Un hélicoptère des forces ukrainiennes conduit par des pilotes du GAM-56 Vaucluse viendra vous chercher en zone occupée, en rase-mottes.

Il précisa, à l'intention de Kateryna :

— C'est le groupe aérien mixte, l'unité d'aviation de la DGSE. L'hélico franchira la ligne de front appuyé par deux MI-8 ukrainiens de protection. On préfère utiliser exclusivement des moyens techniques locaux pour ne pas alerter les Russes.

Edgar approuva silencieusement. Quand elle le voulait, la DGSE savait travailler.

— J'en viens au dernier point, intervint-il. Imaginons que, grâce à Bogdan, nous arrivions à identifier le lieu où les missiles sont entreposés. C'est forcément dans les territoires occupés ou, pire, en Crimée. C'est-à-dire en territoire russe. Comment les détruire ? La France n'est pas censée être en guerre avec la Russie.

— Ce point a fait l'objet d'intenses discussions en conseil de défense restreint. Voici comment nous ferons.

68

Tours

Igor Garidov se présenta à l'heure dite devant le consulat de Pologne, une maison de trois étages en brique rouge et pierre blanche située en centre-ville.

Les services consulaires étaient logés au rez-de-chaussée et ne semblaient pas débordés. À Moscou, on lui avait expliqué que l'obtention d'un visa d'entrée en Pologne était automatique pour un ressortissant ukrainien. Quatre jours qu'ils attendaient à l'hôtel que le consulat veuille bien délivrer le document. Normalement, c'était pour ce matin.

Ensuite, direction la Pologne pour récupérer les missiles.

Igor Garidov en avait des picotements dans les mains. Bon Dieu, quel succès !

Il imaginait déjà comment les polices du monde entier réagiraient lorsqu'elles retrouveraient la trace de son périple. Akhmad Moussaïev deviendrait l'ennemi public numéro un.

Un minable voyou tchétchéno-ukrainien comme cerveau des attentats du siècle ! Des éléments décrivant les anciennes malversations de Moussaïev seraient envoyés aux médias, et les Ukrainiens seraient contraints d'avouer qu'il trafiquait du matériel de l'armée avec de vrais sous-officiers de chez eux. Ils accréditeraient ainsi l'idée que des militaires véreux avaient vendu les missiles aux islamistes. La boucle serait bouclée.

Raffinement ultime : les polices du monde courraient après une chimère (le vrai Akhmad Moussaïev étant mort), tandis que lui, Igor Garidov, coulerait des jours heureux quelque part en Russie, loin de toute cette agitation. Une opération de chirurgie esthétique était déjà programmée pour modifier son visage et lui permettre de mener une vie agréable (et active !) sous sa nouvelle apparence. Certes, il était peu probable qu'il puisse un jour revoyager en dehors de la mère patrie, mais il s'agissait d'un désagrément mineur qu'il était prêt à accepter.

Pour tout dire, il aspirait à retrouver les plaisirs simples de son enfance sibérienne. Les randonnées dans la neige, les marches dans les forêts, la pêche sur les lacs gelés, les feux de bouleau dans la cheminée, une bonne vodka à disposition, conservée dans un fût immergé dans la glace, une petite isba en bois toute simple.

Le bonheur russe.

Il s'arrêta pour regarder une jolie fille passer. Pour ceux qui pourraient en douter, Igor Garidov était parfaitement conscient des conséquences de ses actes. Des avions civils allaient exploser. Des familles seraient détruites à jamais, des enfants perdraient leurs parents et des parents leurs enfants, des conjoints seraient séparés, des milliers de gens ne reverraient jamais leurs amis… Ce n'était pourtant pas cela qui allait l'empêcher de dormir. La *Rodina* d'abord. Quelques milliers de victimes françaises ne comptaient pas, à l'échelle de l'Histoire.

Comme quantité d'anciens membres du KGB, Igor Garidov n'accordait aucune valeur à la vie humaine.

Toutefois, il n'aurait sans doute ni compris ni supporté qu'on le qualifiât de monstre.

Il reprit sa marche, direction l'hôtel Ibis de Tours, situé à un jet de pierre de la gare. L'Algérien l'y attendait, dans une chambre contiguë à la sienne.

Ses mains tremblaient d'excitation.

Plus que quelques jours.

69

Tours

Les trois voitures banalisées étaient garées un peu à l'écart de l'Ibis.

— Le suspect vient d'entrer dans l'hôtel, annonça une voix anonyme à la radio. Identification confirmée.

Toutes les portières s'ouvrirent. Une douzaine de flics en civil équipés de gilets pare-balles commencèrent à se regrouper. Une analyse des vidéos de l'autoroute A10 avait mis la police sur la piste du break Laguna de l'Algérien. Sortie 21 vers Tours centre. Un travail méthodique avait fait le reste.

— C'est bon, il a pris l'ascenseur, annonça un jeune flic tout frémissant à Martic.

— Deuxième étage ?

— Affirmatif.

— On procède en douceur, mais soyez en alerte. N'oubliez pas que ce mec a tué trois personnes à mains nues. On a combien de flash-balls ?

— Deux. Plus un Taser.

— Suivez-moi.

Ils entrèrent, les uns derrière les autres. Un autre agent en civil les attendait déjà, main sur la crosse de son arme. Ils intimèrent aux réceptionnistes l'ordre de se tenir tranquilles et de leur donner un passe, avant de s'engager dans la cage d'escalier.

Deux hommes restèrent à l'entrée de l'hôtel, tandis que deux autres allaient se poster devant la porte de service, à l'arrière.

Bientôt, Martic se retrouva devant la chambre 212. Il colla l'oreille à la porte. Aucun bruit.

Une autre s'ouvrit et deux jeunes filles se figèrent sur le seuil, découvrant la scène, ahuries. D'un geste, un flic leur fit signe de se taire et de rentrer dans leur chambre.

Martic s'avança vers la 214, posa de nouveau l'oreille contre le chambranle. On entendait distinctement une conversation en arabe entre deux hommes à l'intérieur.

Il se retourna et leva le pouce.

Il attendit que ses hommes soient en position pour sortir son arme, d'un mouvement étonnamment fluide pour un homme de sa corpulence.

— J'entre le premier. Tu me suis, petit, chuchota-t-il à son jeune adjoint, l'air plus du tout rassurant, tout à coup.

Il compta jusqu'à trois, posa le passe sur la poignée et surgit dans la pièce avec la grâce d'un rhinocéros en pleine charge.

Assis face à face se tenaient l'imam, en tenue traditionnelle, et un homme d'une cinquantaine d'années, barbe épaisse et teint bistre. Martic reconnut immédiatement le visage du portrait-robot.

Son pistolet visa la tête du meurtrier, sans trembler.

— Police ! Personne ne bouge. Si quelqu'un fait un seul geste, je le plombe.

Sans tourner la tête, il dit à son jeune collègue :

— Préviens les collègues à Blois. Je crois qu'on va avoir du boulot.

70

Ukraine

Edgar et Kateryna entrèrent en Ukraine à l'aube, par une route de montagne à l'est de la vallée des Narcisses, en Transcarpatie. Cet immense massif forestier, qui s'étend sur deux pays, est traversé de dizaines de routes secondaires, à peine praticables.

En fait de route, celle qu'ils empruntèrent n'était qu'un chemin de terre et de boue, large de deux mètres tout au plus, qui serpentait à plus de mille cinq cents mètres d'altitude, entre ravins et forêts de sapins. Deux voitures ne pouvaient se croiser qu'en de rares endroits et les carcasses accidentées qui jonchaient la pente montraient que le risque de tomber n'était pas théorique. En cas de rencontre avec un autre véhicule, il fallait reculer jusqu'à un endroit plus large, ou essayer de se ranger sur le bas-côté, sous peine de basculer.

Heureusement, Kateryna conduisait très bien car, pour mieux coller à son rôle de débile léger, Edgar était interdit de volant. Le vieux break Volga 24 aux plaques du Donbass roulait mieux que son apparence déglinguée ne le laissait croire. Il faisait partie d'un petit lot de guimbardes que la DGSE avait récupérées au début de la guerre de 2014, dans le but de disposer de moyens discrets d'entrée en Crimée ou dans le Donbass occupé pour des missions clandestines.

Si, de l'extérieur, la Volga accusait ses quarante ans bien tassés avec ses formes désuètes, sa calandre en acier rouillé et sa peinture bleue délavée, le moteur V8 Chaïka – commande spéciale de l'ex-KGB – et les suspensions avaient été revus et modernisés par les mécaniciens de la DGSE. De deux cent vingt chevaux, la puissance avait été poussée à près de quatre cents grâce à des culasses modernes et à l'adjonction d'un gros turbo Garrett montés avec un maximum de discrétion sous le vieux capot. Des pneus spéciaux permettaient de rouler à plus de deux cents kilomètres-heure en résistant aux pires poussées latérales dans les virages. Enfin, deux différentiels avant et arrière assistés d'une boîte de transfert lui donnaient la traction d'un 4 × 4. Autrement dit, la guimbarde avait été transformée en voiture de rallye.

La DGSE avait ajouté quelques modifications supplémentaires. Un compartiment invisible sous le châssis, pour dissimuler une arme longue, le téléphone satellite et les documents compromettants, une cache sous la banquette arrière où un individu pourrait se glisser pourvu qu'il ne soit pas trop grand, et, enfin, un rangement secret dans l'assise du fauteuil passager. Un pistolet équipé d'un silencieux y était casé, balle engagée dans le canon. En cas d'urgence, Edgar n'avait qu'à frapper au milieu du carré en tissu du côté droit de l'assise, volontairement cousu avec un fil déchirable.

À l'intérieur de la Volga, fidèles à leur légende, Edgar et Kateryna étaient devenus Maxim et Ioulia.

La maquilleuse avait recouvert de noir plusieurs dents d'Edgar, lui avait collé les sourcils pour les relever en broussaille et rasé un côté de la tête, comme s'il avait la pelade. D'énormes lunettes lui donnaient l'air d'une chouette. Enfin, on lui avait fourni des vêtements usés et tachés.

En dépit de ces modifications, Edgar était soucieux. C'était la première fois de sa carrière qu'il partait en mission sous une fausse identité, tout l'intérêt du service des Archives étant d'utiliser des agents opérant sous leur véritable identité.

La métamorphose de Kateryna en Ioulia n'avait pas été simple. Grande et fine, elle avait plus l'air d'un ancien mannequin que d'une *babouchka*. Des patchs en argent et du vernis marron clair appliqué au pinceau sur l'émail de ses dents avaient réussi à lui donner un sourire digne d'un film d'horreur. Teints en gris et huilés, ses cheveux tombaient en mèches poisseuses sur ses épaules. Comme pour Edgar, Sophie lui avait passé sur le visage, toujours au pinceau, un mélange de graisse, de poussière et de terre qui lui donnait l'aspect de quelqu'un qui ne s'est pas lavé depuis des lustres. Enfin, une double jupe très large qui descendait jusqu'aux pieds et plusieurs couches de pulls à grosses mailles transformaient sa fine silhouette en bibendum. Pour ne pas susciter la convoitise, Kateryna avait dissimulé sa croix en or sous ses pulls et remplacé la chaîne par un cordon.

À l'intérieur de la voiture, ils avaient entassé des valises en carton bouilli, des sacs de supermarché remplis de dizaines de boîtes de conserve de marques locales, de harengs Matyas, de lasagnes au bœuf Khoutorok, de pâté de porc Onyss, de saucisses Iatrane et de pommes au sucre Todorka. Pour compléter le tableau, ils avaient ajouté des caisses de vaisselle ébréchée et toutes sortes de vieilleries, tel cet aspirateur Oural fabriqué à Sverdlovsk des décennies plus tôt. Kateryna avait suspendu au rétroviseur un chapelet de perles colorées et une petite icône en bois de la Vierge.

Le résultat était saisissant. Quiconque les croisait ne pouvait voir en eux que des réfugiés pauvres et perdus.

Après la frontière, ils rejoignirent Tchernivtsi par des petites routes. Edgar ne s'était pas attendu au spectacle de ces campagnes au cordeau, des villages cossus et coquets, des innombrables églises dont les dômes recouverts de feuille d'or étincelaient dans la pâle lumière de novembre.

L'ouest de l'Ukraine qu'il découvrait, épargné par la guerre, était superbe et riche.

Puis ils suivirent la M12, une des principales artères du pays, jusqu'à la ville de Kropyvnytsky. Le conflit se voyait, en creux, aux check-points aménagés à chaque entrée de bourg, de pont, de carrefour important.

Il fallut quelques heures à Edgar pour prendre conscience du fait qu'on ne croisait aucun jeune homme dans l'espace public. Ceux qui n'étudiaient pas étaient au front.

Ils abandonnèrent assez vite les grands axes pour des routes de campagne plus discrètes, en direction de Dnipro. Il y avait eu peu de bombardements russes dans cette partie du pays dédiée à l'agriculture intensive, et une vie plus ou moins normale suivait son cours – si l'on faisait exception des ruines des centrales électriques et de quelques usines.

Edgar commençait à se demander si la DGSE avait eu du nez en leur fourguant une guimbarde pareille, car ils ne voyaient passer quasiment que des modèles récents de voitures européennes. Le long des routes, quantité de magasins de matériel agricole proposaient à la vente des tracteurs modernes qui n'auraient pas dépareillé à l'Ouest. Devant les stations de lavage Lux Wash, omniprésentes, des files de véhicules s'allongeaient. Comme si la priorité des Ukrainiens était de briquer leurs voitures pour oublier la guerre.

En revanche, dès qu'ils sortaient des gros bourgs, la réalité du pays rural se rappelait à eux, avec des villages habités par des vieux où il était commun de croiser un couple de paysans sur une carriole tractée par un cheval.

En comparaison des zones de guerre dans lesquelles Edgar avait été envoyé précédemment en mission (des pays sans État ancien ni structuré), la différence était frappante. L'ordre et la propreté régnaient partout, témoins de la résilience incroyable des services publics ukrainiens. Il ne voyait pas de déchets, les rues étaient dégagées, les carcasses de véhicules regroupées dans des casses. Partout, des échafaudages étaient dressés sur les bâtiments bombardés, comme si les Ukrainiens essayaient désespérément d'effacer les traces des destructions sitôt celles-ci perpétrées par les Russes.

Un événement banal symbolisa en un raccourci saisissant la situation de cette Ukraine qui oscillait entre horreur et normalité : quelques kilomètres seulement après avoir aperçu des ruines fumantes (une station électrique et les maisons alentour rasées quelques heures auparavant par une salve de missiles russes), ils furent arrêtés par un policier équipé d'un radar mobile qui les verbalisa parce qu'ils dépassaient de quinze kilomètres-heure la vitesse autorisée.

Mais plus ils avançaient vers l'est, plus l'ambiance s'alourdissait. Ils croisaient des convois militaires, mélange de véhicules civils peints en kaki et de camions bringuebalants sur lesquels étaient juchés des soldats aux tenues dépareillées. Souvent, ces derniers saluaient le vieux break en souriant et en faisant le V de la victoire, surtout les jeunes. Edgar ne pouvait s'empêcher de penser aux gladiateurs romains : « Ceux qui vont mourir te saluent. »

Plus près encore de la ligne de front, Kateryna se signa et éclata en sanglots en traversant une bourgade aux rues encombrées de blindés calcinés.

— C'est le village de ma famille, Zradimur, dit-elle en désignant quelques pans de murs surmontés de toits en tôle ondulée. Mes grands-parents vivaient ici, mon père y est né.

Du doigt, elle désigna l'école, encore debout.

— Beaucoup de choses horribles se sont déroulées ici.

— Lesquelles ?

— Je vous le raconterai sûrement. Là, je ne suis pas prête.

Elle arrêta la voiture. Il n'existait pas de véritable place centrale, juste un carrefour entre deux routes bordées par quelques maisons détruites, l'école et une église. Son dôme doré était terni par les ans et mutilé par un énorme trou qui le faisait ressembler à un œuf décalotté. Le portail avait été soufflé. Ils entrèrent. Comme toutes les églises ukrainiennes, elle était richement peinte, dans un style beaucoup plus sophistiqué que son aspect extérieur modeste ne le laissait supposer.

Tandis que Kateryna s'agenouillait devant ce qu'il restait de l'iconostase, Edgar contemplait, choqué, la dévastation qui y régnait. Il aperçut une flèche d'argent, profondément fichée dans le sol. Le danger était signalé par deux cônes orange reliés par un fil sur lequel était accrochée une pancarte avec « *NEBEZPEKA* », « danger », écrit au feutre.

Une roquette russe non explosée.

Il comprit que l'onde de choc qu'elle avait provoquée en s'enfonçant avait envoyé tout le mobilier valdinguer contre les murs, le transformant en débris de bois informes.

Le spectacle avait anéanti Kateryna. Saisi de pitié, il la prit par le bras pour la raccompagner jusqu'à la voiture.

— Notre pays a toujours attiré les invasions et les tyrans, remarqua-t-elle tristement, un peu plus tard. Subötaï, Batu Khan, Pierre le Grand, Catherine II, Staline, Hitler, et maintenant Poutine... Des narcissiques sans affects, des bouchers qui se prennent pour des visionnaires.

Ils remontaient maintenant vers le nord. La route zigzaguait entre prairies, champs et bois de bouleaux, d'arolles et d'ormes, des villages semblables à ceux plus à l'ouest. Ici, les Russes n'avaient frappé que par voie aérienne, mais les dégâts étaient impressionnants. Ils passaient devant les ruines de transformateurs électriques, de fermes, de hangars agricoles, d'usines, de silos à grains. Rien ne semblait avoir échappé à la fureur des missiles, des bombes, des drones et des roquettes russes. Un village apparaissait intact tandis que le suivant, à quelques kilomètres à peine, était à moitié rayé de la carte. Comme si une folle et méchante roue de la fortune choisissait ses cibles sans logique apparente. Partout, des tas de pierres, de briques, de bois brûlé, des amas de tôle ondulée et de tuiles écrasées, dont on ne pouvait plus deviner la fonction originelle.

Des forêts avaient été réduites en cendres par des roquettes incendiaires, par pur sadisme ou parce que les Russes estimaient que des formations ennemies auraient pu s'y cacher. Le spectacle de ces hectares aux troncs centenaires calcinés et aux sols couverts de cendre était presque aussi pénible que celui des villages martyrisés.

Étrange mensonge du Kremlin que celui consistant à détruire – dans le seul but de punir et briser les esprits – les infrastructures civiles du pays qu'il était censé libérer.

Quand la nuit tomba, Edgar et Kateryna firent halte dans un motel. Ils y furent accueillis par la patronne et sa fille, une splendide jeune femme. Elle pleurait en annonçant à Kateryna que son père avait été tué au front par les Orques, la veille.

— Les Orques, c'est le surnom donné aux Russes ? demanda Edgar un peu plus tard, en déballant son sac.

— C'est une référence aux créatures maléfiques inventées par Tolkien dans *Le Seigneur des anneaux*, confirma Kateryna. En février 2022, quand les habitants de Boutcha ont vu déferler les soldats russes, subi les tirs au canon sur les immeubles civils, les viols, les exécutions sommaires, les déportations d'enfants, certains les ont spontanément comparés aux Orques. Le surnom est resté.

Fidèles à leur légende, ils avaient pris une seule chambre, avec deux petits lits et du lambris du sol au plafond. Pas de lumière, juste des bougies et quelques lampes à gaz pour éclairer. Cela aurait pu être chaleureux, or les fenêtres étroites et les meubles tarabiscotés en bois massif conféraient à l'ensemble un côté sinistre, d'autant que les rares clients du restaurant étaient plongés dans des messes basses et avaient des têtes de bandits de grand chemin. Edgar avait voulu prendre une douche, mais, à la suite des bombardements des stations d'épuration dans la région, l'eau était puisée directement dans la source. Elle sentait tellement les excréments qu'il en avait eu des haut-le-cœur. Du coup, de concert avec Kateryna, il avait décidé de ne pas toucher à la cuisine, même si on leur assura que cette dernière n'était faite qu'avec de l'eau en bouteilles.

Le Donbass n'était plus qu'à quelques heures de route.

71

Tours

Assis sur une petite chaise branlante face à un des inspecteurs de la brigade criminelle, Igor Garidov gardait le silence.

Oui, avait-il avoué, il s'était bien promené sur les bords de Loire, deux jours auparavant, mais ce n'était pas un crime. Il avait nié avoir été attaqué mais avait reconnu s'être enfui précipitamment en entendant des bruits de bagarre. En Ukraine, avait-il précisé, on apprend à ne pas se mêler des affaires des autres.

Il avait souillé ses vêtements en dormant dans la rue, avait-il prétendu, ce qui expliquait qu'il n'ait plus le manteau ni la tunique qu'il portait en arrivant à Blois. Quant aux chaussures, celles qu'il avait en descendant du train, elles lui faisaient mal. Raison pour laquelle il s'en était débarrassé et portait désormais des baskets.

Et, non, il ne se rappelait pas où il avait pu abandonner ses godillots. Il n'était à Blois que depuis deux jours et ne connaissait pas la ville. Quant à la présence de sang dessus, c'était absurde. D'ailleurs, comment des témoins auraient-ils pu reconnaître du sang puisqu'il était passé devant eux en courant ?

— Alors ? demanda un capitaine en rejoignant Martic, qui observait la scène dans la pièce contiguë, derrière une vitre sans tain. Tu en penses quoi ?

— Il a réponse à tout. Il est malin. Un peu trop, à mon sens.

— On n'a rien à lui reprocher. On n'a pas d'images de la scène de crime et on vient de passer son pantalon et ses mains au luminol : aucune trace de sang.

— Il est vraiment malin, se contenta de répondre Martic. Je suis certain que c'est lui.

— De toute manière, sans indices incriminants, je ne crois pas que le parquet acceptera son incarcération. L'imam algérien dit qu'il l'a recueilli par pitié, pour quelques jours. C'est un Ukrainien, après tout, il a peut-être été tourneboulé par la guerre.

— Tourneboulé, mon cul. Il nous cache quelque chose.

— Je dis quoi au proc ?

— Je veux utiliser le maximum de garde à vue dont je dispose.

Au même moment, le suspect se pencha sur la feuille devant lui, un stylo à la main. Il gribouilla quelques mots, avant de poser la feuille sur la glace sans tain, bien au milieu.

I want political asilum in France, avait-il écrit en grosses lettres.

— Et merde, laissa tomber l'autre flic. Il ne manquait plus que ça…

— Son asile, il peut se le mettre où je pense, répliqua Martic. Je prouverai qu'il est l'assassin.

72

Ukraine

Une lumière glauque éclairait le soupirail de la cellule de Bogdan Lissenkov.

8 heures du matin.

L'ancien maton avait déjà franchi plusieurs cercles de l'enfer. Ayant lui-même servi dans les forces de l'ordre, il savait qu'il n'était qu'au début de ses souffrances et faisait tout pour ménager ses forces. « Interrogatoires renforcés », avait exigé la Tsarine, ce qui, dans le langage de l'ex-KGB, signifiait qu'il était devenu un *ossobaïa papka*[1]. Plus un homme, mais un objet qui n'avait plus droit à aucune pitié ni humanité.

Il avait été méticuleusement affamé, battu, privé d'eau, soumis à des coups de matraque. Dans un second temps, on lui avait planté des électrodes directement dans le corps.

1. « Dossier spécial », en russe. Cette mention, souvent abrégée en « OP », servait, à l'époque stalinienne, à classer les dossiers ultra-confidentiels, qui relevaient du secret d'État, en quelque sorte, et dont pratiquement personne n'avait connaissance.

Tchéka, GPU, NKVD, MGB, KGB, et maintenant FSB, peu importait le nom que s'était donné cette organisation au fil des décennies, c'était bien la même depuis le premier jour. Comme toute police secrète investie des pouvoirs les plus étendus, elle avait toujours exercé une attraction irrésistible sur certains individus cruels, pervers et vils. Des individus comme S., à qui l'État donnait le droit de satisfaire leurs pulsions sadiques sans limites, au nom de la lutte contre les prétendus ennemis de l'intérieur.

Depuis vingt-quatre heures, attaché nu à une chaise, Bogdan faisait une nouvelle « expérience », celle de la toupie russe, une spécialité des forces d'occupation.

Sa chaise était suspendue par les pieds à un énorme ventilateur accroché au plafond, qui la faisait tourner à petite vitesse. Au début, la sensation n'avait pas été si désagréable. La tête en bas, Bogdan avait seulement senti une légère migraine. Puis, le temps passant, la sensation était devenue insupportable. À chaque tour, il avait l'impression que son crâne était comprimé dans une machine et que sa tête allait exploser.

Une horreur indescriptible qui, de surcroît, ne laissait aucune trace externe.

Il avait d'abord pleuré, puis crié, supplié qu'on arrête, mais le ventilateur avait continué à tourner, jusqu'à ce que la douleur lui fasse perdre connaissance.

Il n'avait encore rien dit qui l'incrimine.

Quand il reprit conscience ce jour-là, le ventilateur était immobile et sa chaise était plantée dans une flaque d'urine. Le Tatar et S. se tenaient au-dessus de lui, ce dernier toujours aussi élégant, costume beige aux plis coupants, chemise blanche impeccable, luxueuse cravate en soie, un petit verre à vodka à la main. On aurait dit un mannequin s'apprêtant à défiler.

Le Tatar s'approcha du prisonnier.

— J'ai fait couper le ventilateur.

Son empathie n'était pas feinte, il se sentait fort mal d'utiliser des méthodes qu'il réprouvait. Ainsi était le Tatar, qui ne détestait rien tant qu'être obligé de se salir les mains au cours de missions dégradantes, tels ces interrogatoires renforcés. Autrefois, il compensait en s'en grillant une, l'odeur du tabac lui faisait oublier celle de la merde, de la pisse et du vomi dans lesquels baignaient les prisonniers. Mais ayant arrêté de fumer depuis six mois, il ne pouvait pas compter sur ce dérivatif.

— Je n'ai rien fait, murmura Bogdan Lissenkov. Je jure que je n'ai rien fait.

— Pourtant, il faut bien que quelqu'un ait parlé aux Français. Or il se trouve que tu es un des rares à avoir vu les missiles.

— Je ne les ai jamais vus, je te l'ai déjà dit cent fois ! Ce n'est pas moi. C'est un autre !

— C'est forcément toi, Bogdan. Tu me fais chier, à refuser de parler.

Le Tatar soupira et sortit avec un regard en coin pour S. Ce dernier n'attendit pas que son patron ait remonté l'escalier vers le rez-de-chaussée pour casser son verre sur le rebord de la table et l'écraser sur la main du prisonnier. Les hurlements se transformèrent en horribles couinements tandis que les yeux de son tourmenteur se révulsaient de plaisir. Puis S. s'adossa au mur, un petit sourire aux lèvres. Le coup du verre, c'était la première fois et c'était bon. Cela avait provoqué chez lui une érection de compétition.

Un quart d'heure plus tard, le Tatar revint. En apercevant les doigts déchirés d'où perçaient des morceaux d'os sanguinolents, il eut la nausée et fut contraint de quitter la cellule pour vomir et reprendre ses esprits. Lui qui avait toujours essayé d'effectuer son travail de manière propre était en train de se transformer en un ersatz de gestapiste !

Tout cela pour rien car, s'il ne le montrait pas, il était persuadé que Bogdan Lissenkov n'avait pas trahi ses maîtres. Dans le cas contraire, il aurait déjà craqué sous la douleur.

Le Tatar se raccrochait à une dernière possibilité. Que Lissenkov ait involontairement transmis des informations sensibles à des ennemis de la Russie.

Ignorant le regard outré de S., il sortit un couteau de sa poche et délivra le prisonnier de ses liens. Ce dernier tomba par terre en poussant un cri de soulagement.

— Tu vas me reparler de tous les gens avec qui tu as discuté le mois dernier. Tous.

— Je n'ai pas trahi. Je l'ai déjà répété cinquante fois, répliqua Bogdan Lissenkov, qui pouvait à peine articuler à cause du choc.

— Je ne parle pas de traîtres que tu aurais rencontrés en connaissance de cause. Je parle de traîtres qui auraient pu te manipuler à ton insu.

— Comment voulez-vous qu'on me manipule ? Je suis un professionnel. En plus, je n'ai vu personne en dehors de mes contacts habituels !

— Qui te parle de voir ? As-tu reçu des coups de téléphone de gens que tu n'avais pas croisés depuis longtemps ? De vieux amis, une ancienne copine, des cousins, par exemple ?

Bogdan ferma les yeux. Il avait déjà détaillé tout son agenda, insistant sur le fait qu'il n'avait pas quitté Donetsk depuis des semaines. Il avait donné le code de son téléphone et permis à ses interrogateurs d'accéder à ses contacts. On lui avait demandé pourquoi toutes les traces de ses messages et appels avaient été effacées. Il avait eu beau jeu de répondre que c'était le service de sécurité interne qui l'avait exigé, par une note écrite qui était encore punaisée au mur à côté de son bureau. Bref, il pensait n'avoir rien à se reprocher. Soudain, un nom s'imposa à lui.

— Andriy Mykoulyne ! J'ai reçu un coup de téléphone sur Signal. De Mykoulyne !

— Qui est Mykoulyne ?

— Un de mes anciens copains d'école. Il vit en Roumanie.

— Il fait quoi dans la vie, ce Mykoulyne ? intervint S. d'un ton doucereux qui aurait dû alerter Bogdan.

— Il est pigiste pour des revues occidentales. C'est un looser.

Il précisa qu'il avait refusé de discuter avec lui de la situation dans le Donbass sans l'autorisation préalable de sa hiérarchie. Bien entendu, il avait rejeté catégoriquement toute idée de rencontre. Il connaissait Andriy Mykoulyne, précisa-t-il. Ce n'était certainement pas un agent secret, mais on n'était jamais assez prudent.

— J'ai spontanément rendu compte de ces appels à la sécurité interne, pour qu'on ne puisse rien me reprocher. Mon mémo est forcément enregistré, ajouta-t-il d'une voix cassée par la douleur.

— Tu n'as jamais donné la moindre information à Andriy Mykoulyne ?

— Jamais !

Bogdan Lissenkov se tut, plutôt content de lui. Il comprit qu'il venait de commettre une terrible erreur en voyant le Tatar quitter la pièce après un coup d'œil éloquent à son acolyte. S. s'empara d'une mallette à outils, d'où il tira une perceuse.

— C'est bizarre que tu connaisses ce Mykoulyne. Parce que, justement, c'est lui qui est à l'origine de la fuite sur Ouragan de feu. Je te jure que tu m'auras tout dit pour le déjeuner…

Des jours que je n'ai rien écrit.
On s'est habituées à vivre sans le collabo. Mais on a tout le temps peur.
Parce que jamais il nous aurait laissées comme ça.
Il aime trop sa baraque et son parc, comme il dit.
Je pense qu'il est mort.
Ça me déprime d'écrire ça, même si je le déteste et qu'il l'a bien mérité. De toute façon, vaut vraiment mieux que j'arrête et que je planque ce journal dans un coin où ils ne le trouveront jamais s'ils viennent chez nous.
Quand on sera libérés par l'armée ukrainienne (parce que ça, je veux y croire, jamais ils ne tueront notre espoir), il servira de témoignage.

73

Tours

Le commandant de la police criminelle de Tours attendit que Martic ait lapé son verre de rouge pour poser la question qui l'intéressait.

— Je ne comprends pas pourquoi vous vous acharnez sur ces deux mecs. Leur discours est clair, ils ne se sont pas contredits et, à part le portrait-robot, on n'a aucun indice qui les place sur la scène du crime. Franchement, vous me mettez dans une position difficile. Pourquoi ne laissez-vous pas tomber ?

Martic répondit par des « hon hon » étouffés, avant de se plonger dans la carte des vins. Il fallait bien accompagner le plateau de fromages, compris dans le menu déjeuner, et qui lui faisait de l'œil. La carafe de pernand-vergelesses du chef à quinze euros avait l'air bien, mais un petit minervois blanc 2012 fût de chêne à vingt-quatre euros lui tendait les bras. Il se décida pour le minervois. Comme disait sa grand-mère, on n'emporte pas son compte en banque dans sa tombe.

— Vous me répondez, ou non ? insista son interlocuteur.

Martic soupira en essuyant sa bouche luisante de sauce.
— Ces gugusses, ils sont trop calmes.
— Que voulez-vous dire ?
— Tous les deux, on a l'expérience des GAV[1]. On y a mis combien de mecs ? Des centaines ?
L'autre opina.
— Ça ne vous choque pas, que ces deux-là se comportent comme s'ils étaient chez le coiffeur ? L'Ukrainien devrait être mort de trouille, il n'est en France que depuis quelques jours, et le voilà déjà en cellule. Quant à l'Algérien, il risque sa place, son salaire, son appart de fonction et le renvoi dans sa *mechta*, dans son pays de merde. Lui aussi, il devrait trembler. Eh bien non, ils répondent à nos questions très calmement. Merci, monsieur le commissaire, entendu, monsieur le commissaire, je vais vous dire, monsieur le commissaire.
— Avez-vous pensé qu'ils n'ont pas peur tout simplement parce qu'ils sont innocents ?
— Quand on est innocent, on a peur. Toujours. Peur de dire des conneries. Peur de subir une erreur judiciaire. Peur de finir au trou alors qu'on n'a rien fait.
Les yeux mi-clos, les mains croisées sur sa bedaine, comme en extase, Martic s'interrompit pour regarder la serveuse ouvrir la bouteille de blanc. Il prit son verre, fit tourner le breuvage, le huma une fois, deux fois, avant d'avaler une longue gorgée avec un air de bouddha satisfait. Enfin, il claqua la langue et pointa un doigt boudiné vers son interlocuteur.
— Je vous dis qu'ils jouent la comédie. Ils nous prennent pour des cons.
À voix plus basse, il grommela :
— L'Ukrainien, c'est un professionnel. On lui a appris à gérer un interrogatoire de police, c'est certain. Quant

1. Gardes à vue.

à l'Algérien, c'est un faux derch de première. « Je vais visiter Auschwitz car une telle infamie ne doit *jamais* se reproduire en Europe », récita-t-il en accentuant les intonations. Non mais, vous aviez déjà entendu une connerie pareille ? Débitée par un barbu en djellaba de surcroît ? On aurait dit qu'il récitait une leçon. Du bla-bla, oui ! Il nous hait, comme il hait les Juifs, les femmes et les pédés. C'est un islamo, j'en suis persuadé.

— Bon Dieu, vous n'avez aucun élément pour le prouver !

— Si, mon petit doigt.

— Commissaire, on n'a RIEN. Tout le monde veut les libérer. Paris m'a rappelé tout à l'heure. Qu'est-ce que vous souhaitez faire ?

— L'Ukrainien, il ne craquera pas. Je vais travailler l'autre.

74

Ukraine

Plus Edgar s'approchait du Donbass, plus la proximité culturelle avec la Russie lui devenait apparente. La pauvreté aussi. Kateryna et lui croisaient beaucoup plus de vieilles bagnoles que dans la partie occidentale du pays. Les villages étaient moins cossus et moins bien entretenus, les habitants moins bien habillés – ils ressemblaient souvent à ces paysans d'antan qu'on voit sur les vieilles photographies datant de la période soviétique.

Les panneaux routiers étaient recouverts de peinture, dans une tentative un peu désespérée pour tromper d'éventuelles colonnes de blindés russes.

Il était 14 heures et ils n'étaient plus très loin de la ligne de front. Partout, des hommes aux tenues militaires disparates, de tous les âges. Chez les jeunes appelés sous les drapeaux, la mode semblait être d'arborer une touffe de cheveux de quelques centimètres sur le haut du crâne, avec les côtés rasés. On voyait quantité de quinquagénaires à barbe blanche, des hommes à la silhouette ventrue qu'on imaginait naguère férus de pêche ou de football sur canapé. Sanglés dans leurs uniformes, l'air décidé pour ceux qui partaient au front, épuisé pour ceux qui en revenaient, ils exsudaient une sorte de force tranquille collective qui stupéfiait Edgar. De dix-huit à soixante ans, chaque homme était devenu un soldat. Brassard jaune pour les membres des unités officielles de l'armée, bleu pour celles et ceux de la défense territoriale.

Les atrocités commises par les occupants avaient renversé la vapeur : désormais, les Ukrainiens craignaient moins de mourir que de voir le drapeau russe flotter sur leurs villages.

Edgar était frappé par le parfum d'union nationale qui recouvrait le pays. Des orchestres improvisés se tenaient sur les places des villages, où des groupes de combattants au visage de pierre, accompagnés par des sonos tonitruantes, chantaient des airs de rock ou de rap militaire étrangement mélodiques, en hommage à leurs camarades morts au combat. Des mères, des sœurs, des filles et des épouses les soutenaient, immobiles, concentrées et tendues. Partout, on conspuait les Russes. On détruisait ou l'on martelait de coups vengeurs tout ce qui rappelait l'envahisseur honni, ainsi des innombrables monuments autrefois érigés en l'honneur de la grande Union soviétique.

Edgar avait même aperçu une vieille femme qui mendiait se faire insulter, parce qu'elle accompagnait son accordéon d'une chanson évoquant les steppes sibériennes.

Vladimir Poutine avait fait plus que souder un pays. Il avait levé malgré lui une Sparte moderne, une nation de citoyens-soldats.

— Les Russes n'ont pas changé depuis Staline, cracha soudain Kateryna d'une voix haineuse, tandis qu'ils dépassaient un camion marqué à la peinture blanche du numéro 200 – le code, commun aux Russes et aux Ukrainiens, désignant les véhicules qui transportaient les corps de soldats tués au combat. Ils nous ont toujours détestés, nous, les Ukrainiens. Le Holodomor était un génocide accompli de sang-froid.

Edgar avait déjà entendu parler de cette période sombre de l'histoire, après que Staline eut décidé de liquider les paysans ukrainiens. On prétendait qu'ils étaient de riches koulaks, ce qui était loin de la réalité, mais le seul fait qu'ils fussent indépendants en faisait des cibles pour les communistes. En 1932, les troupes GPU-NKVD se mirent à saisir les animaux, les récoltes et les réserves de semences dans les campagnes ukrainiennes. Cacher ne serait-ce que quelques grains était puni de mort.

Une famine planifiée.

Elle dévasta très vite les campagnes. Il en résulta des scènes épouvantables de cannibalisme, certains parents se résignant à sacrifier un de leurs enfants pour nourrir les autres. Un génocide caché, mais bien réel. Trois à cinq millions de morts selon les estimations, probablement un quart des paysans ukrainiens et de leur famille.

— Votre famille a subi le Holodomor ? demanda Edgar, intrigué par la rage de Kateryna.

— Mes grands-parents m'ont dit que cela avait été horrible, oui, confirma-t-elle, le visage fermé.

Elle tendit le bras vers l'avant.

— Un contrôle routier. Préparez-vous.

C'était le dix-septième depuis leur entrée en Ukraine.

Ils s'arrêtèrent devant le barrage de fortune constitué d'un tracteur placé en travers de la route pour créer un épi et de rails de chemin de fer soudés ensemble pour former des tripodes antichars. Deux petits fortins en parpaings entourés de sacs de sable garantissaient une sécurité toute relative en cas de frappe russe. Des servants hérissés d'armes étaient positionnés devant. Treillis neuf, gilet tactique et foulard kaki noué autour du crâne à la pirate pour les hommes, uniforme bleu marine de type « intervention » pour les femmes, qui s'enrôlaient désormais en masse pour assurer la défense passive. Une file d'une trentaine de véhicules s'allongeait dans l'autre sens, mais elle en comptait seulement trois du leur.

Enfin, ils parvinrent au niveau du tracteur. D'un geste, une soldate leur demanda de couper leur moteur. Un peu plus loin, deux hommes en civil observaient la scène, adossés à une Dacia grise, holsters de ceinture et petits Makarov à crosse de bois bien visibles. Des flics des renseignements intérieurs, comprit Edgar.

Autant les contrôles précédents avaient été de pure forme, autant il devinait que celui-ci serait sérieux. La ligne de front étant proche, la chasse aux traîtres battait son plein. À part des collabos, qui pouvait avoir envie de rejoindre les zones contrôlées par les Russes ?

Pour éviter toute fuite, il avait été décidé, en accord avec la présidence ukrainienne, que la mission d'Edgar et de Kateryna resterait secrète. En cas de problème côté ukrainien, ils avaient appris par cœur les numéros de ligne directe et de portable de Vassyl Maliouk, le nouveau chef du SBU, les renseignements intérieurs ukrainiens.

— Papiers, annonça d'un ton sec la soldate.

Très droite sur son siège, Kateryna lui tendit permis de conduire, passeports, et le carnet de handicapé d'Edgar.

— D'où venez-vous ?

— On était partis se réfugier chez ma sœur il y a dix jours, mais sa maison a été rasée par un bombardement avant-hier. Elle est morte. Alors, on retourne chez nous, dans le Donbass.

— Chez les doryphores ? Vous êtes fous !

Edgar savait que le ruban orange et noir de Saint-Georges était arboré par les nationalistes prorusses. Comme il s'agissait également des couleurs de ce coléoptère, cette insulte était systématiquement utilisée par les Ukrainiens quand ils parlaient des séparatistes du Donbass.

— On est bien obligés. On n'a plus rien, comment je vais m'occuper de mon fils si je n'ai plus de famille ni d'argent ? répondit Kateryna d'une voix geignarde. Je ne suis pas une Aquafresh[1], mais il faut que je retourne là-bas pour essayer de vendre ma maison et nos meubles.

— Il est assez grand pour s'occuper de lui tout seul, ton fils, non ?

— Il est handicapé mental, madame, ça ne se voit pas ?

— Hum, grogna la femme en parcourant le certificat du ministère de la Santé ukrainien tandis qu'Edgar lui servait un sourire débile.

— Et ton mari, il est où ? demanda-t-elle d'un ton un peu adouci.

— Il est mort.

Les soldats avaient ouvert le coffre. Deux d'entre eux fouillaient mollement dans l'amoncellement de vieilles affaires. Il n'y avait aucune chance qu'ils trouvent la cache aménagée dans le châssis du break. Il aurait fallu se glisser sous la voiture puis faire coulisser une plaque de métal aussi noire que le reste du soubassement pour la découvrir.

---

1. Les Ukrainiens désignent parfois les occupants sous le terme d'« Aquafresh », en référence aux trois couleurs du drapeau russe qui remplacent le drapeau bicolore jaune et bleu de l'Ukraine dans les villes occupées.

— Vous avez conscience qu'une fois de l'autre côté ce sera presque impossible de revenir ici ? Depuis leurs référendums bidon, les Russes verrouillent la frontière.

— Bah, vous croyez que les doryphores ont envie de garder deux bouches à nourrir comme mon fils et moi ? répondit Kateryna du tac au tac. Ne vous en faites pas, ils seront trop contents de nous laisser repartir.

La femme de la défense territoriale eut un geste de la main qui signifiait qu'elle s'en foutait et fit lever la barrière. Ils passèrent sans un regard des deux policiers, occupés à se rouler une cigarette.

Ils parcoururent encore dix kilomètres, jusqu'à un autre barrage, semblable au précédent, si ce n'était que plusieurs chars T-72 étaient embusqués de chaque côté sous des filets antiaériens, canons tournés vers le sud-est. Le responsable était un jeune rouquin aux cheveux en pétard et à l'air sympathique, qui portait des Converse et un T-shirt rose barré d'un « *Fuck Poutine* » sous sa veste de treillis. Il semblait sincèrement ennuyé de voir repartir cette femme et son fils handicapé vers l'enfer.

— *Babouchka*, tu es certaine de vouloir retourner chez les Orques ? Nos troupes les bombardent sec en ce moment, ça tombe de partout. En plus, ils tuent tout le monde là-bas. Comme c'est la débandade, ils imaginent des complots qui n'existent pas et s'entre-dévorent. Ton fils n'y sera pas en sécurité, toi non plus.

Kateryna lui servit le même discours qu'au barrage précédent, et il haussa les épaules.

— Comme tu veux. Mais maintenant, c'est à vos risques et périls. On est le dernier poste de l'armée avant la zone de combat. Ensuite, c'est le *no man's land*, la ligne de front et les territoires occupés par les Russes et les séparatistes.

— Je sais.

— *Babouchka,* surtout n'essaye pas de passer par Marinka. Nos forces sont en train de foutre une torgnole aux Russes. Essaye de passer un peu plus au sud. Et surtout reste bien sur les routes en goudron, toutes les autres sont minées.

Finalement, il fit lever la barrière.

Kateryna se signa plusieurs fois et Edgar eut un pincement au cœur en voyant disparaître le petit fortin.

75

République populaire de Donetsk

— Et voilà, on s'apprête à entrer dans la gueule du loup, lâcha Kateryna au bout de quelques minutes. Vous êtes content ?

— Content, je ne sais pas. Mais satisfait du déroulement de la mission jusqu'à présent, oui, je le suis.

— Au point où nous en sommes, je pense que je vous dois quelques explications sur les raisons qui m'ont poussée à vous suivre.

— Cela a un lien avec votre histoire familiale. Une histoire qui a impliqué les Russes et l'école du village de vos grands-parents, je suppose ?

Elle eut une moue entre admiration et sarcasme.

— Bravo. Vous êtes très fort. Il y a une chose que beaucoup de gens ignorent sur le Holodomor. Ce ne fut pas qu'une destruction de la paysannerie hostile à la collectivisation. En réalité, ce fut un véritable génocide, destiné à briser toute l'élite ukrainienne. C'est pour cette raison qu'en 1931 Staline décida de procéder au recensement des meilleurs élèves. Dans la foulée, la plupart furent enlevés par le GPU-NKVD. Beaucoup furent affamés ou tués, les autres envoyés dans des familles de l'autre côté de la frontière, afin d'être « russifiés ». Ça ne vous rappelle pas la période actuelle ? Staline voulait détruire toute la future élite, vous comprenez. Qu'il n'y ait plus que des gens sans cervelle, incapables de monter un mouvement d'indépendance.

— Quel lien avec vous ?

— Ma grand-mère était ukrainienne, elle faisait partie des milices communistes qui pourchassaient les koulaks, volaient les semences, affamaient les gens quand elles ne les fusillaient pas, et enlevaient les enfants les plus brillants. Elle n'était pas du côté des victimes, mais de celui des bourreaux. Elle a commis des horreurs pendant tout le Holodomor. Dans le village que je vous ai montré hier, elle a profité de sa position pour voler un petit garçon. Je pense qu'elle ne pouvait pas avoir d'enfants et qu'elle a décidé un jour d'en kidnapper un. Il était le premier de l'école et il avait des lunettes. Il s'appelait Grigori. Au lieu de le laisser mourir ou de l'envoyer en Russie comme les autres, elle l'a gardé avec elle. Tout le reste du village est mort de faim. Ensuite, après la guerre, elle a rencontré un ancien soldat russe. Ils sont revenus habiter dans ce village, qui avait été abandonné. Ils y ont passé toute leur vie. Mon grand-père a élevé le garçon comme si c'était le sien, je crois que c'était un homme bon, qui avait été révolté par les horreurs de la guerre.

— Ce petit garçon, c'est…

— Mon père, oui. Grigori « on ne saura jamais qui », devenu Grigori Nikolaïev. L'enfant de la méchante Ukrainienne et du bon Russe… C'est drôle comme la petite histoire peut être cynique, parfois. Mais la grande histoire, elle, se répète aujourd'hui. Dans les territoires occupés, la police secrète est de retour. Comme en 1932, des enfants ukrainiens sont de nouveau enlevés pour être envoyés en Russie. Plus de seize mille en 2022, selon les estimations. Voilà pourquoi j'ai accepté de venir avec vous dans le Donbass. Je suis comme vous, je pourrais tourner la tête de l'autre côté, mais je me dégoûterais si je le faisais.

Il lui serra la main très fort.

— Je vous comprends.

Ils roulaient désormais dans un paysage plat comme la main. Des champs qui n'avaient pas été moissonnés et sur lesquels le blé pourrissait, courbé par les intempéries. De temps à autre, ils croisaient une voiture civile, Lada ou Volga, canardée par un camp ou un autre, couchée dans le fossé. Partout, des cadavres d'animaux, chiens, renards, vaches, reposant les quatre fers en l'air, éparpillés en débris immondes après avoir été frappés par des obus ou avoir sauté sur une mine. Le ciel bas et lourd achevait de donner à l'endroit un caractère de tristesse et de désolation.

76

République populaire de Donetsk

Edgar profita de la présence d'un bosquet très dense pour demander à Kateryna d'y planquer la voiture quelques minutes, le temps qu'il récupère dans la cache sous le châssis les documents nécessaires à leur infiltration – le papier officiel de la République de Donetsk accordant à Ioulia le statut de veuve de guerre, le certificat de décès en opération militaire de son mari, ainsi que sa carte d'appartenance (en tant que *spodvijnik*, ce qui, en russe, signifie littéralement « compagnon d'armes » mais en réalité « troufion de base ») au bataillon qui l'avait envoyé au front se faire trouer la peau en moins de temps qu'il ne faut pour l'écrire. Ces documents n'offraient aucune garantie absolue – dans les guerres, cela n'existe nulle part –, mais ils représentaient tout de même un bon moyen de passer les contrôles de sécurité des séparatistes.

— Vous avez peur ? demanda soudain Kateryna à Edgar alors qu'ils avaient repris la route.

— Oui. Il faudrait être fou pour ne pas voir peur au milieu de ce chaudron. Mais j'ai l'habitude des zones de guerre, alors, j'arrive à la contrôler.

— C'est bizarre, mais je ne suis pas effrayée. Pas du tout.

Elle décolla les mains du volant. Immobiles. Même pas un frémissement. Edgar eut une bouffée d'admiration pour elle.

Lui-même était profondément inquiet, plus que lors de ses missions précédentes, où l'excitation du combat dominait. Il s'était rendu dans les endroits les plus périlleux de la planète, mais cette fois, c'était différent. Il n'allait pas mener une mission, arme à la main, il fonçait vers le danger, clandestin sur le territoire d'une des polices secrètes les plus féroces et les plus efficaces du monde. Une sensation glaçante.

— J'ai vu depuis Bucarest que vous dormiez mal, glissa Kateryna. C'est à cause de l'opération ?

Il la laissa ralentir pour éviter un chien errant, avant de répondre :

— Rien à voir. Lors de ma dernière opération, j'ai tué une femme[1]. Une terroriste de la pire espèce. Je ne pensais pas subir un stress post-traumatique après l'avoir éliminée, mais c'était une erreur. Pour la première fois depuis que je travaille pour la DGSE, je n'en suis pas sorti indemne. Chaque nuit, je me réveille en sueur. Pourquoi elle et pas tous ceux qui l'avaient précédée ? Probablement parce que c'était la première fois que je tirais sur une femme. Je revois ma balle pénétrer sous son menton, le nuage pourpre fusant du haut de son crâne en une gerbe verticale. Le bruit est comme démultiplié, les os craquent. C'est assez horrible.

— Que disent vos supérieurs ? Ils ne vous ont pas envoyé voir un médecin ?

Il haussa les épaules.

1. Voir *L'Espion français*, Robert Laffont, 2021.

— J'ai la trouille qu'ils me mettent en arrêt pour choc psychologique et qu'on ne me confie plus de mission, alors je n'ai rien dit. Vous êtes la première personne avec qui je l'évoque. – Il se tourna vers elle. – D'ailleurs, merci, Kateryna. Ça m'a fait du bien de vous en parler.

Ils continuèrent à rouler en silence, chacun perdu dans ses pensées.

— Au fait, est-ce que j'ai été convaincante aux barrages ou dois-je changer mon discours ? demanda tout à coup Kateryna. C'est vous le professionnel, vous pouvez tout me dire, je ne me vexerai pas.

— Vous avez été parfaite. Vous avez trouvé les mots comme le ton justes. Aucun professionnel de l'espionnage n'aurait fait mieux. Je suis impressionné.

Il était sincère, elle le sentit.

— Je vous ai dit que je le faisais pour ma famille, et toutes celles que les Russes ont détruites pendant le Holodomor, mais vous avez raison, je le fais aussi pour Andriy. Vous savez, je ne suis sans doute pas la première à avoir trompé son mari, mais provoquer sa mort en lui envoyant un commando de tueurs russes, ça, c'est quelque chose que je ne me pardonnerai jamais.

— Vous faites tout ce qu'il faut pour vous racheter. S'il vous voyait à cet instant, il serait fier de vous.

Il ne révéla pas ce qu'il pensait au fond de lui. Il avait remarqué l'étrange détachement de Kateryna par rapport aux risques qu'ils encouraient, le fait qu'elle ne paraissait plus prier et ne se signait plus systématiquement quand ils passaient devant une église, et cela l'inquiétait. Cela ressemblait à une forme de pulsion suicidaire. Aussi lui fit-il signe de se garer sur le bas-côté avant de se tourner vers elle, l'air grave.

— Kateryna, ce n'est pas votre faute si votre mari est mort. Vous êtes une très belle femme, votre mari se laissait aller physiquement et, en plus, il vous délaissait. Ce ne sont pas quelques incartades qui font de vous une mauvaise personne.

— Oh, vous allez me faire un cours sur la fidélité à la française ? Le théâtre de boulevard et toutes vos frivolités si *parisiennes* ? Je vous en prie, oubliez !

Elle fit redémarrer la voiture d'un mouvement rageur.

— Je dis juste que vous n'avez jamais pensé mettre votre mari en danger. Comment auriez-vous pu imaginer que votre amant était un agent russe ?

— Apparemment, j'ai ajouté la naïveté à la trahison, rétorqua-t-elle en braquant le volant pour s'élancer sur la chaussée défoncée.

— Ce sont les Russes qui portent la responsabilité de sa mort, et eux seuls.

Ils parcoururent quelques kilomètres sans parler, Kateryna tendue comme une corde et manifestement furieuse. Tout à coup, Edgar pointa du doigt un panneau à côté d'une grange. On y voyait un jeune soldat, menton carré et casque enfoncé sur le crâne, l'air martial, brandissant un fusil dernier cri. Au-dessus de lui, un slogan en caractères cyrilliques et un drapeau russe stylisé.

— Regardez ce panneau, Kateryna.

Elle haussa les épaules.

— C'est un panneau de propagande russe, et alors ? On en voit des dizaines comme celui-ci depuis hier.

— Regardez mieux. Celui-ci est le premier à être intact. Personne n'a essayé de le dégrader. On est sans doute dans le *no man's land*. Vite, arrêtez-vous.

Ils restèrent quelques instants en observation. Personne aux alentours. À part le panneau, c'était le même paysage, les mêmes champs abandonnés, les mêmes cadavres d'animaux tout gonflés, les mêmes engins agricoles détruits ou calcinés. Rien qui indique la présence de soldats séparatistes dans les environs.

Rien, sauf ce panneau de propagande intact.

— Roulez jusqu'à la grange en ruine, là-bas. On va se cacher avec la voiture à l'intérieur, le temps que je télécharge le dernier plan d'accès et que je l'apprenne.

Une fois à l'abri, il mit en marche son téléphone. Il fallait faire vite. Si quelqu'un le surprenait en train d'accomplir cette action en complet décalage avec leur aspect et son identité d'adoption, ils seraient immédiatement emprisonnés.

— Alors ?

— C'est bon, ça télécharge.

Grâce à cette carte, ils avaient le maximum de chances d'éviter les contrôles routiers. Leur véhicule spécial pouvait emprunter des chemins impraticables, sur lesquels les Russes n'avaient pas le moindre intérêt à installer des barrages. Le seul risque imparable, c'étaient les mines. La bonne nouvelle était qu'ils mourraient sur le coup s'ils roulaient sur l'une d'elles, sans avoir le temps d'éprouver des regrets...

Il fallut à Edgar une bonne heure pour apprendre le plan par cœur. Il existait des dizaines de chemins secondaires, une seule erreur de cap pouvait être fatale. Quand il fut certain de l'avoir bien en tête, il éteignit le téléphone et le rangea dans la cache. Kateryna effectua une marche arrière pour sortir du bâtiment.

— En plus des mines, on doit aussi compter avec les drones russes, qui pourraient nous confondre avec des éclaireurs des forces ukrainiennes, reprit Edgar. À partir de maintenant, nous risquons notre vie à chaque seconde. C'est le moment de faire demi-tour si vous préférez ne pas continuer.

— Vous plaisantez, je suppose ?

Il étouffa un sourire. Il n'avait pas le moindre doute sur le fait que Kateryna irait jusqu'au bout.

La voiture dérapait dans la boue noire et épaisse de cette terre, le tchernoziom, avec un bruit de succion écœurant.

— À droite, tournez à côté du bâtiment incendié, fit Edgar au bout d'une dizaine de minutes. Le chemin est derrière.

— Je ne vois rien.

— Si, derrière, au milieu des bosquets.

— Ah oui ! confirma Kateryna en engageant la Volga sur un sentier complètement défoncé. Merde, il y en a deux parallèles !

— Il faut prendre le premier. Les images satellites n'ont pas montré d'activité alors qu'on voit des soldats poser des mines sur le second.

— Vous êtes sûr de vous ?

— Certain.

L'hypermnésie d'Edgar lui avait toujours permis d'être plus pointu, aussi bien dans son métier d'avocat international qu'en tant qu'agent secret. Dans le civil, cela signifiait une meilleure efficacité. En mission clandestine, la différence entre la vie et la mort.

La Volga cahotait dans des ornières qui auraient pu avaler un bœuf mais, aidée par son puissant moteur et sa transmission spéciale, elle passait. Le terrain était toujours aussi plat, mais y poussaient beaucoup d'arbres et d'arbustes et, les grands froids n'étant pas arrivés, certains avaient encore leurs feuilles. On ne voyait aucun animal, à part, ici ou là, des cadavres de chiens.

— Je comprends pourquoi il n'y a pas de barrage ici, fit remarquer Kateryna, focalisée sur sa conduite. Il faudrait des engins à chenilles pour circuler sans risque de s'enliser. Et encore.

L'objectif était de passer la ligne de démarcation dans ce secteur où, les forces ukrainiennes s'étant retirées, les contrôles seraient moins durs.

Edgar descendit sa vitre. Au loin, il percevait maintenant le bruit de fond d'échanges d'artillerie intenses. Comme un roulement continu. Un bruit glaçant, plus qu'il ne s'y attendait.

Les sons produits par une guerre classique.

Rien à voir avec les conflits au Mali, en Irak ou en Afghanistan, faits de raids, de tirs ciblés et d'actions commando.

Là, c'était la vraie guerre, à l'ancienne. Comme dans les documentaires sur 1939-1945, avec les bombardements allemands indifférenciés et les civils fuyant la mort sous le mugissement des sirènes.

Le tonnerre d'artillerie créait une sorte d'onde qui le traversait jusqu'aux os, qu'il sentait physiquement jusqu'au plus profond de son être. Au-dessus, une sorte de stridulation qu'il mit un peu de temps à reconnaître, comprenant soudain avec une évidence glacée la matérialité de ce que Poutine avait engendré.

Le retour de la guerre totale en Europe, avec le bruit de tondeuse des drones Shahed à la place des sirènes d'avions Stuka.

— Ça va ? Vous êtes tout blanc, dit Kateryna.

Ce n'était pas la peur mais la prise de conscience, immédiate et brutale, de la fin d'une époque. La canonnade et les drones étaient là pour dire qu'après soixante-dix ans de paix (si l'on exceptait les guerres des Balkans, de moindre ampleur) une page venait de se tourner. L'Europe était retombée dans ses vieux travers, les dictateurs et les guerres. Personne ne pouvait encore dire les conséquences que celle-ci aurait pour le continent.

— On continue.

D'après les données satellitaires du renseignement militaire français, les Russes étaient en train de mener une énième offensive sur les villages de Pisky et de

Zaitsevé, déjà perdus deux fois, ce qui mobilisait la plupart de leurs troupes dans la zone.

Ils parcoururent ainsi environ deux kilomètres, dans un bruit de plus en plus infernal. Edgar, focalisé sur le souvenir qu'il avait du plan, donnait des indications d'une voix sèche à Kateryna. L'ambiance dans le break était à couper au couteau.

— Depuis le temps qu'on roule, on est sans doute entrés en zone séparatiste, annonça-t-il en attrapant le vaporisateur, qu'il dirigea vers le fond de sa gorge.

Sa première utilisation depuis leur entrée en Ukraine.

L'effet fut instantané. Il se retrouva incapable d'émettre le moindre son cohérent.

Ils roulèrent encore quelque temps, quand une dizaine de soldats sortirent de derrière les arbres. Tous très jeunes, les cheveux ras, les yeux bridés, des armes disparates brandies dans leur direction.

— Des Iakoutes ! annonça Kateryna d'une voix apeurée.

Un grand nombre de soldats de l'armée russe étaient issus de minorités originaires de régions périphériques et déshéritées. Souvent analphabètes, ils s'étaient enrôlés en masse au début de l'« opération spéciale », attirés par les salaires élevés. Depuis les massacres que des unités bouriates de la 64e brigade motorisée avaient commis dans les environs de Kiev (en quinze jours, des centaines d'innocents canardés, de femmes et de filles, et jusqu'à des enfants de cinq ans, violées...), les minorités de Sibérie et de l'Extrême-Orient russe étaient presque aussi craintes que les Tchétchènes.

C'était des hommes de ce type (et les officiers qui avaient organisé ces exactions, des Russes tout ce qu'il y avait de plus slave, eux) que Poutine avait décorés à leur retour au pays, pour, selon ses mots, récompenser leurs « actions habiles » et leur « grand professionnalisme »...

Kateryna stoppa la voiture tandis que les soldats les entouraient, avec l'air de chats qui ont trouvé une souris. Trois miliciens ukrainiens des forces séparatistes, reconnaissables au ruban de Saint-Georges cousu sur leur plastron, s'approchèrent. Edgar se retrouva avec le canon d'une kalachnikov à quelques centimètres de son crâne.

— Qu'est-ce que vous foutez ici ? hurla l'un des Ukrainiens.

Il portait un insigne de caporal et semblait être le chef. Comme les autres, il était nerveux, son uniforme était sale et déchiré, et son visage couvert de suie et de poudre.

— Ma maison a été détruite et mon mari tué, alors on voulait partir chez ma sœur à Ternopil, mais on a appris qu'elle était morte.

Kateryna sortit ses papiers.

— Mon mari combattait avec les milices populaires. Il a été abattu par les nazis sur le front. Notre maison a été détruite par un bombardement. On n'a plus de famille ailleurs, alors on rentre chez nous.

Elle montra son document de veuve de guerre.

— Je vais demander aux autorités de nous aider à trouver une nouvelle maison.

— Et lui, qu'est-ce qu'il fout avec toi ? Pourquoi il ne se bat pas avec nous ? Il a l'âge.

— Il est handicapé, monsieur, il ne peut rien faire.

— Ferme-la. Tu me réponds, toi ?

Incapable de parler, le canon sur la tempe, Edgar se mit à pousser des sortes de feulements tout en roulant les yeux.

— Il se fout de nous ou quoi ? lança l'un des Iakoutes, exaspéré, le doigt sur la détente de son fusil. Faut lui donner une leçon, à ce con.

— Non, c'est un débile et il est muet. C'est dit dans les papiers, annonça le caporal, l'air ennuyé.

Il avait une bonne tête et devait se demander ce qu'il foutait là, un fusil à la main, au lieu d'être dans sa famille.

— Qu'est-ce qu'il vient nous faire chier ! On n'a qu'à le renvoyer chez les nazis pour qu'ils s'occupent de lui, renchérit un de ses comparses après avoir jeté un coup d'œil au certificat. On n'a pas assez de pain pour tout le monde.

— Bah, son père était combattant pour nous, ils n'ont plus de maison, les pauvres. Foutons-leur la paix, dit un autre en s'interposant.

— Il a raison. Ils ont eu assez de malheurs, sa mère et lui. – Le caporal se pencha vers Kateryna. – C'est bon, madame, vous pouvez y aller. Mais avant de partir, montrez-moi votre téléphone, que je voie ce qu'il y a dedans.

Elle lui tendit l'appareil authentique de la femme dont elle avait endossé l'identité. Un modèle chinois bas de gamme et tout cabossé doté d'un abonnement téléphonique russe, comme c'était désormais la règle dans le Donbass occupé.

— Ouvrez-le, ordonna le sous-officier.

Docilement, Kateryna posa son index sur l'écran pour le déverrouiller. La DGSE avait fait le ménage dans l'appareil, bien sûr. Elle avait également installé un logiciel secret développé boulevard Mortier, qui permettait d'obtenir deux écrans d'accueil distincts. Quand on tapait le code « officiel » ou qu'on le déverrouillait avec son empreinte, un premier écran s'affichait, qui donnait accès à la partie publique de l'appareil. Mais si on tapait un second code, il s'ouvrait sur l'écran secret, avec d'autres comptes mail, Signal et WhatsApp, inaccessibles à partir du premier.

Le caporal jeta un regard distrait aux informations qui s'affichaient, plus par acquit de conscience que par suspicion. Un soldat efflanqué avait profité de la discussion pour ouvrir le coffre, fouillant nerveusement dans les provisions. L'air affamé, les joues creuses, il flottait dans son uniforme. Il vola une dizaine de boîtes de conserve, qu'il passa illico à l'un de ses comparses avec un sourire ravi.

Il ne pouvait évidemment pas deviner que les stratèges de la direction de la recherche et des opérations de la DGSE les avaient placées là précisément à cette fin. Selon les données recueillies par les renseignements occidentaux, quatre-vingt-dix pour cent des rations de combat distribuées aux soldats russes de l'« opération spéciale » étaient périmées, certaines depuis plus de vingt ans... La corruption étant ce qu'elle est en Russie, généraux et hauts fonctionnaires du ministère de la Défense avaient détourné pendant plus de deux décennies à peu près tout l'argent des contrats de renouvellement des rations de combat. C'est ainsi que de nouvelles villas avaient changé de mains au prix fort sur la Côte d'Azur ou à Dubaï pendant que les troufions de base partaient à la guerre avec des paquetages dont le contenu était devenu du poison. Au début de l'invasion, on avait ainsi vu des milliers de soldats de la glorieuse armée de Poutine, atteints de diarrhée, accroupis dans les champs. Les choses n'avaient fait qu'empirer avec l'arrivée de trois cent mille conscrits. Depuis, le pillage s'était imposé comme moyen normal de se nourrir.

Le coffre claqua. Le caporal se pencha à l'intérieur de l'habitacle, posa une main protectrice sur l'épaule d'Edgar en lui tendant une friandise.

— Je ne sais pas si tu me comprends, mon gars... mais je te souhaite bonne chance. À toi et à ta mère.

Kateryna et Edgar poursuivirent leur chemin au cœur d'une campagne plate et triste, dans un silence total. La route était bordée de véhicules calcinés, par dizaines. Ici, l'armée ukrainienne avait pris une raclée lors des premières semaines du conflit.

Tout à coup apparut ce qui ressemblait à une banlieue. Des immeubles en béton assez moches cernant des maisons entourées de palissades en bois. Des drapeaux russes.

— Je n'y crois pas. On y est ! annonça Kateryna.

Toujours pas de nouvelles. Ils jouent au chat et à la souris, ces sadiques. Ils savent qu'on est juste toutes les trois. Que personne ne nous aidera. On marine dans notre trouille. Plus rien n'est normal. On guette tous les bruits. On dort à peine. On sort juste pour faire les courses, et encore, on mange surtout nos conserves, les prunes au sirop de cet été et le chou fermenté. On est comme en prison alors qu'on est chez nous. Natalka est moins conne : elle a fait son sac et va aller habiter ailleurs. On ne lui a pas demandé chez qui…
Mais maintenant, ça fait trop longtemps. Ils vont venir. Faut que j'aille planquer ce journal. Je le retrouverai à la fin de la guerre.

77

Donbass

Le Tatar contemplait Bogdan Lissenkov, affalé sur sa chaise. La mèche de la perceuse utilisée par S. s'était cassée net, envoyant des particules métalliques dans toutes les directions, ce qui avait obligé le bourreau fou à s'arrêter.

En dépit de ce « traitement », Bogdan n'avait pas avoué. De nouveau taraudé par le doute, le Tatar avait fini par se convaincre qu'il était réellement innocent.

Pourtant, Bogdan Lissenkov était le seul, parmi tous les hommes interrogés, à avoir eu des relations avec Andriy Mykoulyne. Comme tout agent de renseignements digne de ce nom, le Tatar ne croyait pas aux coïncidences.

Ennuyé, il sortit de la pièce, suivi par le bourreau, sa perceuse cassée à la main, qu'il tendit à l'un des gardiens. Celui-ci était un nouveau et semblait épouvanté par les cris filtrant de la cellule. L'effet de la guerre sur la psyché humaine n'est jamais superficiel, c'est un cancer profond. Comme les autres, il s'y habituerait et développerait une carapace d'insensibilité. Ou alors il finirait comme Dmitri-Veronica, dépressif, suicidaire et à moitié fou.

— Tu surveilles le détenu en attendant que le médecin arrive. Il ne doit pas mourir. Donne-lui de l'eau, ordonna S. Et remplace la mèche de la perceuse. Attention, n'achète pas n'importe quoi. Je veux un modèle standard S6 en carbure de tungstène.

De là venait son surnom d'agent S.

Mikhaïl Mikhaïlovitch Khabarovski, de son vrai nom, n'utilisait que des mèches de format S6, celles dont il avait déterminé à l'usage qu'elles causaient le plus de douleur et le moins de dégâts immédiats.

Abandonnant l'Ukrainien psychopathe, le Tatar remonta dans son bureau pour réfléchir.

Aucun autre prisonnier ne connaissait Andriy Mykoulyne. Quelque chose clochait. Si Bogdan Lissenkov avait été le traître, il aurait parlé. Était-il envisageable qu'il ait été manipulé, que quelqu'un se soit fait passer pour lui à son insu ? Et dans ce cas, qui ? Un membre de sa famille ou l'un de ses amis ?

Sur une impulsion, il s'empara de ses clefs de voiture. Avant d'embarquer ses proches, il fallait qu'il fasse un tour à la ferme où le « matériel spécial » était entreposé.

Pour voir si quelqu'un se souvenait de quelque chose de suspect concernant l'entourage de Bogdan Lissenkov.

78

Donbass

En fait de ferme, l'exploitation des parents de Bogdan Lissenkov n'était qu'un ensemble misérable. Le bâtiment d'habitation était une minable maison en bois, au toit couvert de lourdes pierres pour résister aux vents qui balaient en permanence les immenses plaines du Donbass. Des bâtiments en matériaux de récupération et tôle ondulée servaient à entreposer le tracteur, les outils et engins.

Des arbres rabougris en haies, de la boue partout. Quelques vaches efflanquées à l'épais manteau de poils divaguaient alentour. Une bande d'oies cacardaient sous un saule. La porte du poulailler était ouverte, aucun soldat n'ayant jugé bon de la refermer, et des volailles picoraient un peu partout.

Le matériel spécial était entreposé dans un des bâtiments annexes. Le Tatar savait tout de sa provenance, mais pas ce que le Kremlin comptait en faire. Et ne voulait surtout pas le savoir. Dans le monde du renseignement russe, prendre connaissance de choses qu'on doit ignorer est le meilleur moyen de finir avec une balle dans la tête.

Il gara sa voiture de fonction, un 4 × 4 Mercedes G63 à quinze millions de roubles, sur le côté de la bâtisse, sous le regard envieux des soldats. Sa plaque de Moscou comportait les trois lettres « EKX », réservées à quelques puissants, oligarques et haut gradés des renseignements, de la police, des services de renseignements et de la protection du président. Elles signifiaient que le conducteur ne pouvait être arrêté par la police routière, quelles que soient ses infractions au code de la route.

— Appelle Iouri, ordonna-t-il à un gardien.

Iouri Sneguirev, le responsable de la sécurité du lieu, était un jeune capitaine ambitieux. Son équipe d'une cinquantaine de commandos spécialisés dans la surveillance s'était enterrée dans des mini-tranchées. Ils pouvaient ainsi assurer le contrôle du site sans être vus des satellites espions occidentaux qui tournaient en permanence au-dessus du Donbass.

Le Tatar entra dans la bâtisse et se fit préparer un café.

L'atmosphère était un peu irréelle. À cause de la discrétion de la garde et de la présence des animaux de basse-cour, on se serait cru dans une vraie ferme.

Le responsable de la sécurité se présenta bientôt. Comme tous ses hommes, il était habillé en paysan, vieux pantalon informe, chemise de couleur indéterminée, gros pull à carreaux. Pas de casque ni de gilet pare-balles, une arme de poing qui faisait une grosse bosse à la hanche sous le pull, un fusil à canon court et crosse pliante caché dans un banal sac à dos. Là aussi, la discrétion devait être totale.

Le capitaine salua le Tatar d'un air distant. Comme beaucoup de commandos, il avait tendance à mépriser les *Aguentoura*, les agents civils des services secrets.

— J'ai un problème avec quelqu'un de chez nous, annonça le Tatar.

— Qui ? demanda le capitaine, espérant que ce n'était pas l'un de ses hommes, ce qui signifierait le début d'ennuis sans fin.

— Bogdan Lissenkov.

— Le fils des proprios ?

— Tout juste.

Le capitaine afficha un air perplexe.

— Je ne comprends pas. Il a été décoré pour bravoure au combat en 2014. C'est un homme sûr.

— Quelqu'un qu'il connaît a bavassé à propos de ce que tu gardes dans le hangar principal.

— Oh…

— Est-ce qu'il est venu ici souvent ?

— Je ne l'ai vu que deux fois, et c'était *avant* la livraison du matériel spécial.

— Quand ?

— Il y a six mois, environ, quand l'opération n'en était encore qu'à la phase préparatoire. Bogdan Lissenkov m'a montré le site, m'a expliqué où étaient les entrées et les sorties, comment était le terrain, ce genre de choses. Ensuite, à son second passage, on a parlé des voisins, de ceux qui empruntent parfois la route qui longe la ferme, et on a réfléchi aux meilleurs endroits pour mettre en place le périmètre de surveillance. Rien de particulier.

— Deux fois seulement ?

— Affirmatif. Je ne l'ai jamais revu.

— Était-il seul ?

— La seconde fois, il était avec sa fille, une gamine d'une vingtaine d'années, Natalka. J'ai demandé à Bogdan de se garer à l'entrée de la propriété et j'ai interdit à sa fille de sortir de la voiture. Mon adjoint Vladimir lui a confisqué son téléphone, et il est resté avec elle pendant tout le temps de ma discussion avec le père. Il ne s'est pas éloigné de la bagnole une seconde.

— Donc, chaque fois que Bogdan Lissenkov est venu, il n'a pas pu y avoir de fuite. Tu es certain à cent pour cent que c'était avant que le matériel spécial soit apporté ici ?

— Affirmatif.

— Les parents de Bogdan sont-ils revenus ? demanda-t-il. Pour chercher du matériel ou des affaires ?

— Négatif. On les a installés dans un hôtel au bord de la mer Noire. Ils sont gardés 24/24 par une équipe de chez nous et ont interdiction de communiquer avec qui que ce soit.

Tout était clair. Pourtant, l'instinct du Tatar lui soufflait qu'il passait à côté de quelque chose.

— T'es-tu absenté depuis la livraison du matériel ?

— Non.

— Pas une seule fois ?

— Un après-midi, avoua le capitaine de mauvaise grâce. Je suis allé faire soigner une rage de dents de l'autre côté de la frontière. Chez nous, à Rostov-sur-le-Don.

Le Tatar masqua son excitation.

— Quand ?

— Il y a trois semaines environ. Cela m'a pris moins de cinq heures aller et retour.

Enfin, on y était ! Le Tatar le sentait.

— C'est ton adjoint qui t'a remplacé comme chef de la sécurité ce jour-là ?

— Oui.

— Va le chercher.

Conscient d'avoir peut-être commis une faute en ne prévenant pas sa hiérarchie de son absence, le capitaine abandonna son air arrogant et fila. Il revint quelques minutes plus tard, accompagné d'un blondinet couvert de boue.

— Désolé, il était en planque, annonça le capitaine d'un ton servile.

Le Tatar remarqua qu'il tremblait, et il en eut honte. Il détestait ces moments où, au lieu d'incarner l'intelligence subtile d'un chef de mission expérimenté, il représentait le pouvoir absolu de la police secrète d'un régime sans pitié.

— Comment t'appelles-tu ? demanda-t-il brusquement au nouveau venu.

— Lieutenant Vladimir Vorontsov, à vos ordres, mon colonel.

— Tu as remplacé le capitaine Sneguirev à la direction de la garde il y a environ trois semaines ?

— Euh..., répondit le lieutenant en regardant son gradé.

— Réponds au colonel ! ordonna ce dernier.

— Oui, une fois, quand il est allé chez le dentiste.

— Est-ce que Bogdan Lissenkov s'est présenté cet après-midi-là ?

— Bogdan Lissenkov ?

— Tu comprends le russe, idiot ? Oui, je parle du fils des propriétaires.

Bizarrement, le lieutenant s'empourpra.

— Euh, affirmatif, mon colonel.

— Tu l'as amené voir le matériel spécial ?

— Non. Il cherchait des affaires à lui dans le grenier de ses parents, alors, je l'ai laissé monter.

— Combien de temps est-il resté ?

— Une heure environ.

— Une heure ??? Et il n'est pas allé une seule fois dans le hangar du matériel spécial ?

— Non. J'en suis certain.

— Et pourquoi en es-tu si certain ?

— Parce que j'y étais, répondit le jeune lieutenant. Je veux dire, j'étais dans le hangar. Bogdan Lissenkov n'y a pas mis les pieds.

Le Tatar avait interrogé des centaines de personnes depuis le début de sa carrière, peut-être des milliers, et il se targuait d'avoir un radar à détecter le mensonge. Quelque chose clochait dans la déposition du lieutenant Vorontsov.

Il dégaina son arme et en posa le canon sur le front de l'officier.

— Qu'est-ce que tu me caches, sale petite merde ? Je sais que tu me mens.

Le jeune homme roula les yeux, sentant que l'officier ne bluffait pas. D'un coup, il vida son sac.

— Bogdan Lissenkov, il n'était pas seul !

— Qu'est-ce que c'est que cette salade ? Avec qui était-il ?

— Sa fille, Natalka, et une gamine, Iryna, sa belle-fille. Natalka, je l'avais déjà vue la fois d'avant. Je gardais la bagnole où le capitaine l'avait consignée.

— T'es-tu rendu dans le hangar avec Natalka ?

— Oui.

Le jeune Vladimir éclata en sanglots.

— Elle est très belle. Quand elle est venue la première fois, on a discuté. J'ai bien vu que je lui plaisais. Ce jour-là, la seconde fois, elle m'a demandé de lui faire visiter le site, soi-disant qu'elle voulait voir les armes spéciales. Que ça l'*excitait*. J'ai compris qu'elle avait envie de faire l'amour. On est allés dans le hangar principal, et on l'a fait là-bas, sur la paille. À côté des missiles.

— Imbécile ! Tu l'as laissée seule à un moment ?

— Non, jamais. Même quand on s'est rhabillés. Elle m'a demandé de la laisser quelques instants pour remettre sa culotte, j'ai dit non.

— Elle n'est jamais restée seule ?

— Jamais, je vous le jure !

— Et son téléphone ?

— Je le lui avais confisqué à l'entrée du site, pour le mettre dans un tiroir, au poste de contrôle. Je ne le lui ai rendu que quand on est revenus à la voiture.

Le Tatar réfléchissait, les yeux plissés. Soudain, la vérité éclata. D'une voix tremblante de rage, il demanda :

— Et l'autre ? La gosse. Elle était où ?

— Avec son beau-père.

— Qu'est-ce qui te dit qu'elle ne lui a pas faussé compagnie, puisque tu ne les surveillais pas ? Tu lui avais retiré son téléphone ?

Penaud, Vladimir baissa les yeux.

— Je ne crois pas qu'on le lui ait demandé. C'était juste une gamine !

— Crétin ! Traître !

Le Tatar avait l'impression d'avoir reçu un seau d'eau glacée sur la tête. La petite avait pu non seulement voir les missiles, mais aussi les photographier avec son portable. Tout était clair. C'était un complot de la femme de Bogdan Lissenkov. Cette garce avait utilisé ses deux filles : l'une pour corrompre la garde, l'autre pour prendre des photos.

— Capitaine, je vous donne l'ordre de faire arrêter sur-le-champ pour traîtrise le lieutenant Vorontsov.

Il attendit que l'officier ait passé les menottes au jeune homme pour courir vers sa voiture.

D'abord, alerter la Tsarine.

Ensuite, envoyer une équipe chez la femme de Bogdan Lissenkov pour arrêter cette félonne et les deux filles. Il fallait qu'il apprenne au plus vite quelles informations ce trio infernal avait transmises à Andriy Mykoulyne.

Lioudmila, Iryna et Natalka. Ces trois-là, il veillerait à ce que S. s'occupe personnellement de leur interrogatoire.

79

Donetsk

— On y sera bientôt, annonça Kateryna, tandis qu'ils doublaient un autobus rempli de collégiens qui, à en croire leurs T-shirts et écharpes, se rendaient à un match de foot.

Ils roulaient depuis environ une demi-heure dans la ville, se dirigeant vers le sud par de petites rues afin d'éviter les grandes artères et leurs barrages aléatoires.

Donetsk produisait une impression étrange. Aux yeux d'Edgar, elle semblait vivre normalement. Aucune destruction, de grands immeubles en pierre blanche typiques de l'ère soviétique et, partout, des monuments à la gloire de l'URSS.

Jusqu'à une immense statue de Lénine qu'il découvrit, médusé, au milieu de la place du même nom, qui abritait également un théâtre, un opéra et le bâtiment – imposant, énorme, même – de l'ancien ministère de l'Industrie houillère soviétique.

Il y avait des embouteillages sur le boulevard périphérique, des gens qui faisaient leurs courses dans des petits supermarchés, des grands-mères proposant quelques fromages fermiers, du jambon fumé, des gants tricotés à la maison et toutes sortes de bottines d'intérieur en feutre sur des étals posés sur les trottoirs. On apercevait beaucoup d'enfants revenant de l'école, cartable sur le dos, des camionnettes d'artisans qui, comme partout dans le monde, grillaient les priorités, des camions-poubelles en plein ramassage.

Si l'on y regardait de près, l'impression de normalité disparaissait, Edgar s'apercevait que les véhicules civils n'étaient conduits que par des femmes et des personnes âgées. Les hommes étaient à la guerre.

Dans le même temps, la présence militaire était massive. Des séparatistes qui se pavanaient, hérissés d'armes, et des Russes, par groupes de soldats montés sur des blindés à huit roues ou des engins à chenilles. Le matériel semblait assez ancien et en piteux état. Couverts de boue, de rouille, beaucoup de véhicules présentaient des impacts de tirs ou d'explosions et les visages des soldats perchés dessus montraient qu'ils n'étaient pas à la fête.

Le drapeau blanc, bleu, rouge flottait partout, comme pour conjurer le passé et faire oublier que cette terre avait toujours été ukrainienne.

Edgar se rendait compte que les femmes et les vieux marchaient les yeux baissés, comme s'ils craignaient de se faire remarquer et arrêter à tout moment.

La peur était impalpable, mais il la sentait partout.

Ils prirent de l'essence dans une station-service Glusco. Grosse tension lorsqu'un engin sur lequel étaient juchés une dizaine de miliciens se gara à côté d'eux, Kateryna finissant son plein. Heureusement, le passage d'une jeune femme en manteau court sur le trottoir opposé mobilisa l'attention des hommes. Kateryna en profita pour fourrer une liasse de roubles dans la main du pompiste avant de déguerpir.

— Chaque fois que je vois un Russe, j'ai l'impression qu'on va se faire arrêter et mon rythme cardiaque monte à cent quatre-vingts, avoua Edgar. C'est épuisant.

— Le plus dur est fait. C'est au passage de la ligne de front qu'on risquait le plus, rétorqua Kateryna.

Edgar lui jeta un coup d'œil. Son absence d'appréhension était incroyable. Elle, l'amatrice, craignait moins la situation que lui, le professionnel. C'était le monde à l'envers. Tandis qu'ils continuaient vers le sud-ouest de la ville, il se promit de surveiller ses réactions pour éviter qu'elle ne prenne des risques inutiles.

Bientôt, ils atteignirent la rue Odeska.

— La maison est dans ce coin, annonça Edgar. Il faut descendre par la droite et, ensuite, tourner dans une voie perpendiculaire.

Ils empruntèrent un premier chemin de terre avant d'obliquer dans un second, plus étroit, qui serpentait entre de vieilles clôtures en bois, sous la voûte d'arbres centenaires.

— Ce doit être charmant ici, en été, remarqua Kateryna d'un ton un peu mondain.

Une fois de plus, Edgar tiqua, mais ne fit aucune remarque.

Ils passèrent lentement devant un portail ouvert. Une allée s'enfonçait dans un parc, au bout de laquelle on devinait une maison en pierre. Edgar pointa le doigt vers une inscription à peine visible sur un pilier du portail : « *Psikhiatritcheskaïa klinika* ».

— Dmitri avait raison, on y est. Poursuivez sur cinquante mètres avant de vous arrêter, je vais prendre mes armes. On ne sait pas ce qui nous attend dans la maison.

— Tout est calme, objecta Kateryna.

— Peut-être, mais je n'aime pas le fait que le portail soit ouvert.

Edgar se glissa sous la carrosserie après avoir vérifié que personne ne pouvait l'apercevoir. Il en ressortit une arme étrange à la main, sorte d'hybride entre un fusil très court et un pistolet-mitrailleur, avec un chargeur rectangulaire intégré dans la carcasse supérieure et un trou dans la crosse tenant lieu de poignée. Il vissa un silencieux au bout du canon et fit claquer la culasse.

— C'est bon. On y va.

Le break fit demi-tour et remonta lentement l'allée. Le P90 sur les genoux, Edgar retenait sa respiration. Il avait un mauvais pressentiment, sensation qui ne l'avait jamais trompé auparavant.

80

Donetsk

Kateryna sonna, faisant retentir un carillon. Edgar s'était positionné sur le côté, aux aguets. Une oreillette le reliait à un appareil mobile de traduction afin de pouvoir suivre la conversation sans que Kateryna ait besoin d'intervenir. Il avait revêtu un imperméable un peu troué pour cacher son arme, retenue par une sangle d'épaule. Pas la peine d'alerter inutilement Bogdan Lissenkov tant qu'ils n'étaient pas certains du camp auquel il appartenait.

— Il y a deux voitures dans le garage, sur les deux seuls emplacements, murmura-t-il à l'adresse de Kateryna. Ce n'est pas normal que le portail ne soit pas fermé.

Ils entendirent des pas et la porte s'entrebâilla sur une femme assez petite, en fin de trentaine, jolie.

— Madame Lissenkov ? demanda Kateryna.

— Oui, qui êtes-vous ?

— C'est une longue histoire. Nous venons voir Bogdan.

— Mon mari a été arrêté.

La catastrophe, mais Kateryna ne parut pas affectée.

— Peut-on entrer ? Je m'appelle Ioulia et voici mon fils, Maxim. Excusez-le, il est muet et légèrement retardé. Et pardonnez notre tenue, nous avons fait un très long voyage pour venir jusqu'ici.

— Je suis Lioudmila. Venez, dit la femme en ouvrant la porte.

Ils avancèrent jusqu'à la salle de séjour. Un canapé à carreaux rouges et verts, des fauteuils assortis, une table en bois caramel, entourée de chaises avec un dossier en cuir de la même couleur, un téléviseur, une chaîne hi-fi, des lithographies naïves aux murs et des rideaux en dentelles.

Un couloir devait mener aux espaces privés et une porte en verre dépoli donnait manifestement sur la cuisine.

— Asseyez-vous. Vous avez de la chance, je viens de faire du thé.

Lioudmila revint quelques instants plus tard, accompagnée d'une jeune fille de douze ou treize ans, vêtue d'un uniforme de lycée bleu et blanc. Visage d'ange, des cheveux bruns qui lui descendaient jusqu'au milieu du dos. Elle portait un plateau avec quatre tasses et une assiette de biscuits apparemment faits maison.

— Ma fille, Iryna.

La jeune fille s'assit à côté de sa mère et, sans un mot, versa le thé dans les tasses.

— Iryna ne parle pas beaucoup, mais elle comprend beaucoup de choses, n'est-ce pas, ma chérie ? Elle est surdouée, disent ses professeurs.

— Impressionnant, répondit Kateryna en prenant sa tasse. Vous devez être fière d'elle, Bogdan aussi.

— Oh, Bogdan n'est pas son père. Iryna est issue de mon premier mariage.

Iryna gardait les yeux baissés, mais Edgar la sentait sur le qui-vive.

— Qui êtes-vous ? demanda Lioudmila après avoir trempé ses lèvres dans sa tasse.

— Mon mari était un ami du vôtre, répondit Kateryna. Il est mort il y a quinze jours, assassiné en Roumanie.

— Je suis désolée. Bogdan ne m'en a pas parlé.

— Je ne pense pas qu'il ait été au courant de son décès.

— Comment s'appelait votre mari ?

— Andriy Mykoulyne.

Iryna laissa échapper un petit cri. Sa mère la regarda d'un air interrogateur avant de poursuivre :

— Nous vivions en Roumanie depuis une dizaine d'années, mais nous sommes tous les deux originaires d'ici. Andriy avait passé une partie de son enfance dans le même quartier de Donetsk que Bogdan. Ils avaient fait leurs études ensemble. Ils étaient très amis, à cette époque.

Lioudmila haussa les épaules.

— Bogdan ne m'a jamais parlé de lui, navrée.

— Ils s'étaient perdus de vue depuis le début des années 2000. Peut-être Bogdan et vous, vous êtes-vous rencontrés après.

— Oui, nous ne sommes ensemble que depuis 2015.

— Madame Lissenkova, savez-vous pourquoi votre mari a été arrêté ?

Lioudmila eut un geste d'incompréhension.

— Non, je ne comprends pas. Bogdan est un patriote et un membre très important des services de sécurité de la République populaire. Il a toujours lutté pour le rattachement du Donbass à la Russie, il s'est battu contre les nazis, il a été décoré plusieurs fois pour bravoure. Pourtant, des collègues de la police secrète sont venus l'arrêter il y a plusieurs jours. Ils l'ont frappé, l'ont accusé d'être un traître. Ils m'ont même menacée de me couper les seins si j'intervenais.

Elle fondit en larmes.

— Vous savez ce qu'on lui reproche ?

— Non. Il est au secret. J'ai passé des coups de fil, mais personne ne veut me répondre. Ils ont tous trop peur.

Les sanglots de Lioudmila redoublèrent. Quand elle se fut calmée, elle releva la tête.

— Pensez-vous qu'il y ait un lien entre la mort de votre mari et l'arrestation du mien ?

— Je ne sais pas. Votre mari avait envoyé une information très importante à Andriy. Une photographie. Est-ce que cela vous dit quelque chose ?

— Une photographie ? Bogdan ne m'en a jamais parlé. Une photographie de quoi ?

— De missiles. Des missiles français cachés quelque part par ici. Vous êtes certaine qu'il ne l'a jamais évoqué devant vous ? C'est très important.

— Peut-être. Attendez, je reviens.

Très digne, Lioudmila se leva avant de s'enfoncer dans le couloir.

Quelques secondes plus tard, ils l'entendirent qui revenait. Comprenant intuitivement que quelque chose ne collait pas, Edgar se leva, la main sous l'imperméable. Mais Lioudmila Lissenkova se posta dans l'encadrement du couloir, un fusil de chasse à la hanche, pointé dans leur direction.

— Ne bougez pas, espèces de sales nazis !

81

Donetsk

Le visage déformé par la haine, elle les tenait en joue. Edgar calcula le temps qu'il lui faudrait pour sortir son arme et neutraliser Lioudmila, et conclut que c'était impossible. À la distance où elle était, les plombs les déchiquetteraient avant qu'il ait pu faire un geste.

— Espèces de salopards ! Vous êtes des espions ! Vous travaillez pour qui ? hurla-t-elle. Les Américains ? Les Boches ?

— Pour personne, répliqua Kateryna posément en s'écartant d'un pas. Calmez-vous.

— Ne bouge pas, salope de nazie, ferme ta grande bouche. Toi, viens ici, ordonna-t-elle à sa fille.

Iryna se leva précipitamment pour aller se cacher derrière sa mère, l'air bouleversé.

— Vous êtes des traîtres, reprit Lioudmila Lissenkova. Vous avez fait croire aux services de sécurité que mon Bogdan vous avait passé une photo de ces missiles, mais il est innocent, et maintenant on le torture. À cause de vous.

— Si Bogdan ne nous a pas envoyé de photo, il n'a rien à craindre.

Lioudmila avança d'un pas et, sans tourner la tête, ordonna :

— Iryna, appelle le bureau de ton père. Demande-leur de venir tout de suite pour arrêter ces traîtres. Et Bogdan sera libéré.

— Ce n'est pas mon père !

La jeune fille se jeta sur sa mère de toutes ses forces, repoussant le canon du fusil vers le haut. Edgar se précipita en sortant son arme. Il assena un coup de crosse à Lioudmila Lissenkova en pleine tête. Elle s'effondra.

82

Donetsk

Face contre terre, Lioudmila Lissenkova ne bougeait plus. Iryna s'accroupit, prit la main de sa mère dans la sienne.

— Maman ? Maman ? Tu vas bien ?

Elle leva les yeux vers Kateryna, affolée.

— Il faut la soigner.

Kateryna se pencha à son tour sur la femme, dont elle tourna doucement le visage pour l'examiner.

— Ne t'en fais pas, c'est juste l'arcade sourcilière. Ça saigne beaucoup, mais ce n'est pas grave. Ça va aller.

Iryna se releva, avant de lancer d'une voix vibrante :

— La photo des missiles, c'est moi qui l'ai prise et qui l'ai envoyée à votre mari.

Elle tituba jusqu'au canapé, sur lequel elle s'effondra.

— Mon père était résistant, il s'est battu contre les Russes en 2014. Et puis il a été arrêté et a disparu. Maman n'a même pas essayé de le retrouver. Elle a rencontré cette ordure de Bogdan quelques semaines après. Quand je l'ai engueulée parce qu'elle ne faisait rien pour retrouver papa, vous savez ce qu'elle m'a répondu ? Que je devais l'oublier. Qu'on allait rebâtir une *vraie famille* avec Bogdan. Un collabo pour remplacer mon père ! Elle est vraiment prête à tout pour profiter de cette baraque, de son fric et de sa carte de flic !

Edgar fit un pas.

— Iryna…

Stupéfaite de voir cet homme armé, qui, quelques minutes auparavant, roulait les yeux en ayant l'air de ne rien comprendre à rien, s'adresser à elle, Iryna se leva d'un bond.

— … Je m'appelle Edgar, poursuivit-il en anglais. Ne fais pas attention à mon apparence. Je travaille pour les Occidentaux. Peut-on continuer dans cette langue ?

Il avait du mal à suivre la conversation avec son écouteur-traducteur et voulait être certain de comprendre parfaitement la situation.

— Oui. Mais je ne le parle pas très bien. Je suis désolée, dit-elle, au bord des larmes.

Elle avait un accent *posh* parfait. Surdouée, avait dit sa mère.

— Dis-nous comment tu as fait pour prendre cette photo, reprit Edgar, soulagé de pouvoir échanger directement. C'est très important.

Il invita d'un geste Iryna à se rasseoir et s'accroupit devant elle. Sans quitter sa mère des yeux, elle raconta comment elle avait découvert l'existence d'Andriy Mykoulyne, manipulé Natalka, la fille de son beau-père, pour avoir accès à la ferme des parents de Bogdan. Comment elle avait finalement pris la photo.

Il lui avait fallu une sacrée dose de courage pour accomplir tout cela. À treize ans !

— Est-ce que tu sais où est cette ferme ?

— Oui.

À ce moment-là, ils entendirent un grondement. Deux voitures s'engageaient à toute vitesse dans l'allée. Deux Audi noires aux plaques russes.

— La police secrète ! cria Kateryna.

83

Donetsk

Lioudmila Lissenkova reprit partiellement connaissance sans comprendre ce qui venait de se passer. Pourquoi était-elle à terre, le visage en sang ? Complètement groggy, elle ramena le fusil de chasse à elle, sans parvenir à se relever.

Tout se mélangeait dans son esprit, l'arrestation de son mari, l'apparition des deux nazis... Elle discernait un brouhaha au-dessus d'elle. Il aurait dû y avoir deux voix, pas plus, or elle en distinguait plusieurs, des hommes qui parlaient en russe. Elle entendit distinctement quelqu'un crier :

— Est-ce que tu as pris une photo du matériel spécial, salope ?

— Non, ce n'est pas moi.

Une voix d'enfant. *Iryna ?*

Une paire de chaussures masculines entra dans son champ de vision.

Le traître !

Elle appuya sur les deux queues de détente en même

temps. Une gerbe de plomb partit en fusant au niveau du plancher. Elle vit les pieds exploser, entendit des hurlements, puis elle eut l'impression de prendre des coups de barre de fer sur la tête, et tout devint noir.

84

Donetsk

L'arme à la main, encore aux aguets, Edgar contemplait le salon encombré de cadavres.

Les Russes, au nombre de six, trois en civil et trois en uniforme, étaient entrés par la porte principale. Puis la femme de Bogdan leur avait tiré dessus, en blessant un aux pieds. Les autres avaient riposté. Il avait surgi à cet instant de la penderie où il s'était réfugié avec Kateryna, laissant Iryna allongée au pied du canapé. Rien d'extraordinaire dans l'issue de la fusillade. En dépit de sa compacité, le P90, petite merveille créée par le fabricant belge Herstal, dispose d'un chargeur de cinquante balles flèches, ce qui en fait une arme redoutable en milieu confiné. L'entraînement et le sang-froid d'Edgar avaient fait la différence.

Prostrée, Iryna était livide. Comme en catatonie.

— Ne regarde pas les corps, lui intima-t-il. Garde les yeux fixés au plafond.

Kateryna la releva d'un geste doux avant de la pousser, le visage maintenu contre sa poitrine, vers l'entrée, l'empêchant de voir le cadavre de sa mère, troué par une dizaine d'impacts.

— Où est maman, où est maman ? répétait Iryna d'une voix de petite fille.

— Ne regarde pas ! éluda Edgar. Viens, on s'en va.

Tandis qu'il insérait un chargeur neuf dans son arme, Kateryna entraînait l'adolescente à l'extérieur.

— Qu'est-ce qu'on fait ? lui demanda-t-elle une fois qu'ils furent tous dehors.

— L'officier du FSB. Qu'a-t-il dit ?

— Il a parlé d'une photo.

— Merde, les Russes ont compris qu'Iryna avait pris une photo des missiles. Quand leurs collègues vont s'apercevoir que personne ne répond ici, ils vont débarquer en force. Il faut partir tout de suite.

Il se tourna vers la jeune fille.

— On ne peut pas te laisser là. Tu as des amis chez qui te cacher ?

— Non. Des collabos ont pris la maison de mes grands-parents. Ils ont dû s'enfuir. Mes deux oncles et mes tantes ont été arrêtés aussi.

Il lui prit les mains.

— Ta maman est décédée, Iryna. Je suis désolé. On repart à l'ouest. Le trajet sera très dangereux, mais tu ne peux pas rester ici toute seule. Tu comprends ?

Iryna inclina la tête sans répondre. Brusquement, les larmes jaillirent. Elle venait de prendre conscience du fait que sa vie s'arrêtait. Désormais, elle était seule.

— Quand on sera en zone libre, on t'aidera à retrouver ton père, ajouta Edgar en mettant dans sa voix toute la douceur dont il était capable. S'il est vivant, je te promets que la France interviendra pour qu'il soit intégré dans un programme d'échange de prisonniers.

Elle acquiesça, les épaules soulevées par de gros sanglots silencieux. Soudain, elle poussa un cri : « Mon journal ! » et courut vers l'un des angles de la maison. Elle s'agenouilla, souleva une grosse pierre, gratta la terre et dégagea un paquet enveloppé dans de la toile cirée.

Quelques minutes plus tard, ils l'aidaient à se glisser dans la cachette aménagée sous la banquette arrière.

— Où est-ce qu'on va ? demanda Kateryna alors qu'ils passaient le portail.

— Je ne sais pas encore, avoua Edgar. On était censés attendre chez Bogdan. De toute manière, l'exfiltration prévue dans le plan B est pour cette nuit, on n'aura pas à patienter beaucoup.

Environ un kilomètre plus loin, ils croisèrent deux véhicules de police lancés à pleine vitesse, gyrophare et sirène allumés.

— Apparemment, les Russes n'ont pas donné le signalement de notre voiture quand ils se sont garés devant la villa des Lissenkov, fit remarquer Kateryna.

— Avec la boue qu'il y avait dans l'allée, ils ne mettront pas longtemps à trouver les traces de nos pneus, répondit Edgar.

Avisant un terrain vague encombré de carcasses de voitures et d'équipements agricoles brûlés, Kateryna donna un coup de volant à gauche. Quand elle arrêta la voiture, Edgar se glissa dessous pour récupérer le téléphone satellite dans le compartiment secret. Paul décrocha à la première sonnerie.

— Alors ? demanda-t-il nerveusement.

— Je sais où sont les missiles. Tu peux noter ?

— Vas-y, tu es enregistré.

— Il s'agit d'une ferme, confirma Edgar après avoir donné les détails fournis par Iryna. De l'extérieur, d'après Iryna, la belle-fille de Bogdan Lissenkov, ça ne ressemble pas à grand-chose, quelques hangars, des abris pour le foin et une petite maison principale. Les missiles sont dans le plus grand hangar. Il n'y a pas de dispositif de sécurité visible, les soldats russes qui gardent le site sont enterrés. En revanche, je ne peux pas te confirmer que les missiles y sont toujours, le dernier contact visuel sur le site date du jour de la prise de la photo.

— On verra ce que les satellites montrent. Dès que j'ai raccroché, je lance la machine.

— D'après ce qu'on a saisi, les Russes viennent de comprendre qu'on a une photo des missiles. Ils vont réagir et les déplacer.

— Tout est prêt pour la frappe. On n'attendait que ton information pour lancer le tir, tout le monde est déjà en salle opex. Le DG va avertir l'Élysée immédiatement.

— Paul, préviens le support aérien qu'on ne part plus à deux mais à trois. On emmène Iryna.

Paul se racla la gorge et, malgré les milliers de kilomètres qui les séparaient, Edgar sentit immédiatement sa gêne.

— Vous ne pouvez plus utiliser le site d'exfiltration prévu. Nos satellites montrent qu'un détachement russe s'y est installé il y a trois heures.

85

Donetsk

Edgar se figea, atterré. Mais déjà Paul poursuivait :

— Apparemment, un détachement de la 30e brigade de fusiliers motorisés a été réaffecté ce matin dans ce périmètre. Des soldats de la vague de mobilisation. On parle de cent cinquante hommes et d'une dizaine de véhicules blindés. Ils sont en train de monter un camp.

— Tu proposes quoi ?

— Il faudrait que vous restiez chez Bogdan Lissenkov, le temps qu'on mette au point un nouveau plan d'exfiltration, conclut Paul.

— Impossible ! Tu as écouté ce que je t'ai dit ? Les renseignements russes sont chez lui, Lissenkov est en taule, j'ai dû abattre plusieurs agents.

— C'est un putain de cas non conforme, lâcha Paul d'une voix où perçait une nervosité qu'Edgar n'avait encore jamais sentie chez son chef. Le plan B en cas de problème dans la procédure d'exfiltration, c'était de se débarrasser de Lissenkov et de t'exfiltrer fissa. On n'a pas prévu de plan C dans lequel tu aurais déjà les Russes à tes trousses et une personne en plus.

— Il va bien falloir en imaginer un, répliqua Edgar. Parce que, pour l'instant, je ne sais pas quoi faire. Et le signalement d'Iryna va être donné à tout ce que cette ville compte de miliciens.

Paul ne répondit pas, mais Edgar comprit que son chef pesait le pour et le contre de l'abandon de la jeune fille. Sa priorité était de rapatrier son agent, pas des civils. La guerre ne se fait jamais en gants blancs, même chez les démocrates... Aussi se hâta-t-il d'ajouter :

— Iryna est en danger de mort. Sans elle, on n'aurait rien, pas d'info ni de photo, et le complot suivrait son cours tranquillement. On *doit* l'aider.

— Elle n'a que treize ans, elle ne risque pas grand-chose, objecta plutôt maladroitement Paul, confirmant les soupçons d'Edgar.

— Les Russes ne lui pardonneront pas. Tu sais ce qu'ils ont fait aux filles de son âge dans les territoires occupés ? Ils n'auront aucune pitié. Je préfère être clair : je ne rentre pas sans elle.

Il laissa Paul digérer cette information.

— Tu peux gagner un peu de temps ? Je mets tout le monde sur le coup. On essaye de te rappeler dans deux heures tapantes.

— OK.

— Alors ? demanda Kateryna lorsqu'il eut raccroché. Est-ce que vos chefs vous ont demandé de laisser tomber la petite ? C'est beaucoup plus difficile avec elle. Dans l'heure, tous les flics de cette ville auront son identité.

— Personne n'a proposé de laisser tomber Iryna, mentit Edgar. En revanche, il y a des soldats russes sur le site d'exfiltration, ce qui nous oblige à mettre en place une nouvelle opération. On va devoir rester ici le temps de l'organiser.

— Rester à Donetsk ? Mais vous êtes fous ?

— On n'a pas le choix. Roulez jusqu'à la zone où se trouvent les réfugiés, on aura plus de chances de passer inaperçus là-bas.

86

Moscou et district d'Odintsovo

La Tsarine reposa son téléphone, livide de rage. Non seulement les Français connaissaient l'existence d'Ouragan de feu, mais ils avaient probablement deviné qu'il s'agissait d'utiliser des missiles contre leur pays.

Impossible de cacher au président un tel plantage.

Elle décrocha son téléphone et demanda une entrevue en urgence absolue. Le chef de cabinet la rappela dans les cinq minutes.

— Le président est à Novo-Ogariovo. Un hélicoptère vous attend. Vous partez immédiatement.

Cette propriété est la préférée de Poutine. Il y passe le plus clair de son temps, même si la propagande répète qu'il ne quitte jamais le Kremlin. Comme du temps de Staline, lorsque la lumière restait allumée la nuit dans le bureau du dictateur pour faire croire au bon peuple qu'il travaillait vingt heures par jour alors qu'il séjournait presque toute la semaine dans sa datcha de Kountsevo…

Située dans le district d'Odintsovo, à une cinquantaine de kilomètres de Moscou, la résidence de Novo-Ogariovo appartenait autrefois au frère d'Alexandre III, tsar de Russie. Reconstruite dans un très beau style classique, elle a été constamment modernisée par Vladimir Poutine depuis sa première élection. Le *prezident* y a fait de nombreux aménagements, dont un home cinéma, une piscine couverte et, bien sûr, un dojo privé où, jusqu'au Covid, il s'entraînait régulièrement avec ses gardes du corps au *sambo*, sa grande passion.

Depuis la pandémie, la résidence s'est transformée en bunker sanitaire, avec douche désinfectante obligatoire pour les rares visiteurs, même si les règles semblent s'être desserrées avec le temps.

Escortée par un huissier, la Tsarine rejoignit à pas forcés l'héliport, construit une dizaine d'années plus tôt à côté du jardin Taïnitski, juste derrière les remparts du Kremlin. L'hélicoptère s'envola dès qu'elle eut pris place à bord. Elle remarqua que la cabine était séparée du poste de pilotage par une plaque de plexiglas complètement étanche. La crainte du Covid, toujours.

Le trajet prenait environ quinze minutes, bien trop pour Olga Ranevskaïa, qui avait une peur bleue des vols. Bientôt, les immeubles gris de la banlieue moscovite firent place à une immense forêt de bouleaux et de conifères. Ils arrivaient.

Une énorme limousine Aurus – un modèle dont Vladimir Poutine avait suivi le développement en personne, prestige de la Russie oblige – attendait sur le bord de la piste. C'était bien la peine d'avoir dépensé autant d'argent pour un véhicule aussi luxueux : la voiture avait été désinfectée à grand renfort d'eau de Javel et d'un produit à l'odeur de pieds infecte qui couvrait les effluves du cuir et de l'épaisse moquette en laine. On se serait cru dans le métro...

À peine arrivée, la Tsarine fut prise en main par le FSO, le service de protection des hautes personnalités que Vladimir Poutine a transformé au fil des ans en garde prétorienne personnelle. Avec aujourd'hui plus de vingt mille agents spécialement dédiés à sa sécurité, le chef du Kremlin dispose de la sécurité la plus étanche du monde.

Olga Ranevskaïa fut fouillée trois fois par trois équipes différentes, reniflée par un chien spécialisé dans la recherche d'explosifs, puis par un autre capable de détecter au nez des centaines de poisons. Enfin, un garde du corps confisqua son téléphone avant de la prendre à part pour lui répéter les consignes de sécurité qu'elle connaissait déjà par cœur.

— Ne jamais approcher le maître du Kremlin à moins de six mètres. Suivre pour cela le marquage au sol. En cas de dépassement des limites, les gardes du corps ont consigne de tirer.
— Attendre que le président en ait donné l'ordre pour s'asseoir et se lever de la table de réunion.
— Poser les mains bien en vue sur la table pendant toute la durée de l'entrevue. Ne jamais les cacher ni les mettre dans ses poches, quelle qu'en soit la raison. Comprendre que tout manquement à cette règle peut entraîner un tir de sécurité.
— Adopter une position digne et non avachie.
— Ne pas parler sans y être autorisé.
— Ne pas souffler, cracher, ni postillonner vers le président. Ne pas tenter d'envoyer des fluides, des cheveux, des poils, des objets, ni aucun élément d'aucune sorte dans sa direction.
— Ne lui transmettre directement aucun papier, aucun document, aucun objet. Les passer à un huissier en amont de la réunion, afin qu'il procède aux contrôles préalables nécessaires.
— Ne pas le regarder dans les yeux, sauf quand il vous parle.

Cette dernière règle était récente et n'était pas dictée par des raisons de sécurité, remarqua, surprise, Olga Ranevskaïa. Si elle s'était autorisée à réfléchir de manière autonome, la Tsarine aurait compris que Vladimir Vladimirovitch Poutine, en bon chef mafieux qu'il était, appliquait sans le savoir les règles de comportement des meutes de loups, dans lesquelles aucun animal n'a le droit de fixer le mâle alpha sous peine de prendre un coup de dent.

Enfin, on la fit entrer dans le bureau présidentiel.

Une immense table d'environ six mètres de long occupait la majeure partie de la pièce. Le président était assis à une extrémité, hiératique. Elle le salua en s'inclinant profondément avant que, d'un geste de la main, il l'invite à s'installer à l'autre extrémité.

Elle était émue.

Pour la Tsarine, Vladimir Vladimirovitch Poutine était le digne descendant des deux plus importants hommes d'État russes, Pierre le Grand et Joseph Staline. Un de ces dirigeants qui marquent l'histoire d'un pays et la rendent plus grande. Elle ne doutait pas qu'il trouverait une solution militaire à la guerre en Ukraine, nucléaire s'il le fallait, et qu'il occuperait une place de choix dans les manuels des siècles futurs. Elle était fière d'être un rouage central de l'exercice de son pouvoir, qui, dans son esprit, ne pouvait être qu'absolu.

— Vous avez demandé à me voir, général-major. Je vous écoute, entama Poutine de son habituelle voix coupante.

Elle nota que son état s'était dégradé depuis leur précédente rencontre. Il était encore plus figé et bouffi que d'ordinaire. La maladie, l'abus des liftings et du Botox. Les défaites humiliantes et répétées de son armée en Ukraine et le refus d'une grande partie de la population de laisser les jeunes aller se faire massacrer là-bas devaient aussi faire peser une pression terrible sur lui. Comme souvent depuis quelque temps, une de ses mains était agrippée à la table. La Tsarine savait qu'il utilisait souvent une tige en carbone afin de l'empêcher de trembler. Fixée sur toute la longueur de son avant-bras, elle était munie à son extrémité d'un crochet enfoncé dans un anneau caché sous le plateau.

Qu'il fût atteint d'une maladie dégénérative ne la troublait pas. Cela avait été le cas de Roosevelt comme d'autres avant lui, et ne les avait pas empêchés de rester de grands hommes.

— *Tovarichtch prezident*, une enquête menée à ma demande dans le Donbass, sur les lieux de stockage des missiles antiaériens français, a montré qu'il y avait eu une faute grave dans les procédures de sécurité. Aussi énorme que cela paraisse, une civile a eu accès aux missiles et les a photographiés. Apparemment, les Français ont reçu cette photo, ce qui expliquerait l'agressivité dont ils font montre depuis près de quinze jours. En fait, ils en savent beaucoup plus que nous ne le pensions.

— Savent-ils où les missiles sont stockés ?

— Théoriquement, il est possible que cette civile ait relevé les coordonnées GPS du hangar. Mais je ne crois pas qu'elle les ait transmises.

— Pourquoi ?

— Si c'était le cas, les Français auraient déjà envoyé des avions pour les détruire.

— Mais votre opération n'est plus étanche.

— Il est probable qu'ils ont deviné ce que nous avions en tête en découvrant les missiles, répondit-elle en notant l'utilisation du « votre » au lieu du « notre ».

Ce n'était pas pour rien que Vladimir Poutine avait passé vingt ans au KGB où, comme dans toutes les bureaucraties du monde, il est impossible de survivre si l'on n'est pas capable des pires servilités. À commencer par le rejet de ses erreurs sur les autres.

— Peuvent-ils avoir compris que la saisie des missiles par nos troupes était intentionnelle ?

— Ces deux dernières semaines, deux de leurs satellites sont passés à plusieurs reprises au-dessus de la ville où nous les avons saisis. Nous savons aussi qu'ils ont interrogé les Britanniques et les Américains au sujet des affrontements qui ont eu lieu en Ukraine ce même jour. Ils sont capables d'additionner deux et deux. Prenons pour un fait acquis qu'ils ont compris.

— Que sont-ils capables de prouver ?

— Que nous avons leurs missiles et qu'ils sont stockés, intacts, dans un hangar, quelque part dans une zone sous contrôle russe.

— Soyez précise. Je n'ai pas dit « affirmer », j'ai dit « prouver », général-major !

Elle approuva d'un mouvement de tête. Vladimir Poutine avait raison.

— Camarade *prezident*, ils ne peuvent *rien* prouver. Ils n'ont pas d'images de la saisie des missiles car le temps était trop nuageux ce jour-là. Nous avions décidé de la date précisément pour cette raison.

— L'intérieur du hangar présente-t-il des détails indiquant qu'il se situe en territoire russe ?

— Je vais me faire envoyer des photos pour vérifier une nouvelle fois, mais je pense que non. Le matériel agricole des propriétaires de la ferme est le même que celui utilisé partout en Ukraine et dans toute la région.

— Veillez à punir sévèrement toutes les personnes impliquées dans la fuite d'informations. Je dis bien toutes. Accélérez la livraison des missiles aux djihadistes et, d'ici là, changez le lieu de stockage. L'opération continue comme prévu.

87

Donetsk

Le Tatar contemplait pensivement les cadavres dans la salle de séjour des Lissenkov. Six hommes de chez eux, criblés de balles. Quant à la gamine, elle avait mis les voiles.

— Une clope !

Son adjoint, un *leïtenant* du FSB qui ressemblait à une belette avec sa tête étroite, son petit nez pointu et ses lèvres roses, sortit docilement un paquet de sa poche. Des LD, la marque préférée du Tatar, autrefois. Il en prit une, que l'agent alluma avec un Zippo, tira une bouffée avidement, jouissant de l'odeur âcre et sucrée.

Puis il se retourna pour observer la disposition des corps. Ce n'était certainement pas une gosse qui avait pu éliminer plusieurs membres expérimentés des forces de sécurité, et la femme de Lissenkov n'avait utilisé qu'un fusil à deux coups. D'autres étaient intervenus.

Des pros.

Maintenant, il s'agissait de trouver qui et où ils étaient.

Il s'empara d'une photo posée sur un bahut. Bogdan,

Lioudmila et Natalka Lissenkov, accompagnés par une Iryna boudeuse. Les adultes souriaient, mais pas la gamine, cette *souka*[1]. Il inspira une autre longue bouffée. Bon Dieu, que c'était bon de recommencer à cloper !

— La femme de Lissenkov a signé son forfait en tirant sur nos hommes. C'était une traîtresse, déclara la belette d'un ton définitif.

— Peut-être. Ou peut-être pas. On n'a rien de probant contre elle.

— Tirer sur nos hommes, vous trouvez que ce n'est pas probant ?

— Non. On ne sait pas sur qui elle tirait. Si ça se trouve, elle visait ceux qui ont aidé Iryna.

— D'après moi, elle a manipulé sa fille pour qu'elle aille prendre à sa place la photo du *matériel spécial*. Qui se méfierait d'une môme ? Bon sang, elle a bien eu son mari, et nous par la même occasion !

Sans répondre, le Tatar écrasa son mégot sur le mur avant de le lancer par terre d'une pichenette.

— Combien étaient ceux qui ont flingué nos gars, à ton avis ? Il n'y a pas d'impact sur le mur d'en face. C'est allé si vite que nos hommes n'ont pas eu le temps de riposter.

Un silence accueillit ses paroles.

— Ces fumiers devaient les attendre planqués quelque part par ici, ajouta-t-il en montrant la porte d'une penderie. Les douilles ont giclé dans ce coin.

— J'ai compté une trentaine d'étuis, mais il y en a peut-être d'autres sous les meubles. Ils devaient être deux, peut-être trois. C'est un format assez inhabituel, fin et très long. Je pense à du calibre 5,7.

— Du 5,7 ? Quelle arme utilise ça ?

---

1. « Chienne », « pute » en russe.

— Un fusil d'assaut compact belge. Le P90, précisa la belette. Un truc de pro. À ma connaissance, seules quelques unités de forces spéciales s'en servent dans la région. Les Polonais du GROM, les Roumains du DIR, les Tchèques de l'URNA. Que des foutus nazis.

— Tu es en train de me dire qu'un commando de l'OTAN opère en ce moment secrètement à Donetsk ?

— Apparemment.

Le Tatar encaissa le coup. En dépit du discours récurrent des autorités sur la nécessité de veiller à la présence de forces ennemies derrière leurs lignes, ils savaient tous les deux que c'était du flan, un prétexte pour accentuer la chasse aux opposants internes. Le FSB *savait* qu'aucun agent de l'OTAN n'avait jamais réussi à être projeté à Donetsk. Seule une poignée de résistants ukrainiens étaient parvenus à opérer quelque temps avant d'être arrêtés. La présence de ce commando était une très mauvaise nouvelle pour les forces de sécurité.

Et aussi pour son enquête, car seuls des combattants d'élite pouvaient avoir accepté une mission en zone occupée. Nul besoin de lui faire un dessin. Leur mettre la main dessus ne serait pas facile.

Il claqua des doigts. La belette sortit une nouvelle cigarette du paquet.

Mais, en même temps, quelle consécration pour lui s'il arrivait à les attraper ! Capturer un commando de l'OTAN !

— Si on les chope, ce sera un coup énorme, articula lentement la belette en lui allumant sa cigarette, exprimant à voix haute ce que le Tatar pensait.

88

Donetsk

L'ambiance avait changé en ville. Des véhicules de la Rosgvardia, la garde nationale russe chargée de l'administration militaire du Donbass, quadrillaient les rues tandis que Toyota de la police et Audi banalisées du FSB, gyrophares allumés, sillonnaient la ville.

Les Russes étaient à leur recherche.

Edgar et Kateryna imaginaient sans mal quels pouvaient être les sentiments éprouvés par Iryna, recroquevillée sous sa banquette. Elle devait être morte de peur. D'ailleurs, lorsqu'elle prit la parole, c'était d'une voix étonnamment enfantine. Comme si le choc qu'elle venait de subir lui avait ôté plusieurs années.

— Laissez-moi. Vous, personne ne sait qui vous êtes. Moi, les Russes connaissent mon visage et mon nom. Vous allez vous faire attraper à cause de moi.

— Ne dis pas de bêtises, grogna Edgar. Si nous sommes à Donetsk, c'est grâce aux informations que tu nous as passées. On s'en sort tous ensemble, point barre.

— Oui, mais comment ? fit la voix étouffée à travers la banquette.

Edgar haussa les épaules, non par dédain mais parce qu'il n'en avait pas la moindre idée.

Objectivement, leur situation était désespérée.

La DGSE pensait que Bogdan Lissenkov, membre éminent des services de sécurité de la République de Donetsk, les aiderait à retourner en zone libérée, or ce dernier était dans une geôle russe. Alors que tout le plan consistait à sortir de la zone séparatiste avant que les Russes ne soient mis au courant de leur présence, ils la connaissaient désormais.

Au poker, on aurait dit qu'ils avaient une main faible. Dans la vraie vie, face à l'une des polices secrètes les plus efficaces et les plus féroces du monde, Edgar savait ce que cela signifiait. Leur espérance de vie se situait quelque part autour de zéro.

— Iryna, tu connais un endroit où l'on pourrait se cacher ? demanda Kateryna.

— Non.

Edgar réfléchissait aux différentes options depuis qu'ils avaient redémarré.

— Est-ce que tu sais si des amies à toi ont quitté Donetsk avec leur famille pour se réfugier côté ukrainien ? insista-t-il. Réfléchis bien, parce que si c'est le cas, il est possible qu'elles aient laissé des maisons vides derrière elles, où on pourrait se cacher.

Une minute s'écoula avant que la voix d'enfant ne s'élève.

— Ma copine Isabella. Elle est partie avec toute sa famille il y a huit jours.

— Où habitait-elle ?

— Pas loin de la rue Olimpiieva.

— Je sais où c'est, dit Kateryna.

Au rond-point suivant, elle fit demi-tour.

Après une vingtaine de minutes, toujours en empruntant des rues secondaires grâce à la connaissance qu'avait Kateryna de la ville, ils arrivèrent au domicile de l'amie d'Iryna.

La maison était simple, des murs recouverts d'un crépi jaune, un toit plat, un jardinet avec quelques bouleaux. Edgar remarqua immédiatement un garage.

Un point essentiel, car une voiture garée devant une maison abandonnée depuis plusieurs jours aurait attiré l'attention.

Kateryna s'arrêta quelques dizaines de mètres plus loin, pour leur permettre de vérifier l'environnement.

Pas de flics, aucune voiture en planque, personne aux fenêtres. Tous les pavillons du voisinage paraissaient vides à cette heure de la journée. Kateryna roula à reculons jusqu'au garage. La porte était fermée à clef. Edgar la força.

Un petit truc, parmi les centaines que lui avaient enseignés ses instructeurs de la DGSE : aucun projectile ne peut traverser un moteur, aussi, lorsqu'on se prépare à un départ sous les balles, il faut toujours tourner la voiture vers l'avant pour gagner du temps et, surtout, protéger le conducteur.

Il referma la porte coulissante en espérant que personne ne les avait aperçus. Sans avoir remarqué qu'un rideau avait bougé dans la maison d'à côté.

89

Donetsk

L'intérieur du pavillon d'Isabella, l'amie d'Iryna, était glacial. Des magazines sur le canapé du salon, des assiettes sur la table de la salle à manger avec encore du pain, moisi, dans la corbeille. Des photos de nature accrochées aux murs. Une paire de chaussures et de bâtons de randonnée dans l'entrée, des cartes en vrac et des jumelles sur une petite étagère à côté du téléviseur. Dans la cuisine, un concombre et quelques oignons racornis reposaient sur une planche à découper. Apparemment, les habitants avaient fui dans l'urgence.

Edgar découvrit un calendrier sur lesquels plusieurs inscriptions *Pohid* étaient portées.

— Qu'est-ce que ça veut dire ? demanda-t-il à Kateryna.

— Balade, répondit Iryna. – Elle tournait dans la maison, l'air indécis, les bras croisés sur sa poitrine, tremblant de froid. – Le père d'Isabella était dans le viseur des collabos. Heureusement, il a appris qu'on allait l'arrêter. Avec sa femme il est passé récupérer Isabella au lycée et ils se sont enfuis. Les Russes étaient furieux. Ils ont arrêté le directeur de l'établissement pour traîtrise. Parce qu'il n'a pas empêché Isabella de partir. Il y a des rumeurs au lycée. On dit qu'il a été transféré dans un camp de détention russe, à Morozovsk.

— Qu'est-ce qu'il faisait, comme travail, le père d'Isabella ? demanda Edgar, espérant qu'il n'était pas dans la police.

— Il était aux Eaux et Forêts.

Edgar échangea un regard avec Kateryna. Enfin une bonne nouvelle. Il était peu probable que les forces de sécurité surveillent la maison d'un fonctionnaire des Eaux et Forêts en fuite...

Il retourna dans le véhicule pour chercher le P90, les grenades et le téléphone satellite dans la cache, tandis qu'Iryna, après avoir enfilé un gros pull abandonné sur le canapé, inspectait les placards. Ceux de la cuisine avaient déjà montré que la famille avait laissé beaucoup de provisions, pâtes, riz, huile, ce qui leur permettrait de tenir le temps nécessaire sans avoir à sortir pour se ravitailler. Occupé dans le garage, Edgar n'entendit pas Kateryna descendre à la cave pour mettre la chaudière en route.

90

Donetsk

Les voisins étaient un couple de retraités de l'usine chimique Rovnoazot. Ils avaient passé toute leur existence à Donetsk. S'ils n'avaient pas connu le Holodomor, ils avaient vécu la grande guerre patriotique, l'invasion de l'Ukraine par les troupes nazies, la destruction presque complète de la communauté juive, puis, pendant presque trois ans et demi, après que la ville eut été rebaptisée Jusowka par les Allemands, la chasse aux communistes et aux Slaves par les hommes de la sinistre division Das Reich (cette même division qui s'était fait connaître par les massacres d'Oradour-sur-Glane) et, enfin, la libération du pays par l'Armée rouge, suivie du rétablissement du joug soviétique.

Leurs visions du monde respectives étaient sorties diamétralement opposées de ces dramatiques moments d'histoire.

L'homme avait soutenu l'ordre soviétique, qui avait chassé les nazis et remis de la viande et des pommes de terre dans l'assiette, avant de devenir un fervent partisan de Poutine (« un vrai chef, avec des vraies couilles, lui »), de son « opération spéciale » et du rattachement du Donbass à la Russie : « La Russie, c'est la force, aucun foutu nazi n'osera jamais s'y attaquer à nouveau », avait-il coutume de grommeler quand il discutait de la situation politique avec sa femme.

Cette dernière, au contraire, était farouchement hostile à la dictature poutinienne. Elle considérait que démocratie et liberté individuelle sont les valeurs les plus importantes dont un Ukrainien puisse rêver. « Mieux vaut mourir libre et le ventre vide que survivre sous la férule d'un KGB nouvelle version », avait-elle coutume de répondre. Ces différences de point de vue, sans grande importance autrefois, étaient source de conflit depuis l'invasion de 2014, et plus encore depuis février 2022. Les relations dans le couple s'étaient tendues. Aussi, lorsqu'elle vit qu'il y avait du mouvement dans la maison d'à côté, la femme prit garde de ne pas en informer son mari. Ce dernier avait une fâcheuse tendance à la délation, or elle aimait bien la mère d'Isabella, une jeune institutrice libérale et pleine d'ambitions pour ses élèves.

La vision d'une équipe de flics en chapka et manteau de cuir noir, l'air agressif et des mitraillettes à la main, enfonçant la porte de ses voisins le lendemain de leur fuite, avait achevé de la convaincre de la folie du régime poutinien. La notion de Grande Russie lui rappelait furieusement celle de l'espace vital hitlérien. Et puis, si Poutine était aussi populaire que les sondages le prétendaient, pourquoi truquer les élections, empoisonner ses opposants et envoyer des policiers armés jusqu'aux dents pour arrêter des institutrices et des fonctionnaires des Eaux et Forêts parce qu'ils n'étaient pas d'accord avec sa politique ? Comme tous les dictateurs, il craignait son propre peuple, pensait-elle. Cela lui évoquait l'occupation nazie, lorsque toute sa famille vivait dans la terreur d'entendre les Kübelwagen allemands s'arrêter de nuit devant leur maison.

— Qu'est-ce que tu regardes, bon Dieu ? cria son mari depuis le salon. Ces traîtres de voisins sont revenus ? Si c'est le cas, je vais prévenir la police, moi !

La femme s'éloigna vivement de la fenêtre de la cuisine, espérant ne pas l'avoir alerté.

— Non, il n'y a personne. Je regarde juste s'il pleut.

— Depuis quand tu t'intéresses à la pluie ?

Il grogna encore un peu, mais resta assis dans son foutu fauteuil. Il augmenta le volume pour mieux entendre le débat qui se déroulait sur la chaîne Rossiya 1.

Entouré de chroniqueurs surexcités, Vladimir Soloviev discutait du temps que mettraient les nouveaux missiles nucléaires Sarmat pour atteindre Paris (deux cents secondes) ou Berlin (cent six secondes) depuis l'enclave de Kaliningrad, et les désintégrer. Le mari gloussa de plaisir quand Margarita Simonian, la rédactrice en chef de RT, anciennement Russia Today, devenue tristement célèbre pour ses appels quasi quotidiens à l'anéantissement de l'Europe, rejoignit le plateau. Depuis l'invasion, il ne perdait jamais une miette de son programme préféré.

Entendant les voix criardes, sa femme souffla de soulagement. Tant que son mari s'abrutissait devant ce torrent de propagande et de mensonges éhontés que les autorités osaient appeler « information », il ne pensait pas à appeler les flics. Elle se prit à espérer que la famille d'à côté resterait discrète et n'allumerait *jamais* les lumières.

91

Donetsk

— Qu'est-ce qu'on a ? demanda le Tatar à la cantonade.

Un à un, il dévisagea les six hommes aux mines déconfites assis autour de la table, tous membres de l'antenne du FSB de Donetsk.

Contrairement à leurs supérieurs, ils ignoraient la raison pour laquelle un commando de l'OTAN se baladait en ville. En revanche, ils avaient parfaitement compris que la fuite de la belle-fille de Lissenkov et l'échec de l'arrestation des agents étrangers qui l'encadraient étaient une claque majeure. D'une manière ou d'une autre, ce plantage monumental allait leur retomber dessus.

— Je vous demande ce qu'on a, répéta le Tatar. Si vous pensez qu'on peut s'offrir le luxe de se tourner les pouces, je vous préviens que ce n'est pas le cas.

Il tapa du poing sur la table.

— Il faut qu'on chope les fugitifs avant que nos chefs ne nous fassent payer l'échec de tout à l'heure. Si on ne rapporte pas des résultats très vite, c'est-à-dire la tête de ces agents occidentaux qui se baladent chez nous, je vous garantis qu'on finira tous en taule ou en première ligne sur le front à Bakhmout. Ou pire. Compris ?

Les hommes opinèrent. Quel que soit leur grade, ils savaient ce qu'ils risquaient.

— Commençons par la scène chez les Lissenkov. Qu'est-ce qu'on a trouvé ?

— Je confirme que les douilles viennent d'un fusil Herstal P90. – L'agent du FSB à la tête de belette sortit une feuille de son dossier. – À cette heure, on n'a pu examiner au microscope que vingt et une douilles sur les trente-sept recueillies sur place, mais elles donnent le même résultat. Les rayures sont identiques.

— Quoi ??? Répète !

— Le labo est formel. Un seul type de rayure, donc un seul canon, donc une seule arme. Il n'y avait qu'un tireur.

Le silence accueillit cette déclaration tandis que chacun se demandait quel genre d'homme avait pu éliminer leurs cinq camarades sans que ces derniers réussissent à faire face. Le Tatar réagit rapidement.

— Cessez de faire la gueule et de penser qu'il y a un truc magique là-dedans. On a compris, il n'y avait qu'un seul homme. Le tireur est bon, mais il a eu de la chance. On passe une alerte rouge. Je veux que tous les flics, tous les militaires et tous les miliciens de cette ville cherchent un homme et une adolescente. Tout couple ressemblant à cette description doit être arrêté sur-le-champ et sa capture rapportée à la centrale.

— J'ai l'analyse des empreintes de pneus à l'intérieur de la propriété, annonça un autre agent. À part les voitures de notre unité, les seules traces récentes ont été laissées par un pneu Michelin monté sur un modèle inconnu.

— Qu'est-ce que tu entends par « inconnu » ? demanda le Tatar, intrigué.

— Les rayures relevées dans la boue correspondent à un type de Michelin assez étroit qui n'équipe que des sportives, mais, d'après le laboratoire, aucun modèle vendu sur le marché ukrainien n'en utilise.

— Cela veut dire que les espions nazis utilisent un modèle occidental non importé ici ! Ça ne doit pas courir les rues, ce sera facile de les avoir, lança un autre agent.

— Non, abruti, répondit le Tatar vivement. Ce serait le meilleur moyen de se faire remarquer, et nos ennemis sont trop professionnels pour faire une connerie pareille. Il doit s'agir de pneus ajoutés sur un modèle de chez nous, modifié à cet effet.

— Mais pourquoi modifier un modèle de chez nous ? demanda la belette.

— Pour améliorer ses performances tout en permettant au commando de se déplacer sans attirer l'attention, tiens. – Le Tatar hocha la tête. – Imparable.

— Comment on la trouve, cette bagnole, si c'est un modèle de chez nous ?

— La police scientifique est en train de calculer l'écartement exact des essieux à partir des traces de pneus et le poids approximatif grâce à l'épaisseur des traces dans la boue. J'ai demandé l'établissement d'une liste réduite de modèles de voitures, si possible un modèle unique. En attendant, faites établir des barrages sur tous les chemins qui vont vers la ligne de front. Je dis bien tous. Personne ne passe à l'ouest. Tant qu'on ne sait pas ce qu'on cherche, je veux que tout soit verrouillé.

Il se tourna vers S.

— Pendant ce temps, on va aller vérifier à la ferme que l'enlèvement du matériel spécial se passe selon la procédure.

Tant que ce cinglé était avec lui, songea-t-il, il ne trouerait personne avec sa perceuse.

92

Paris

L'animation des grands jours régnait dans la salle de commandement de la DGSE. Située sous le bâtiment de la direction générale, elle avait été aménagée des années plus tôt, à la demande d'un ancien patron de la centrale de renseignements qui se plaignait de ne pas disposer d'un outil opérationnel digne de ce nom. Les choses avaient été bien faites et la salle bourrée d'électronique dernier cri soutenait la comparaison avec celles de la NASA. Rien à voir avec les locaux minables montrés dans la série *Le Bureau des légendes.*

Sur le mur central, une vingtaine d'écrans géants permettaient d'assister en direct aux opérations, avec accès aux images et données envoyées par des capteurs satellites, d'aviation, de drones ou d'agents au sol.

Mais, pour la première fois dans l'histoire de la DGSE, une opération clandestine impliquant des tirs de missiles par sous-marin allait être menée. Clandestine jusqu'à un certain point, car les radars russes retraceraient rapidement la trajectoire des tirs, même s'ils volaient en rase-mottes, tandis que les débris au sol montreraient que les armes qui avaient frappé le territoire russe étaient des missiles de croisière français.

Lorsque le directeur général entra, accompagné du directeur du renseignement et des opérations, de son numéro deux et de Paul, le silence se fit dans la salle.

— Où en est-on ? demanda le DG.

— Le sous-marin *Suffren* vient de recevoir l'ordre de l'état-major de la marine de se mettre en position de tir. On attend l'autorisation de l'Élysée.

— Où est-il ?

— Au large de la Grèce, dans les eaux internationales. À distance directe de la cible.

Un opérateur appuya sur un bouton et un point lumineux apparut sur l'écran principal. Puis une trajectoire théorique se dessina. Un système de transfert automatique de données, complètement sécurisé, permettait à la salle de la DGSE d'échanger des informations avec le QG opérationnel de la marine, à Balard.

L'élaboration de cette opération avait nécessité des discussions au plus haut niveau de l'État comme des armées. Depuis que la DGSE avait appris que les missiles se trouvaient soit en Russie, soit en zone occupée par les Russes, les autorités françaises avaient eu largement le temps de travailler au meilleur moyen de les détruire. Le plus important, dans ce processus, avait été que le gouvernement valide le principe d'une frappe militaire sur le territoire russe par un bâtiment de combat officiel français, quelles qu'en soient les conséquences.

Bien qu'adepte des positions médianes, le président français avait pris ses responsabilités et fait un choix sans ambiguïté. C'était la Russie qui avait déclenché les hostilités en préparant une opération clandestine de frappe massive contre la France, il n'était donc pas question de laisser Vladimir Poutine se retrancher derrière l'infaillibilité de ses frontières ou se prévaloir d'un droit international qu'il avait lui-même foulé aux pieds.

Il fallait détruire ces missiles, où qu'ils soient, et sans qu'il soit nécessaire de dissimuler l'origine française de la frappe.

L'aspect militaire de l'opération avait ensuite fait l'objet de débats non moins intenses. L'état-major avait d'abord envisagé de faire intervenir des avions Rafale lancés depuis le porte-avions *Charles-de-Gaulle*, mais cela aurait nécessité de faire passer les appareils par la Turquie ou la Bulgarie, des pays considérés comme non fiables, puis de voler au-dessus de la mer Noire, où le Kremlin disposait de missiles antiaériens S-400 très sophistiqués. De plus, le rayon d'action des Rafale ne leur permettait pas de faire l'aller-retour sans un ravitaillement en vol. Ravitaillement que les radars russes auraient détecté à coup sûr, ce type de manœuvre ne pouvant pas être réalisé à très basse altitude.

Très vite, il était également apparu qu'envoyer des avions de combat depuis une base plus proche de la Russie, en Europe de l'Est (la France avait des bombardiers Rafale et Mirage en Roumanie, en Pologne et en Lituanie dans le cadre des accords OTAN), était impossible. Impliquer l'OTAN, même indirectement, dans une opération militaire française contre la Russie n'était pas un scénario envisageable sans un accord unanime des membres de l'Organisation, qu'il était hors de question de solliciter. Les fuites d'informations auraient été immédiates et les Russes auraient déplacé les missiles dans l'heure.

Finalement, l'état-major avait décidé de frapper le site de dépôt des missiles au moyen de missiles de croisière Scalp, une arme nouvelle qui pouvait être tirée à partir d'un sous-marin. Par chance, le *Suffren*, un engin à propulsion nucléaire de dernière génération mis à l'eau en 2022 et qui embarquait une quinzaine de Scalp, était déjà en mission dans la Méditerranée.

Il avait été mis en alerte puis dérouté à proximité immédiate des côtes orientales de la Grèce, où il attendait son ordre de tir, tapi dans les profondeurs de la mer. Grâce aux informations fournies par Iryna, le *Suffren* était certain de réussir un coup au but.

Paul était ému.

Toute cette débauche de moyens, d'armes dernier cri, de missiles et de satellites, de sous-marins à propulsion nucléaire et de radars 3D, de liaisons cryptées et de méga-calculateurs était impressionnante, mais elle n'aurait été d'aucune utilité sans l'humble travail de terrain mené par des hommes et des femmes simplement munis de leurs idéaux, de leur courage et de leur professionnalisme.

Sans Edgar et Kateryna, déguisés en clochards et se déplaçant à leurs risques et périls derrière les lignes ennemies dans une vieille guimbarde cabossée, sans les trois agents du service Action qui s'étaient sacrifiés pour sauver Kateryna et permettre ainsi d'identifier Bogdan Lissenkov, sans Iryna, l'adolescente ukrainienne révoltée, tout ce déploiement de moyens aurait été vain.

Paul pensa à la phrase historique prononcée par Churchill dans son hommage aux pilotes de la RAF, en juillet 1940. Cette même phrase qu'il aurait pu adresser aux agents du SOE, le service britannique des coups tordus, qui avaient fait croire aux Allemands que le débarquement aurait lieu dans le Pas-de-Calais et non dans la Manche, épargnant ainsi des dizaines de milliers de vies de combattants alliés.

« Jamais tant de gens n'ont dû autant à si peu. »

Personne dans le grand public ne saurait jamais ce qu'Edgar, Kateryna et Iryna avaient accompli, mais cette phrase s'appliquait parfaitement à la situation actuelle.

— L'Élysée vient de donner l'autorisation de tir, annonça soudain la voix neutre d'un opérateur dans le haut-parleur.

Une minute plus tard, un second trait apparut à l'écran, en surimpression du premier.

Le *Suffren* venait de tirer le premier de ses missiles Scalp.

Paul se figea, la respiration coupée, le nez rivé à l'écran. Une fois le site détruit, une nouvelle mission s'ouvrirait à lui. Ramener sains et saufs Edgar, Kateryna et Iryna en France, alors que toutes les forces de sécurité russes et séparatistes seraient lancées à leur poursuite.

93

Donbass

Le 4 × 4 du Tatar pénétra dans l'exploitation agricole. Ici ou là, il repéra des soldats d'élite, enterrés ou patrouillant discrètement en civil, sans arme longue qu'une surveillance aérienne aurait pu détecter. Il eut une bouffée de fierté. Certes, il y avait eu des grains de sable dans cette opération, mais la Russie prouvait une nouvelle fois que ses organes de sécurité étaient les meilleurs du monde.

Il suivit le chemin de terre qui traversait la propriété, transformé en mare de boue par les pluies des dernières semaines. Et encore, le gel n'avait pas commencé. Même son puissant 4 × 4 AMG peinait, à certains moments, à s'extraire de la terre noire, collante comme de la glue.

Il atteignit finalement le bâtiment principal, un vieux hangar, devant lequel deux petites baraques de bois ressemblant à des clapiers et servant à abriter des équipes de surveillance avaient été montées à la hâte.

On ouvrit les portes du hangar et le Tatar, accompagné

de l'agent S., se gara à l'intérieur. Il leur fallut quelques secondes pour accommoder dans la pénombre.

— Ils sont tous là, annonça une voix derrière lui. Douze Mistral F3 et dix Starstreak.

Il se retourna. Un homme émergea de l'obscurité. Ils se mirent au garde-à-vous.

— Vous avez l'air surpris de ma présence, messieurs.

— Nous ne nous attendions pas à voir quelqu'un de votre rang ici, camarade major-général.

Comme S., le Tatar avait reconnu Averianov. Le chef de l'unité 29155 s'approcha de lui, affichant un sourire qui tenait davantage de la grimace.

— Je viens à la demande de la Tsarine. Mais je n'aurais pas raté cela pour tout l'or du monde. Ces engins vont changer le cours de l'histoire.

Il caressait machinalement l'un des missiles, comme s'il s'était agi des jambes d'une femme.

Freud, encore…

— Vous avez bien travaillé, camarade *polkovnik*. Je suis fier de vous. Les Français nous ont donné du fil à retordre mais, finalement, nous aurons réussi à les battre. Je suis heureux de vous annoncer que le *prezident* Poutine a décidé la poursuite de la mission jusqu'à son terme. Les missiles partent immédiatement pour la Pologne.

Une petite camionnette Fiat se présenta devant la porte du hangar, avant d'entrer à son tour. Quatre hommes en civil en descendirent. Des sous-officiers, pistolet à la ceinture, la silhouette typique de jeunes *siloviki*, mâchoire carrée, épaules larges, cheveux coupés à ras, démarche assurée, et ce regard arrogant propre aux membres d'une police secrète qui peut tout se permettre.

— Allez-y, vous pouvez charger, ordonna le patron de l'unité 29155.

Ils assistèrent au transbordement en silence. Ce fut vite achevé.

— Une fois nos missiles dans l'Union européenne, rien ni personne ne pourra nous empêcher de les faire passer en France, se réjouit le major-général.

Un des civils claqua les portières arrière de la camionnette avant de donner deux coups du plat de la main sur la tôle.

— Préférez-vous que j'accompagne les missiles ou que je m'occupe de la traque des fugitifs ? demanda le Tatar à son supérieur.

— Concentrez-vous sur les traîtres. Faites honneur à votre réputation : trouvez-moi ces foutus cafards !

Le major-général se tourna vers les quatre *siloviki.*

— Allez-y discrètement, comme convenu. Dix hommes répartis dans quatre voitures, éloignées les unes des autres d'un kilomètre environ, de sorte à ne pas donner l'apparence d'un convoi.

Il s'avança d'un pas et serra cérémonieusement la main du Tatar. L'émotion les étreignait tous les deux et ils restèrent ainsi, main dans la main, plusieurs secondes. Pour la première fois depuis longtemps, le Tatar éprouvait quelque chose qui ressemblait à du bonheur.

— Il est temps pour chacun de nous de partir, lança le major-général d'une voix enrouée. Bonne chance, colonel. Nous sommes peu à connaître cette mission mais, sachez-le, tout un pays, tout un peuple est derrière nous.

Sur ces mots, il quitta le hangar.

Dehors, une Audi Q7 flambant neuve attendait, avec deux hommes à l'avant. Une simple Lada était garée à l'écart, avec quatre silhouettes massives à l'intérieur. La peur des satellites espions occidentaux, toujours.

Le Tatar les regarda cahoter sur le chemin jusqu'à quitter la propriété. Il supposait qu'ils rejoindraient Novochakhtinsk pour y prendre un hélicoptère militaire qui les ramènerait jusqu'à une base quelconque

– Saratov ou Volgograd –, d'où ils repartiraient en avion pour Moscou.

Il monta dans sa voiture, suivi de S., et démarra à son tour.

Restés seuls dans le hangar, les quatre *siloviki* s'allumèrent une cigarette.

C'est à ce moment que tout se joua.

S'ils étaient montés immédiatement dans la fourgonnette, ils auraient survécu, les missiles auraient échappé à la frappe française et l'histoire eût été différente. Malheureusement pour eux, leur chef d'équipe n'était pas pressé.

— On y va maintenant, major ? demanda l'un des hommes.

— Deux minutes. Je pisse et je prends un café.

Pestant contre la flotte qui crottait ses bottes et son pantalon, il marcha jusqu'aux toilettes, un cabanon reposant sur des tréteaux au-dessus d'un trou creusé dans la terre, avant d'entrer dans la maison principale pour rejoindre la cuisine. Posées sur une table, il y avait une antique cafetière, une bouilloire et quelques tasses en fer-blanc – depuis les sanctions qui avaient suivi le début de l'« opération spéciale », il n'était plus question de trouver des dosettes Illy ou Nespresso en Russie, mais il restait toujours ce bon vieux café Milagro. Dégueulasse, mais russe de chez russe.

Le premier Scalp s'abattit sur le hangar au moment où il faisait tomber le deuxième morceau de sucre dans sa tasse.

Les quatre cents kilos d'explosif de dernière génération détruisirent tout dans un rayon de cent mètres. Une onde de chaleur de plus de mille degrés atteignit les véhicules garés autour, provoquant leur explosion par « sympathie », immédiatement suivie de celle des missiles.

Dans un grondement dantesque, une énorme boule de feu monta dans le ciel, visible à des kilomètres à la ronde. Tous les bâtiments de l'exploitation agricole furent engloutis par le blast incandescent.

Vingt secondes plus tard, un deuxième Scalp tomba, suivi par un autre, puis encore un autre. Lorsque le quinzième et dernier Scalp frappa le site noyé dans les flammes, il n'y avait plus trace de vie à deux kilomètres à la ronde. L'ensemble des bâtiments, des humains et des animaux présents sur zone avait été pulvérisé.

94

Donetsk

L'agent S. appuya sur l'interrupteur. La lumière s'alluma dans la cellule, révélant l'intérieur. Une pièce de neuf mètres carrés sans fenêtre, froide et humide, seulement meublée d'une table, d'une chaise et d'un fauteuil de dentiste.

L'attaque française sur la ferme avait été confirmée quarante-cinq minutes plus tôt. Un article de la presse ukrainienne en ligne avait déjà noté de mystérieuses explosions en zone séparatiste, à proximité de la frontière, mais en l'absence de cibles militaires dans cette zone comme de revendication d'une attaque par l'armée ukrainienne, le consensus était qu'un dépôt de munitions secondaires russes avait explosé accidentellement. RAS pour les médias.

Lui savait que la Russie venait de se prendre un coup monumental. Seul le fait que le chef de l'unité 29155 avait échappé (par chance !) à la frappe venait compenser cette défaite.

Il inspira profondément pour retrouver sa concentration avant de reporter son attention sur la forme attachée à un fauteuil.

Une femme d'une soixantaine d'années, maigre, des cheveux blancs ramenés en queue-de-cheval. Des gardiens lui avaient retiré ses vêtements, un tailleur en grosse laine, un chemisier beige, des collants et un soutien-gorge, qu'ils avaient jetés en boule sur le sol. Elle n'était plus vêtue que de sa culotte. Elle tremblait de froid mais continuait d'afficher un air de défi plein de fierté en dépit de sa position humiliante. Sa paire de lunettes de myope était posée sur la table, un peu incongrue dans cet environnement.

S. s'assit à côté de la prisonnière comme s'ils étaient des proches partageant un thé, tout en sortant une feuille A4 de sa pochette, l'air très sérieux.

— Voyons voir, commença-t-il d'un ton docte. Larissa Iarilo, soixante-deux ans, professeure de mathématiques et professeure principale au lycée Vassyl-Stous.

Il tourna la tête vers elle.

— Vous n'avez pas l'air de beaucoup soutenir l'opération spéciale, madame Iarilo, je ne vois votre nom dans aucune organisation progouvernementale. Vous êtes une supportrice de l'OTAN, peut-être ?

— Je ne suis absolument pas supportrice de l'OTAN.

— Quand on ne soutient pas l'opération spéciale, on soutient l'OTAN. Vous êtes donc une traîtresse.

— Je suis professeure, je ne soutiens personne, à part mes élèves, rétorqua-t-elle d'une voix ferme, malgré la peur qui la tenaillait.

— Bravo, c'est très bien dit.

D'une pichenette, il fit tomber ses lunettes au sol, où il les écrasa lentement sous son talon, faisant crisser le verre brisé.

— Désolé, fit-il, l'air faussement contrit, avant d'ajouter : Ces lunettes, je ne crois pas que vous aurez beaucoup l'occasion de les utiliser dans les prochains mois. Dites, j'ai un papier, ici.

D'un geste un peu affecté, il sortit de la poche de sa veste une seconde feuille pliée en quatre, qu'il déplia.

— Voilà. « Liste des élèves de la classe de seconde B du lycée Vassyl-Stous ». C'est la classe de la petite Iryna Hontchar, la belle-fille de Bogdan Lissenkov. Treize ans, c'est jeune pour être en seconde. Vous êtes sa professeure principale. Vous la connaissez bien ?

— C'est mon élève, oui, répondit prudemment la professeure.

— Élève de merde, oui ! Salope, traîtresse, tu vas répondre à ma question ? hurla soudain le Russe, le visage à quelques centimètres de l'oreille de Larissa.

Cette dernière tourna la tête vers lui avant de rétorquer, glaciale :

— Tu peux gueuler aussi fort que tu veux, tu ne me fais pas peur, sale petit collabo, pas plus que tous les gens de ton espèce. Tu espères qu'avec ses guerres ton maître restera dans l'histoire comme le successeur des tsars ? Elle oubliera ce malade sans envergure. Tu crois qu'on se souviendra de « Poutine le Grand » ? Moi je te dis que si, par malheur, on parle de lui dans le futur, ce sera comme « Poutine le Bouffi ».

S. sortit un nerf de bœuf de sa gaine de ceinture, furieux de voir cette simple professeure, une femme de rien du tout à ses yeux, le braver.

— Je ne suis pas un de ces Moscovites faibles comme des femmelettes, moi. Je vais te le prouver, sale pute.

L'Ukrainien leva son arme et frappa.

Les coups s'abattirent. Lorsqu'il arrêta, aussi soudainement qu'il avait commencé, la professeure Iarilo était en sang. S. posa le nerf-de-bœuf sur la table, sortit un rasoir de sa poche.

— Ça, c'était juste pour te mettre en condition. Maintenant, je vais te peler comme un fruit.

Elle écarquilla les yeux, horrifiée, tandis qu'il éclatait de rire.

— Je vois que tu me crois. Tu as raison, je ne promets jamais rien que je ne tienne pas. Je te le redemande, pour la dernière fois : avec qui Iryna est-elle amie ? Qui peut l'aider ? Où peut-elle se cacher ?

Il posa une main sur l'épaule de la professeure, qui esquissa, en vain, un mouvement de recul.

— Pourquoi souffrir pour rien ? Si tu me parles, Larissa, tu sais que nous pourrions devenir amis ? Le veux-tu ? Devenir *amie* avec moi ? Ou préfères-tu que je te découpe en lamelles ?

Dans le regard de S., Larissa vit une haine tranquille et le plaisir sadique d'abîmer sa victime. Jamais elle n'avait été confrontée au mal sous une telle forme. Vaincue, elle opina silencieusement.

— Dis-le à voix haute, insista-t-il.

— Oui, je veux être votre amie, répondit-elle d'une voix chevrotante.

— C'est bien, Larissa. C'est très bien, même.

Il détacha ses liens. D'expérience, il savait que certaines personnes sont plus enclines à désigner des noms sur une liste qu'à les énoncer à voix haute.

— Regarde ces noms. Montre-moi qui sont les amies les plus proches d'Iryna. Pointe-les sur la feuille.

La professeure posa un doigt tremblant sur un premier nom.

— *Marianna Artiomovska,* lut S. Très bien. Ensuite ?

Descendant la liste, le doigt se posait sur des noms, l'un après l'autre. *Svitlana Konstantinova. Lessia Louvkova. Nadejda Petrovitch.* Le doigt s'arrêta au milieu, mais S. sourit méchamment.

— Tssiiit tssiiit. Je veux la liste complète. De toute manière, tu me diras ce que je veux savoir. Tout le monde parle, c'est comme ça. Avant que je m'énerve, donne-moi ces putain de noms !!

Il avait crié. Toujours tremblant, le doigt descendit encore. *Natalia Sivak.*

Très doucement, S. tira la liste vers lui. Larissa se détourna pour qu'il ne voie pas la lueur de triomphe dans son regard. Le dernier nom de la liste était le bon, mais il ne le saurait pas. Elle avait réussi !

— C'est tout ?

Elle acquiesça sans un mot.

— C'est bien. Tu as fait le bon choix. Nous sommes amis, désormais.

Il ouvrit la porte et tendit le papier à un des gardiens, après avoir marqué d'une croix tous les noms qu'elle avait signalés.

— Monte ça à mon bureau. Dis-leur d'envoyer immédiatement des équipes d'intervention au domicile de chacune de ces familles, ordonna-t-il.

Il se retourna, contemplant quelques instants la professeure. Dans le monde cruel et vide qui était le sien, on ne relâchait jamais un prisonnier avant d'avoir la certitude absolue qu'il ne dissimulait plus rien. Aussi ajouta-t-il :

— Et apporte-moi ma perceuse.

95

Donetsk

Le voisin attendit que sa femme ait fini de faire couler l'eau de son bain pour se rapprocher de la fenêtre qui donnait sur la maison voisine. Il se demandait bien ce qu'elle avait pu regarder un peu plus tôt… Les yeux plissés, il l'examina, ne remarquant rien de louche. Pas de voiture garée devant, pas de lumière à l'intérieur, aucun mouvement. Il chercha des ombres derrière les rideaux, mais n'aperçut aucun signe suspect. Maugréant contre sa mauviette de femme (elle n'avait que le mot « liberté » à la bouche en ce moment, si ça se trouvait, elle allait finir par soutenir ces vendus de Navalny et de Kara-Mourza), il allait retourner au salon lorsque son regard accrocha le toit. La cheminée fumait !

Une onde de rage le parcourut. Ces salopards de traîtres avaient fini par revenir en douce pour se planquer chez eux dans le noir !

Il souleva le combiné du téléphone et composa le numéro de la police.

96

Donetsk

En s'apercevant que les radiateurs chauffaient, Edgar poussa un juron et descendit en courant éteindre la chaudière. Quand il remonta, Kateryna l'attendait sur le palier, le visage fermé.

— J'ai fait une bêtise ?

— C'est un risque inutile, éluda-t-il. La fumée pourrait attirer l'attention.

À ce moment, un clic de réception retentit et il regarda son téléphone. Un message très court de Paul : « *Étang de Nykyforivka. Nord-ouest de Soledar. 7 h 30 demain.* »

Il se tourna vers Iryna.

— Tu connais cet endroit ?

— Non.

— Il y a des objets liés à la randonnée partout, ici. Je crois avoir vu des cartes près de la télé…

La jeune fille revint aussitôt avec plusieurs cartes détaillées du Donbass.

Il leur fallut quelques minutes pour trouver Nykyforivka. Edgar se rembrunit. La DGSE avait prévu une évacuation par une ville située à proximité de la ligne de front, au nord. Ce qui allait les obliger à traverser une partie de la zone occupée.

— Qu'en pensez-vous ? demanda-t-il à Kateryna.

— C'est difficile, mais jouable. Nos identités sont crédibles et la cache sous la banquette, efficace.

— Combien de temps nous faudra-t-il ?

— Je dirais… Environ dix heures. On risque de se heurter à plusieurs barrages et chaque franchissement prendra du temps. Depuis les référendums d'annexion, les Russes empêchent les habitants de partir vers la zone libre.

À ce moment, Iryna, qui observait l'extérieur depuis la lucarne des toilettes, lança :

— Il y a des policiers dehors.

97

Donetsk

Trois hommes sortaient d'une voiture de police, en uniforme et casquette bleu marine, gilet pare-balles noir, de vieilles kalachnikovs à crosse pliante à la main. Ils avaient l'air détendus et, plutôt que de se précipiter vers la porte d'entrée, l'un d'eux sortit un paquet de cigarettes avant d'en distribuer une à chacun de ses collègues. À leur décharge, les visites d'intimidation chez des habitants manquant d'enthousiasme patriotique étaient devenues leur nouvelle routine. Ils n'avaient jamais appréhendé un seul vrai traître depuis le mois de février. Un des hommes leva le nez vers le toit.

— Elle ne fume pas, cette cheminée, qu'est-ce qu'il a raconté, le voisin ?

— Il est gâteux, c'est tout. Tiens, passe-moi des allumettes, répliqua un autre.

Tirant sur sa clope, le premier s'avança vers la porte des voisins, qui s'ouvrit avant qu'il ait atteint le perron. Un vieux le contemplait depuis l'intérieur, en pantoufles et casquette, une matrone en tablier de cuisine derrière lui.

— C'est vous qui avez appelé la police ?

— Ouais, j'ai vu de la fumée sortir de la cheminée, il y a quelqu'un qui a mis le chauffage. Les habitants se sont barrés pour rejoindre les nazis. Un père, sa femme et leur gamine.

— Il faisait quoi, le père ? Il n'était pas militaire, au moins ?

— Non, il travaillait aux Eaux et Forêts.

Un des flics rit tout bas. Les accusations étaient de plus en plus grotesques sous ce régime de fous... Toutefois, il se garda bien de dire ce qu'il pensait à voix haute, se contentant de tirer un peu plus fort sur sa clope.

Rassurés par le fait qu'ils n'allaient pas se retrouver face à un soldat armé jusqu'aux dents, les flics saluèrent les deux vieux. La femme referma brusquement la porte, empêchant son mari d'en dire plus.

— Vous avez vu ça ? s'esclaffa le premier flic. Ça ne rigole pas chez eux, c'est bobonne qui fait la loi.

— Ouais, elle n'avait vraiment pas l'air contente que son con de mari nous ait appelés. Encore un parano qui voit des espions partout !

Il y avait de la boue dans le petit jardin devant la maison, mais aucune trace de pas.

— Elle est vide, cette baraque, je crois qu'on..., commença l'un des flics, avant de s'interrompre. Hé, regardez les traces de pneus devant le garage ! Il y a quelqu'un à l'intérieur ! cria-t-il à ses collègues.

Il allait sonner lorsque la porte s'ouvrit de l'intérieur. Il eut le temps de voir un homme pointant dans sa direction un curieux fusil court prolongé d'un énorme silencieux.

98

Donetsk

Edgar avait enfermé deux des trois policiers dans la cave, bras et jambes ligotés. Ces hommes n'étaient pas des tueurs au service des organes de sécurité, juste des flics de quartier piégés par la situation, qu'il n'était pas question d'abattre sans raison. Quant au troisième, il avait été obligé de le tuer quand il avait brandi une arme.

Il remonta au rez-de-chaussée en courant. Comme souvent dans la vraie vie, les choses n'avaient pas tourné comme elles auraient dû. Une de ses balles avait ricoché sur la kalach du flic, tordant son canon à quarante-cinq degrés, avant de traverser la paume d'Iryna, y laissant un trou gros comme une pièce de deux euros.

— Comment va-t-elle ?

Allongée sur le sol, Iryna, en larmes, se tenait la main droite, pleine de sang.

— Mal, répondit Kateryna.

Elle avait récupéré des torchons dans la cuisine et s'attelait à réaliser un bandage du mieux qu'elle pouvait.

— On ne peut pas rester, dit Edgar. Il faut partir tout de suite !

Quelques instants plus tard, le break dévalait la rue. Kateryna tourna sur la droite, puis encore une fois sur la droite, en direction de l'est.

— On a eu beaucoup de chance qu'ils n'aient pas envoyé une équipe d'intervention du FSB, remarqua Edgar. Sinon, on était cuits.

— On n'est peut-être pas cuits, mais il faut soigner Iryna, la plaie saigne beaucoup.

— J'ai mal. Pourquoi vous avez tiré comme ça ? gémit l'adolescente.

— On va te soigner, la calma Kateryna. Tu connais un médecin ?

— Celui qui s'occupait de moi quand j'étais petite s'est enfui. Le nouveau, c'est un ami du collabo.

— Un vétérinaire ? demanda Edgar. Vous aviez des animaux domestiques ?

— Non. J'ai mal ! C'est horrible, faites quelque chose.

Il ne répondit pas. Encore un impondérable qui se transformait en catastrophe.

Il y avait un barrage plus que sérieux au niveau de la rue Makiyivska, avec des blindés et une dizaine de miliciens, qu'ils évitèrent en basculant plus au sud. La rue Budonnivskykh Partyzaniv était bloquée elle aussi, des camions militaires stationnaient en travers, mais Kateryna s'échappa en faisant une boucle par la rue 230-Striletskoyi Dyviziyi.

— Il faut emmener Iryna à l'hôpital, dit Kateryna après un regard en biais vers Edgar.

— Non ! Une blessure par balle, c'est suspect. Quand on est dans la clandestinité, on ne va jamais se faire soigner dans un établissement public, c'est l'arrestation assurée. Il faut qu'on gère le problème seuls.

— C'est une enfant, bon sang ! Vous me parlez de procédures pour des agents entraînés comme vous ! On ne peut pas la laisser dans cet état.

— Dans ce cas, il faut se rendre dans un hôpital pour les blessés de guerre en faisant croire que vous revenez d'une ville proche du front, proposa Edgar après un moment de réflexion.

— Oui, bonne idée, dit Kateryna.

— Pendant ce temps, je resterai dans la voiture. Les parkings d'hôpitaux sont probablement bondés à cause du conflit, on ne devrait pas me remarquer. Iryna, tu sais où est l'hôpital qui reçoit les blessés de guerre ?

— C'est l'hôpital des anciens combattants.

— Je connais, c'est au sud-est de la ville, confirma Kateryna. Dans la rue Yakirna.

— En tant que « veuve de guerre », vous serez prioritaire. Je prends le risque. On y va !

99

Donetsk

En fait d'anciens combattants, l'hôpital avait été transformé en centre de soins d'urgence pour les blessés du front, et le chaos y régnait. Des mères, des filles, des grands-parents, des petites amies, des familles entières patientaient devant l'entrée, cigarette au bec, espérant obtenir des nouvelles de leurs proches. Certains avaient même installé des tentes sur le bitume, organisant des bivouacs. Kateryna se gara au milieu des voitures. Dans la pagaille et l'angoisse générales, personne ne leur accordait la moindre attention, et Edgar put se glisser sous le break pour remettre dans la cache le P90 enroulé dans un pull. Désormais, en cas de pépin, il n'avait plus que le pistolet de secours planqué dans le siège passager avant. Un peu court en cas de confrontation avec des soldats russes...

Kateryna déverrouilla le système de fermeture de la banquette, libérant Iryna.

— On va aller trouver un chirurgien, annonça-t-elle. N'oublie pas, je m'appelle Ioulia Ostrovskaïa, je suis ta grand-mère et tu as été blessée près de Pokrovsk. C'est quoi, ton second prénom ?

— Elena.

— Je vais t'appeler comme ça. Ne donne jamais ton vrai prénom, tu es probablement déjà recherchée.

— Surtout, ne parle à personne si tu n'y es pas obligée, ajouta Edgar.

Avec anxiété, il les regarda traverser le parking encombré, puis disparaître derrière la porte d'entrée gardée par un groupe de miliciens à l'air suspicieux.

100

Donetsk

Le Tatar contemplait ses deux adjoints, les lèvres serrées.

Si la professeure Iarilo n'avait pas induit S. en erreur, une équipe d'élite des renseignements serait allée cueillir les fugitifs. Au lieu de cela, le message d'alerte du voisin des parents d'Isabella avait provoqué l'envoi d'une simple patrouille de police urbaine, dont ceux qu'ils recherchaient s'étaient facilement débarrassés. Résultat : un flic mort, deux autres retrouvés terrorisés dans la cave. Ils avaient réussi à attirer l'attention d'un passant en cassant la vitre du soupirail et en appelant au secours.

Mais tout n'était pas négatif. Si l'interrogatoire du voisin n'avait pas apporté d'éléments supplémentaires permettant d'identifier la voiture du commando des agents de l'OTAN, le mari était en revanche certain d'avoir aperçu trois personnes marcher entre la maison et le garage. Une adolescente, une femme qui ressemblait à une vieille clocharde et un homme jeune.

Une femme et un homme jeune.

Une idée commençait à faire son chemin dans la tête du Tatar.

Kateryna Mykoulyna et l'espion français auraient-ils pu réchapper de l'assaut en Roumanie ? Après tout, le fait que la police roumaine ait annoncé la mort de la veuve d'Andriy Mykoulyne et d'un touriste étranger pouvait n'être qu'une manœuvre de diversion.

Il sortit fébrilement leurs fiches de sa serviette.

Edgar Van Scana et Kateryna Mykoulyna.

Grâce à ses agents infiltrés, le FSB savait qu'un cercueil plombé contenant officiellement la dépouille d'Edgar Van Scana était reparti par avion en France, tandis que celui de Kateryna Mykoulyna avait pris la direction de Cluj-Napoca, d'abord l'hôpital, puis le cimetière municipal.

Cependant, personne n'avait ouvert ces deux cercueils.

D'après la fiche posée devant lui, Kateryna Mykoulyna avait fait des études supérieures à Donetsk, elle connaissait donc les lieux et parlait forcément le russe. Quant à l'agent Edgar Van Scana, il avait déjà éliminé plusieurs de ses agents.

Un tireur d'élite. Comme le mystérieux espion de l'OTAN qui avait supprimé ses hommes chez les Lissenkov, puis un policier, un peu plus tard…

Ces deux-là avaient le profil idéal. Il prit son téléphone.

101

Donetsk

La technicienne du laboratoire scientifique criminel de Donetsk était russe d'origine, mais mariée à un Ukrainien. Elle avait effectué les quinze dernières années de sa carrière au sein de ce département, dont elle était désormais le pilier. Elle avait assez vite compris que son travail n'aurait rien de commun avec celui des *Experts : Manhattan*, sa série favorite. Dans la police ukrainienne, les techniciens du crime n'avaient pas des silhouettes de mannequins, ils n'étaient pas dotés de bureaux ni d'équipements informatiques dernier cri, ils travaillaient sans arme à la ceinture et roulaient dans de vieilles Lada déglinguées, pas dans des américaines rutilantes. La majorité des affaires concernaient des règlements de comptes entre mafieux ou des drames familiaux liés à l'alcool ou à la jalousie. Néanmoins, elle adorait son travail comme au premier jour et avait su se rendre indispensable grâce à sa capacité à reconstituer des preuves recevables par les tribunaux à partir d'indices plus ou moins incongrus retrouvés sur les scènes de crime.

C'était la première fois qu'elle était chargée d'un dossier du renseignement intérieur.

Comme aucun logiciel n'était en mesure de faire ce qu'on lui demandait, elle avait décidé de travailler à l'ancienne, c'est-à-dire avec une feuille de papier, un stylo et une calculatrice programmable. Sa tâche consistait à comprendre quels étaient les essieux originels du véhicule que le FSB pourchassait, en tenant compte des modifications que la DGSE française avait dû y apporter pour y adapter des pneus Michelin Pilot Exalto PE2 de dimensions 185/55. On lui avait laissé une heure pour donner ses résultats.

Le choix d'un pneu étroit lui soufflait que le véhicule de destination était une voiture de tourisme banale sur laquelle un pneu plus large aurait pu attirer l'attention, et non un 4 × 4 ou une grosse berline.

Elle avait passé les dernières minutes à faire des calculs à la volée, et le résultat commençait à prendre forme.

Tout d'abord, la garde au sol, attestée par l'empreinte des pneus dans la boue devant le domicile des Lissenkov, était d'au moins 190 mm, ce qui restreignait le champ des possibles. Par ailleurs, la profondeur plus importante des marques à l'arrière, ainsi que l'angle de la pente dans la boue, lui laissait penser qu'il s'agissait d'un véhicule long. Un break, pas une berline.

Si elle additionnait ces données avec la facilité d'adaptation d'un pneu moderne, ses calculs montraient que le véhicule en question était de manière quasi certaine une Volga 24 break.

Une des voitures les plus vendues dans l'ex-Union soviétique, modèle rustique et quasi increvable dont on trouvait encore des milliers d'exemplaires en circulation en Ukraine.

La technicienne posa son stylo.

Comme un certain nombre de ses compatriotes russes piégés dans le Donbass, elle détestait l'évolution imposée par le régime depuis 2014. Année après année, elle avait vécu la transition irrésistible d'une démocratie vers un régime autoritaire puis une dictature impitoyable. Sous cette chape de terreur, la vie était devenue infernale. Plus rien ne fonctionnait dans le Donbass, à part l'appareil répressif.

Elle-même n'était pas une résistante dans l'âme. Bien que policière, elle serrait les dents comme beaucoup en essayant surtout de ne pas attirer l'attention. Comme du temps de l'Union soviétique, où se rendre invisible à l'État prédateur était la condition de la survie.

Pourtant, ce jour-là, elle sentit que c'était *son* moment. Qu'en tant que Russe, elle tenait une occasion unique de s'opposer aux voleurs et va-t-en-guerre qui dirigeaient son pays.

Elle sourit. Pour remplacer un calcul, quoi de plus naturel qu'un autre calcul ? De toute manière, il n'existait personne d'autre en zone occupée ayant la même capacité qu'elle dans son domaine. Si elle se débrouillait intelligemment, le risque d'être démasquée était nul.

Froidement, elle recalcula tout, jusqu'à sortir une version finale de son rapport selon laquelle le véhicule que le FSB recherchait était, à soixante-quatorze pour cent de probabilités, une berline Tavria.

Soixante-quatorze pour cent, c'était assez important pour lancer tous les flics sur cette piste, tandis que les vingt-six pour cent de marge d'erreur suffiraient à la couvrir si les Russes comprenaient à un moment ou à un autre que ce n'était pas ce type de véhicule qu'ils auraient dû rechercher.

Au pire, elle en serait quitte pour se trouver un autre boulot.

Elle eut un nouveau sourire, plus large. Fabriqué à plusieurs centaines de milliers d'exemplaires, ce modèle était encore commun dans la région, utilisé aussi bien par les personnes âgées que par ceux qui n'avaient pas les moyens de s'acheter une voiture occidentale moderne. Les Russes n'avaient pas fini d'inspecter des Tavria pour rien…

Elle cliqua sur le bouton d'envoi, espérant de tout son cœur que les agents de l'OTAN dont elle essayait de sauver la vie échapperaient aux Orques.

102

Donetsk

À l'hôpital, c'était la cohue. Le personnel soignant en blouse blanche tentait de se frayer un chemin dans la foule agglutinée, poussant des brancards ou des fauteuils roulants sur lesquels reposaient des blessés. La plupart paraissaient assez gravement atteints, avec leurs bandages sanguinolents dissimulant mal des plaies ouvertes, voire de véritables mutilations.

La fourniture par les Occidentaux de moyens d'artillerie à longue portée avait changé le cours de la guerre en mettant les positions défensives séparatistes et russes à la portée des obusiers ukrainiens. Les pauvres types enrôlés en Russie au titre de la « mobilisation partielle » se faisaient massacrer. Aucun n'était préparé au choc des obus de 155 mm qui s'abattaient sur eux. Les grenades défensives lancées par des drones faisaient elles aussi des ravages, avec leurs épaisses parois métalliques qui se transformaient en shrapnels.

Le résultat de cette intensification du feu se voyait dans les couloirs malpropres de l'hôpital, où des dizaines de soldats déchiquetés gémissaient et appelaient à l'aide, espérant éviter l'amputation. Des membres de la police militaire russe et des miliciens en uniforme, avec l'inévitable croix de Saint-Georges cousue sur leur poitrine, tentaient de maintenir un semblant d'ordre dans cette atmosphère de fin du monde.

Jouant des coudes, Kateryna et Iryna finirent par atteindre le couloir qui menait aux salles d'examen du rez-de-chaussée, devant lesquelles une longue file patientait. Elles prirent place au milieu des autres femmes, dans une odeur pestilentielle, mélange d'antiseptiques, de sang, de viscères, de corps mal lavés, d'urine et de remugles divers. Les enfants pleuraient, tandis que leurs mères, leurs sœurs ou leurs grands-mères essayaient tant bien que mal de les consoler. Les sanglots, les appels à l'aide et les cris de douleur constituaient un bruit de fond incessant.

Enfin, ce fut leur tour.

La médecin qui les prit en charge était une jeune interne russe exténuée. Avec les gestes d'une habituée des champs de bataille, elle examina la main d'Iryna avant de conclure :

— Impact de balle, petit calibre, type 222 à vélocité moyenne. Qu'est-ce qui t'est arrivé ?

— On s'est fait tirer dessus près de la ligne de front. Une balle a ricoché. Ses parents ont été tués, alors c'est moi, sa grand-mère, qui me suis occupée de la ramener ici, répondit Kateryna à la place d'Iryna, qui, le visage couvert de traces de larmes et terrorisée, était incapable de parler.

L'interne retourna la plaie.

— L'orifice de sortie est bien net. Elle a eu de la chance que ce soit un ricochet et pas un tir direct, du coup, la balle n'était pas très rapide. En plus, elle est passée entre les os, elle n'a emporté que de la chair et du cartilage.

Son regard croisa celui de Kateryna. Celle-ci comprit que l'interne ne croyait pas une seconde à l'histoire de la balle perdue. Elle reposa doucement la main d'Iryna sur le champ opératoire.

— On n'a personne pour la microchirurgie, le seul chirurgien qui savait faire ce genre d'opération a été réquisitionné sur le front, poursuivit-elle d'un ton neutre. Je peux recoudre ici pour stopper l'hémorragie, mais sans garantir qu'il n'y aura pas de séquelles aux tendons. Idéalement, elle devrait aller se faire opérer demain en Russie, à Rostov-sur-le-Don. La clinique de la main y est de très bon niveau. Il faudra demander de ma part le docteur Iougalov, il la prendra en priorité.

— Vous pouvez quand même la recoudre maintenant ?

— Oui, mais je vous préviens, nous n'avons pas assez d'anesthésiques, on les réserve pour les opérations lourdes. Je ne peux lui faire qu'une piqûre de morphine à dose faible. Ça risque d'être très douloureux.

Comme Iryna poussait un gémissement de protestation, Kateryna l'arrêta.

— Allons-y.

Après lui avoir mis un boudin en plastique dans la bouche pour l'aider à supporter la douleur, l'interne commença son travail. Bientôt, les cris étouffés d'Iryna vinrent s'ajouter à ceux des autres blessés. Kateryna, blême, lui tenait l'autre main pour l'encourager. Enfin, au bout d'interminables minutes, ce fut fini. L'interne caressa doucement la tête d'Iryna dont les yeux étaient tout gonflés à force d'avoir pleuré.

— Tu as été très courageuse, jeune fille, ta grand-mère peut être fière de toi.

Elle assura ensuite un bandage très serré avant de fourrer deux flacons de médicaments dans la poche de Kateryna.

— Comme elle est mineure, je vous gâte, je vous donne du tramadol, ce que nous avons de plus fort, en plus du paracétamol. Il faudra prendre un comprimé de chacun, trois fois par jour, à partir de ce soir 22 heures. Pas avant, à cause des risques de surdose.

Elle se pencha vers Kateryna et ajouta à voix basse :

— On a reçu une alerte, il y a dix minutes. Les flics cherchent une jeune fille dans toute la ville. La photo qui circule ressemble beaucoup à votre petite-fille. Ne restez pas trop longtemps ici, ça grouille de miliciens. Bonne chance, vous en aurez besoin !

Puis, déjà concentrée sur le patient suivant, elle ouvrit la porte pour faire entrer un jeune soldat qui n'avait plus qu'un bras.

Kateryna et Iryna se dirigèrent vers la sortie aussi vite que possible, tout en prenant garde de ne pas se faire remarquer. Tout à coup, Iryna sentit qu'on la tirait par la manche.

— Hé ! fit une voix derrière elle.

Elle se retourna pour se retrouver face à une adolescente. Le sang se retira de son visage. C'était probablement la personne qu'elle souhaitait le moins croiser dans sa situation ! Cette camarade de l'école de danse était la fille d'un couple de collabos, membres des services de sécurité.

— Qu'est-ce que tu fais là ? demanda la jeune fille d'un air méfiant. Tu as quoi à la main ?

— Je suis tombée à vélo, répliqua Iryna du tac au tac. Il a fallu que je me fasse recoudre. Et toi ?

— C'est mon frère, Volodymyr, il a été blessé au ventre sur le front.

L'adolescente s'approcha encore plus près d'Iryna.

— Il paraît que ton père a été arrêté par les Russes pour traîtrise, tu ferais mieux de ne pas trop te montrer, c'est dangereux pour toi. Dis, cette femme, qui c'est ?

Elle désignait Kateryna, dans son déguisement plus vrai que nature de clocharde.

— C'est Kateryna.

— Qui c'est, Kateryna ?

Iryna comprit qu'elle venait de faire une énorme gaffe.

— Une amie de ma mère.

Échappant aux questions, elle fit volte-face et se précipita vers la sortie.

Bouche bée, Natalia se dépêcha de rejoindre son père, mais, dans la foule et le désordre, il lui fallut plusieurs minutes avant de pouvoir le retrouver devant un des blocs opératoires.

— Papa, tu ne m'avais pas dit que les Russes recherchaient Iryna ?

— Si, c'est même une priorité absolue. Il paraît qu'elle a fourni des informations secrètes à l'ennemi. Pourquoi ?

— Elle est ici, blessée à la main, avec une femme bizarre. Je viens de la croiser.

Le père dégaina son arme avant de partir en courant.

103

Donetsk

Assis à côté du chauffeur dans son puissant 4 × 4 fonçant vers l'hôpital, le Tatar vociférait dans ses trois téléphones. Quelques minutes auparavant, une nuée de flics, de miliciens et d'agents du FSB avaient envahi le parking pour essayer d'appréhender Iryna et une certaine Kateryna.

Kateryna, comme Kateryna Mykoulyna ! Malheureusement, les deux femmes avaient réussi à s'échapper sans que personne remarque quoi que ce soit. Une infirmière avait bien vu un véhicule quitter les lieux quelques instants avant l'arrivée des forces de l'ordre, mais elle s'était révélée incapable d'en décrire le genre ou la couleur. Par chance, ils disposaient désormais, grâce à la police scientifique, du modèle – une Tavria.

Que venait faire Iryna avec Kateryna Mykoulyna dans cet hôpital ? Sa blessure à la main était-elle réelle ? Ou était-ce une ruse ? Étaient-elles venues rendre visite à un blessé qui avait des informations ? Élaborer un plan de fuite auprès de quelqu'un qui y travaillait ?

Il avait ordonné le bouclage complet des lieux et envoyé une trentaine d'agents pour interroger le personnel médical. Il demanda qu'on vérifie si quelqu'un avait pu voler des uniformes. Après tout, un hôpital destiné aux combattants devait bien avoir une laverie pour nettoyer ceux des blessés. Comme ces derniers n'en avaient pas un besoin immédiat, c'était un endroit idéal pour en dérober. Avec un uniforme, songea-t-il, ceux qui accompagnaient Iryna auraient plus de chances de passer la frontière.

Il avait beau réfléchir, il ne voyait pas ce qui pouvait expliquer une telle prise de risques, et cela le mettait en fureur. Pour se calmer, il sortit une cigarette, la dixième de la journée, et fit coulisser le grattoir du briquet. Mais, au lieu de s'allumer, ce dernier explosa au moment où la flamme jaillissait. Atteint par des résidus enflammés, le chauffeur lâcha le volant et le 4 × 4 fit une embardée avant d'aller s'encastrer dans une vieille Lada, qu'il écrasa. La tête du Tatar frappa violemment le pare-brise.

Depuis les sanctions occidentales, il était impossible de se procurer des marques de l'Ouest, aussi de vieilles manufactures datant de l'ère soviétique avaient-elles rouvert, déversant sur le marché quantité d'objets dangereux. Il attrapa un mouchoir pour tamponner son front ensanglanté, se ralluma une nouvelle cigarette, avec l'allume-cigare de sa Mercedes, cette fois.

— C'est bon, on peut repartir ? grogna-t-il à l'adresse du chauffeur.

— Rien de grave, mon colonel, juste de la tôle froissée.

Le Tatar se rencogna sur son siège, essayant de reprendre le fil de ses réflexions. La clef de l'affaire était Iryna. Même si ses adversaires avaient réussi à pénétrer en zone séparatiste avec des faux papiers, ils n'en disposaient certainement pas pour la gamine, car personne ne pouvait prévoir qu'une bataille rangée aurait lieu à son domicile, l'obligeant à fuir précipitamment. Où pouvait-elle bien se cacher ?

Dans sa famille ? Elle n'en avait plus.

Chez ses amis ? Ils étaient tous surveillés.

Dans la rue ? On la remarquerait.

Trépignant d'impatience, il empoigna son second téléphone pour donner de nouvelles instructions à son adjoint à la tête de belette.

— Faire passer le portrait d'Iryna, déjà diffusé dans toutes les administrations, sur toutes les chaînes de la télévision séparatiste.
— En distribuer de nouveau partout en ville, aux chauffeurs de bus, de taxis, aux hôtels, restaurants et stations-service.
— Bloquer toutes les sorties de la ville.
— Arrêter toutes les adolescentes qui essayeraient de quitter la ville, quelle que soit leur apparence physique, et ce même si elles sont accompagnées de membres des forces de l'ordre ou de l'armée. Surtout, faire attention aux militaires, prit-il soin d'ajouter en repensant à la possibilité que le détour d'Iryna et de sa chaperonne par l'hôpital ait été motivé par le vol d'uniformes.
— Faire venir au commissariat central la camarade d'Iryna pour réaliser un portrait-robot de Kateryna.
— Mettre en alerte tous les points de contrôle proches de la ligne de front.
— Contrôler toute automobile Tavria, quels que soient ses occupants.

Ses instructions livrées, le Tatar se sentait un peu mieux. Il allait resserrer le filet autour des fugitifs comme on lui avait appris à le faire. Scientifiquement, méthodiquement et de manière si étroite qu'ils n'auraient d'autre possibilité que de se rendre ou d'être arrêtés.

104

Tours

Les traits tirés, l'Algérien reprenait des forces après une dizaine d'heures d'interrogatoire. La haine autant que la volonté le faisaient tenir. Si ses amis islamistes avaient résisté aux sbires de la Sécurité militaire algérienne, il pouvait affronter des flics français de province. Qui, eux, n'avaient pas l'habitude d'arracher les ongles à leurs prisonniers.

On lui avait retiré sa montre et, dans cette pièce sans fenêtre, il était incapable de savoir quelle heure il était.

La porte s'ouvrit et le policier qui l'avait arrêté fit son entrée d'un air majestueux, bedaine en avant, deux gobelets de thé à la main.

Il s'assit en face de l'imam, la chaise en plastique grinçant dangereusement sous son poids, et posa le thé devant eux.

Ils burent en silence, se dévisageant l'un l'autre, comme si aucun des deux ne voulait prendre l'initiative de parler le premier. Puis Martic écrasa les deux gobelets vides et les jeta dans la poubelle.

— Il est temps qu'on discute vraiment tous les deux, laissa-t-il tomber.

L'Algérien se redressa sur son siège. Cet homme lui causait une peur viscérale, mais il en avait vu d'autres et n'était pas disposé à révéler quoi que ce soit qui puisse l'incriminer.

— Tu te fous de notre gueule, reprit Martic.

— Je suis inno...

— Épargne ta salive.

Martic croisa les mains sous son menton, tel un professeur s'adressant à ses élèves.

— Pour ton information, je suis né à Tamanrasset, mes parents y étaient enseignants. Je les ai perdus en 1969. Ils aimaient tellement le pays qu'ils avaient décidé de rester après les accords d'Évian, tu imagines ça ? Ils ont fini égorgés tous les deux par des merdes dans ton genre. J'ai été élevé comme pupille de la nation.

Il s'interrompit, les yeux dans le vague.

— C'est dur de grandir sans parents, surtout lorsqu'on sait comment ils sont morts.

Son regard marron clair, qui virait au jaune, se posa sur l'imam. Ses pupilles étaient un peu étrécies, ce qui lui donnait l'air d'un reptile. L'intelligence et la méchanceté que dégageaient ces petits yeux dans ce visage noyé par la graisse étaient effrayantes.

— Tu ne sortiras pas d'ici vivant. C'est comme ça.

C'était dit calmement, mais avec une telle conviction que l'Algérien frissonna.

— Je veux un avocat ! cria-t-il.

Martic se leva, écrasant l'Algérien de toute sa stature.

— En perquisition chez toi, j'ai trouvé tes seringues d'Epipen. Des auto-injecteurs d'antihistaminique à haute dose. Ça m'a intrigué. J'ai réussi à remonter ton dossier médical et j'ai appris que tu souffres d'une grave allergie au latex.

Il eut un sourire faussement contrit.

— Alors, comme ça, en cas de contact prolongé, tu fais un choc anaphylactique et tu meurs ? C'est vraiment fâcheux, comme maladie, car du latex, il y en a parfois là où on ne l'imaginerait pas.

Une sourde chaleur envahit l'imam. Une impression pâteuse sur la langue. Une oppression dans la poitrine. La sueur se mit à dégouliner sur son front.

— Espèce de salaud de flic ! cria-t-il. Qu'est-ce que vous m'avez fait ?

— J'ai mis des capotes à tremper dans ton thé, ducon. Cinq d'un coup. Tu viens d'avaler la dose de latex la plus massive de ta vie.

L'imam se sentait de plus en plus mal.

— Appelez un médecin ! balbutia-t-il.

— Le seul médecin que tu verras est un légiste. Quand tu seras mort. Oh, pour ton information, le chef de service de l'institut médico-légal est un ami. Il dira que tu as fait une crise cardiaque. D'ailleurs, c'est ce qui est en train de se passer. Tu commences à étouffer, mais c'est ton cœur qui va te tuer en s'arrêtant. Comme pour une vraie crise cardiaque.

Il posa l'Epipen sur la table et se pencha sur l'imam.

— Tu seras ma vengeance, lui susurra-t-il à l'oreille, l'haleine chargée d'ail. Je vais te regarder clamser. Par contre, si tu parles, tu vis. – Il écarta les bras en une parodie de geste amical. – C'est toi qui décides, mais si tu veux mon avis, décide vite. Il te reste peu de temps.

L'Algérien avait l'air d'un poisson sorti de l'eau. Le visage blanc et dégoulinant de sueur, il haletait.

— Arrêtez, cria-t-il d'une voix à peine audible. S'il vous plaît ! Faites-moi ma piqûre. Je vais tout vous dire.

105

Donbass

Ils tombèrent sur un barrage moins de vingt minutes après avoir pris la direction de la zone d'exfiltration.

Des blindés en plein milieu de la route M30, bien avant le village de Netaïlové. Une file de plusieurs centaines de mètres s'étirait en amont, mélange de guimbardes et de minibus dans lesquels des familles entières s'entassaient. Chaque véhicule restait plusieurs minutes au check-point tandis que des miliciens à foison fouillaient tout.

Vingt minutes s'écoulèrent, sans qu'ils avancent de plus de quelques mètres. À vue de nez, il y avait plusieurs heures d'attente. Deux camions chargés de miliciens les dépassèrent en trombe.

La relève.

Edgar soupesait le pour et le contre. Certes, ce trajet était validé par la DGSE, mais les analystes qui avaient concocté ce plan d'évasion se trouvaient bien au chaud à Paris. Loin, très loin de la réalité du terrain.

— Kateryna, faites demi-tour, ordonna-t-il.

— Mais…

— Faites demi-tour. On ne passera jamais.

— On n'a pas de plan de secours ! protesta-t-elle. On ne va quand même pas rentrer à Donetsk.

— Je ne veux pas retourner en ville ! cria Iryna de sous la banquette.

— Les contrôles sont trop poussés, répliqua Edgar calmement. Ta cache ne tiendra pas une inspection par des professionnels. Il y a des 4 × 4 civils au point de contrôle. Des hommes du FSB.

— Je préfère prendre le risque, objecta Kateryna. Après tout, c'est la proposition de vos services. Et puis, on ne peut pas continuer à rouler sans but.

— J'ai profité du trajet pour réfléchir à un plan différent. Opérez un demi-tour, c'est un ordre.

Avec un soupir, Kateryna obtempéra. D'ailleurs, découragés par l'attente, de nombreux conducteurs faisaient de même.

Après deux kilomètres, Kateryna avisa dans un terrain bordant la route un campement provisoire d'une bonne centaine de véhicules. Des réfugiés qui avaient perdu leurs maisons, détruites dans les bombardements. Ils vivaient dans leur voiture en attendant on ne sait quel miracle. Elle se gara sur le côté, assez près des autres pour ne pas attirer l'attention, et assez loin pour qu'on ne voie pas de l'extérieur ce qui se déroulait dans leur voiture.

— Alors ? Quelle est votre idée ?

Le regard vers l'horizon, Edgar inspira profondément avant de se tourner vers elle.

— Les Russes verrouillent hermétiquement la frontière vers l'Ukraine. Je n'ai pas envie de jouer ma vie à pile ou face sur un coup de chance. Et vous ?

Elle ne répondit pas, attendant la suite.

— En revanche, reprit-il, les routes qui vont vers la Russie doivent être moins contrôlées par l'armée, surtout depuis les référendums d'annexion. On sait qu'il y a des camps de filtration, mais rien qui ressemble à la muraille dressée face à la zone libre.

— Vous voulez vous cacher en Russie ? demanda-t-elle d'un ton incrédule.

— Pas en Russie, juste avant la frontière. Je veux prendre les Russes à leur propre jeu.

— C'est audacieux..., admit Kateryna d'une voix adoucie. Mais ensuite ?

— Dépliez la carte qu'on a prise chez l'amie d'Iryna, s'il vous plaît. – Il attendit qu'elle l'ait fait pour poursuivre : – Regardez. Vers le sud-est en ligne droite, il y a une immense zone forestière où il serait facile de se planquer cette nuit, en attendant que les hélicoptères viennent nous récupérer demain matin. C'est à un jet de pierre de la frontière russe. Le dernier endroit où on nous cherchera.

Kateryna réfléchit longuement, avant de répondre d'une voix changée :

— C'est la forêt de Kocharné. Quand j'étais petite, nous allions nous y promener à l'époque de la cueillette des champignons. Elle est immense. Le seul village qui s'y trouvait était misérable et isolé. Je ne pense pas qu'il ait beaucoup grossi. Vous avez raison, le risque de croiser quelqu'un cette nuit est quasi nul.

— Vous voyez, dit Edgar.

Soudain, ils entendirent Iryna éclater en sanglots.

— Pourquoi tu pleures ? demanda Kateryna.

— Je la connais, cette forêt. On ne peut pas y aller pendant la *raspoutitsa*. Il y a de la boue et de l'eau partout, on ne peut pas rouler.

— Ne t'en fais pas. Notre voiture est spécifiquement conçue pour cela, la rassura Edgar.

— Et les mines ? Ils en ont mis sur toute la frontière. Est-ce que votre voiture est blindée ?

— Kocharné n'est qu'à quelques kilomètres de la frontière. Le front, lui, est à près d'une centaine de kilomètres. On peut imaginer que cette zone n'a pas encore été minée.

Kateryna hocha la tête.

— Vous êtes trop optimiste. *Tout* le Donbass a été miné par l'armée russe.

— Je suis prêt à prendre ce risque.

106

Paris

— Tu es complètement cinglé ! s'emporta Paul. Aller vous planquer à la frontière russe ! Et pourquoi pas dans les jardins du Kremlin ? Tu dois t'en tenir à notre plan.

Il criait tellement fort qu'Edgar dut écarter le téléphone de son oreille. Par précaution, il s'était enfoncé dans son siège pour ne pas risquer d'être vu et Kateryna, au volant, faisait le guet par les rétroviseurs.

— Ce plan est débile, rétorqua Edgar. Je ne sais pas qui sont les crânes d'œuf qui l'ont concocté, mais ils sont complètement à côté de la plaque. Il y a des barrages partout. Aller vers la zone libre, c'est la certitude de se faire arrêter.

— Ce n'est pas à toi de décider ce qui est débile ou pas. Tu dois faire confiance au support opérationnel, ils savent ce qu'ils font.

— Non, ils ne le savent pas. Le FSB contrôle les barrages. Les miliciens sont complètement paranos, chaque véhicule est inspecté en profondeur. Iryna se fera démasquer avant qu'on ait pu s'approcher de la frontière.

— Alors laisse-la sur place, merde !

— Il n'en est pas question.

Un silence suivit la réponse d'Edgar. Puis Paul ajouta d'une voix plus douce :

— Imaginons que ton idée soit acceptée par le DG et qu'on aille vous récupérer à proximité de la frontière russe, comment veux-tu que des hélicoptères vous retrouvent en pleine forêt ?

Edgar se tourna vers Kateryna en levant le pouce.

— Kateryna connaît le coin, répondit-il. Quand elle était enfant, il existait une scierie abandonnée en bordure d'une vaste clairière, au beau milieu des bois. La cheminée était très haute. Elle pourrait constituer un repère pour les hélicoptères

À condition qu'il n'y ait pas de brouillard, pensa-t-il *in petto.*

— Edgar, qui te dit que la scierie existe encore ? Et que la cheminée est toujours debout ? Qu'est-ce que c'est que cette connerie ? Tu veux faire reposer le plan d'extraction sur des souvenirs d'enfance ? Tu es devenu fou ?

— C'est la seule solution. Vous pouvez essayer de localiser l'endroit ?

— Il n'y a pas que toi en jeu. Il y a les pilotes des hélicos et les commandos qui les accompagneront. Ils risquent leur vie, aussi.

— On est en guerre, oui ou non ? Bon sang, c'est le seul endroit qu'on est susceptibles d'atteindre sans se faire arrêter. Une clairière au milieu d'une forêt fera une *landing zone* parfaite. De toute manière, je n'ai rien de mieux à te proposer.

— Alors ? demanda Kateryna quand Edgar eut raccroché.

— Il va demander des instructions au *big boss.*

— Il n'avait pas l'air très coopératif.

— Faites-lui confiance. Il sait se montrer très persuasif.

— Combien de temps cela va-t-il prendre ?

— Si c'est non, moins d'une heure. Si c'est oui, plus longtemps.

À l'instar des autres réfugiés, Kateryna commença à organiser leur petit camping, ouvrant le hayon et sortant un réchaud et deux boîtes de conserve. Personne ne s'intéressait à ce qu'ils faisaient.

Une première demi-heure passa, puis une deuxième. Autour d'eux, les réfugiés vaquaient à leurs occupations tandis qu'ils avalaient rapidement quelques saucisses mal réchauffées. Iryna, dans sa cachette, s'était endormie, contrecoup du stress et de la douleur. Aux aguets, Kateryna parvint tout de même à sommeiller un petit quart d'heure.

Une heure et quarante minutes plus tard, l'app Signal sonna.

— La direction des opérations confirme que ton plan est meilleur que le leur. Le DG est d'accord pour le suivre, annonça Paul d'une voix lasse. Je peux te dire que ça n'a pas été facile. On a été obligés d'appeler la présidence ukrainienne pour avoir son approbation. Tu as de la chance que les pilotes ukrainiens soient des durs, ils acceptent de voler au-dessus du territoire russe. L'exfiltration est prévue à 7 h 30 précises demain matin. Tu peux y arriver ?

Edgar consulta sa montre. Il était 17 heures.

— On va devoir emprunter des axes secondaires. Ça pourrait doubler la distance et il sera difficile de dépasser trente kilomètres-heure. Ça nous fait... au moins six heures de route. Dont une partie pendant le couvre-feu.

— Je n'ai pas de meilleure solution. Grâce à la coopération avec la NSA, les Américains nous donnent accès en temps presque réel aux photos infrarouges prises par un de leurs satellites positionnés au-dessus de la zone.

On restera en contact pour vous permettre de louvoyer et d'éviter les barrages.

— Qu'est-ce que tu entends par « temps presque réel » ?

— T + 1 heure. On ne sait pas faire mieux.

Edgar encaissa. Il pouvait se passer beaucoup de choses en une heure, quand l'armée russe, les milices séparatistes et le FSB vous courent après. Il devait pourtant reconnaître que la DGSE sortait le grand jeu pour les sauver.

Hélicoptères de combat, commandos en support, analyses satellites, soutien américain. Il ne pouvait demander plus.

— Qu'est-ce qu'on fait si je perds la 3G sur zone ?

— Tu as le téléphone satellite pour nous prévenir des impondérables, mais ne l'utilise qu'en dernier recours. Les Russes ne peuvent pas écouter les conversations, en revanche ils détectent le signal émis. Ensuite, ils triangulent. S'ils le captent, ils enverront des équipes pour vous loger.

— Compris.

— On ne pourra pas modifier l'horaire. Les hélicoptères se poseront à 7 h 30. Ils auront deux minutes sur zone. La phrase que tu devras prononcer pour que les commandos qui sécuriseront l'aire d'atterrissage t'identifient est : « Paris ne brûle pas. » Tu as saisi ?

— Oui. « Paris ne brûle pas. »

— Les appareils repartiront après deux minutes si vous ne vous présentez pas. L'exfiltration sera reportée au lendemain, mais seulement si vous donnez un signe de vie entre-temps.

— Et dans le cas inverse ?

— Stand-by tant que nous n'aurons pas de vos nouvelles. Si vous êtes arrêtés et qu'on t'oblige à nous appeler, tu devras dire : « On va bien. » Ainsi, on saura que tu n'es plus libre de tes mouvements. Je préfère être clair avec toi, Edgar. La Boîte ne prendra pas le risque d'envoyer des pilotes et des opérateurs français droit dans un piège des Russes.

— Je comprends.

— Bonne chance, mon grand.

107

Tours

Martic rejoignit le commandant de police devant la machine à café. La cravate défaite, ses rares cheveux en bataille, il avait l'air de sortir d'une essoreuse.

— Vous n'y êtes pas allé avec le dos de la cuillère. Heureusement que personne d'autre que moi ne vous a vu.

Il avait assisté à l'interrogatoire de l'imam depuis la pièce contiguë, derrière la glace sans tain. Martic lui posa la main sur l'épaule en souriant à pleines dents.

— Eh, je ne l'aurais pas laissé mourir, bien sûr ! Je lui aurais fait sa putain de piqûre si ça avait été vraiment nécessaire, mais il fallait qu'il croie à mes menaces. Vive les commissariats à l'ancienne, sans caméras.

— C'était quand même un sacré risque. Son avocat va vous tailler en pièces.

— Hé, hé, c'est vrai, mais la bonne question, c'est : quand ? Je viens de demander la requalification de sa garde à vue, de complicité d'homicide à terrorisme. Du coup, nos deux bonshommes sont au frais pour au moins quatre jours de plus, et pas le droit de voir un avocat pendant les trois premiers. Après ces soixante-douze heures, l'imam n'aura plus rien dans le sang, ses accusations tomberont dans le vide. Je n'aurais qu'à nier et tout le monde au parquet aura envie de me faire confiance, vu que je n'ai aucun antécédent de bavure en trente-cinq ans de carrière.

— Vous y croyez, à cette histoire de missiles ? Ça me semble énorme.

— Je ne sais pas, avoua Martic, ce n'est pas mon rayon. Attendons de voir ce que le contre-espionnage en dit. Le clampin nous a filé l'adresse de l'entrepôt en Pologne.

— Si c'est vrai, ce sera le coup du siècle. En plus, il a dénoncé son petit copain ukrainien, qui n'échappera pas au tribunal pour les trois meurtres des berges.

— Ne crions pas victoire trop vite. Si l'imam retire ses aveux, et je suis certain qu'il le fera, on n'aura toujours aucune preuve contre ce lui. – Martic recoiffa ses rares cheveux, l'air pensif. – Au-delà des missiles, il y a autre chose, j'en suis sûr. Cet Ukrainien, il n'est pas qui il prétend être.

— Vous l'avez réinterrogé ?

— J'y vais.

D'un pas lourd, Martic se dirigea vers l'autre bout du couloir. Toutes ces histoires lui avaient donné faim, une envie irrépressible de profiteroles. Ou d'un paris-brest. Il en aurait volontiers dévoré un entier.

Les mains dans les poches de son pantalon, il se planta devant la glace sans tain de l'autre cellule, bientôt rejoint par le commandant.

— C'est vrai, cette histoire de pupille de la nation, ou vous l'avez inventée pour le faire craquer ?

— C'est vrai, dit Martic d'une voix triste. Orphelinat et familles d'accueil jusqu'à mes dix-huit ans. J'en ai bavé. Pas de fric, la solitude, et tout le temps faim. Tout à l'heure, j'avais une folle envie de briser les vertèbres à cette ordure, vous savez.

En face d'eux, le suspect était en compagnie de deux flics, auxquels il répétait les mêmes mensonges depuis trois heures. Attends, mon coco, pensa Martic. Quand tu sauras ce que ton pote nous a avoué, tu feras moins le malin.

L'Ukrainien porta les doigts à sa bouche, signe universel indiquant qu'il voulait fumer. C'était interdit, en principe, mais on faisait parfois des exceptions, pour mettre les gardés à vue dans de bonnes dispositions. Un des flics sortit.

— On fait quoi, commissaire ?

— Filez-lui une clope. Ça le détendra peut-être.

On donna une cigarette au suspect, qui l'alluma avec un hochement de tête pour remercier pendant que l'autre flic entrouvrait la fenêtre.

Il se passa alors quelque chose que Martic fut le seul à comprendre. Tandis qu'un vent sibérien envahissait la salle d'interrogatoire, le suspect tourna machinalement la main, emprisonnant la cigarette levée à la verticale dans une sorte de coque protectrice.

Depuis toujours, Martic adorait lire des livres d'histoire quand il mangeait seul. Des romans d'espionnage sur la guerre froide également.

Il reconnut le geste.

Une habitude de soldat ou de milicien soviétique. Pendant des décennies, les cigarettes fournies dans les paquetages des militaires étaient de si piètre qualité qu'il fallait les protéger du vent, pointe vers le haut, pour éviter que le tabac trop sec s'envole à la première bourrasque. Un geste devenu mécanique, répété par des millions d'hommes.

Livide, Martic se tourna vers son adjoint.

— Bon Dieu ! Ce n'est pas ce qu'on croit !
— Que voulez-vous dire ?
— Ce mec est un soldat russe.

108

Donbass

À 22 heures, les trois fugitifs avaient couvert près des deux tiers de la distance, sans encombre. L'état déplorable des chemins de campagne empêchait tout déplacement de véhicules des forces d'occupation.

Ils avaient croisé quelques paysans, qui ne leur avaient accordé aucune attention ; certes, la guerre avait jeté sur les routes près de dix millions de réfugiés, engendrant d'immenses mouvements de population, mais Edgar était stupéfait de voir que personne ne paraissait s'étonner devant ce vieux break roulant sans difficulté dans une boue capable d'engloutir des camions.

C'était la vieille indifférence soviétique, avait expliqué Kateryna. Après des décennies de communisme, les gens avaient acquis des habitudes qui ne s'effaceraient pas de sitôt. Dans tous les pays totalitaires, on avance en baissant les yeux, sans jamais se préoccuper des autres.

— Les autres, ce sont toujours des ennuis, avait-elle résumé.

La nuit était tombée.

Ils progressaient de plus en plus lentement, à la lumière des feux de croisement pour ne pas attirer l'attention. Les lunettes de vision nocturne auraient pu leur permettre d'avancer plus vite, mais en cas de contrôle, cela aurait signifié leur arrestation immédiate.

— Iryna, ça va ? demanda Kateryna.

— Non, gémit la voix sous la banquette. J'ai peur et j'ai mal. Je veux rentrer chez moi retrouver maman.

Edgar et Kateryna se regardèrent.

— Nous ne sommes plus qu'à trente kilomètres de la forêt à vol d'oiseau. Beaucoup plus avec les détours, annonça Edgar. On va faire une pause.

Ils descellèrent la banquette pour permettre à Iryna de s'extraire. Autour d'eux, c'était le noir absolu.

— On va boire un peu et manger quelque chose, dit Kateryna en distribuant barres chocolatées et bouteilles d'eau minérale. Comment tu te sens ?

— Bizarre. Comme si je flottais.

— C'est la morphine.

Ils repartirent après un quart d'heure. Deux nouvelles heures passèrent, sans événement marquant. Tout à coup, des gouttes commencèrent à tomber sur le pare-brise, d'abord lentement, puis de plus en plus vite, jusqu'à se transformer en averse. Kateryna mit les essuie-glaces en marche, mais ils peinaient à évacuer ce déluge.

— Une chose est sûre, ce n'est pas le temps idéal pour une poursuite, dit Edgar afin de leur remonter le moral.

Il était près de minuit. L'obligation d'effectuer des détours pour éviter les barrages russes leur avait fait accomplir d'immenses zigzags. Edgar consulta le GPS du téléphone de Kateryna. Ils remontaient maintenant vers le nord en effectuant une boucle. Ensuite, ils obliqueraient vers l'est. La forêt dessinait un quadrilatère presque parfait, sa bordure sud-est jouxtait la frontière russe.

Ils continuèrent de rouler ainsi pendant deux nouvelles heures, Kateryna étant contrainte de ralentir à dix kilomètres-heure maximum.

Soudain un mur noir se dressa devant eux.

Kocharné.

Kateryna coupa le contact, Edgar dégagea Iryna de la banquette, et tous trois sortirent au moment d'une trouée dans les nuages. C'était la pleine lune.

Des arolles et des pins immenses se dressaient au-dessus d'eux, à perte de vue, entrecoupés de bouleaux dont les troncs blancs ressemblaient à des spectres. Une puissante odeur de résine flottait dans l'air. Le vent faisait trembler la cime des pins en rythme, donnant l'impression d'un ensemble vivant.

— Kocharné. On l'appelle la forêt magique, murmura Kateryna d'une voix émue. Les pins sont si hauts que, lorsque j'étais enfant, on racontait que des elfes et des géants vivent à leurs cimes, la tête dans les nuages.

— J'ai peur, dit Iryna.

— Non, cette forêt est bonne, répondit Kateryna en lui mettant la main sur l'épaule. Elle est vivante. Elle nous protégera des méchants.

Edgar la fixa quelques instants, mais Kateryna était sérieuse. Elle croyait ce qu'elle venait de dire.

Il prit le bras d'Iryna.

— Continuons.

Ils remontèrent dans le break et Kateryna s'engagea dans un sentier forestier qui slalomait entre les pins. Il était si étroit que les branches d'arbustes griffaient les côtés de la voiture. Le chemin était recouvert d'aiguilles sur une grande épaisseur, ce qui donnait du grip aux roues. Elle accéléra.

Après une demi-heure, ils débouchèrent sur une prairie parsemée de gros blocs de pierre moussus. Sur le côté, une masure sur un à-plat. Comme ils passaient à proximité, la porte s'ouvrit d'un coup. Deux hommes sortirent, des fusils à bout de bras.

— Merde, c'est qui, ces mecs ? cria Kateryna.

Le premier leva son arme en direction du pare-brise pour leur ordonner de s'arrêter.

109

Donbass

— Éteignez le moteur ! hurla-t-il. Éteignez ça !

Kateryna obéit et le silence leur tomba dessus comme une masse. Elle fit jouer la manivelle de la vitre.

— Qu'est-ce que vous foutez ici ? hurla le second homme.

Comme son collègue, il portait un uniforme de milicien en piteux état, sans le moindre grade. Une croix de Saint-Georges assez sommaire était cousue sur leur épaule, à côté d'un emblème représentant un aigle en argent, les ailes levées. Le symbole de la République populaire de Donetsk. Leur armement vieillot (un fusil à verrou pour l'un, une mitraillette toute rouillée à chargeur camembert pour l'autre) et leurs tenues disparates témoignaient de leur appartenance à l'une de ces unités locales de collabos, pompeusement appelées « milices populaires », qui pullulaient dans les zones occupées.

— On fuit avec mon fils handicapé, expliqua Kateryna. Les nazis ont bombardé notre village hier, alors on a décidé de se réfugier dans la mère patrie. On est loin ?

L'Ukrainien attrapa les papiers de Kateryna d'une main noirâtre qui n'avait pas dû être passée sous l'eau depuis des mois.

— Y a des ordres, personne doit passer. On cherche des traîtres qui se sont enfuis avec une gamine.

— Il n'y a pas de gamine ici, rétorqua Kateryna. Il n'y a que mon fils et moi. On va se réfugier en Russie.

— Ouais, mais c'est le couvre-feu, c'est interdit de rouler.

— La nuit, les troupes de Zelensky ne tirent pas.

Le premier milicien passa le certificat d'invalidité d'Edgar au second, l'air dubitatif.

— Il sait pas se battre, ton fils ?

— Non, il ne peut rien faire.

— Tout le monde sait faire quelque chose.

Le milicien ouvrit la portière. Il attrapa Kateryna, la tira à l'extérieur, la faisant tomber.

— C'est pas clair, ton histoire. Suis-nous.

Son fusil dans la main gauche, il releva Kateryna de la droite avant de se mettre à la peloter.

— Hé, t'as tout ce qu'il faut où il faut, toi ! Même avec ta tronche, je m'occuperais bien de toi. T'as pas envie de deux gaillards comme nous ?

— Laissez-moi ! cria Kateryna, paniquée.

— On va se la faire ! lança l'autre Ukrainien d'une voix égrillarde. J'ai trop envie, je baiserais un crocodile.

Mine de rien, Edgar avait posé la main sur la cache de son siège. Tout en continuant à regarder droit devant lui d'un air benêt, il déchira la paroi, saisit à tâtons la crosse du Glock. Équipée du silencieux, l'arme mesurait près de vingt-cinq centimètres.

Deux secondes pour la sortir et tirer.

Deux secondes, une éternité dans une situation comme celle-ci, avec le second milicien qui continuait à le braquer, le doigt sur la détente. Edgar avait reconnu un

PPSh, plus souvent désigné sous le nom de mitraillette Chpaguine. L'arme qui avait accompagné la contre-offensive de l'Armée rouge contre les Allemands à partir de l'année 1942. Le chargeur camembert pouvait contenir soixante-dix balles de calibre 7,62 à haute vélocité. Impossible de sortir son propre pistolet sans se faire trouer comme une passoire.

Après avoir essayé en vain de lui arracher son pull, le premier milicien avait fourré sa main sous la jupe de Kateryna.

— Tu as trop de culottes, on va te les enlever. Tu vas voir ce que c'est qu'un vrai homme. Pas une de ces fiottes de nazis.

Kateryna se débattait, provoquant les rires des deux Ukrainiens. Soudain, celui qui la tenait retira sa main tout en la repoussant violemment.

— Que ça te plaise ou pas, va falloir t'y faire. Mais t'as raison, on va pas se presser. On a tout notre temps. Avant, je vais appeler le central. Si ça se trouve, t'es une espionne, hein ?

Il sortit un téléphone de sa poche. Si l'homme passait son appel, ils étaient cuits. Kateryna tourna la tête vers Edgar. D'un regard, il lui fit comprendre qu'il ne pouvait rien faire tant que l'autre milicien le braquait. Elle comprit le message et se jeta sur son agresseur avec un cri sauvage. Ses dix doigts lui griffèrent le visage, avant qu'elle lui en plante un dans l'œil.

— Aaaaah, arrêêêête, salope ! hurla-t-il en se dégageant.

Son collègue avait tourné la tête d'un bloc. Edgar sortit le Glock, tira à travers le pare-brise.

Au même moment, plusieurs détonations retentirent. Edgar sentit un choc au côté, comme si on lui lacérait le ventre avec un fer brûlant. Il baissa les yeux et vit du sang sur son chandail.

Il était touché.

Il ouvrit la portière. La douleur le prit comme un coup de poignard.

Plié en deux, son arme braquée, il vérifia que les miliciens ne représentaient plus de danger. Ils gisaient au sol, morts. Il resta à l'écoute, au cas où le bruit en aurait alerté d'autres. Rien. Juste le silence de la forêt après l'éclat des armes.

Étouffant un grognement de douleur, il souleva son pull. Une profonde balafre sanguinolente labourait tout son côté droit. La balle tirée par le milicien était ressortie, mais la plaie était profonde.

— Ça va. Rien de mortel, même si ça saigne beaucoup, affirma-t-il pour rassurer Kateryna.

De petits couinements secs montaient de la cache. Kateryna réagit la première.

— Iryna, tout va bien, calme-toi. On va repartir bientôt. On s'arrêtera plus tard. Tu pourras sortir.

Elle continua à lui parler doucement, réconfortante, tandis qu'Edgar se faufilait difficilement sous le break, songeant qu'en se jetant sur leur agresseur Kateryna leur avait sauvé la vie.

La plaque était tellement couverte de boue qu'il lui fallut plusieurs minutes pour la faire coulisser. Il s'empara de la petite trousse de secours. Il y avait bien un garrot tourniquet, mais il était sans utilité sur une blessure au ventre. Quant au fil chirurgical et à l'aiguille, il n'avait jamais reçu de formation pour s'en servir.

— Vous sauriez me recoudre ? demanda-t-il à Kateryna.

— Non, désolée. Je peux essayer, mais j'ai peur d'aggraver les choses.

Il préféra se contenter de désinfecter la plaie. Il vit qu'il y avait de la morphine, mais il avait besoin de toute sa lucidité pour atteindre le point d'exfiltration.

Mieux valait avoir mal que se faire attraper. Il remit la seringue dans la trousse avant de prendre la bande de gaze. Serrant les dents, il montra à Kateryna comment l'entourer autour de son ventre en compressant plus fort à chaque tour. La douleur était atroce. Mais cela limiterait l'hémorragie.

Une fois Iryna calmée par la promesse de sortir de sa cachette dès qu'ils auraient quitté les lieux, Kateryna aida Edgar à s'installer sur le siège passager avant de prendre le volant. Si quelqu'un trouvait les cadavres avant le petit matin, Iryna, Kateryna et lui seraient morts, songea-t-il tandis que la voiture redémarrait.

À peine eut-elle avancé de quelques dizaines de mètres que la porte de la masure s'ouvrit de nouveau. Un vieillard sec, déformé par l'arthrite, engoncé dans un uniforme débraillé, s'avança vers ses camarades morts, s'empara de la mitraillette Chpaguine avant de se mettre à clopiner derrière la voiture, courbé en deux.

110

Donbass

Les soldats étaient une dizaine, entassés dans un vieux camion. Deux bouteilles de vodka bien entamées circulaient. Certes, c'était interdit par le règlement, mais personne n'avait jamais été sanctionné pour abus d'alcool pendant le service. Entre les engagements brutaux avec l'armée ukrainienne, les obus qui leur tombaient dessus jour et nuit, le souvenir des exactions auxquelles beaucoup avaient participé, volontairement ou sous la contrainte, et la vision désormais quotidienne des corps démembrés par les combats, les soldats avaient quelques raisons de chercher du réconfort dans la bouteille.

On leur avait ordonné d'établir des barrages mobiles dans un rayon de vingt kilomètres carrés et de signaler tout événement suspect. Pour l'instant, le seul événement notable avait été un cerf venu se jeter sous les roues, aussitôt écrasé par le dix tonnes.

Il était 6 h 15, les militaires n'avaient qu'une idée, rentrer chez eux pour se coucher. Cependant, ils étaient encadrés par un caporal jeune et ambitieux. Ce dernier avait compris que les guerres sont des accélérateurs de carrière pour les soldats chanceux et pleins d'abnégation. Aussi comptait-il utiliser tout son temps de service, et même plus, pour traquer les fugitifs.

Précédant le camion, la Niva cabossée dans laquelle il avait pris place cahotait de gauche à droite sur un mauvais sentier, manquant parfois de se renverser lorsqu'elle passait dans une ornière plus large. La suspension grinçait, le moteur couinait, les roues patinaient dans la boue, mais, bon an, mal an, le petit convoi suivait l'itinéraire déterminé au début de la mission.

Soudain, le caporal leva la main.

— Arrête, ordonna-t-il au chauffeur.

Il venait d'apercevoir une trace de pneus se dirigeant vers la droite. Il descendit, se pencha sur le chemin. Un véhicule était passé ici récemment. Un sourire mauvais se peignit sur son visage. Avait-il retrouvé les fugitifs ? En courant, il repartit vers la Niva.

— Tourne là. Vite.

Le camion et la voiture bifurquèrent dans un chemin encore plus défoncé que le précédent. On apercevait régulièrement les traces de pneus. Puis un rideau de pluie s'abattit sur eux, noyant tout le paysage, supprimant toute visibilité. Un coup de tonnerre retentit.

— Tu as vu ce qu'il tombe ? Ça va effacer les traces, remarqua d'une voix tendue le chauffeur. Dans dix minutes, tout sera sous l'eau.

— Peut-être, mais ceux qui nous précèdent ne vont plus pouvoir rouler.

Enfin, sous la pluie battante, ils arrivèrent devant une cabane en bois ouverte à tous les vents.

— Il n'y a rien ici, annonça le chauffeur.

D'un geste, le caporal lui fit signe de s'arrêter.

— Je veux quand même vérifier.

Sa carabine à bout de bras, il sortit, suivi par deux soldats. Une main au-dessus de la tête pour se protéger tant bien que mal de la pluie, ils rejoignirent la cabane en quelques enjambées. L'intérieur était plongé dans le noir. Vide. La seule lueur provenait des restes de braises d'un feu de bois, quasi éteint.

Une odeur d'étable, trois lits défaits, une table sur laquelle étaient posés des verres vides, une bouteille de vodka, un saucisson entamé et du pain. Du canon de son arme, le caporal souleva la couverture d'une des couches, posa l'autre main sur le matelas crasseux. Il était tiède.

— Des gens habitent ici, dit-il. Ils ont peut-être vu la voiture. C'est bizarre qu'il n'y ait personne.

— Ils sont peut-être aux champignons, avança un soldat.

— En pleine nuit, avec un temps pareil ?

Ressortant, il braqua sa torche sur le sol alentour. Il ne mit pas longtemps à découvrir les corps. Deux miliciens, abattus d'une balle dans l'œil chacun. Un tir de professionnel, nota-t-il avec un calme et un détachement qui l'étonnèrent. Il toucha les corps. Ils étaient encore chauds !

Il se précipita vers le 4 × 4, décrocha la radio.

111

Donbass

Le break roulait au pas, sans éclairage. Kateryna, les lèvres serrées, les yeux écarquillés, réussissait à grand-peine à maintenir la voiture sur sa trajectoire.

Edgar souffrait le martyre, il sentait un liquide chaud couler de la plaie et avait l'impression qu'on lui tailladait le ventre à chaque cahot. Bon Dieu, il n'aurait jamais cru qu'une blessure de ce type soit aussi douloureuse. Son chandail était imbibé de sang.

Sur la banquette arrière, Iryna gémissait doucement en dodelinant de la tête. Depuis la dernière fusillade, et malgré Kateryna qui, machinalement, lui répétait, comme à une enfant : « Ça va aller, Iryna, on est bientôt arrivés », elle balbutiait des mots sans suite et ne répondait pas quand Edgar lui parlait. Elle avait été confrontée à trop de morts violentes et d'événements traumatiques depuis leur irruption chez son beau-père.

Brutalement, l'avant de la Volga s'enfonça dans une ornière si profonde que toute la calandre disparut dans l'eau. Le moteur s'emballa avant de caler d'un coup.

Kateryna relança le contact, mais la voiture resta bloquée. Plantée à près de trente degrés, elle se retrouvait à moitié en l'air, ses roues arrière tournant dans le vide.

— Qu'est-ce qui se passe ? hurla Iryna quand Edgar descendit, plié en deux.

Il fut trempé jusqu'aux os en quelques secondes. Étouffant un cri de douleur, il se pencha sous la Volga. Les roues avant étaient si profondément enfoncées dans la boue qu'elles n'étaient plus visibles. Le châssis était carrément posé sur le sol, presque jusqu'au milieu. Il se releva, dépité. Iryna le regardait par la vitre arrière, l'air perdu.

— Il faut continuer à pied, dit-il.

Il consulta son téléphone.

— Qu'est-ce qui se passe ? demanda une nouvelle fois l'adolescente d'une voix affolée devant son expression soucieuse.

— Il n'y a pas de signal. – Il s'obligea à raffermir sa voix. – Pas de panique, la boussole fonctionne. On est à moins de deux kilomètres de la zone de récupération et il nous reste plus d'une heure et quart avant l'arrivée des hélicoptères. On va poursuivre dans la forêt en direction du sud-est. La cheminée de la scierie nous aidera à nous repérer.

Edgar aperçut le reflet de son propre visage dans une vitre de la voiture. Il était livide. Inquiet, il prit sa tension. Il sentait à peine son pouls, moins de soixante battements par minute. Il était proche de l'état de choc, mais ils n'avaient pas le choix. Il fallait avancer.

Iryna se pencha vers Kateryna. À ses gestes, celle-ci comprit que la jeune fille avait besoin d'aller aux toilettes. Hagarde, elle tremblait de manière ininterrompue. Son regard était comme éteint.

Kateryna sortit d'un bond, ouvrit la portière arrière et la prit par les épaules. Iryna était en train de s'effondrer.

— Je vais avec toi, lui dit-elle.

Elle passa les bras sous ceux de l'adolescente et l'aida à sortir. Puis Edgar la vit enlever sa croix et la glisser autour du cou d'Iryna.

— Elle te protégera comme elle m'a protégée, lui murmura-t-elle en lui caressant doucement le visage.

L'aînée soutenant la plus jeune, elles s'enfoncèrent dans la forêt.

Profitant de ce qu'il était seul, Edgar vérifia le chargeur du Glock. Treize balles seulement. Quant au fusil, il était inaccessible, il aurait fallu soulever la voiture avec un treuil.

— Bouge pas ! cria une voix derrière lui.

Il se retourna très lentement. Un vieil homme décharné se tenait au milieu du chemin. L'air méchant, il le braquait, la mitraillette Chpaguine bien calée à la hanche.

— Lève les mains !

Edgar comprit le message et obéit.

— La pute elle est où ?

Edgar eut une moue et avança les paumes en haussant les épaules, pour lui faire comprendre qu'il ne comprenait pas.

— *Amerikanets ?* demanda l'homme, éberlué.

Il recula d'un pas. Edgar ne voyait que l'œil noir du canon de l'arme dirigée vers son torse.

Tout à coup, une ombre apparut derrière le milicien, qui s'effondra en lâchant son arme.

— Il allait vous tuer, il allait vous tuer ! cria Kateryna.

Doucement, Edgar lui prit des mains la branche avec laquelle elle venait d'assommer le vieil homme.

— Merci. C'est la seconde fois que vous nous sauvez cette nuit.

Il s'adressa à Iryna, qui tremblait toujours, désigna les bois.

— Avance de vingt mètres dans cette direction, et ne te retourne pas.

Il attendit qu'elle se soit éloignée pour sortir le Glock, poser le canon du silencieux sur la nuque de l'homme et appuyer sur la gâchette. Sous la violence de l'impact, le visage du milicien s'enfonça d'un coup dans la glaise.

— On y va, annonça Edgar en ramassant la mitraillette.

Il se sentait mal d'avoir dû abattre un homme de sang-froid, mais la situation ne lui avait pas laissé le choix. Impossible de garder un témoin hostile dans la nature, alors que leur exfiltration était imminente.

Kateryna et lui rejoignirent Iryna et, les yeux fixés sur la boussole, ils s'enfoncèrent cahin-caha dans la forêt.

Le jour n'était pas encore complètement levé, mais la pluie avait cessé, et la lune, qui apparaissait de temps à autre, enveloppait les immenses pins d'une lueur blanchâtre. Edgar se serait cru dans un conte fantastique. Il se sentait de plus en plus mal. Il avait l'impression que les troncs s'écartaient devant lui dans un mouvement dansant, entendait des sifflements bizarres, mélange de graves et d'aigus qui ne ressemblaient à rien de connu.

Une sensation assez terrifiante, mais pas assez pour l'arrêter. Ils atteindraient l'usine, quoi qu'il lui en coûte.

Le sol, qui semblait plat de loin, présentait une succession de trous dans lesquels ils se tordaient les chevilles et de bosses sur lesquelles ils dérapaient. La végétation, un fouillis de branches mortes, d'herbes hautes et de buissons épineux, les ralentissait encore.

Prise en sandwich entre Edgar et Kateryna, Iryna avançait comme une automate en émettant des gémissements continus, un peu comme un petit animal. Quant à Edgar, la douleur était tellement intense qu'il se mit à pleurer malgré lui.

Après quinze minutes de marche, ils ressemblaient à des statues en mouvement. Ils tombaient, se relevaient difficilement, s'aidant les uns les autres, couverts de glaise et de feuilles mortes. Le bandage d'Edgar n'était plus qu'une croûte de boue mélangée à du sang. Ses efforts et les chutes accentuaient l'hémorragie, et il se sentait de plus en plus faible.

Pourtant, ils avançaient tous les trois avec une seule idée en tête : s'ils rataient le rendez-vous de 7 h 30, ils ne sortiraient pas vivants de cette forêt.

La pluie avait repris d'un coup, noyant tout, écrasant les bois sous un rideau dense d'énormes gouttes. Le sol devenait de plus en plus spongieux. Des éclairs zébrèrent la nuit tandis que des coups de tonnerre retentissaient de toutes parts.

Pourvu que les appareils ne soient pas foudroyés ! pensa Edgar.

112

Centre de l'Ukraine

Les trois hélicoptères attendaient en lisière d'une forêt. On avait tendu un filet de camouflage au-dessus d'eux pour les masquer aux yeux des satellites russes et les protéger d'éventuelles frappes de missiles Kalibr. Malgré les difficultés qu'ils éprouvaient sur le terrain, les Russes étaient encore capables d'atteindre des cibles à trois mille kilomètres de leurs bases avec une précision démoniaque. Or les hélicoptères ukrainiens faisaient partie, avec les canons Caesar et les lance-missiles Himars, de leurs objectifs prioritaires.

Les peintres avaient bien travaillé. L'emblème des forces aériennes russes s'affichait désormais sur le côté des appareils, recouvrant les couleurs ukrainiennes. Les deux armées utilisant exactement les mêmes types d'hélicoptères, ils n'attireraient pas l'attention des forces russes au sol quand ils passeraient au-dessus de leur tête.

Le plan de la DGSE prévoyait qu'ils volent à moins de cinquante mètres d'altitude, le départ aurait lieu avant le lever du jour pour ne pas alerter les troupes ukrainiennes qu'ils ne manqueraient pas de survoler. À cette altitude, ils ne pouvaient pas être détectés par les radars des forces d'occupation. Ils passeraient la ligne de démarcation à 7 h 14 précises, heure locale, et mettraient exactement quinze minutes et trente secondes pour atteindre la *landing zone*.

L'appareil principal était un MI-8 de transport, cette bête de somme qu'on retrouve dans toutes les opérations difficiles, où elle est souvent le moyen le plus économique et le plus rapide d'acheminer soldats, membres d'ONG, agents de renseignements ou mercenaires. C'est un hélicoptère très apprécié pour sa fiabilité et sa grande capacité d'emport, mais son apparence rustique, voire carrément vieillotte, les odeurs de kérosène à l'intérieur (pouvant faire croire à une explosion imminente), le bruit infernal et les ajustements de tôle grossiers déroutent le passager non expérimenté. Comme l'avait dit un jour à Edgar un agent de la CIA en poste en Afghanistan : « Au premier vol on prie, au dixième on dort. »

Deux pilotes expérimentés de la DGSE, des hommes qui avaient volé sur tous les théâtres de guerre d'Afrique et du Moyen-Orient, avaient pris place dans le cockpit. L'appareil embarquait également douze opérateurs du service Action, des soldats d'exception chargés de sécuriser les deux minutes de présence au sol, comme il est de règle dans ce type d'intervention.

Le MI-8 serait protégé par deux hélicoptères MI-24 d'appui-feu, les meilleurs appareils de combat de la flotte de Kiev. Ceux-là étaient pilotés par des équipes ukrainiennes et serviraient en cas d'engagement du premier appareil par les forces russes. Avec leurs mitrailleuses, leurs canons à tir rapide et leurs paniers de roquettes, ils étaient dévastateurs.

Il avait fallu un coup de fil entre les deux présidences pour que l'armée ukrainienne accepte la demande française de dédier ces engins précieux à cette mission. Compte tenu du fiasco qu'avait représenté le détournement par les services russes des missiles donnés par la France, les Ukrainiens avaient accepté la requête hexagonale.

À 6 h 40, les trois appareils décollèrent l'un après l'autre dans un grondement avant de mettre le cap vers le sud-est.

Ils avaient embarqué des applications spécifiques très sophistiquées utilisées par la DGSE – et inconnues de l'armée ukrainienne –, qui leur permettaient de suivre leur position en temps réel tout en tenant compte des obstacles sur les routes. Leur vol serait aussi surveillé de loin par un avion radar Awacs français, positionné au-dessus de la Pologne.

Ils dépassèrent Trostianets, Novoukraïnka et enfin Nytsakha. Ils se rapprochaient de la ville de Kharkiv. Il était prévu qu'ils passent plus au nord, en bordure du territoire russe, pour entamer une descente vers le sud.

Le pilote principal de la DGSE, pseudonyme « Jean-Michel », fixait la ligne d'horizon, concentré, tandis que son second, pseudonyme « Godefroy », vérifiait les instruments et signalait les obstacles.

Soudain, une grande lueur orange embrasa le ciel. Jean-Michel contrôla ses arrières. L'un des deux MI-24 de protection avait disparu. Du doigt, Godefroy désigna un obstacle invisible sur leur gauche.

— Merde ! Il a tapé une ligne à haute tension.

Les lignes électriques sont la hantise des vols tactiques clandestins. Un des pilotes ukrainiens avait eu un moment d'inattention, ou alors sa méconnaissance de leur app de détection d'obstacle avait été à l'origine de cette erreur dramatique. Tous ceux qui ont pratiqué le vol clandestin en rase-mottes le savent : les chances de survie en cas d'incident sont égales à zéro.

Les deux pilotes français se regardèrent, conscients de la gravité de ce qui venait de se passer.

— À mon avis, c'est foutu. On va recevoir un *abort*, annonça Jean-Michel d'une voix tendue.

La procédure pour ce type d'opération clandestine en zone de guerre prévoit généralement deux appareils de protection pour la récupération au sol en cas d'atterrissage forcé. Jean-Michel ne voyait pas comment Paris allait laisser se dérouler une opération aussi risquée sans le minimum de couverture armée.

Pour plus de sécurité, le vol s'effectuait sans liaison radio, mais un système crypté satellitaire permettait d'échanger des messages avec le commandement des opérations en cas d'urgence. Si une décision d'annulation était prise, elle leur serait communiquée très rapidement.

Godefroy monta au maximum le volume sonore de l'appareil d'urgence, en espérant qu'on n'allait pas leur demander d'abandonner leur collègue de la DGSE derrière les lignes russes.

113

Donbass

Le Tatar descendit de son véhicule, s'enfonçant dans une flaque jusqu'aux genoux.

La pluie était si dense qu'un torrent de boue avait envahi le chemin forestier sur lequel leur convoi progressait. Un premier 4 × 4 s'était englué, obligeant celui qui le suivait à s'arrêter à son tour, bloquant les huit autres véhicules.

Le Tatar trépignait. Si seulement Moscou avait livré les UAZ que l'armée réclamait depuis des mois (des véhicules fabriqués à Oulianovsk, capables de traverser absolument n'importe quel terrain boueux, mais dont les oligarques avaient réussi à détourner la rare production pour leurs datchas), ils seraient déjà loin !

À grands gestes, il fit comprendre au chauffeur du premier camion d'essayer de passer par-dessus le talus. Avec ses six roues motrices, c'était l'engin le plus puissant dont il disposait.

Le Kamaz commença à escalader la pente, ses gros pneus essayant d'accrocher la glaise, glissante comme de la glace. Mais, à mi-hauteur, il bascula lentement sur le côté, avant de se renverser d'un coup dans un fracas. La violence du choc fit éclater l'armature en métal qui protégeait les soldats assis à l'arrière sur des ridelles, les projetant les uns sur les autres. Des cris retentirent. Plusieurs soldats étaient écrasés par le métal, coincés entre le sol et le véhicule accidenté. Leurs camarades se précipitèrent pour les aider.

Le Tatar retourna dans la jeep de tête. Malgré lui, il admirait l'ingéniosité du Français. Aller se cacher en bordure de la frontière russe au lieu de filer vers la zone libre, c'était un coup de génie. Un mouvement tactique qui nécessitait des nerfs d'acier.

La discussion qu'il ne manquerait pas d'avoir avec ce maître espion serait un événement. Car il ne doutait pas une seconde qu'avec les moyens dont il disposait, il allait lui mettre la main dessus très rapidement.

Il s'ébroua pour se concentrer sur ses tâches plus immédiates et s'empara du micro pour parler à l'officier qui supervisait le dispositif de traque.

— Dis-moi où l'on en est avec le déploiement.

— En plus de votre escouade, un groupe de cinquante hommes est arrivé par l'est et un second de quatre-vingts hommes par le sud. La forêt sera complètement encerclée, disons, dans quinze, vingt minutes, maximum.

Le Tatar regarda sa montre. 7 h 10.

— Est-ce que tu as plus d'informations sur le terrain lui-même ?

— La forêt est profonde, difficile d'accès, mais proche de la frontière. Ils espèrent sans doute passer en Russie en dehors d'un point de contrôle. Une fois chez nous, avec un véhicule discret, ils pourraient tenter de… Ah, une seconde, mon capitaine, je reçois un message urgent !

Le silence se fit quelques instants, puis la voix reprit, très excitée.

— Un groupe vient de trouver une voiture engluée pas très loin de votre position. Un vieux break Volga qui présente des impacts de balles. La banquette arrière a été retirée, il y avait un emplacement secret où quelqu'un a pu se cacher.

— Où l'ont-ils trouvée ?

— À côté ! À peine un kilomètre au nord de votre position.

— Demande à un des hommes sur place de toucher le capot moteur.

Encore un silence, puis la voix annonça :

— Il est chaud !

À pied, les fugitifs avaient peu de chances de passer inaperçus côté russe. Pourquoi aller se perdre dans cette forêt au lieu de rester dans leur véhicule ?

La réponse s'imposa au Tatar, lumineuse et glaciale.

— Regarde la carte d'état-major. Est-ce qu'elle indique une zone suffisamment grande pour faire atterrir un hélicoptère ?

— Une minute.

Quelques instants passèrent avant que l'interlocuteur du Tatar ne reprenne la communication.

— Il y a une vieille scierie avec un grand terre-plein. Pas très loin de là où vous êtes. La route pour y accéder est fermée et, apparemment, des arbres tombés dessus la bloquent. Vous devrez y aller à pied.

— On ira à quatre pattes s'il le faut, grinça le Tatar. Passe-moi les coordonnées !

114

Donbass

Encore cinq minutes avant l'arrivée théorique des appareils de sauvetage.

Adossés aux bancs de coupe rouillés à l'entrée de la scierie, ils récupéraient tous les trois, trop épuisés pour parler.

La scierie aurait pu servir de décor à un film d'horreur avec ses bâtiments de béton noirâtre à demi effondrés et ses toits percés qui laissaient tomber des cataractes d'eau à l'intérieur. Tout ce qui pouvait être volé l'avait été, portes, fenêtres, canalisations, ampoules, faux plafonds, fils électriques, conférant à l'endroit un air désolé, rendu plus sinistre encore par les graffitis en cyrillique qui s'étalaient sur à peu près chaque centimètre carré de mur.

Pourtant, elle les avait sauvés. Ils se seraient probablement perdus dans la forêt sans l'immense cheminée.

Hasard ou signe du destin, le vent avait créé une sorte de trouée dans les pins, leur permettant de l'apercevoir, à plusieurs centaines de mètres de distance. Comme une ligne de vie tracée à travers les arbres.

Edgar se sentait partir. Comme s'il dégringolait un toboggan sans pouvoir s'arrêter.

Les pensées se bousculaient dans sa tête, de plus en plus confuses. Une surnageait. La cheminée qui les avait aidés à se repérer pouvait aussi servir ceux qui les pourchassaient.

Le terrain devant le bâtiment était assez vaste pour permettre l'atterrissage de quatre ou cinq appareils. Si les Russes comprenaient qu'une opération héliportée se tramait, ils viendraient à coup sûr reconnaître cet endroit.

Il essaya de lever son poignet pour consulter sa montre, mais c'était comme si son bras pesait cent kilos.

— Que fait-on ? lui demanda Kateryna. On se cache quelque part ? Il y a peut-être un sous-sol.

Edgar prit son pouls. Il n'était plus qu'à cinquante-deux. En dessous de cinquante, ce serait la syncope.

— Pas la peine, les... hélicoptères... minutes. On... y... presque, articula-t-il avec difficulté.

Des craquements rompirent soudain le silence des bois alentour. Iryna se redressa d'un coup, affolée.

— Quelqu'un s'approche.

Edgar essaya de relever son arme, mais ce seul embryon de geste lui arracha un cri de douleur. Il faillit s'évanouir. Son pantalon était humide, lui aussi. Le sang coulait de plus en plus.

Il aperçut à la lisière de la forêt ce qui causait le bruit : des silhouettes kaki en mouvement. Son cœur se serra.

— Il faut fuir, murmura Kateryna d'une voix à peine audible.

Un détachement sortait du sous-bois, à moins d'une centaine de mètres de leur position. Une vingtaine d'hommes en combinaison de combat, béret sur la tête et kalachnikov pointée dans leur direction. Ils s'écartèrent pour laisser passer deux hommes en civil maculés de boue. Le Tatar s'avança de quelques pas, suivi par S.

— Edgar Van Scana. Kateryna Mykoulyna. Iryna Hontchar. Rendez-vous ! J'ai quatre-vingts hommes autour de cette usine. Jetez vos armes et je vous promets qu'il ne vous sera fait aucun mal.

— L'homme à côté de celui qui vient de parler, c'est lui qui a arrêté Bogdan, chuchota Iryna à Kateryna. – Elle claquait des dents compulsivement. – Il a menacé ma mère de lui couper la poitrine. C'est le diable.

— Edgar Van Scana, je vous ai dit de lâcher votre arme, cria le Tatar. Soyez raisonnable.

S'il avait été seul, Edgar aurait probablement tenté de finir en beauté en tirant. Mais, de toute façon, son bras ne répondait plus, il n'arrivait même pas à donner l'ordre à sa main de bouger. Comprenant cela, Kateryna s'empara de la mitraillette.

Un nouveau son résonna alors dans le lointain. D'abord impossible à identifier, puis familier. Il augmenta très rapidement, jusqu'à se transformer en un énorme grondement. Deux hélicoptères apparurent au-dessus du terre-plein, feux éteints. Sans signe annonciateur, le premier ouvrit le feu sur le groupe de Russes. Une grêle de balles frappèrent les soldats, hachant menu les chairs et les os.

L'autre hélicoptère passa à petite vitesse au-dessus de leur tête. Depuis les portes coulissantes latérales, les soldats à l'intérieur tirèrent à l'arme automatique sur l'autre côté de la clairière, derrière la scierie. Puis l'appareil descendit pour se poser sur l'herbe mouillée.

— Armée française ! hurla une voix dans un mégaphone. Donnez le code.

Edgar essaya de parler. Aucun son ne sortit de sa gorge.

Kateryna sentit, plus qu'elle ne la vit, une ombre sur le côté. Celui qu'Iryna avait appelé le diable. Elle tourna la mitraillette dans sa direction.

Horrifié, Edgar vit la poitrine de Kateryna se déchirer, tandis que le Russe était projeté en arrière par les tirs d'un agent français. Kateryna s'effondra.

Dans un mouvement sauvage, hurlant : « *No ! No !* », Iryna se précipita vers l'hélicoptère. Le Tatar épaula, hésita. Il n'était pas le genre d'homme à tirer sur des enfants.

Mais, déjà, Iryna était entourée par les commandos français qui faisaient rempart de leur corps.

— *Please. Edgar and Kateryna are wounded. Help them.*

Un agent fit un signe à ses collègues. Plusieurs d'entre eux coururent vers le bâtiment.

Au-dessus de leur tête, l'hélicoptère de combat avait changé d'angle et continuait à tournoyer dans la lumière orangée infernale de ses armes, arrosant les quatre côtés de la clairière à coups de canon, de roquettes et de mitrailleuse.

Edgar n'avait pas la force de donner la phrase-code. Faisant fi de la procédure, deux hommes l'empoignèrent. Ils passèrent devant le corps de Kateryna, dont les yeux morts fixaient le ciel. Edgar étouffa un hoquet.

— Elle... avec... nous.

Comprenant le message, deux autres commandos se saisirent de son cadavre. À la DGSE, on ne laisse pas les corps de ses camarades derrière soi.

L'exfiltration en elle-même prit moins d'une minute.

À peine furent-ils dans l'appareil que des agents leur passèrent un gilet équipé d'une sangle autour du buste, avant de les accrocher avec un câble à un rail en acier enchâssé dans la carlingue.

Puis quelqu'un cria : « *Go go go* », le régime du moteur augmenta et l'appareil s'éleva dans les airs. Edgar eut le temps de voir une silhouette se dresser à l'orée de la clairière. Un homme avec des cheveux blancs ramenés en catogan, celui qui leur avait intimé l'ordre de se rendre.

Leurs regards se croisèrent, l'espace d'une seconde, puis l'appareil bascula sur le côté, fonçant en direction du nord-ouest à toute allure, suivi par le second engin.

Concentrés, les deux pilotes ne les avaient pas salués. Tous les sens aux aguets, le visage figé, les yeux écarquillés, les agents surveillaient l'extérieur par les portes restées ouvertes, une mitrailleuse braquée de chaque côté.

Un autre glissa le corps de Kateryna dans une housse mortuaire. L'infirmier présent à bord avait déjà planté une perfusion dans le bras d'Edgar. Quand ce fut fait, il se pencha sur lui.

— C'était limite, mais on va vous sauver, j'ai ce qu'il faut. Mortier nous avait donné votre groupe sanguin.

Trop faible pour répondre, Edgar ferma les yeux.

Lancé à pleine vitesse, l'hélicoptère faisait du saute-mouton au-dessus des toits, des usines, louvoyant entre les silos à grains et les lignes à haute tension. Puis, au bout de trop longues minutes, un des pilotes se retourna en levant le pouce tandis que l'appareil amorçait une brutale remontée d'altitude.

— Nous sommes au-dessus du territoire ukrainien. Bienvenue dans le monde libre !

Iryna se mit à pleurer. Edgar se contenta de sourire, les yeux dans le vague.

Penché sur son ventre déchiré, une agrafeuse à la main, l'infirmier le recousait.

Un kaléidoscope de sensations floues l'avait envahi, sons et images entremêlés.

Des pins immenses qui se balançaient au rythme d'une musique lente, écartant leurs cimes pour dévoiler la cheminée de la scierie.

Kateryna, un verre à la main, lui faisant un geste amical.

Le dernier sourire de Diane, quand elle avait quitté leur appartement, le matin du drame.

Angelīc, nue au-dessus de lui, les yeux plongés dans les siens.

Comme si elles voulaient l'empêcher de s'enfoncer dans le noir.

Iryna lui prit la main et la serra très fort.

Épilogue

Paris

Attablé devant le plat du jour, des endives gratinées au jambon, le commissaire Martic salivait.

Le matin, il était venu recevoir les félicitations de sa hiérarchie, plus de deux mois après l'opération de Tours. Pour une fois, il les avait senties sincères.

Un serveur s'approcha pour remplir son verre, une bouteille de vieux Weinbach à la main.

Pas mal, pour un vin fabriqué par des bonnes femmes, apprécia Martic.

Il était 20 heures, l'atmosphère de cette brasserie d'un palace parisien de l'avenue Montaigne était douce, les lumières tamisées, les conversations feutrées, un pianiste égrenait quelques notes sur son instrument.

Un endroit magique, un peu hors du temps. L'idéal pour fêter sa victoire.

Un peu plus tôt dans la journée, il avait pris un café avec son fils, qui finissait son école d'ingénieurs. Un bon fiston, comme il avait toujours rêvé d'en avoir. Sa fille travaillait dans un des laboratoires de mathématiques de l'École normale supérieure. Une tronche, comme on dit. Le billet d'avion dans sa poche lui rappelait que, le lendemain, il s'envolerait pour Dakar. Après la Seine-Saint-Denis, sa femme, Nafisatou, avait voulu retrouver son pays natal et son soleil.

Désormais, ils se retrouvaient dix jours chaque mois, une fois à Blois, l'autre au Sénégal.

Il songea qu'il était peut-être temps de demander sa mutation là-bas, comme attaché de police à l'ambassade. Après la réussite de sa dernière mission, il doutait qu'on la lui refuse.

Un homme s'assit à sa table sans y avoir été invité. Jeune, une courte barbe blonde, des yeux vairons, une silhouette sportive, l'air vaguement désinvolte.

— Bonjour, commissaire.

Martic s'essuya les lèvres. Il avait compris.

— Levallois ou Mortier[1] ?

— Mortier.

Il hocha la tête.

— Un espion, c'est une première pour moi. Enchanté. Vous venez me parler de l'Ukrainien ?

— On ne peut rien vous cacher.

— Je n'ai jamais cru qu'il était mort d'une crise cardiaque.

— Son vrai nom est Igor Garidov. C'est un agent des renseignements russes, comme vous l'aviez deviné. Il se trouve dans une de nos planques, en Gironde, depuis sept semaines. On lui a proposé un deal. Nous raconter tout ce qu'il sait des services russes, de A à Z, ou terminer au cimetière.

— Il parle ?

1. Le siège de la DGSI, les renseignements intérieurs, est à Levallois-Perret, celui de la DGSE se situe à Paris, boulevard Mortier.

— Une vraie encyclopédie vivante. Un informateur de la trempe du lieutenant-colonel Vladimir Vetrov[1], probablement le meilleur que l'Occident ait récupéré depuis longtemps. Il n'a pas fini de causer des dommages à Poutine.

— Foutus espions, vous ne pouvez pas vous empêcher de monter des coups, n'est-ce pas ?

— C'est pour la France, répondit Edgar avec un sourire.

Martic posa un doigt hésitant sur la carte des desserts. Île flottante revisitée, baba à la clémentine ou tarte soufflée au chocolat ? Il décida de prendre les trois.

— Je ne sais pas pourquoi vous me racontez tout ça, mais j'en suis fort aise. Ce Garidov, mieux vaut qu'il nourrisse vos fichiers que les asticots, conclut-il après avoir passé commande. Je suis heureux d'avoir apporté ma petite pierre à l'édifice.

— Vous pouvez l'être. Vous permettez ?

Edgar se servit un peu de riesling, qu'il huma en connaisseur. Superbe vin.

— Que puis-je pour vous ? demanda Martic.

— Je fais partie d'un petit groupe assez... *spécial*. Nous aimerions que vous nous rejoigniez.

---

1. Cet agent du KGB fut l'une des meilleures taupes occidentales de la guerre froide. Il renseigna la France pendant de nombreuses années avant d'être démasqué et exécuté par les Russes.

Journal d'Iryna

Aujourd'hui ça fait un an que maman est morte et je reprends mon journal pour la première fois. Mon pays est toujours en guerre et je n'ai pas pu retourner chez moi. Toutes mes photos d'elle étaient dans mon portable. Il ne me reste aucun souvenir, sauf ceux que j'ai dans la tête. Valentin et Mathieu, les deux fils de ma famille d'accueil française, continuent à me poser plein de questions sur l'Ukraine. Je leur raconte. Mon ancienne vie, mes amies, les églises dorées, la guerre. Les « doryphores » et les « orques », ça les a scotchés. Ils sont comme moi, maintenant, ils détestent Poutine plus que quiconque.
J'ai appris le français et je suis au lycée, en seconde. Ça fait un an que je ne parle plus ukrainien. Ça me manque et je suis contente d'écrire ce journal dans ma langue.
Je me demande ce que devient Natalka. Peut-être qu'elle a trouvé un autre jeune officier dont elle détruit la vie… Ou alors elle a réussi à fuir.
Je fais toujours des cauchemars. Quand je crie trop, Valentin (c'est le plus jeune, il a dix ans) vient dans

ma chambre et me répète : « T'en fais pas, ça va aller ». Ça me rappelle Kateryna.
Mon héroïne.
J'ai gardé sa croix, je la porte tout le temps. C'est ma façon de ne pas l'oublier.
Edgar non plus n'a pas oublié. Je sais qu'il continue de chercher mon père.

Remerciements

Un grand remerciement à Nathalie Théry – mon infatigable éditrice depuis plus de dix ans – pour ses conseils, son énergie et ses relectures impitoyables depuis la livraison de mon premier manuscrit de ces *Fantômes de Kiev*.

Je voudrais également saluer Édith Leblond et Renaud Leblond ainsi que les équipes de XO. Je suis heureux et fier d'avoir rejoint cette belle maison à taille humaine.

Table

Composition et mise en pages
Nord Compo à Villeneuve-d'Ascq

Impression réalisée par CPI BUSSIÈRE
Saint-Amand-Montrond (Cher), en avril 2023

N° d'édition : 4990/01 - N° d'impression : 2070703
Dépôt légal : mai 2023

Imprimé en France